コクと深みの名推理⑱

コーヒー・ケーキに消えた誓い

クレオ・コイル　小川敏子 訳

Brewed Awakening

by Cleo Coyle

コージーブックス

BREWED AWAKENING
by
Cleo Coyle

This edition published by arrangement with Berkley,
an imprint of Penguin Publishing Group,
a division of Penguin Random House LLC
through Tuttle-Mori Agency,Inc.,Tokyo

挿画／藤本将

コーヒー・ケーキに消えた誓い

本書を、いまは亡き愛しいネコ
カブとミスター・フェロウズに捧げます。
二匹は永遠にわたしたちの思い出のなかに生き続けます。

謝辞

〈コクと深みの名推理〉シリーズの十八作目、『コーヒー・ケーキに消えた誓い』をお届けします。本シリーズは夫マーク・セラシーニとの共同執筆で創作しており、ご存じの読者もいらっしゃるかと思います。世の夫婦と同じく、わたしたちの結婚生活には山もあれば谷もありました。それでも、すぐれた書き手であり、すばらしい夫であるマークとともに歩んできた日々はかけがえのないものでした。共に執筆し、共に生きてきた最愛のパートナー、マークに心から感謝します。

十八作目のストーリーは、ある会話からインスピレーションを得て生まれました。わたしたち夫婦の歴史がとつぜん消えてしまったら、それでもおたがいに惹きつけられるだろうか？　「好き」という気持ちはどんなふうに深まっていくのだろう？　愛はどのように生まれるのだろう？

結婚を控えた本作の主要登場人物がそんな事態に直面したら、どうなるだろう。そこで今回は記憶喪失を軸としたミステリにしようと構想を練ったのです。

クレアの物語はフィクションですが、さまざまな調査をしていくなかで、驚くべき実例の数々に出会いました。たとえば外傷性の記憶喪失になったことで、夫と和解できた女性――彼女は自分のティーンエイジャーの娘がまだ幼児であると信じていました。べつのケースでは、若い教師がジョギングに行くといって行方不明になり、ニューヨーク湾に浮かんでいるところを発見されました。なぜそこにいたのか、それまでの数週間どこにいたのかを思い出すことができなかったそうです（これは数ある例のほんの一部にすぎません）。

また本作は、わたしたちがニューヨークで長年暮らし仕事をしてきた経験から生まれた作品でもあります。パークビューパレスは架空のホテルですが、多くの実在のグランドホテルにインスパイアされています。ニューヨークを訪れた際には、プラザ（theplazany.com）、ピエール（thepierreny.com）、かつてヘルムズリーパレスとして知られていたロッテニューヨークパレス（lottenypalace.com）などに立ち寄ってみてはいかがでしょう。

本作で登場するジプシーというブティックホテルは、クイーンズ区ロングアイランドに実在するペーパーファクトリー・ホテル（paperfactoryhotel.com）をモデルにしています。築百年の製紙工場を再生した、個性的でモダンなホテルです。

コーヒーについては、ハンプトン・コーヒー・カンパニー（hamptoncoffeecompany.com）の皆様にたいへんお世話になりました。コーヒーのロースター、そして小売店である同社は東海岸におけるマイクロロースティングの草分けであり、ローストしたてのコーヒーを味わうよろこびを提供したいという情熱に、心から称賛を贈ります。

ニューヨーク市警の皆様には、わたしたちの疑問に快くこたえてくださり、そのご厚意には感謝の気持ちでいっぱいです。本書はフィクションという性格上、本来の規則から逸脱した記述があることを、お断わりしておきます。

版元と、たゆみなく情熱を注いでくださるスタッフの皆様のおかげで、本書を読者の皆様の手元に届けることができました。とりわけ、エディターのミッチェル・ヴェガの貴重な助言はこの物語をいっそう豊かなものとしてくれました。エディトリアル・アシスタントのジェニファー・シュナイダーと、プロダクション・エディターのステイシー・エドワーズの熱意には、おおいに助けられました。コピー・エディターのフランク・ウォルグレン、デザイナーのリタ・フランジーとクリスティン・デル・ロサリオ、マーケティングおよびパブリシティーのチームのメンバーであるエリシャ・カッツとブリッタニー・ブラックのご尽力に心から感謝申し上げます。

気鋭のアーティスト、キャシー・ジャンドロンには本シリーズアメリカ版のすばらしいカバーをふたたび担当していただいたこと、熱く御礼申し上げます。

わたしたちのエージェント、ジョン・タルボットは引き続き、忍耐強くわたしたちを支え、卓越したプロフェッショナルの力を発揮してくださいました。

そして、ひとりひとりお名前を挙げることはできませんが、わたしたちを応援してくださる友人、家族、読者の皆様に愛と感謝を贈ります。Eメール、わたしたちのウェブサイトのメッセージボード、ソーシャルメディアなどを通じてたくさんメッセージをいただいています。皆様の励ましがあるからこそ、わたしたちは進んでいくことができます。どれほど感謝の言葉を尽くしても足りません。
本シリーズを初めて手に取ってくださった方、新作を楽しみにしてくださっている方も、どうぞcoffeehousemeystery.comのコーヒーハウス・コミュニティにお越し下さい。レシピ、コーヒーについての耳寄りの情報、サインインしてわたしたちからのニュースレターをどうぞお楽しみください。おいしく食べて、飲んで、読んでいただけますように！

ニューヨークにて
クレオ・コイル

動物を愛するという経験をして、人は自分の魂の一部が眠っていたままであったと知る。

アナトール・フランス

主要登場人物

クレア・コージー……………………ビレッジブレンドのマネジャー
マテオ・アレグロ……………………同店のバイヤー。クレアの元夫
ブランシュ・ドレフェス・デュボワ……通称マダム。同店の経営者。マテオの母
ジョイ…………………………………クレアとマテオの娘
マイク・クィン………………………ニューヨーク市警の警部補。クレアの婚約者
エマヌエル・フランコ………………ニューヨーク市警の巡査部長。ジョイの恋人
ドミニク・ロルカ……………………精神科医。クレアの担当医
アネット・ブルースター……………パークビューパレス・ホテルのオーナー
ハーラン・ブルースター……………アネットの夫。故人
ビクトリア・ホルブルック…………アネットの妹
テッサ・シモンズ……………………アネットの姪
スティーブンス………………………パークビューパレス・ホテルの警備員
オーエン・ウィマー…………………パークビューパレス・ホテルの顧問弁護士
バーバラ・バウム……………………通称バブカ。有名レストランのオーナー
ノラ・アラニー………………………ファッション・コンサルタント
グウェンドリン・プレスコット……通称ギャロップ・グウェン。ディアフィールド・ファーム
　のオーナー
ダナ・タナー…………………………一時行方不明になっていた女性。グウェンの姪
フローラ・タナー……………………ダナの母
アーネスト・ベリング………………フローラの弟。造園業者

プロローグ

昨日にさかのぼってもしかたない。だって昨日のわたしは、いまのわたしではないのだから。

ルイス・キャロル

二カ月前

にぎやかなコーヒーハウスの正面のドアから、ロリ・ソールズ刑事と相棒のスー・エレン・バス刑事が入ってきた。ふたりに続いて制服姿の警察官の一団も。そろって硬い表情をしている。もしやマイク・クィンの身になにか起きたのでは？　それを告げにきたのだろうか。

不安な気持ちをこらえて、毅然とした態度でふたりを迎えた。

「ソールズ刑事、バス刑事。なにか特別なご用件でも？」

「あなたを逮捕するために来ました、クレア・コージー」

ビレッジブレンドの店内はお客さまのざわめきと暖炉の薪《まき》がパチパチとはぜる音に包まれ

ている。たぶん、聞きまちがえたのだろう。

「逮捕？　わたしを？」

ソールズ刑事よりも血の気が多いスー・エレン・バス刑事が、居並ぶ警察官たちをちらっと見て、おもむろに自分のベルトにつけた手錠に手を伸ばす。

「逃げおおせると思ったらおおまちがい」

「逃げおおせる？　なにから？」

「重窃盗罪」

なにをいっているのだろう。「なにかの冗談？」

「いいえ、真面目にいっているわ。ニューヨーク州では、刑事のハートを盗んだらA級重罪なのよ」

とつぜん青いカーテンが開くように制服警察官たちが左右に分かれ、あらわれたのは片膝をついた制服警察官。マイク・クィン刑事だった。彼が片手を差し出した。その手に白い小さな箱がのっている。

時が止まったみたいに、満員の店内がしんとなった。

この模様を、クィン刑事の片腕であるフランコ巡査部長が携帯電話で録画していたと知ったのは、後のことだ。フランコ巡査部長はわたしの娘ジョイと恋人同士の仲。ワシントンDCで働いているジョイに報告するために、記録していた。

「クレア」マイクが口をひらいた。「きみを愛している。きみも同じ気持ちだと理解している」

　彼が箱をあけると、ダイヤモンドの指輪があらわれた。まんなかにはアイスブルーの完璧なダイヤモンド。マイクの真摯なまなざしとそっくりの輝きを放っている。それをぐるりと取り囲んでいるのは、コーヒー色の小さなダイヤモンドだ。温もりのある色合いが、暖炉の光を浴びていっそうきらめいている。

「まず、きみに頼みがある。よく考えてからこたえてほしい。これだけの警察官が証人として立ち会っているから、後で路線変更するのはむずかしいだろう」

　わたしはうなずいて、つぎの言葉を待った。

「クレア・コージー、わたしと結婚してくれないか」

　涙で視界がぼやけ、さまざまな思いがこみあげてきた。初めて出会った時のことが脳裏に浮かんだ。このビレッジブレンドの戸口に立っていた彼。目の下にクマが浮かび、無精ひげが伸びていた。トレンチコートにはシミとシワが目立っていた。見るからにカフェインに飢えていた。

　しかしその日マイクはコーヒーを求めて訪れたのではなかった。犯罪現場を調べることが目的だった。その事件の捜査が終わるころには、店の常連客になっていた。やがてわたしたちはよい友人になり、いつしか恋人になっていった。でも、信頼関係を築くのは、もっと慎重でなければ――少なくとも、わたしはそう思っていた。

　最初の結婚が惨めな結末を迎えた。信頼を裏切られて傷つき、あんな思いは二度とごめんだと思っている。マイクの最初の結婚も破綻した。が、彼はわたしのように臆病ではなかった。警察官を天職とするマイクが友人よりも恋人よりも求めたもの、それはパートナーとしての絆だった。

いつまでも立ち止まっていたら、かならず後悔する。それはわかっていた。だからマイクのプロポーズに、イエスとこたえた。うれし涙で目を潤ませ、喉を詰まらせながら。

新しいパートナーと生きる。

新しい人生を始める。

元夫は元夫、マイクはマイク。踏ん切りがついた。

結婚式は時間をかけて準備しよう。親しい人と家族みんなをあつめて盛大にお祝いしたい。最初の結婚はお祝いムードとはほど遠かった。わたしは頼る人もいなくて、おなかには赤ちゃんがいた。まだ十九歳で、ひどく心細かった。結婚といっても市庁舎で手続きをしただけだ。わたしは夫となった人に必死についていこうとした。でも、まだ若かった彼はコーヒーを求めて世界を旅してまわるのが大好きな、ほとんど少年のような人だった。

いま、目の前で片膝をついているマイク・クインは成熟したおとなだ。この人となら、おたがいに支えあっていける。中央のダイヤモンドをぐるりと小さなダイヤモンドが取り囲む指輪は、その証だ。ひとつひとつの石は丹念に磨きをかけられて毅然と輝いている。マイクとわたしがともに過ごした日々、そしてふたりの宝物を象徴する指輪。彼がそれをわたしの指にはめた。なにがあっても、わたしはこの人を愛し抜くだろう。

この日をけっして忘れない。わたしは心に誓った。

1

コーヒーが与えてくれるのは、目覚めているという錯覚。だからコーヒーは止められない。

ルイス・ブラック

二カ月後

目が覚めたら、暗くてなにも見えなかった。自分が身をぎゅっと丸めてガタガタ震えているのに気づいた。離婚してから寝相が悪くなった。きっと寝ている間にブランケットを蹴飛ばしてしまったのだろう。顔だけはすっぽりとなにかに覆われている。重いし、硬い。長年使い慣れたJCペニーのキルトの感触とはおおちがいだ。

唐突にクラクションが鳴り響いた。そして罵声も。いきおいよく身を起こした拍子に、顔にかかっていたものが落ちた。コートだった。いきなり明るくなって、反射的に目をパチパチした。葉の落ちた枝の向こうから、朝もやで煙った光が射している。

頭がクラクラする。目をこすってみたが――。

夢じゃない。これは現実の世界だ。

立ち上がろうとしたが、すぐには動けない。関節が固まってしまっている。おまけに右腕は痺《しび》れている。腕を大きく振って感覚を確かめた。だが、そんなことはたいした問題ではない。肝心なのは、ここはあきらかにニュージャージーの自宅の自室ではないということだ。けっして広くはないけれど居心地がいい寝室の、あたたかなベッドのなかではない。なぜだろう。さっぱりわからない。わたしは硬くて冷たいベンチに横たわっていた。それも公園のベンチに。しかも、目と鼻の先には道路が走っている。タクシーの運転手が前の車のドライバーを罵《ののし》る声が、はっきりきこえる。マンハッタンでは、おなじみの光景だけど。

そのマンハッタンにちがいないと確信したのは、高くそびえる白い大理石のアーチを見つけた瞬間だ。五番街が始まる地点を象徴するアーチ。まちがいない。

わたしは今、ワシントンスクエアにいる。

凱旋門を見て、とりあえずほっとしたのは確かだ。いまの居場所が確認できた。ここはグリニッチビレッジ。でも……。

「なぜ、こんなところに？」

とまどいながら、吐息とともにつぶやいた。

震えが止まらないので、顔を覆っていたコートを着てみた。サイズはぴったりだけれど、わたしのものではない。持ち主の手がかりはないかとポケットをさがしてみた。身分証明書や私物はなにも入っていない。ただ、手袋の片方だけが見つかった。それも右手だけで、左手はない。

なめし革の手袋の手のひらの部分に、赤茶色のシミがある。大きさはショットグラスの口くらい。このシミは血の痕だ。ジョイはサッカーの試合でしょっちゅう膝小僧や肘をすりむいて服に血がつく。それが乾くと、ちょうどこれと同じシミになるからよくわかる。

シミに唾をつけてこすって落としてみようか。やはりやめておこう。手袋はそのままポケットにもどした。

立ち上がってみた。足元がぐらつくのは靴のせいだ。ヒールの高い高級ブランドのブーツ。これは誰のもの？　いまわたしが着ているセットアップのカシミアのセーターも、仕立てのいいスラックスも謎だ。誰のものだろう。人目を気にする場でなければ、下着まで自分のものかどうか、確かめてみるところだ。

ニュージャージーの友人たちといきおいにまかせて買い物しまくったのだろうか。もしそうであるなら、皆はどこにいるの？　なにも憶えていないのは、なぜ？　両手で口を覆って息を吐き出してみた。アルコールのにおいはしない。酔っ払って記憶が飛んだわけではないらしい。

いったん冷静になろうと、冷たいベンチに腰掛けてみた。ポニーテールにした髪が乱れてしまっていたので結び直しながら、財布がないことに気づいた。パンツのポケットを、それからコートのポケットを再度確かめてみた。財布はどこにも入っていない。家のカギも。車のカギも。なにもない。

いまにもパニックになりそう。

落ち着きなさい、クレア。なにが起きたのかは、後で考えればいい。いまはとにかく家に帰らなくては。かわいい娘が待っている家に。

腕時計をしていないので、通りかかった若者に声をかけてみた。

「いま何時かわかります？」

「ええ」ニューヨーク大学のフード付きパーカーを着た彼は、ポケットから薄っぺらい小さな箱のようなものを取り出した。「六時五十五分」

「あら、すごいわね、それ」

彼はにこっとして黒い長方形を自慢げに見せた。表面は明るく輝くスクリーンで、色とりどりの小さなマークがたくさん並んでいる。

「昨日、手に入れたばかりなんだ。発売初日にね。研究室の仲間からは羨望の的で……」彼は「機能」をすらすらと挙げる。まるで外国語の買い物リストをきいているみたいな気分だ。

その画期的な発明品を、わたしも持てるかしら、とたずねてみると、若者は明るく笑った。

「愉快な人だな。一年待つといい。そうすれば中古を買えるから」

若者が行ってしまうと、わたしは深呼吸して、いまの状況をもう一度整理してみた。

早朝。お金はない、身分を証明するものもない。カギもなにもかもない。またもやパニックが襲いかかりそうな予感。そこであることを思い出した。ここはグリニッチビレッジ。かって暮らしていた場所だ。あそこなら、いつも温かく迎えてくれる――。

ビレッジブレンド。

まちがいなく、おいしいコーヒーが飲めるコーヒーハウス。いままでの人生で出会った困難は、おいしいコーヒーを一杯飲めばたいていは解決できた。

2

歩き出してみると、奇妙な感覚におそわれた。いつもなら、この街の風景と音にふれるとしゃきっとして元気になれる。でも今日はちがう。じわじわと違和感が増していく。

マンハッタンから引っ越したのは、ほんの数カ月前だ。ティーンエイジャーの娘を連れてここを去ってからわずかの間に、こんなに変わってしまうなんて。ワシントンスクエア・パークは以前からずっと荒れ放題だった。凱旋門は落書きだらけで中央の噴水は止まっていた。それなのに、いま見えている大理石の凱旋門は白く輝いている。植栽はきれいに手入れされ、通路は舗装され、噴水から噴き出す水は朝日を浴び、虹が浮かんでいる。

なんてすてきな光景、と素直によろこべない。一歩足を進めるごとに、こんなことはあり得ないという心の声が強まる。西四丁目と六番街の交差点まで来ると、以前と変わらずバスケットコートがあった。その周囲には麻薬を売り買いするあやしげな店や雑貨店、ピッツェリアなどが建ち並んでいたはず。ところが、そこにあるのはおしゃれで洗練された店と高級レストランだ。

違和感を振り払おうとした。ここはニューヨークなのだから、変わってあたりまえだ。ニューヨークは変わり続ける街。それだけは不変だ。

六番街を渡りながら、あることに気づいた。道行く人々の手には、ニューヨーク大学の学生が見せてくれた長方形の機械とよく似たものが握られている。誰も彼もがそれを見ながら歩いている。なにかに取り憑《つ》かれているみたいにじっと見つめている。手の中の機械に向かってしゃべっている人もいる！

朝の七時から誰にしゃべっているの？　いったいなにを？　先端技術の学会が大学で開催されているの？　それとも、パフォーマンスアートのリハーサル？　だとしたら、さぞや前衛的なショーなのだろう。

コンビニの前を通りかかると、雑誌用のラックが見当たらない。目につくのは電子タバコとやらのカラフルなディスプレイだ。店頭には新聞が二紙だけ並び、見出しはどちらもほぼ同じだ。

ホテル経営者失踪

パークビュー・パレスで起きたミステリ　誘拐か、それとも殺人か？

有名なパークビュー・パレス・ホテルのオーナー、アネット・ブルースターについての記事らしい。裕福なその女性は数日前から消息が途絶え、犯罪に巻き込まれた可能性を示す証拠が残されているという。

見出しを見つめているうちに、またもや頭がクラクラしてきた。そこになにかが確かにあるのに、わからない。そんな感覚だ。明らかにしようとしているうちに、不意に消えた。寝ているあいだに見た夢を、目が覚めたら思い出せない、そんなもどかしさが残った。気にしてもしかたない、と気持ちを切り替えると、とたんに娘のことが頭に浮かんだ。家でひとりで待っているにちがいない。新聞の見出しに気を取られている場合ではない。あんな記事、わたしとはなにも関係ないのだから！

足取りを速めてハドソン通りに入り、ビレッジブレンドが見えた瞬間、心からほっとした。なにも変わっていない。通りに面して並ぶ窓は閉まっているけれど、ブラインドは開いている。正面のドアにはカギがかかっていない。

二人組の客に続いて店内に足を踏み入れた。ドアについている鈴が鳴るのも、いつもと同じでほっとする。そして、いれたてのコーヒーの豊かな香り。これはきっと、アンブロシア。驚いた。そして、ほんとうのところ、少し嫉妬をおぼえた。

わたしは以前にこの店でローストの責任者を務めていた。そのことを誇りに思っていた。プロバットという焙煎機を使いこなす技術も、絶品のブレンドをつくる腕も、マダム——義理の母——のお墨つきだった。むろん、マダムのレベルにはとうてい及ばないけれど。そのマダムはただいま再婚相手のピエールとヨーロッパに滞在中だ。

アロマ（と行列しているお客さまの絶賛の声）をもとに判断するしかないけれど、確実にわたしよりすぐれた人材が登場したらしい。マダムの息子が調達してきた選り抜きのコーヒー豆を扱う高い技術の持ち主を、マダムは獲得したにちがいない。

カウンターの前には列ができている。でもそうそう待ってはいられない。一刻もはやく娘に電話をかけなくては。だからビレッジブレンドの青いエプロンをつけた若い女性のほうにちかづいていった。豊満という言葉がぴったりな彼女はふっくらとした顔にインパクトの強い黒ぶちのメガネをかけている。あわてた様子でカフェテーブルの準備をしているけれど、まったく身が入っていない（いまごろこんな準備をしているなんて、遅すぎる——これは店のマネジメントの問題だ）。

「すみません」彼女の肩を軽く叩いてみた。「以前にここで働いていた者ですが、ちょっと困った事情なもので、電話を貸してもらえるかしら」

若い女性がはっとして、その場に凍りついた。目は一点を見つめたまま。あの世から声が聞こえたような反応だ。手に抱えていた錬鉄製の椅子が落ちて転がり、彼女が悲鳴をあげた。コーヒーハウスのなかの全員の視線がこちらを向く。わたしは焦って後ずさりした。よほど彼女を驚かせてしまったのか。

だが、つぎに彼女は信じがたい行動をとった。

「クレア・コージー！　帰ってきた！　生きている」そう叫んでわたしを抱きしめたのだ。息が止まるほど、きつく。

わたしはあっけにとられて言葉も出てこない。ここの人たちの頭のなかには、この街しか存在していないの？　マンハッタンから離れた人間は死んだも同然なの？　なんて勝手な！

「ああよかった！　ほんとによかった！」歌うように節をつけて何度も繰り返し、母グマが子グマを抱きしめるみたいにぎゅっと抱きすくめていたが、その腕がようやく離れたので彼女の顔を見ると、目に涙を浮かべている。

この人、大丈夫かしら？

彼女の胸元の銀のネックレスは、「エスター」という模様だ。

「もしかしたら、あなたはエスター？　きっとマダムがわたしのことを話したのね。写真も見たのかもしれないわね。でも、ふざけるのはこのくらいにして」

「ふざける？」彼女は戸惑った表情を浮かべ、数歩、後ろに下がる。「ボス、なにいってるんですか？　ふざけるはずないでしょう。何日も行方不明になっていた後で！」

3

わけがわからない。エスターという名の若い女性を、わたしはまじまじと見つめた。

「行方不明？　わたしが？」

彼女は激しく首を縦に振る。「みんな、死ぬほど心配したんですよ。ありとあらゆる場所をさがして、それでもまったく手がかりがなくて。最悪の事態まで覚悟して。そのボスが、いまこうしてピンピンした姿であらわれて、ふざけるのはこのくらいにして、とか。まさか行方不明そのものが、いたずらだった？」

わたしがこたえるよりも先に、スリムな体型の若い男性バリスタが大理石のカウンターのなかから出てきた。エプロン姿の若者はそのまま、タトゥーのある両腕で抱きしめようとする。

「待って！　あなたは？」わたしは大声で制止して若者から離れた。

「わたしの忠告を聞かないからよ、ダンテ！」エスターがにやにやしている。姉が弟をからかっているような口調だ。「顎ひげを伸ばすのはやめろと言ったのに。来週のアートのコンペでクールに決めたいからって、こんなひげを生やして」

「すみません、ボス。許可をもらうまで待つべきでした」若いバリスタは決まり悪そうに顎ひげを掻《か》く。「ケータリングのほうも相談したかったんですが、ミスター・ボスがゴーサインを出してくれました。ボスが留守のあいだに」

なんのことだか、さっぱりわからない。「確かに、わたしはいなかったわ、ミスター・ダンテ。もうここでは働いていないから」

エスターが顔をしかめた。「辞めたってことですか？　今回の行方不明はそういうことなんですか？　パークビューパレスの殺人とはなんの関わりもない？」

「殺人？」

「誘拐という線もあるけれど。それに関してくわしいのは、わたしたちよりも――」そこでエスターの声はさえぎられた。

「クレア！　もどってきたのね！」

そこでようやく、知っている声が聞こえてきた。

マダム・ブランシュ・ドレフュス・デュボワの声が。街の伝説的な存在であるこのコーヒーハウスのオーナーだ。わたしはエレガントなマダムの両腕に包み込まれた。

「神様が祈りを聞き届けてくださったのね」マダムが涙で声を詰まらせる。「いとしいクレア、あなたに二度と会えなかったらどうしようかと、心配でたまらなかった。でもね、希望を捨てることはなかった。わたしたちの誰ひとり、希望を捨てたりしなかったわ」

「また会えて、わたしもうれしい……」元姑で、メンターで、最愛の友であるマダムと再会して、力が湧いてきた。とはいえ、マダムの感情表現は大袈裟すぎないか。なにしろマダムとは、ほんの数週間前に会ったばかりだ。

「どうしてマダムがここに？　ピエールといっしょにヨーロッパに滞在しているものだと思っていました」

それを聞いてマダムが身を離し、涙に濡れたスミレ色の瞳でじっとこちらを見つめる。わたしもマダムを見つめた。

マテオの母親は、時折、ワードローブ、髪型、メイクをがらっと変える。だからいつも新鮮で、マダムのセンスは非の打ちどころがない。イメージチェンジ後にはかならず何歳も若返ったみたいになる。

けれども今回に限っては、そうではない。

確かに、ピンストライプの仕立てのいいパンツスーツはシックで、生地は最高級だ。すっきりした内巻きのヘアスタイルは頬骨の高い顔立ちを引き立てている。ただ、マダムは今回、完全な銀髪にしている。それに、メイクを変えたせいか、記憶にあるマダムよりもシワが多く感じる。なぜだろうと考えて、はっとした。

もしかしたら、深刻な健康問題が関係しているのかもしれない。だからクリスマスシーズンを控えたこの時期に帰国したのか。

「マダム、身体の調子はどうですか？」

「そっくり同じ質問を、いまあなたにしようとしたところよ」

「頭に問題が！」エスターが一気にまくしたてる。「だってビレッジブレンドを辞めたっていったんですよ。家族を捨てるのと同じだわ！」

「辞めることなど、できないわ。このコーヒーハウスはあなたに継いでもらうと決めたのだから」マダムだ。

「決めた？　いつですか？」わたしは頭を何度も横に振る。「わけがわからない。とっくに辞めているのに。何カ月も前に。マテオと別れた日に……」

噂をすれば影というけれど、そこにちょうど本人があらわれた。正面のドアの鈴が盛大に鳴り、世界で指折りの有能なコーヒーハンターが入ってきたのだ。マダムの息子、そしてわたしの元夫だ。

この母にしてこの息子あり。彼をひとめ見て、そう思った。マテオ・アレグロもイメージチェンジを図ったらしい。いつもは伸びてクシャクシャの髪を短く刈り上げ、ひげを伸ばしている——それもふさふさと。その黒っぽいひげの奥から白い歯がのぞいている。もちろん、変わっていない部分もある。肌がよく焼けているのは、熱帯地域を果敢に旅してまわってきたからにちがいない。そして、にやにやして態度が大きいのも変わらない。

「なんだよ、クレア。いままでどこにいたんだ？　あと少しで牛乳パックに失踪者としてきみの写真を印刷するところだったんだぞ！」

彼はわたしを抱きしめようとした。その顔をひっぱたいて暴言を浴びせずにすんだのは、ありったけの理性をかきあつめて必死にこらえたからだ。荒っぽいことはしたくなかった。

でも、こんな人に指一本触れられたくないから、ぐっと押しやった。

「なにするの。変な真似はよして。それから、いまのおかしな質問にこたえておくわ。わたしはニュージャージーで暮らしているの。十一歳の娘といっしょにね。娘は父親のあなたを慕っている。それなのに、あなたはあの子をずっと放ったらかし！」

「なんだって――？」

「とぼけないで。離婚して以来、ジョイに会いに来たのは、たった二回。あの子はまだまだ幼いのに。あなたいったいどうしたの、マテオ？」

ああ、また！　相手は戸惑ったような表情を浮かべている。

「どうしたんだ、クレア？」マテオの声に怒りはみじんも感じられない。とても心配そうだ。

「離婚したのは十五年以上も前だ」

十五年？　マテオは話し続けている。わけのわからないことばかり。すると、またあの感覚がよみがえってきた。公園のベンチで目を覚ました後の違和感が強烈に押し寄せてきた。

それは周囲の人たちにも伝わったようだ。エスターの心配そうな顔。ミスター・ダンテは困惑した表情。マテオは目の焦点が合っていないので、間が抜けて見える。マダムは驚きというよりも、驚愕の表情だ。わたしはわたしで、確かなものが確かでなくなっていく感覚と闘っていた。

が、ついになにかが決壊し、コーヒーハウス全体がグルグル回り始め、膝の力が抜けた。

「気持ちが悪い」わたしはつぶやいた。

「血の気が引いている！　フォームミルクみたいに真っ白！」エスターが叫んでいる。

「ダンテ、九一一番に通報して！　救急車でクレアを病院に運ばなくては」マダムの指示が飛ぶ。

「賛成」わたしは小さくつぶやきながら、ミスター・ダンテがおしゃれな長方形のひらたい装置を取り出すのを見ていた。ビレッジ界隈ではみんな、これを持っているのか。いまにも倒れそうになったので、誰も座っていないカフェ・チェアにつかまろうとした。背もたれをつかもうとした。が、つかめない。

「クレア！」マテオがこちらにちかづく。

よく磨かれた厚板の床に身体が衝突する寸前、マテオの両腕に抱きとめられた。今回は、抵抗しなかった。

4

病室にはシングルベッドが一台あるだけで、ほかにはなにもない。壁は胃腸薬の箱みたいな冴えないピンク色だ。そこに痛みを示すチャートが貼ってある。いくつも顔のイラストが並んで、痛みの度合いを表現している。

しばらくすると、にこやかな女性医師が病室に入ってきた。そしていくつか質問をした。同じ質問をERの看護師にも、入院時の担当医師にもされた――今日は何年、何月、何日ですか？

難問もあった。「なぜ、ワシントンスクエア・パークのベンチに？」

それはこちらが教えて欲しい。

女性医師は穏やかな調子で説明してくれた。なんらかの危害を加えられ、身体的外傷を負った可能性がある。頭部への打撲が〝混乱〟を引き起こしているのかもしれない、と。

その言葉に納得できたので、徹底的な検査を受けることに同意した。じっさい、それは文字通り徹底していた。

看護師三人と医師一人――ありがたいことに全員女性――がすべての衣服を取り払った。

人としての尊厳を守る最後の小さな布片にいたるまで一枚残らず。全裸となったわたしは丹念に調べられ、血液を採取され、口にするのもはばかられるような箇所まで調べ残しはなかった。

そこまでして見つかったのは、首の後ろの小さな痣《あざ》一つだった。大きさは三センチ足らずだ。針を刺して小さな傷ができた痕ではないかというのが、医師の見立てだった。なにか心当たりはあるかと聞かれても、そんな傷があることすら気づいていなかった。痛みもまったくない。わたしはそうこたえた。

次に身体と脳のCT検査のためにあちこちに連れていかれ、終わったところでまた冴えないピンク色の部屋に戻された。一連の検査を受けながら、わたしはニュージャージーに置いてきた幼い娘のことを繰り返しスタッフにたずねた。

「ジョイは無事なの？　誰があの子の面倒をみているの？」

その都度、娘さんはなんの心配もいりませんよと、にこやかな看護師からなだめられた。そればかりか、ジョイはわたしに会いにこちらに向かっているところだと教えてくれた。

こちらに向かっている？　子どもが一人で来られるはずがない。いや、元夫が連れてくるとしたら？　そうよ！　きっと彼が連れてくるのよ。マテオは車でトンネルを抜けてジョイを迎えに行っているはず……。

そこまで考えて、わたしは病院に入ってから初めて微笑んだ。マテオがようやく聞く耳を持ってくれた。娘をほったらかしにしないでと、口を酸っぱくしていい続けてきた甲斐があった。ジョイはきっとおおよろこびだ。パパを独占できる時間を、あの子はなにより楽しみにしているから。

快活な看護師がトレーで食事を運んできた――残念ながら、流動食だ。アップルジュースは常温でなまぬるいし、ビーフコンソメはなんとか飲み込めるレベル。ディカフェの紅茶はとうてい口にできる代物ではない。

そんな食事にわたしが集中しているとみて、看護師はドアをあけっぱなしにして出ていき、廊下で誰かと話を始めた。わたしはそれを聞き取ろうと、息を詰めて耳をそばだてた。看護師は、SPECT－CT装置の検査で〝脳の損傷あるいは疾病が認められない〟場合の〝心的外傷を防ぐためのゆるやかな現実見当識訓練《リアリティオリエンテーション》〟についてぼそぼそ話している。

どういう意味だろうかと考えていると、べつのスタッフがトレーを片付けにやってきて、出ていった。

個室にはテレビもないし、読み物もない。しかたないので窓の外を眺めているうちに、うとうとしてしまった。どれほど眠っていたのだろう。誰かが部屋に入ってくる物音で目が覚めた。もしやと期待して身を起こした。

が、入ってきたのは娘でも元夫でもなかった。がっかりして身体から力が抜けていく。そこにいたのは、まったく見覚えのない男性が二人。

彼らは警察バッジを示して刑事だと名乗った。名前はほとんど耳に入らない。なにがなんだかわからず、わたしはひどく動転していた。

年かさの警察官は背が高くて肩幅が広く、砂色の髪。着ているスーツはかなりシワが寄っている。若い警察官は筋骨隆々の体格だ。黒い革のジャケットをはおり、スキンヘッドと厳しい表情のせいで威圧的に感じる。

年長の刑事は好感の持てる顔立ちで物腰も穏やかだ。やつれた表情の彼の青い目は、じっとこちらを見据えている。穴があくほど見つめられて、いたたまれない心地だ。「なにか話せ」と無言のうちにせかされているような気持ちになる。

耐え切れず、わたしは口をひらいた。「娘のジョイはどこにいますか？　会いたいんです」

「まもなくここに到着します」砂色の髪の刑事はかすれた声できっぱりとこたえた。

彼は録音機を操作しながらも、一瞬たりとも鋭い青い目をわたしからそらそうとしない。視線にさらされて、病院のお仕着せの寝間着がこころもとなく感じて、思わずシーツをひっぱりあげた。

「話してくれませんか、ミズ・コージー。あなたが最後に記憶していることを」印象的な青い目の警察官がたずねた。

「今日？　それとも昨日のこと？」

それに対してこたえたのは、ギャング志望みたいな若いほうの警察官だ。「まずは今日のことから。目が覚めた時からのことを」低くてよく響く声だった。

わたしは目が覚めてからのことをひとつひとつ順を追って話した。ベッドではなく公園のベンチで目覚めたこと、見覚えのない服を着て、なぜそこにいるのかわからず、財布もカギも身分証明書もなにも持っていなかったことを。電話を借りるつもりで歩いて以前の職場に行ったら、初対面のバリスタふたりに知人のように迎えられたことも。

「そこに元夫がやってきました。わたしは急に具合が悪くなってしまい、救急車でここに運ばれて入院した。そしてこの不快なピンク色の部屋で刑事さんに尋問されている。ええと、なんとお呼びすればいいのかしら」

「わたしはエマヌエル・フランコ巡査部長。マニー、あるいはフランコと」

ウッドベースのように低く響く渋い声だった。が、気になるのは、もうひとりの刑事のほうだ。彼は伸び始めた茶色い無精ひげをこすりながら、「昨日」のことについて話してくれという。

かんたんだ。が、いざ思い出そうとすると、頭のなかが真っ白になった。なにも思い出せない。動揺しながら、やっとのことでこたえた。「たぶん、レシピをいくつか試作して、『クレアのキッチンから』のコラムの記事を書いたと思います」

「誰かと話しましたか？　あるいは、なにかを見てひどく動揺したおぼえは——」

印象的な青い目の刑事がいい終わる前に、閉まったドアの向こうが騒がしくなった。

「会わせて！」

若い女性の声だ。切羽詰まった様子で廊下で誰かといい争っている。なじみのある声だけれど、いったい誰の声だろう。

「待て！　入るな！」男性の声だ。これはわかる。元夫が到着したらしい。

「彼女を止めて！」医師の声が飛ぶ。

ドアがいきおいよく開いて、二十代と思しき女性が飛び込んできた。あまりにもいきおいがよかったので、快活な看護師もスキンヘッドの若い刑事も彼女をつかまえられない。

「ママ！」彼女は叫びながら、あっというまにベッドサイドにやってきた。「すごく心配したのよ！　何日間も行方がわからなくて！」

若い女性はなおも話し続けている。けれども最初の言葉以外は、なにも耳に入らない。ママ⁉　とんでもない人ちがいだ。若い女性に言葉をかけようとした。が、思わずはっとした。緑色の瞳。卵形の顔、栗色の髪。見知らぬこの女性は、なぜかわが子にそっくりだ。娘が成長したら、こんな姿になるのではないか。

「ジョイ！　落ち着くんだ！」若い刑事が彼女を引き戻した。

ジョイ？

こわごわと彼女の緑色の瞳を見ると、悲痛なまなざしで涙がいまにもあふれそう。やはりそうか、と直感した。

が、理性ではとうてい受け入れられない。

この女性と十一歳の愛しいわが子が同一人物だなんて。たったひと晩でおとなに？　信じられない。

息が苦しくなり、世界がグルグル回り始めた。

「ママ！　ママ！」ジョイが叫んでいる。さきほどの希望に満ちた呼びかけとは裏腹に、不穏な叫びだった。

快活な看護師は険しい表情になり、いそいでわたしの傍らにやってきて脈を取った。わたしが仰向けにベッドに倒れ込むと、元夫のうめくような声がきこえた。

「心的外傷を防ぐためのゆるやかな現実見当識訓練どころじゃない」

頭が混乱したまま、わたしは口を半ばひらいてぼんやりと状況を眺めている。なぜかおとなの姿になっているわたしの娘を、スキンヘッドの若い警察官が抱きかかえるようにして部屋から連れ出そうとする。年かさの警察官は出ていこうとする彼女に呼びかけた。

「心配いらない、ジョイ。これから専門家がやってきてきみのお母さんを診てくれる。みんながトップクラスの専門家と太鼓判を捺《お》す人物だ。時間はかかるとしても、かならずわたしたちのクレアを取りもどせる」

頭はなおもクラクラして、冴えないピンク色の壁がしだいにぼやけていく。わたしは小さくつぶやいた──。

「わたしたちのクレア？　どういう意味？」

5

マダム

専門家の診察を受けたものの、クレアは翌日になっても回復しなかった。なんの進展もないまま数日が過ぎ、マダム・ブランシュ・アレグロ・デュボワの心配は増すばかりだった。クレアを診た専門家から直接話を聞こうと、クィン刑事に調整を依頼した。当然ながらマダムの息子マテオはその会合に自分も出席するといってきかなかった。

孫娘も加えたものかどうかブランシュは迷ったが、母親の記憶喪失をまだ受け入れることができないジョイには会合が終わってから話そうと決めた。専門家との話し合いはできる限り冷静に進めるつもりだった。

クレアを病院に残し、ブランシュ、マテオ、クィン刑事は一台のタクシーに乗り込んでアップタウンの専門家のオフィスを訪れた。なごやかに挨拶を交わした後、本題に入った。

ブランシュの目から見ても、ドミニク・ロルカ医師はカリスマ性をそなえた人物だった。話す時にはかすかにポルトガル語のアクセントがまじり、瞳は漆黒にちかい濃い色、髪の毛はくるりとカールしてなんとも魅力的だ。

オフィスの壁には、彼の患者であるセレブたちの写真がこれみよがしに飾られている。ロルカ医師はスター御用達の精神科医としてケーブルニュースにしばしば登場し、メンタルヘルスのエキスパートの立場から発言する。ニューヨーク市警が手がけた難事件の捜査に協力したこともある。クレアの頼もしいフィアンセとこの医師の接点はそのあたりにあるのだろうと、ブランシュには察しがついた。しかもロルカ医師は無償での治療を申し出てくれた。なんと寛大な人物だろう。

にもかかわらず、クレアの治療方針についてロルカ医師の説明を聞いたブランシュは、クィン刑事に同情せずにはいられなかった。もしかしたら、後悔しているのではないだろうかと。マテオはロルカ医師への反発を隠そうとしない。そしてはっきりと口に出した。

「クレアとの面会を禁じる？　そんなことを強制されるおぼえはない。彼女は妻だ！」

「元の、が抜けている」訂正したのはクィン刑事だ。「別れたのはクレアに対するきみの裏切りが原因だ。それも一度や二度ではない」

マテオはくやしそうだったが言い訳などはいっさいせず、ロルカ医師に直談判した。

「クレアとはちゃんと和解している。いまでは良好な関係だ」

クィン刑事が異議を唱えた。「そんなことは通用しない。良好な関係になるまでの記憶をクレアは失っているんだ。いまの彼女にとってきみは要注意人物だ」

マテオがいい返す前に、ロルカ医師が咳払いをした。「刑事さんの指摘通りです、ミスター・アレグロ。ミズ・コージーを診察したところ、あなたに対しては……負の感情を抱いている」

大きなデスクの向こう側でロルカ医師は専門家らしく悠然とした態度だ。両手のひらを合わせ、その指先をまっすぐマテオに向けた。

「理解してさしあげることがだいじです。あなたに対してはひじょうにとげとげしい感情を抱いている。彼女にとって離婚にまつわる苦しみは、つい最近の生々しいものなのですよ」

「だとしても、クレアは少なくともぼくを認識できている。いっぽう、ここにいるクィンに関しては白紙だ。彼女にとっては見ず知らずの他人でしかない」

あえてきつい言い方をするのは、クィン刑事のつらさに追い打ちをかけたいからだ。しかしクィンはデスマスクのような無表情を貫いた。その表情のまま医師を見つめて問いかけた。

「警察がクレアに二回目の事情聴取をおこなえるのは、いつになりますか。彼女はなにも思い出せないかもしれませんが、ご存じの通り、大きな事件の証人には変わりない。わたしは捜査を直接担当してはいませんが、事情聴取には立ち会うつもりで——」

ロルカ医師が片手をあげてクィンの話をさえぎった。

「おっしゃる件について、いまのところ患者はまったく記憶がない。この数日間、退行催眠法を含めいくつものアプローチを試したが、効果は得られなかった。いま、彼女にこたえを求めて質問をしても、苦しめるだけだ。それゆえ今後、当局による事情聴取にはかならずわたしが立ち会います。そしてあなたの同席は認められない」

「わかりました。確かに、この事件に関してわたしは利益相反の立場にあります。しかし、もう一度彼女に会いたい」

「あきらめてください。わたしはこれからミズ・コージーを、失われた記憶、いわば人生の空白部分から切り離すつもりです」

「切り離す？」

医師がうなずく。「隔離された状況で彼女が自分で記憶を取りもどすためにね。思い出せない場合には、まったく新しい人生をスタートさせることになるでしょう」

マイク・クィンは腹を一撃されたような表情だ。

マテオが腕組みをする。「聞いたか、デカ？　彼女はぼくを恨んでいるかもしれないが、少なくとも、ぼくと夫婦だったことは憶えている。だがきみはこの先も、無名のその他おおぜいのままだ」

クィンの顎に力が入る。「たとえ最悪の事態になったとしても、もう一度白紙の状態からスタートすればいいだけの話だ。しかしアレグロ、きみはこの先もずっと、彼女にとっては顔も見たくない相手だ」

ブランシュがため息をついた。同じ女性を愛する男二人を同席させたのがまちがいだった。『カサブランカ』でイングリッド・バーグマンを愛するハンフリー・ボガートとポール・ヘンリードのようにはいかないらしい。たとえるなら、アーサー王と王妃グィネヴィア、そして円卓の騎士ランスロットの三角関係だ。事はロマンティックには運ばず、こじれた挙げ句、誰もが不幸となる結末を迎えてしまうかもしれない。

分別のある（はず）の男同士が、これ以上傷つけ合うのを見るのはつらい。そこでブランシュは発言した。

「ロルカ先生、もう少しくわしく説明していただけますか？　医学的な見地からいって、具体的にクレアにはどんな問題があるのでしょう？」

「彼女が示す独特の症状は、解離性健忘の一種であるように思われます。まれなケースですが。この症状は一時的もしくは恒久的である可能性があるため、記憶を取りもどせるかどうかを判断をするには時期尚早です」

「なにが原因なんでしょう？」

「一般的に記憶喪失の原因は複数考えられます。疾病、欠損、損傷、アルコールあるいは薬物の乱用も。心的外傷が原因となるケースも、わずかですが、なくはない。ミズ・コージーの検査結果を見るかぎり、身体的な原因であるとは考えられない」

ブランシュが眉をひそめた。「隔離という方針は、納得できないわ。ケガでも病気でもないのであれば、なぜ退院できないのかしら？」

「身体的なレベルでは健康といえますが、ミズ・コージーは精神的にひじょうに脆《もろ》い状態です」

「精神的に脆い？　クレア・コージーが？」ブランシュは笑いを懸命にこらえた。「失礼、でもわたしは先生よりもずっと、彼女をよく知っていますから」

「まさに、そこなんですよ、ミセス・デュボワ。彼女はもはや別人です。考えてもみてください。もしも退院したらミズ・コージーはどこで暮らしますか？　彼女はニュージャージーの郊外の小さな家のことをしきりに口にしますが、そこはとうに売り払っている」

「うちのコーヒーハウスの上階に二フロア分の住まいがありますから、そこで。もともとクレアの自宅です」

「はたしてそれでクレアの精神状態がもつかどうか。彼女、すでに廃刊になっているニュージャージーの新聞にいまもコラムを連載していると信じています。あなたのコーヒーハウスのマネジャーだった記憶が残っているにしても、それは現在のスタッフがいなかった時期のものだ」

そこでマテオが発言した。「そうなった原因は、つまりなんらかの心的外傷ということですか？　なにかを見たり経験したりしたことに関係していると？」

「警察によれば、行方不明になる前にミズ・コージーはある犯罪を目撃していた。民間の防犯カメラがそれをとらえていたそうですよ」

「まるで、ぼくの元妻にとって犯罪を目撃することが〝初めての経験〟のような言い方だな」マテオは鼻先で笑い、母親に目配せをした。「クレアの経歴を、これっぽっちもわかっていないようだ」

「経歴などもはやなんの意味もないのですよ、ミスター・アレグロ。記憶が自然によみがえらない限り、ミズ・コージーは自ら人生を書き換えていくことになる。ともかく……」医師は腕時計を確認した。「来週には入院できるように手配しましょう」

「どういう意味ですか？　すでに入院していますよ、マンハッタンの病院に」クィンだ。

「あそこは急性期の患者のためにベッドを空けておく必要があります。ミズ・コージーは身体面の問題がないので、わたしのクリニックで受け入れ……」そこからロルカ医師は、自身のロルカ脳研究およびメンタルヘルス研究所で重要な研究を進めている旨を説明し、つぎのように述べた。「州北部《アップステート》の施設に移し、最良のケアを提供します」

「アップステート？」冷静な面持ちを崩さなかったクィンが、表情を変えた。

「そうです。ミズ・コージーは治療に同意しましたから、ここ数日のうちに転院してもらいます」

「そんな勝手な真似はゆるされない！」クィンが立ち上がった。「クレア・コージーは重大な犯罪の目撃者です。彼女の証言によって被疑者が特定されるとなれば、当然、身の危険がある」

「落ち着いてください。ミズ・コージーは二十四時間、観察下に置かれます。身の危険はいっさいありませんよ。それから、あなたは怒りの感情をもっとしっかりコントロールなさったほうがいい。さもなければ警備の者を呼ぶことになりますよ」

「呼んだらいいだろう！」クィン刑事はロルカ医師のデスクに両手をドンとつき、ぐっと身を乗り出して医師を見おろす。「ホテルのオーナー、アネット・ブルースターが誘拐された現場にクレアが居合わせたことは、われわれの捜査であきらかだ。クレア自身、一週間行方不明になっていた。その間どこにいたのかは不明だ。ミセス・ブルースターとともに連れ去られ、なんとか逃げ出した可能性はある。単独犯にしろ複数犯にしろ、いまだ確保されていない以上、いつクレアの命が狙われてもおかしくない。だからクレアの証言には重要な意味がある。それにクレアには権利があるはずだ。これまでの人生をともにしてきた人々と再会する権利が！」

「彼女の主治医はわたしですよ、刑事さん。あなたではない。こんな乱暴なふるまいは大変に心外ですな。いますぐ腰をおろすか——さもなければ出て行くか」ロルカ医師はドアを指さす。「選ぶのはあなただ」

クィンは両手を拳に握り、「絶対に彼女は渡さない」とひと言残し、まっすぐ部屋から出てバタンとドアを閉めた。

ブランシュがため息をついた。こうなることはわかっていたような気がする。

ロルカ医師が首を横に振る。「いいおとながあのように自制心を失うとは、じつに残念だ。それに彼はたいへんな誤解をしている。ミズ・コージーがこの街を離れるのは、あくまでも治療のためですよ」

「それはいつまでなのかしら。アップステートの治療施設にどのくらいの期間、入院することになるんでしょう？」

医師が椅子の背にもたれ、またもや両手のひらを合わせた。「ミズ・コージーの治療には、専門家としておおいに意欲がかきたてられます。彼女の状態を観察し、脳の活動を診断し、治療のプロトコルの決定までにはある程度の時間が必要です。週単位の期間となるはずです。おそらく月単位——」

「月単位！」今度はマテオが立ち上がった。「バカバカしい！」

ロルカ医師がドアのほうを示す。

「ああ、わかっている！　乱暴なふるまいが大変に心外なんだな」マテオは腕を組み、腰をおろす。「これでいいんだな？」

ブランシュは深呼吸をして気持ちを落ち着けた。そうでもしなければ、クィン刑事やマテオと同じように反応してしまいそうだった。いらだちをぐっと封じ込めてロルカ医師に話しかけた。

「最良の措置であると確信されているのは、よくわかります。ですが、納得はいきません。クレアの親しい人々、彼女を愛している人たちからなぜ引き離すのか」

「彼女と親しく、彼女を愛する人々が妨げとなるからです。そういう人々と接して混乱したり当惑したりすれば、精神的な安定を取りもどすことが困難になります。わたしを信頼してください。最良の結果を出してみせますよ。この方法はリバーサイド・パークのケースで実証ずみです……」

やはりそのことを持ち出してきたかと、ブランシュは思った。有名な事件だった。ロルカ医師はそれを題材にして本を執筆し、ベストセラーとなり、後にケーブルテレビでドラマ化された。

事件が起きたのは五年前、大学教授夫妻がアッパーウエストサイドの自宅近くのリバーサイド・パークを歩いていた時だ。不注意なサイクリストが妻にぶつかり、頭を負傷した彼女は二カ月間、昏睡状態となった。ようやく目が覚めると、二十五年間の結婚生活の記憶も成人した三人のわが子の記憶も失っていた。最初の夫と結婚していて一番年長の子どもは幼児、と信じて疑わなかった。

専門家たちは口をそろえて、記憶を取りもどすのはほぼ絶望的だと現在の家族に告げた。そこに、ロルカ医師が登場した。

一年かけて治療した末に、その女性の記憶の一部がよみがえった。夫妻はあらためて結婚の誓いを立てた。事故が起きた現場で一般の人々が見守るなかで式がおこなわれ、その模様は海外にも報道された。

「その〝治療〟はクレアにとって、つらいものなのかしら？」

ロルカ医師がうなずく。「時にはつらい思いもするでしょう。しかし献身的なスタッフが支えますから、ご安心ください。セラピーの過程では、必要に応じて最新の脳のサプリメントと抗不安薬を使います」

薬という言葉にマテオが反応し、ロルカ医師を睨みつけた。「そのご大層な治療計画を、クレアは承知しているのだろうか」

「ちゃんと話し合っていますよ。状況を説明し、治療を受ける同意を得ています。ミズ・コージーは自傷のおそれがあるとわたしは見ています。彼女の主治医として、ベストな治療方法を決定する責任がわたしにはあります」

「会えますか？」ブランシュは感情的にならないように必死だった。「クレアはわたしのことをよく憶えています。なんのわだかまりもないわ。話してもかまわないでしょう。しばらく離れる前に、せめて別れの挨拶くらい」

「申し訳ないがミセス・デュボワ、許可できません。彼女の状態を悪化させるおそれがあります」

「悪化させる？」叫んだのはマテオだ。

「ミズ・コージーが思い出せない話題が出れば、動揺させてしまう。じっくりと時間をかけることです」そこでロルカ医師はいかにもわざとらしく笑みを浮かべた。「わたしを信頼してください」

マテオはドアをバタンと閉めて出ていった。ブランシュも息子の後を追った。頭のなかはすっかり混乱していた。

クレア・コージーは娘同然のいとしい存在で、街のランドマークとなっているコーヒーハウスの跡継ぎだ。クレアには母親思いの娘ジョイがいる、すぐれた人格の婚約者がいる。その彼女が、アップステートの精神科の研究所に連れていかれる。彼女を大切に思う人々から切り離されてしまう。

ほかに方法があるはず！

6

建物から外に出たマテオは、むしゃくしゃする気持ちをひたすら歩いて発散している。ブランシュは大理石張りのロビーで足を止めた。クィン刑事の姿を見つけたのだ。彼はちょうど携帯電話の通話を終えるところだった。

「どうしてあんなふうに出ていったの？　ロルカ医師を説得しようともしないで」つい責めるような口調になってしまう。

「こちらに勝ち目はない」クィンは充血した目をこする。「いま病院の責任者と話したところです。クレアはあの医師の治療を受けることに同意して署名したそうです。つまり彼は合法的にクレアを隔離し、セラピーをおこなう権利がある」

「それが彼女の意思のはずがないわ！　きっと言葉巧みに誘導されたのよ」

「まさか」

「あの人物を見たでしょう。背が高くて、漆黒にちかい潤んだ瞳とチャーミングな巻き毛。そしてにじみ出るクールな自信。いまのクレアみたいに混乱して心細い状態の女性はああいう人物の甘い言葉には弱いはずよ。かんたんにいいなりになるわ」

クィンの顔がゆがむ。「理由はどうあれ、彼女は同意した。それは覆しようがない」

「クレアの治療には専門家としておおいに意欲がかきたてられるといった時のロルカ医師の目、見たでしょう」ブランシュが嫌悪感たっぷりにため息をついた。「次のベストセラーの題材にするつもりよ。そもそも〝最先端〟の薬物を使ったセラピーの中身がわからないわ。クレアはロルカ医師のモルモットにされてしまうのかしら」

「ともかく、いまの状態ではわれわれには手出しできない。彼がクレアの主治医であり、治療の責任者である限り」

「クレアが別の医師にセカンドオピニオンを求めたら？　それなら話はちがってくるわ」

「それにはこちらからの働きかけが必要だが、隔離されてしまうとむずかしい。自傷のおそれがあるとロルカ医師が判断すれば、強制入院という可能性もある」

「どうしてあんな人を巻き込んだの？」

クィン刑事はまごついた表情だ。「わたしはなにも。ロルカのほうからアプローチしてきたんですよ。病院の知り合いを通じてクレアの件を知ったと」

「そうだったの。すっかり誤解していたわ」ブランシュはそこで気持ちを切り替え、クィンをしっかりと見つめた。「いまわたしたちに、できることは？」

「やれることをすべて。地区検事に電話してみます。刑事長にも。うまくいけば、ニューヨーク市警の幹部の権限で、クレアを転院させずに目撃者という理由で街に留め置くことができるかもしれません」

「ここにいたのね！」

「ああ、まずい」ブランシュがつぶやいた。孫娘の声が聞こえたのだ。振り向くと、ジョイ・アレグロがオフィスビルの重たいガラスのドアを押して入ってくるところだった。

クィンが眉根を寄せた。「彼女にはどの程度まで話しますか？」

ジョイはいきおいよく手を振りながら急ぎ足でロビーを突っ切ってくる。

「パパからメールを受け取ったわ。話し合いをしたんですって？　もっと早く知らせてほしかったわ。わたしも参加したのに！」

ブランシュはクィンに目で合図した。話はわたしにまかせて、と。

ジョイの後ろからは恋人のフランコ巡査部長が心配そうな表情であらわれた。午後のひざしを受けてスキンヘッドが光っている。彼はレザーのジャケットのファスナーをおろし、その場で足を止めたまま、ジョイが祖母を抱きしめるのを見守っている。

「話し合いの結果は？　ドクターはなんて？」なにも知らないジョイは期待に満ちた明るい声だ。「ママは今日退院するの？」

「それは、まだよ。ドクターによれば、もう少しかかるそうよ」

「ママに会える？」

「いまはまだ。でも、じきに会えるわ」

それが気休めであると、若い巡査部長フランコは見抜いている。彼が上司であるクィン刑事に目配せをしているのを見て、ブランシュはそう悟った。クィン刑事はむっつりと黙り込んだままだ。フランコは事情を察したのか、いっさい質問しなかった。

ジョイのくちびるが震え、怯えたような目に涙がみるみるたまっていく。ブランシュは孫娘をぎゅっと抱き寄せた。「泣かなくてもいいの。あなたのママの健康状態はまったく問題がないそうよ。ドクターを始め、皆とても前向きよ。だからかならず元通りのクレアにもどるわ」

「会いたい！」

「ええ、わたしたちも同じ。いまはとにかく待ちましょう」

ジョイは濡れた頬をジャケットの袖でぬぐう。「それでもじっとしていられない。わたしになにができるかしら」

「自分の人生をしっかり生きること」ブランシュの声には力がこもっている。「クレアは戻ってきたわ。もう行方不明ではない。しかも無傷で、身体は健康そのものだそうよ。これはすばらしいことよ。だからあなたはひとまず、ワシントンに帰りなさい」

「いやよ！」

「いいえ。仕事が待っているでしょう。あなたはビレッジブレンドDC店のマネジャーなのだから。クレアだって、きっと同じことをいうはず。そうは思わない？」

ブランシュはフランコの方を向いた。「ジョイを車でワシントンDCまで送ってもらえる？お願いね。ひとりで飛行機に乗せたくないの。今夜のうちに出発するといいわ。ふたりきりのドライブ旅行だと思って楽しんでね。週末も向こうでいっしょに過ごしたらどうかしら」

フランコはクィンをちらりと見ると、クィンがうなずいた。

「それがいい。OD班でよく働いてくれた分、しっかり休養をとってもらいたい。ジョイが落ち着くまでそばにいてやってくれ」

「こちらの状況はこまめに連絡するから。ママにはすぐに会えるわ。わたしを信じて」ブランシュはジョイに約束し、別れの抱擁をした。

けれどブランシュは、その約束をどうしたら守れるのか自分でもわからなかった。クィン刑事も前向きとはほど遠い心境だ。ジョイがフランコとともにブロードウェイをわたってセントラル・パークへと歩いていくのをブランシュは見送った。クィンは携帯電話を確認し、いまいましそうにつぶやいた。

「刑事長から折り返しの電話がまだかかってこない」クィンは胸ポケットに電話を押し込んだ。「いまからワンポリスプラザに行って直談判してみます」

ブランシュが彼の腕をぎゅっとつかむ。「うまくいくよう祈っているわ、マイケル」

思いがけなく、クィンはかすかに微笑んだ。「ここからが勝負ですよ。進捗状況の報告にコーヒーハウスに立ち寄ります。約束します」

7

クィン刑事は約束を守った。が、彼が店を訪れたのは、その日の夜九時をまわったころだった。

雨が筋を描くビレッジブレンドの窓越しに、ブランシュは肩幅の広いクィン刑事の姿を見つけた。ハドソン通りを横断する彼は苦虫をかみつぶしたような表情だ。冷たい雨に打たれたその姿は、嵐のなかで漂う流木片のようなわびしさを漂わせていた。

ブランシュは正面のドアでクィンを出迎え、ずぶ濡れのトレンチコートを脱ぐのを手伝い、煉瓦《れんが》造りの暖炉のそばの暖かい席へと強引につれていった。

すぐにエスターがフレンチプレスのポットでコーヒーを運んできた。使われているのはエルサルバドル産の美しいシングルオリジンだ。ブラウンシュガー、熟したストロベリー、レーズンの香りのみごとなコーヒー豆は、四世代にわたる家族経営のラ・プロヴィデンシア(神の導き)という農園《フインカ》でマテオが買い付けたものだ。クレアは行方不明になる直前に、その豆を焙煎していた。クレアが帰還したのは神の導きにちがいないとブランシュは考えていた。心持ち深く祈りながら彼女は静かにプランジャーを押し、二つのカップにたっぷり注いだ。クィンは注がれたコーヒーをまず半分ほど飲んでから、はっきりと告げた。

「打つ手なしです」

「それをいうために、こんな遅くに?」

「やれるだけのことは、やってみました。刑事長にじかに話をし、女性捜査官ふたりがクレアの面接をおこなうよう指示してもらいました。事情聴取にはロルカ医師が立ち会い、彼はわたしの同席を拒んだ。結果的に、クレアはアネット・ブルースターが誘拐された夜のことをなにもこたえることができなかった。彼女が記憶に障害をきたしていることをロルカ医師が断言した。つまり、証人としての役割をはたせないということです」

クィンは首を横に振り、続けた。「そこで別のルートから攻めることにした。ロルカの診断に異議を唱え、クレアと彼を切り離すことを考えた。わたしをオフィスから叩きだした。地区検事長にこちらのあきらかな利益相反を指摘して、わたしをオフィスから叩きだした。が、コミッショナーは動かなかった。地区検事長にも会いに行ったが、取りつく島もなかった。OD班の業務と密に連携している地方検事補がこっそり内情を打ち明けてくれましたよ。ロルカ医師はセレブに顔が売れているので、パーティーの資金調達に欠かせない重要人物だそうです。金のなる木ってことですよ。だから、地区検事長、市長、市長が任命した警察本部長がロルカ医師に異議を唱えることはあり得ない。そういうことです」

「つまり?」

「手持ちの駒はなくなった、ということです。裏から手をまわす方策が尽きた以上、法律事務所と契約して裁判に訴えるという形でロルカに立ち向かうしかない」

「膨大な時間がかかるわね。週単位、それこそ月単位で。その間、クレアはアップステート に隔離されてわたしたち皆と会えないまま。薬漬けにされてロルカの次のベストセラーの材料になる」

クィンの身体から力が抜ける。「あちこち一日かけずり回った挙げ句、なんの成果もないとつい考えてしまう……」

「なにを？　きかせて」

クィンは空になった自分のカップに目を落とす。「もしかしたら、この〝治療〟はクレアにとって最良のものかもしれない。彼女は心底、それを求めているのかもしれない」

「まあ、やめてちょうだい！」ブランシュが打ち消すように片手を振る。「あなたは疲れているわ。疲れ過ぎて、そんなふうに考えてしまうだけ」ブランシュはポットを持ち上げてお代わりをカップに注いだ。「わたしにはあなたという人がよくわかっている。決してあきらめるような人ではないわ」

「あきらめる、あきらめないの問題ではないんです。現実に向き合わなくてはならない」クィンは目をそらす。充血した目に、雨に打たれた窓が映る。

「病室で最初にクレアの姿を見た時も、そして彼女がわたしを憶えていないとわかった時も、自分自身に大丈夫だといい聞かせた。たとえ彼女の記憶が戻らなかったとしても、彼女を取りもどすチャンスはある、もう一度彼女に愛されるチャンスはあるのだと。クレアはクレアのままなのだから、と。そうですよね？」

　彼は二杯目のコーヒーを少し飲んで、続けた。「もちろん、それはわたしの一方的な言い分であるのはわかっています。おそらく、あなたはクレアが自分の息子と元の鞘《さや》におさまることを望んでいる」

「そう思ったこともあったかもしれない。でも、いまはちがうわ」

「なぜ？」

「なぜなら、クレアがつらい結婚生活を送ることになった原因は、このわたしにあるから」

「そんなばかな」

「いいえ、ほんとうよ」

　このことだけは死ぬまで自分の胸におさめていようと、ブランシュは決めていた。相手がマイケル・クィンなら、なおさらだ。しかし、もはやそれが許される状況ではない。彼はそれを知る資格がある。知る必要があるのだ。

「初めて会った時、クレアは十九歳だった。そしてわたしの息子の子どもを身ごもっていたわ。彼女はほとんど身寄りもなくて。母親は何年も前に彼女を置いて出ていき、育ててくれた祖母は亡くなったばかり。マテオもまだ若くて、クレアとたいして年齢は変わらなかった。まだまだ子どもだった。それでもわたしはマテオに強くいってしまった。結婚を申し込むようにと」

「つまり、彼は乗り気ではなかった？」

「マテオは妻子への責任を背負いたくないといったのに、わたしが強く勧めたのよ、クレアとの結婚を。こんなふうにマテオを説得したわ。まだ身を固めたくないのなら、もっと放蕩生活を続けたいのなら、旅先限定で羽を伸ばせばいいのだと。『遊びなら、コーヒーの調達で海外に行った時でいいじゃないの。だからクレアとはいますぐに結婚して父親になりなさい。いつでも迎えてくれる家庭を築くのよ。若い時にはそのありがたみなどわからないだろうけれど、きっといつか、身にしみるはず。わたしが保証するわ』といった。『海外での女性関係』をクレアに気づかれないようにしてくれれば、わたしは知らんぷりをするとも」

ブランシュはおずおずと視線をあげた。クィンの表情は読み取れない。

「クレアのためと思って、息子を説き伏せた。そしてわたしの孫娘のために。クレアと赤ちゃんの世話を、この手でしたかった。無事に結婚した後は、クレアにこのコーヒーハウスの仕事を教えるのがほんとうにうれしかった。ビレッジブレンドの経営にマテオはまったく興味がなかったのよ。いつのころからか、このコーヒーハウスはビレッジのランドマーク、レガシー、そして歴史の一部となっていた。ニューヨークではこれまでにあまりにも多くの店が消えていったわ。ドードー鳥が絶滅していくようにね。わたしの愛するコーヒーハウスにはそんなふうになってほしくなかった。これまでわたしがやってきたように、店の明かりをともし、暖炉の火を燃やし、コーヒーをいれることによろこびを感じる誰かに引き継がなくてはと思っていたの。その誰かが、クレアだったのよ。けっきょく、わたしは自分の都合のために、そしてクレアとジョイのために、息子に結婚を強要したことになるわ」

「妻を裏切る許可を息子に与えた、ということですか?」とがめる口調だった。

「客観的に見れば、そういうことになるわ。恥ずべきことね。ただ、わかってもらいたいの。当時のわたしは、気が気ではなかった。一刻の猶予もないと思い詰めて、これが皆にとって最良の選択なのだと、そう考えてしまった」

そこでクィンの目をじっと見つめ、ブランシュは続けた。「クレアはいったん決心したら、絶対に貫き通す性格よ。いまも昔もね。なにがあっても赤ちゃんを産むと決めていたわ。マテオと結婚しなければペンシルベニアに戻るとわかっていた。いかせては行けないと思ったのよ。身重の身体のクレアをそんな目に遭わせるなんて、耐えがたかった。心のどこかで期待もしていた。息子が成長してくれるのではないかと。夫として、父親としてりっぱに務めを果たしてくれるのではないかと。おとなとしてじゅうぶんに成熟すれば、いい夫になろうという時がきっと訪れる」

ブランシュがため息をつく。「残念ながら息子の性格はあの通り、一カ所に留まることに満足しない――たったひとりの女性と人生をともにすることにも。そしてクレアが求めているのは、安定した家庭と誠実な夫よ。これからもずっと」

ブランシュが両手でクィンの手を取り、とまどう彼に向かっていった。

「マイケル、クレアのパートナーはあなた以外に考えられない。あなたのどっしりした安定感はクレアの勇気の源になる。そしてあなたの力の源は、クレアのやさしさね。わたしはちゃんと見てきたわ。あなたたちがおたがいを理解し、尊敬し、深い愛情を抱くようになった経緯をね。あなたたちが無言でたがいを見つめるまなざしからも、ちゃんと伝わってくる。亡くなったマテオの父親とわたしもそうだった。あなたたちは、たがいになくてはならない相手なのよ」

クィンがごくりと唾を呑み込む。「絶対に彼女を失いたくない。しかし、これ以上いったいどうすればいいのか」

ブランシュは彼の手をやさしく叩いてから離した。「家に帰って、少し休むといいわ。後はわたしにまかせて」

「どうするつもりですか？」

ブランシュがウィンクしてみせる。「マザーグースの童謡に、靴のお家に住むおばあさんが出てくるでしょ。わたしはあのおばあさんよりちょっとだけ賢いのよ」

8

クレア

栗色の髪から白髪を選り分けて、ぐっと引き抜いた。病院の化粧室の鏡に映る自分をしみじみと眺めて、失った歳月と引き換えになにが加わったのかを観察した。

ふいにバカバカしくなった。

いくら見たところで、わたしはわたし。クレア・コージーのままだ。だいいち、そんなにちゃんと見えたわけではない。

泣いたせいで目が真っ赤に充血してまぶたが腫れているので、シワがどれくらいあるのかわからない。ふだんは白目が澄んでクマもないはずなのに。口の脇にあったはずの笑いジワはなくなっている。ずっと顔をしかめて力んでいたからだ。

白髪は次々に見つかった。どうしてこんなに増えたのか。思春期前後の娘をひとりで育てるのは、たやすいことではなかったのだろう。記憶がないので、一夜にして娘がおとなに成長してしまったように感じられる。

それが、ひどくこたえた。ジョイの記憶には幼いころからのわたしとの思い出がなにもかも残っている。それなのに、わたしは空っぽだ。話したい。ジョイと、そしてマダムと。そして――。

ダメ！　彼はだめ！　マテオなんか！

わたしは頭を振り、一瞬でもそう思ったことを後悔した。裏切られて煮え湯を飲まされるような思いをしたのに、あの日々が過去のものになっているなんて、どうしたって納得できない。何度も裏切られた。裏切りが当たり前になっていた。ニューヨークにわたしを残して彼がコーヒー豆の調達のために海外出張にでかけるたび、同じことが繰り返された。

夫の裏切りにあった屈辱と離婚の痛みは、いまも生々しく残っている。とはいえ――。いまはそんなことにこだわっている場合ではない。ロルカ医師は、わたしの記憶の空白部分に関係する人たちをシャットアウトする方針だ。それがわたしの回復のために必要であり、新しい環境に移れば記憶がもどりやすくなる――ロルカ医師はそう断言したのだ。

でも、あなたはそんなことは望んでいない。

自分のなかのうんと深いところから、小さなささやきがきこえた。

「望んでいない？」気がついたら、小さく声に出して聞き返していた。

いまいちばん必要なのは、家族でしょう？　なぜ離れなくてはならないの？　あなたを愛している人々と。

「わからない。それが医師の判断なのよ」

もつれた髪を手櫛《てぐし》でととのえた。鏡に映っているのは、頭が混乱して険しい表情を浮かべた女だ。わたしは鏡に背を向けた。

ロルカ医師に不信感を抱いているわけではない。とても寛容な人物で、治療費は不要だという。人当たりがよくて、魅力的な容姿で話がおもしろい。そして立ち居振る舞いも洗練されている。先日、病室にやってきたふたり組の刑事とはおおちがいだ。

スキンヘッドで革のジャケットを着た刑事は妙な迫力があった。そして砂色の髪の刑事。背が高く、着ているスーツにはシワが寄っていた。青い目でじっと見つめられると、自分がとんでもない罪を犯しているような、いたたまれない気持ちになった。

二度目の事情聴取を担当した女性警察官ふたりは、もっと穏やかな雰囲気だった。そしてわたしの証言に納得してくれた。パークビューパレス・ホテルを訪れた記憶も、ホテルのオーナーであるアネット・ブルースターという人物に会った記憶もない、とわたしは証言した。そこで起きた犯罪を見た憶えがまったくなかった。犯罪そのものについて、なにも思い出すことができなかったのだ。

その犯罪のことが、無性に気になっている。

ふたりの女性警察官の質問から判断して、あきらかにわたしはミセス・ブルースターの誘拐を目撃している。もしかしたら、彼女は殺されたのかもしれない。その後、わたし自身が行方不明になった。

事情聴取の場で、「もっとくわしく知りたい」とわたしは意思表示し、彼女たちはこたえてくれそうだった。

が、ロルカ医師がすばやく事情聴取を切りあげてしまった。けっきょく、なにもわからないままだ。自分自身のなかにもこたえは見つからない。それがたまらないのだ。先日見かけた新聞の見出しはちゃんと憶えているから、なおのこと。

ホテル経営者失踪
パークビューパレスで起きたミステリ　誘拐か、それとも殺人か？

病室にはテレビがないので、ニュース番組で情報を仕入れることができない。時計など時間がわかるものもない。腕時計もはめていない。

今朝から、ふたりの女性警察官――ブロンドのロリ・ソールズ刑事は気さくな感じで、黒にちかい髪のスー・エレン・バス刑事はやや強引な印象だ――以外には誰にも接していない。看護師と、それからロルカ医師は別にして。

すでにわたしの隔離は始まっているのだ。

「ミズ・コージー？」

名前を呼ばれ、バスルームから出てみると夜間担当の看護師がベッドの脇に立っていた。穏やかな微笑みを浮かべ、手には小さな白い紙コップを持っている。

「夕食はおいしかったですか？」

「あまり。しかもディカフェの紅茶なんて。ちゃんとしたコーヒーが飲みたいわ。スタッフにお願いできますか?」

「残念ですがミズ・コージー、刺激物は禁じられています」

「コーヒーが飲めないの? ほんとうに? 一滴も?」

「アップステートに移れば、食事のメニューについてロルカ医師と相談できますよ」

「それは具体的に、いつ?」

「じきに。さあ、これを……」

看護師が小さな紙コップを差し出す。なかには錠剤が二粒入っている。

「これは?」

「ぐっすりと眠るためですよ」

「結構です」

わたしはベッドに入り、お腹までシーツをひっぱりあげた。

看護師は紙コップをさらにこちらに押しつけてくる。「ロルカ先生の処方です。飲まなくてはいけませんよ。昨夜も飲んだでしょう」

「睡眠剤は苦手なのよ。飲まなくても眠れるわ」

看護師が声をぐっと落とした。「ミズ・コージー、処方された薬を服用するか、あるいは……」

「あるいは?」

「注射することになります」

「わたしが嫌だといっても?」

「いまさらそんなことを。ミズ・コージー、治療に同意しているのですからね。ドクターの指示には従ってもらいます。わがままをいうなら――」

看護師はかすかに視線を後方に向け、戸口のあたりの人影に目配せをした。そこに誰かがいることに、わたしはいま初めて気づいた。がっしりした体格の看護助手だった。彼が前に足を踏み出す。その肉厚の手に持っているのは小さな金属のトレーだった。そこに皮下注射器がうやうやしく置かれ、その隣には封がされたままの薬物のボトル。これはなにごとか。

わけがわからず、看護師にたずねてみた。「わたし、なにか勘ちがいしているのかしら?」

「え?」

「確かにわたしは記憶障害の問題を抱えているけれど、妄想の症状はないわ。どうしてこんな『カッコーの巣の上で』みたいなことが必要なのかしら」

「質問の意味がわかりませんが、わたしも鳥は好きです。とにかく落ち着きましょう、ミズ・コージー。興奮するのはよくありませんからね」

彼女が指を曲げて合図した。屈強そうな男がトレーを持ってやってきた。

「待って!　錠剤を飲むわ。ただ、飲み込むのが難しくて。それだけよ。なにかで流し込めばきっと大丈夫」幅広の窓の桟に置いてあるプラスチック製の水差しを指さして看護師に頼んだ。「少しお水をいただけるかしら?」

「ええ、もちろんですとも！」

看護師は男を部屋から出し、グラスに水を注いだ。そのタイミングを見はからって、わたしは錠剤を胸元にそっと落とした。看護師がちかづいてきたので、カップの中身を飲み込むふりをして生ぬるい水をゴクゴクと音を立てて飲んだ。

「これで大丈夫。さあ、少し眠りましょうね」看護師は灯りを消して部屋から廊下に出ると、歌うように高らかにいった。「朝になったら、世界が違って見えるわ、きっと！」

ディカフェの紅茶では無理よ。

錠剤をトイレに流してからベッドにもどり、思い切り枕を叩いてしまった。暗い室内から窓の外の街の光へと視線を移してみる。建物が見えた。真っ暗な窓が並ぶなかで、ひとつだけ灯りが輝いている。

遅くまで働いている人がいるのだろうか。わたしと同じように、ひとりぼっちなのだろうか。

この空の下のどこかで、わたしの家族と友人がわたしの身を案じているのだろう。娘のジョイも、マダムも、若くてすてきなバリスタたちもきっと。ベンチで目覚めたあの日の朝、ビレッジブレンドに行ったらあんなによろこんでくれたのだから。

目を閉じた。わたしのことを気遣ってくれる人々、そしてポットいっぱいの熱々の〝刺激物〟のことを思った。

それを一杯飲めるのであれば、なにを引き換えにしてもいい。

9

マダム

深夜、ビレッジブレンドはすでに店じまいして戸締まりもすんでいた。が、店内にはまだあかあかと照明がともり、暖炉の火もさかんに燃えている。熱気で曇った窓ガラスを冷たい雨が叩いている。

煉瓦造りの暖炉にちかいテーブルを数人が囲んでいる。熱いコーヒーの入ったカップを思い思いに口に運びながら、マダム・ブランシュ・ドレフェス・デュボワの話に聞き入っている。クレアに対するロルカ医師の治療方針について、報告しているのだ。

「さて」ブランシュは話し終えて、みんなに問いかけた。「どうしたらいいと思う？　なにか考えがあったら、聞かせてちょうだい」

まっさきに口をひらいたのは、案の定、息子のマテオだった。激しい憤りを隠そうともしない口調だ。

「病院からクレアを脱出させよう。実験みたいなロルカの治療からクレアを守るには、それしかない。クィンが依頼するような弁護士は法外な報酬をふんだくる割に仕事は遅々として進まない。法制度のなかでなにかしようとしても、時間ばかり食われてしまう」

熱心にうなずいているのは、ビレッジブレンドのアシスタントマネジャー、タッカー・バートンだ。もじゃもじゃの髪の毛を後ろに払いのけて、発言した。

「脱出ならわけない！　やりましょう！」

タッカーのことだから、こういう反応をするだろうとブランシュは予想していた。俳優業に情熱を注ぐ（専業ではないが）タッカーは、大胆な演出が得意だ。

「わけないと、いいきれる根拠は？」ダンテがたずねる。

「チャリティで大々的なスーパーヒーロー・ショーをやって以来、街中の小児科から、少々規模を縮小した形で患者向けにやってくれという依頼がパンチとわたしにひっきりなしに入っている。そんなわけで、クレアが入院している病院にもしょっちゅう出入りしている。先週はパンサーマンの衣装でロビーを通ったが、誰もまばたきひとつしなかった」

「しかし、〝脱出〟はほんとうにクレアのためになるのかな」ダンテが疑問を口にする。「ロルカ医師がやろうとしている治療が、じつは効果的だとしたら？　記憶のことに関してロルカは先進的な名医って可能性はないのかな。ポリオワクチンをつくったジョナス・ソークみたいに」

「よくもそんなおめでたいことがいえるわね」エスターがせせら笑う。「ロルカって医者なら、テレビの朝の情報番組に出ているのを見たことがある。〝認知能力をアップ〟できるサプリを開発したとかで、その効き目について陳腐な言葉を並べ立てて売り込んでいた。あれはまちがいなくうぬぼれが強くて傲慢な人物よ」

ダンテが腕組みをする。「ほう、まるで精神科のエキスパートみたいな分析だな」

「タトゥー坊やに教えてあげましょう。わたしはインチキはすぐに見破れるのよ」

ブランシュが咳払いをする。「エスターの表現は過激ね。でも、いっていることは正しい」

「具体的にどの部分がですか？」ダンテが反応する。「わたしのタトゥーですか？　それともロルカがサプリの効き目について陳腐な言葉を並べ立てたっていう部分ですか？」

「両方よ」ブランシュがこたえる。「今夜、ゴッサムレディースの女性たちに緊急の協力を呼びかけたら、手応えがあったわ。スタンフォード大学の教授で臨床もおこなっている精神科医に連絡がつくように、とりはからってくれた人がいたのよ。その教授は、ロルカ医師の臨床研究に対して公に異論を表明しているそうよ。ロルカは実績はあるけれど〝認知能力をアップ〟させるといって売り込んでいるサプリは、医療業界では認められていない。効果を示すエビデンスがないから。ロルカ医師は臨床試験の結果について査読の手続きを踏もうともしない。クレアの場合、負傷や病気などの身体的外傷がないということで、スタンフォードの教授は薬を使わないセラピーを提案してくださったの」

マテオが前のめりになる。「たとえば？」

「たとえば、エードメモワール」

「なんですか？」ダンテは顎ひげを掻きむしりながらたずねる。

「記憶への手助け、か。たとえば？」マテオは直訳してから、たずねた。

「まず、クレア自身が安全であると感じてリラックスできる環境を整える」ブランシュが説明を始めた。「次に感覚的な刺激を与えて、記憶がよみがえるようにはたらきかける。音、におい、味、感情も刺激となるそうよ。適切な刺激がカギとなって、クレアの無意識のなかに封じ込められている記憶の一部、またはすべてが解放される可能性がある」

「ロルカの方針とは正反対じゃないか！」マテオがなにかに訴えるように、両腕を左右に大きく広げる。「隔離されたら、クレアにとって刺激となるものからすべて引き離されてしまう。それではカギが見つからない」

「そういうこと」ブランシュが同意する。「クレアは巧みに誘導されているにちがいないわ。あのドクターは口がうまいから、自分の治療法以外に選択肢があるなどとはおくびにも出さなかったはずよ。クレアに直接確かめる必要があるわ。わたしにもジョイにも会わず、何年もかけて築いてきた人生と仕事をシャットアウトするつもりが本当にあるのかどうか、彼女の口から聞かなくては。でもそれができない。面会させてもらえないのよ」

「誰かが実力行使する必要があるな」タッカーだ。

「ぼくにやらせてくれ。クレアを連れ出す」マテオが志願した。

「それは無理よ。あなたが病室から連れ出そうとしたら、クレアはきっと暴れたり悲鳴をあげたりするわ。うまくいく可能性はゼロではないけれど、誘拐はまずいわ」

「それなら、やはり訴訟か。時間ばかり食うことになる」マテオは不満げだ。

「電話をかけて説得してみたらどうかしら」エスターが提案する。「口のうまいドクターをクビにして、自分で歩いて病院から出てくるように勧めてみたら？」

すぐにダンテが口をひらいた。「なにも聞いていなかったのか？　電話しても、つないでもらえない。ロルカ医師の指示でクレアは隔離されている。そしてアップステートに移される。当人の気が変わって異議を唱えても、連れていくのは合法なんだ」

「それなら、百パーセント、ミスター・ボスに賛成よ。まるめ込まれて連れていかれるのを、黙って見ていろっていうの？」

「そうだ、ためらってなどいられるか。クレア・コージーを救うためなら、なおさらだ。脱出ならまかせてくれ」タッカーはやる気満々だ。

「落ち着いて、そう先走らないで」ブランシュが割って入った。「あなたたちの気持ちはほんとうにうれしいわ。でも無理矢理脱出させるのはどうかしら。もしかしたらクレアは、記憶を取りもどしてわたしたちのところに戻るにはロルカ医師の治療を受けるしかない、と考えているかもしれないでしょう」

全員が黙り込む。ようやくタッカーが口をひらいた。

「じゃあ、こんなプランはどうかな。クレアを脱出させるのではなく、クレアのもとにマダムを侵入させる」

エスターが手をパチパチと叩く。「賛成！」

ダンテは同意のしるしにうなずく。ブランシュも名案だと誉め称えた。マテオだけは無言だ。皆が静まったところで、ようやく口をひらいた。

「ふたつのプランを合体させるなら、協力しよう」

「合体？」タッカーが聞き返す。

「クレアと直接話をするために、おふくろを病室に忍び込ませる。そしてクレアが病院を出ると決めたら、ただちに脱出させる」

タッカーがうなずいた。「必要なのは衣装替えだけだな。手術着さえ着ていれば、誰にも怪しまれずに出てこられる」

「それに加えて、周囲の注意をそらす仕掛けを用意しておく。フロアのスタッフの関心をクレアの病室からそらすためにな」

「それならかんたんだ」タッカーが片手をひらひらと振ってみせた。

「なんだ？」マテオがたずねる。

「クレアの記憶を解き放つカギとなると、ちんぷんかんぷんだが、看護師のほうならばっちりですとも。クレアの脱出を成功させるためのカギは、ビレッジブレンドのペストリーケースにある！」

10

二日後、病院のエレベーターをおりたブランシュは角の手前で立ち止まり、その先の廊下の様子をうかがった。長い廊下には消毒剤の強いにおいが漂っている。

雨降りの午後のフロアは、しんと静まり返っている。廊下の中央あたりのナースステーションに数人の看護師の姿がある。ワックスでツヤツヤしている床を清掃員が退屈そうにモップがけしている。医師の姿はない。茶色のツイードのスポーツコートを着た男がいるきりで、ほかには訪問者らしき人の姿はない。男は頭が禿げあがり、顔はいかつく、口ひげを伸ばしている。

廊下のなかほどに、めざすドアがある。クレアの病室だ。そこだけドアがぴたりと閉ざされている。どうぞカギがかかっていませんように、とブランシュは祈った。

ブランシュはひとりではない。彼女のかたわらにはダンテ・シルバがいる。緑色の手術着を着て、しきりにそれをひっぱっている。そわそわしている若いバリスタを落ち着かせようと、ブランシュは彼の腕のタトゥーにそっとふれた。「緊張しているのね、ダンテ。かならず成功するから大丈夫よ！」八十代のブランシュはチアリーダーになりきって励ました。

「いや、そういうわけではなくて、この手術着がチクチクするんです。表側にスパンコールがびっしりついているのを裏返しに着ているので」しきりに腕を掻きながらダンテがこたえる。「そのせいで身体のあちこちにキラキラした小さなツブツブが当たってこすれるんです！」

ブランシュがため息をついた。「準備する時間が足りなかったから。タッカーが芝居の衣装用のトランクからひっぱり出してきたものだから仕方ないわ。キャバレーのショーで使ったらしいわね。確か、昼メロのパロディー」

「キラキラ・ホスピタル。タッカーに聞きました。そんなタイトルだから、よけいにチクチクしてくる」

「笑顔で耐えましょう。ドクターが公衆の面前で下半身をもぞもぞさせたりしないようにね。それから、袖をおろしたほうがいいわ」

「そうですね。エスターにもきつくいわれました。これだけのタトゥーをしてドクターに化けるのは図々しいと。飲んだくれの船乗りが関の山だそうです」

「彼女の辛口コメントを真に受けちゃダメよ。あなたのタトゥーは魅力的だもの」

五分が経過した。今度はダンテが角の向こうをのぞく。

「まだか。遅いな。あ、来た来た」

廊下の先の突き当たりにあるドアがひらいて、タッカーがあらわれた。ブランシュとダンテがじっと見ていると、タッカーはゆっくりとした足取りでナースステーションに向かい、大きな声で挨拶した。

「こんにちは、みなさん！　このフロアの訪問者用ラウンジに軽食コーナーを用意しました。さあ、ぜひ味わってみてください！　ビレッジブレンドのメニューのなかから選りすぐりのものを取り揃えました」タッカーは看護師たちに愛想よくウィンクする。「わたしたちの店のマネジャーがお世話になっている医療のプロフェッショナルの皆様に、ささやかな感謝の気持ちです」

タッカーが一段と声をはりあげる。各病室にいるスタッフにもひとり残らず届くように。

「焼きたてのブルーベリー・ショートブレッド、グレーズド・ストロベリースコーン、ほかほかのピスタチオ・マフィン。それに店の自慢のコナ・ピーベリーを保温ポットにたっぷり用意しています。ハワイのワイプナ・エステートから直送した豆ですよ！」

タッカーを先頭にウキウキした様子の看護師たちがぞろぞろついていくさまは、ハメルンの笛吹きのような光景だった。清掃員においでおいでと手を振っているのはエスターだ。彼はモップを脇に置くと、食いしん坊のパレードに加わった。

「スタッフがスナックに夢中になるのを待ちましょう」ブランシュはあくまでも慎重だ。

「プラン通りですね。食べるのに夢中になったタイミングで行動を起こす。小道具も用意してあります」ダンテが手に持った青いバインダーを掲げた。書類らしき紙がたくさん挟んである。

三分後、ブランシュが若いバリスタを小突いて合図した。

「行くわよ」

ダンテに緊張するなといったとたん、ブランシュは誰よりも自分が緊張していることに気づいた。が、もはやあと戻りはできない。これが最後のチャンスだ。明日の午前中にクレアはアップステートのロルカ医師の施設に移されてしまう。

ブランシュとダンテは並んで角を曲がった。いきなり病室から若い看護師が飛び出してきて、ぶつかってしまった。

「ごめんなさい」あわてながらも、彼女はダンテの手術着に気づいた。「新任の先生ですね？」

それを聞いてパニックに襲われたのはブランシュだ。ダンテはうまく切り抜けられるだろうか。顔に笑顔を貼りつけたまま、ブランシュは生きた心地がしなかった。

肝心のダンテはまったく動じる様子がない。「ええ、名前は……キルデア・スパンコールです。精神科です」

それを聞いてブランシュはどっと冷や汗が出た。

さいわい、看護師はダンテに心を奪われているようで、彼が口ごもったことにも、おかしな名前を口にしたことにも気づいていない。値踏みするようなまなざしでダンテをじっくりと観察している。

「この若さで精神科医？」怪しむというより、感心している口調だ。

「ハーバードを首席で卒業したので」ブランシュの心配をよそに、ダンテはすらすらとこたえる。

さらに看護師の名札をすばやく見て、片手を差し出した。

「初めまして……フィッシャーさん。これからもよろしく」甘いささやきだった。

「こちらこそ。あの、向こうのラウンジに軽食コーナーがあるんですよ。いっしょにいかがですか？」

「これから患者さんの様子を見にいくところなんですよ」心底、残念そうな声だ。

「わかりました。ではまた後ほど、ドクター・スパンコール」

看護師が行ってしまうと、ダンテがにっこりした。「かわいい子だ」

「再会はかなわないわね。さあ、集中しましょう」

ふたりそろってクレアの病室の前まで行くと、ダンテはドアの前で見張りに立ち、バインダーの書類を読むふりをした。ブランシュはドアのノブをつかんだ。カギがかかっていたらどうしよう。緊張に満ちた一瞬の後、さいわいにもカチリと音がした！

「幸運を祈ってね……」

11

クレア

廊下で話し声がする。病室のベッドで身を起こしたまま聞き耳を立てていたけれど、内容までは聞き取れない。

あくびをして、手に持った本のページをめくった。昨夜はあまり眠った気がしない。夢などひとつも憶えていない。雷鳴で目がさめ、窓を雨粒が伝い落ちるのを暗い気持ちで見ていた。やがて、朝食が運ばれてきた。卵料理はゴムみたいな食感で、トーストは悲しいほど小さく、グレープフルーツが半分。ぬるい水のはいったコップとその脇に紙パック入りのカフェインレス・コーヒー。気力はまったく湧いてこなかった。コーヒー（もちろん本物）のない一日なんて……考えられない。

テレビも、ラジオも、雑誌も、新聞もない。本を読むことだけは許可されている。ただし、病院のスタッフが持ってくる数冊の〝推奨図書〟から選ぶしかない。どれも二十世紀よりも前の作品ばかりだった。

「ディケンズ、オースティン、ブロンテ姉妹以降の作家は記憶から消えていると思われているのかしら」

若い女性スタッフは肩をすくめ、まともにはこたえなかった。「ここに持ち込めるのはこれだけです。読みますか？　やめますか？」

『ジェーン・エア』を読み始めると、新顔の看護師が入ってきた。その手には、錠剤の入った新しい紙コップがある。

昨夜と同じやりとりになった。その薬は？　〝あなたの精神状態に効くもの〟。服用したくない。するとわたしが書面で治療に同意していることを指摘され、〝医師の指示〟に従わざるを得なくなった。

今回も看護師の注意をそらして飲んだふりをした。でも、わかっていた。こんなことはいつまでも続かない。いつかは錠剤を飲むしかなくなる。さもなければ注射される。

医師が最善の処置をしてくれていると、信じたかった。治療方法については医師が直接、かみくだいて説明してくれた。安全で適切なものだと納得できたはずなのに。

それなのに、なぜ抵抗してしまうのだろう。

おそらく朝のすがすがしい空気のせいだ。たとえ曇り空でも、光が感じられる。ショックも混乱もおさまり、いまの自分の状況を客観的に見られるようになった。もちろん、ハッピーとはいえないけれど。

わたしの記憶に問題が起きている。つまり記憶喪失。脳にも身体にもこれといった異変は起きていないようだ。腫瘍もないし、病気もない。要するに、明確な原因はみつからない。それなのに、なぜか人生の十五年分を思い出せない。

数日前には、ただただ混乱し動揺していた。

今日のわたしはちがう。知りたいという気持ちでいっぱいだ。山ほど疑問がある。そのこたえを知りたい。どうしても！

それに、この隔離された空間から出たい。大好きな人たちといっしょにいたい。とりわけマダムと、そして娘のジョイと――成人した姿であっても。とにかくなにもかも知りたい。ジョイはどんなおとなになったのだろう。どんな子ども時代、学校生活を送ったのだろう。なにより、わたしは母親としての務めをちゃんと果たしたのだろうか。

ジョイに後悔はあるのだろうか。わたしは彼女の期待を裏切ってがっかりさせたことはあったの？　母と娘のチームワークで、いまもがんばって生きているの？

マテオは……正直なところ、会いたいとは思わない。二度と会わなくても生きていける。その後の人生で出会った人たちのことは知りたい。わたしのことを知っている人たち――。エスターという若い女性は、コーヒーハウスでわたしを見て涙ぐんでいた。タトゥーのあるバリスタはわたしをぎゅっと抱きしめた。彼はアーティストで、名前はミスター・ダンテ。ほかにも友だちがいるの？　わたしがアップステートの精神科の施設に移されたら悲しむ人は？

ロルカ医師の治療計画に従いたくない、と申し出たらどうなるだろう？　そもそもわたしが自分で選択したのだろうか？　ロルカ医師にそう思い込まされている可能性は？　治療を拒否して勝手に病院を出ることはできる？　そんなことをしたら、無理矢理、治療施設に閉じ込められるのだろうか？

こたえは見つからない。昨夜、自分の内側からささやきかけた小さな声がなにかいってくれるのではないかと期待した。

すると、ささやきが聞こえた。マダムに連絡をとりなさい。なんとか方法を見つけて、相談しなさい。

マテオと離婚して以来、彼の母親であるマダムと会う回数は減っていた。でも、マダムはいつでも親身で裏表のない愛情をそそいでくれていた。わたしが全幅の信頼を置いている人物だ。きっと正しいアドバイスをしてくれるにちがいない。

考えるのに疲れてしまい、かといって読書する気にもならず、横になってベッドカバーを顔の上までひきあげた。その時、病室のドアがいったん開いて、また閉まる音がした。

ドアのほうに顔を向けて、息が止まりそうになった。会いたいと思っていた人が、そこにいるではないか。必死の願いが叶えられた。いつものやさしい笑顔がそこにあった。黒い雲のあいだからとうとう眩《まぶ》しい太陽があらわれた。

「マダム！」

12

気がついたらベッドから飛び出して、マダムを抱きしめていた。マダムもわたしをぎゅっと抱きしめてくれた。が、すぐに腕を解いた。

「時間がないわ」マダムは声を落として冷静な口調で話す。「アップステートに隔離されてしまったら、家族とも仲間とも会えなくなってしまう」

「ええ」

「よく聞いて、クレア。あなたには隔離など必要ない……」マダムはスタンフォード大学教授の見解を伝えた。精神科医としてロルカ医師の治療に異議を唱える人物だ。

「ああ、よかった。じつはアップステートに行くのを止めたいと考えていたんです。マダムや皆といっしょにいたい。わたしがこれまでどんなふうに生きてきたのかを知りたい。こたえが欲しいんです。それにコーヒーも！　なんとかここから出られませんか？」

マダムの硬い表情が、ふっとゆるむ。「出たいのね。そしてコーヒーも。それならまかせなさい」

「ロルカ医師と交渉を？」

「いいえ。試してみたけれど、無駄だったわ。あの人物は信頼できない。だから、わたしたちはだいじなあなたを救うために、少々思い切ったやり方をしようと決めたのよ」

「思い切ったやり方？」

「あなたをここから脱出させる」

「病院から？」

マダムがうなずく。

「いつ？」

「いますぐ、あなたにその気があるなら」

「その気があるかって？　一刻も早く出たいわ。それにこれ以上カフェインを摂らずにいたら、どうにかなってしまう！」

「じゃあ決まりね！　いそぎましょう」マダムがトートバッグから包みをひっぱり出した。「病院のお仕着せを脱いで、この手術着に着替えて。変装してこのフロアを出るのよ」

わたしはさっそく寝間着とガウンを脱いで包みを広げた。「あら、これは手術着というか、なんというか。スパンコールがびっしりついているわ！」

「ええ、その通り。裏返せば大丈夫よ！」

一分後、マダムは大きなレインポンチョを着てフードをかぶり、そのわけを説明した。「エレベーターとロビーには防犯カメラがあるから。これでカモフラージュを」

さらにマダムはわたしがかぶっている手術用キャップ――これも裏返しだ――からのぞい

ている髪をなかに押し込み、わたしの腕のＩＤつきの腕輪をスイスアーミーナイフの小さなハサミで切って外してくれた。

わたしが手術着のたるみをひっぱって直していると、マダムから最後のひと言があった。

「誰かに聞かれたら、ドクター・スパンコールのスタッフだといいなさいね」

「ドクター・スパンコール？」

それ以上の説明はないまま、マダムはすでにドアの外に出ている。

「あなたが先頭に立って」そこにいたハンサムな若い医師にマダムがいう。

この人が〝ドクター・スパンコール〟なのかと確認しようとして、ちがうと気づいた。ビレッジブレンドでわたしを抱きしめた若いバリスタ――ミスター・ダンテだ。わたしと同じような手術着を着ている。身体がヒクヒクしているところを見ると、彼も裏返しに着て内側にスパンコールがびっしりついているのか。

廊下に看護師の姿はなかったが、わたしたちの行動に目を留めた人物がいた。

わたしの向かいの病室に茶色いツイードのスポーツコートを着た男性が座っていたのだ。頭は禿げて、口ひげを生やしている。ドアを大きく開けたまま、ベッドのなかの患者に大きな声でなにかを読み聞かせているようだ。初めて見る人物ではない。廊下などで何度か見かけたので、ボランティアだろうかと思っていた。が、なぜかわたしを見るなり新聞を取り落とし、立ち上がった。いかつい顔をこちらに向け、黒っぽい目でぐっとわたしを見据える。

マダムとミスター・ダンテは気づかなかったようだ。そうだ、こんな男にかまってなどいられない。あっという間にわたしたちは角を曲がり、口ひげの男の姿は見えなくなった。

わたしたちは足早に廊下を進み、小さな人だかりに加わってエレベーターに乗り込んだ。振り向くと、さきほどの男がこちらに向かって走ってくる。ドアを押さえててくれ、と大きな声で呼びかけながら。エレベーターのドアが閉まろうとするドアを、マダムが押さえようとした。その手をわたしがぱっと払った。エレベーターのドアが閉まり、男の罵声が聞こえた。

「どうしたの?」マダムはエレベーター内の防犯カメラを意識して顔を下に向けたまま、小声でわたしにたずねた。

「あの人、単なるボランティアではないような気がして」

エレベーターのなかで息詰まるような数分に耐えた後、わたしたちは混雑したロビーを突っ切って歩道に出た。

「それで?」わたしはたずねた。

「逃走用の車両を用意してあるわ」

縁石に立っているわたしたちの方にあわてた様子でやってくる人物が見えた。マダムと同じようにサイズの大きなレインポンチョを着てフードをかぶり、顔を下に向けている(これでは男女の見分けもつかない)。

ようやくすぐそばまで来て、顔が見えた。エスターだった。豊満という表現がぴったりで黒ぶちのメガネが印象的なビレッジブレンドのバリスタは、あの日、店にいるわたしを見てびっくりして悲鳴をあげた。

マダムは厳しい表情でエスターにたずねた。「タッカーは？」

「巧みな話術で看護師たちを虜《とりこ》にして油断させてます。自分は大丈夫だから、マダムたちと合流しろと」

その直後にやってきた黒いＳＵＶにわたしたちは乗り込んだ。運転しているのは黒っぽいフードつきパーカーを着ている人物だ。肩幅が広いその人物がわたしたちを急かし、ドアを閉めた。

ひょっとして。いや、そんなはずは……。

が、ハンドルを握っている人物の声は、やはり、嘘ばかりついて裏切る元夫マテオ・アレグロのものだった。

「シートベルトを締めて」指示をしてから彼はアクセルを踏み込んだ。「揺れるからな、覚悟してくれ」

13

「停めて！」

わたしは必死にシートベルトを外そうとしながら、もう一方の手でドアの取っ手をつかんだ。

「クレア、車は動いているのよ！　死んでしまうわ」マダムが叫ぶ。

「死んでもかまわない。この人といっしょに乗っているくらいなら、まだ入院しているほうがマシ。死んだほうがマシだわ。このままでは頭がどうにかなって病院に逆もどりするしかない！」

「落ち着いてちょうだい。降りてどうするの。いったいどこに行くというの？　お金も、服もないでしょう」マダムのスミレ色の瞳がわたしに問いかける。

「クレア、聞いてくれ」マテオがバックミラー越しにわたしと目を合わせる。「確かにきみとぼくとの間にはひどいことがあった。しかし、それは何年も前のことだ。ここ十年は薬物に手を出していないし、きみとぼくはいままでは友人として、ビジネスパートナーとしていい関係を築いている」

「記憶がすっぽり抜けているからって、わたしがそんなデタラメを信じると思うの？」

「ほんとうのことだ。デタラメなんかじゃ――」

「運転に集中しなさい。ラッシュアワーの前にリンカーン・トンネルを通過しなければ」マダムだった。

「リンカーン・トンネル？　行き先はニュージャージー？　わたしの家に――」

いいかけて、はっとした。ロルカ医師の言葉を思い出したのだ。ニュージャージーでの暮らしは過去のこと、完全に終わったことだとはっきり告げられた。怒りとも悲しみともつかない気持ちに襲われて、涙がこみあげてきた。

「しっかりするのよ」マダムがわたしの手をトントンと叩く。「あなたが安全な場所で記憶を取りもどせるように、ちゃんと計画を練ってあるわ。居場所を突き止められないように、ちょっと移動するだけ」

「話はやめてくれ。全員だ」マテオは苛立ち気味に命じ、手袋をした手でぐっと強くハンドルを握った。「それから、決して後ろを見るな」

ちょうど後ろを向こうとしたエスターとミスター・ダンテはその言葉で動きを止めた。

「真後ろにパトカーがいる。偽造したナンバープレートに気づかれたかもしれない。だとしたら、まずい。マンハッタンを猛スピードでカーチェイスして勝つ見込みはない」

マテオが黙り込んだ。そこでいきなりニューヨーク市警のパトカーの回転灯が点滅し、サイレンが轟《とどろ》いた。車内の全員が息を詰めた。パトカーがスピードをあげる。そのままわたしたちを追い抜いて一番街を走っていく。サイレンが遠ざかり、やがて聞こえなくなった。

それっきり、もう誰もひと言も話さなかった。マテオの運転で車はいくつか角を曲がり、ラッシュアワーが始まる前にリンカーン・トンネルに達した。三十秒もかからずに通過し、ニュージャージーの最初の出口でハイウェイを降りた。そこからウィーホーケンを抜けてリバーフロントを進んだ。

すでに雨雲は消えて、ハミルトン・パークを通り過ぎる時には何マイルも先までよく見えた。建国の父のひとりアレクサンダー・ハミルトンが宿敵アーロン・バーと決闘して命を落とした地だ。パリセイズの崖と並んで、ここからはすばらしい景色が見渡せる。周囲の木々はいっせいに紅葉して風に揺れ、川の対岸のマンハッタンの摩天楼は午後の日差しを浴びて輝いている。

じきに車は住宅地に入った。大邸宅と広々とした芝生の一帯だ。さらにふたつ角を曲がり、細い裏通りに入り、しまいには周囲に灌木《かんぼく》と高い木々がうっそうと生い茂る未舗装の道に入った。

「ここはいったい？」わたしはたずねた。

「地元の恋人たちの小道だ」マテオがこたえる。「でも、こんな早い時間だからな。誰もいないはずだ」

そんなこと、聞きたくない。思わずため息が出た。「国内でもわたしを裏切っていたのね？」

マテオは道路から一瞬だけ目を離してわたしと目を合わせた。「なんの話だ？」

「この場所よ。恋人たちの小道ですってね。何人の女性を連れ込んだの？」

「ゼロだ。ここに来るのは初めてだ」そこでハンドルから両手を離し、しわくちゃの紙切れをひらひらと揺らした。「この地図に従って運転している」

「どうかしら。誰がその地図を？　わたしの知り合い？」

「きみとぼくの娘だ」

「ええっ？」

「ハイスクールの時に来ていたそうだ」

いきなり頭を殴られたようなすさまじい衝撃。ショックで口がきけない。

「心配するな。ここでは最後の一線は越えていない。初体験は卒業後だ」

「聞きたくない、そんなこと！」わたしは両耳を手で覆った。

「すまん。しかし誤解を解いておきたかった。ぼくがここには来ていないと。いや、そうじゃなくて、女性を連れてては――」

「ちゃんと伝わっているから大丈夫。いいから運転に集中しなさい！」マダムがマテオを黙らせた。

SUVは細道を跳ねるように進んでいき、大きな空き地に到着した。

草ぼうぼうの空き地はボロボロの金網でぐるりと囲まれている。そこに薄汚れた白いパネルバンが一台、停まっていた。それ以外はなにもない。目に入るのは、周囲の木々、そして遥かに見える街のスカイラインだけ。ハドソン川の対岸にそびえ立つ摩天楼だ。

マテオが車を停めてエンジンを切った。

「全員、降りて足を伸ばせ」

「それから?」わたしがたずねた。

「それから、あのバンに乗って出発だ」

14

エスターがなにかいいたそうに懸命に片手を振っている。マテオはわかっている、という表情でこたえた。

「トイレに行きたいなら、あっちにてごろな茂みがある」

「茂み？　チンパンジー研究者のジェーン・グドールみたいにやれと？」

「できないなら、がまんするしかない」

「大自然のなかで人生の半分を過ごした男がいいそうなセリフ」

「ほら、ウェットティッシュがあるぞ」

マテオがいくつか差し出すと、エスターはうめくような声とともにそれをつかみ取り、茂みに突進していった。マテオはバンのドアをあけてなかからスポーツバッグを取り出し、マダムに渡す。マダムはそれをそのままわたしに渡した。

「これは？」

「少しだけどあなたの身のまわりのものを持ってきたわ。スパンコールだらけの手術着を脱いで、このなかの服に着替えなさい」

エスターから少し離れた茂みのなかにわたしも入った。茂みは完全にわたしの姿を隠してくれる。風にそよぐ紅葉越しにマンハッタンのスカイラインがかすかに見える以外、なにも見えない。でもここは心地いい。息が詰まるような病室から出て、伸び伸びと呼吸できるよろこびを感じていた。耳を澄ますと、川風が運んでくる街の音が聞こえた。

わたしはジーンズに着替えてみんなのところにもどった。かなりぴったりして脚のラインがあらわになるジーンズだ（これがいまの流行らしい）。ローヒールのハーフブーツは履き心地がいい。フードつきの薄いスウェットシャツを羽織っているだけなので、少し震えていた。

「まあ、クレア、顔が真っ青じゃないの！」

マダムはしわくちゃになったレインポンチョから、カシミアのコートに着替えてベルトを締めていた。わたしを見るなり、スタジアムジャンパーでくるんでくれた。『ポエトリー・イン・モーション』というロゴがついたジャケットだ。エスターのTシャツとジャケットにも同じロゴがある。

「このロゴは？　ランニング・クラブのものかしら？」ロゴを指さしてエスターに聞いてみた。

「走るのは口ですね」エスターは自分のレインポンチョをたたみながらこたえる。

「教えて。あなたのことが知りたいの」

彼女が肩をすくめた。「都市部でやっているアウトリーチ活動の一環なんです。バリスタ以外にもいろいろやっていて、卒業したニューヨーク大学で研究も続けています」

「詩人でもあるわ」マダムがいう。

「地元で活躍するラップ・アーティストでもある」ミスター・ダンテだ。

「最近はラップはあまりやっていないけれど、婚約者は活発に活動しています。彼との出会いはラップだったんです。このところずっと打ち込んでいるのは、言葉の表現活動に興味のある子どもたちを支える活動です。都市部の貧困層の多い地域の子どもたちを対象に。ビレッジブレンドも大いに貢献しているんですよ」

わたしは目を丸くした。「わたしもラップを？」

エスターがあははと笑った。「いいえ。ボスは、わたしにとって強力な支援者なんです」

「わたしが？」

「ええ！　ビレッジブレンドの二階で無料のポエトリー・スラムをひらくのを許可してくれています。それに、わたしたちが地域や全米規模のポエトリー・スラムに行くための資金集めにも手を貸してくれて」

「それは……すごくすてき」

「ええ、ほんとうに」マダムが割って入り、わたしに茶色の紙袋を渡す。なかには金髪のウイグと太いふちのサングラスが入っていた。エスターがかけているのとよく似ている。

「ハロウィーンの仮装？」

「ハロウィーンではないけれど、あなたは変装する必要がある。そのためにタッカーがわざわざ小道具のなかから調達してきたの。変装に関して彼は絶対に妥協しないから。この状況では素直に従うのが正解ね」

タッカー——誰だったかしら——の選択はみごとだった。ポニーテールにしていた栗色の髪をピンで留めてから、ゴールディ・ホーンのような金髪のウィグをかぶり、黒いレンズのサングラスをかけた。バンのサイドミラーに映った自分は、別人だった。

ミスター・ダンテが茂みのなかで着替えているあいだ、マテオはここまで乗ってきたSUVのなかをせっせと拭いた。

「これで指紋は検出されない」

それからシガーライターのなかの小さな黒い装置を確認した。見るだけで、取り出しはしない。

「それは？　またタバコを始めたの？」

「これはオートブロックの装置だ。これから乗るバンにも取りつけてある」

「どういう装置？」

「GPSで車の位置情報を知られないようにするためのものだ」

「GP？」

「GPS。全地球測位システム《グローバル・ポジショニング》という技術だ」

「初めて聞くわ」

彼がわたしを見つめる。「きみの記憶はどのあたりで途切れているんだろう」

「さあ」

「確かめてみよう。『スタートレック』は憶えているか？」

わたしは腕組みをして自信たっぷりにこたえる。「カーク船長、ミスター・スポック」

「よし。オートブロックの話にもどろう。いまの時代は衛星によって居場所を追跡する技術が発達しているが、それを遮蔽するためにこの装置を使う」説明しながらマテオはSUVの後部に移動してニセのナンバープレートをはずし、もとのプレートにもどした。「二台ともブルックリンの友人から借りた。今夜、彼がこのSUVを引き取りにくる。マンハッタンからここまでの交通監視カメラにはすべて、ニセのナンバープレートが映っている。だからぼくたちも、貸してくれた彼も特定されることはない。オートブロックのおかげで、ぼくたちが移動した痕跡はまったく残らない」

「抜け目のないところは変わらないわね。それにあいかわらず……いいお友だちにめぐまれているようで」

マテオがニヤリと笑ってみせた。お得意の表情だ。黒っぽい顎ひげを伸ばしていても、この表情は変わらない。「国のなかでも世界のどこでも、ビジネスの基本は同じだ。しかるべき人脈と現金さえあれば、なんだって手に入る」

それがビジネスの王道とは思えないけれど、ここで議論するのはやめておこう。

手術着から解放されたミスター・ダンテが茂みから出てきた。マダムは不要になった衣類、ニセのナンバープレート、指紋をぬぐった布をすべてバッグにおさめた。そしてようやく、薄汚れたバンに全員が乗り込んだ。

今回もマテオがハンドルを握る。助手席にはミスター・ダンテ。エスターとマダム、わたしの順番で側面のスライド式のドアから乗り込んだ。バンの後部には窓がない。わざわざ変装したのはなんのためだろう。しかしシートはたくさんあり、ヒーターが利いていて暖かい(これはとてもうれしい)。

全員がシートベルトを装着するとマテオがエンジンをかけ、バックミラーを調整した。そしてマダムと目を合わせた。

「で、どこへ?」

「もう一度マンハッタンに。行くべき場所があるのよ」

車が走り出し、わたしはエスターのさっきの話を思い返してみた。貧困世帯の多い都心部の子どもたちへのアウトリーチ活動と、ビレッジブレンドの二階でおこなうポエトリー・スラムについて。目を閉じて、なにか思い出せないかと試してみた。けれども、なにも蘇らない。

記憶にぽっかり穴があいている。そのことに耐えられず、わたしは首を横にふった。

「思い出そうとしているんですか?」エスターだ。

「ホテルの廊下に面したドアがすべて閉まっている。そこをひとりで歩いている気分よ」わたしはエスターの方を向いた。「あなたは詩人なのね?」

彼女はうなずき、うつむいて少し思案してからつぶやいた。

「コーヒーの濃厚な深みを見つめ、深く沈んだ記憶を思う。厚く覆っているのは、怖れ。さあ汲み出そう、怖れのすべてを。心配いらない。あせらなくてもいい」エスターがわたしの肩に手をかけ、ぎゅっと力を込めた。「なにかが起きるから。きっと起きるから。だってここはニューヨーク」

15

　わたし自身にはすぐにはなにも起きなかったけれど、車内では確かになにかが起きていた。リンカーン・トンネルをのろのろと進んでようやく抜けたと思ったら渋滞にはまり、車は立ち往生してしまった。口論が始まったのはその時だった。どうやら前々から意見の不一致があったらしい。

「いまさら蒸し返したくない。クレアをどこにかくまうのか、いい加減決めて欲しいね。ぼくの提案を退けないでもらいたい」

　マダムはわざとらしく大きなため息をつく。「クレアにとって未知の場所は避けたいわ。スタンフォード大学の教授の言葉を忘れたの？　記憶を取りもどすためのカギを見つける必要があるのよ。それなら慣れ親しんだ場所のほうがいいと思わない？」

「慣れ親しんだ人間にかこまれて、だろう？」

「もちろん」

「そしてもちろん、そこには警察が彼女をさがしにくるわけだ。わざわざニュージャージーまで行って車を乗り換えて、そのあげくもどってあっさり捕まるのか？　そんなバカバカしいことできるか」

マダムがくちびるをとがらす。「でも——」

「ぼくのプランのほうがいいに決まっている。ハンプトンの家なら完璧だ。街からは距離がある。が、離れすぎてはいない。避暑に訪れる連中はとっくにいない。だからとても静かだ。それにあそこの家とクレアを結びつけるものはなにもない。ブリアンとの離婚の際の協議であの地所はぼくに譲渡された。だが帳簿には所有者としてまだ彼女の名前が残っている」

「なんですって？」思わず叫んでしまった。「わたしと別れた後であなたはブリアンという人物をまるめこんで結婚して、その気の毒な女性の心を傷つけたあげく二度目の離婚をして、ハンプトンの地所を手に入れた、ということ？」

「そういう感じではないな」

「ちがうの？　まさか、ジョイに腹ちがいの妹か弟が？　それをわたしに隠すつもり？　どうせろくに面倒見ていないんでしょうね！」

マテオはまっすぐ前方を見据え、いっさいいい返そうとしない。

「あなたの再婚相手との元の愛の巣にかくまおうなんて考えないで。それこそ最悪よ」

「ふたりとも、冷静に」

マダムにいわれて、冷静さを失っているのはわたしだけだと気づいた。マテオはいい返していない。いつだっていいたい放題、やりたい放題の彼が、ひと言も自己弁護していない。うまくいかなかった再婚を相手のせいにもしていない。

ということは……ほんとうにマテオは変わったのかもしれない。いえいえ、そんなはずはない。だって結婚の誓いを今回も守り通せていない。ほら、なにも変わっていないじゃないの！

渋滞していた車が動き始めると、マダムは話を本題にもどした。

「ワシントンDCという案は、やはり賛成できないの？　娘といっしょに過ごせるのよ。クレアはよろこぶと思うわ」

「連邦捜査局の連中はよろこんでクレアをつかまえるだろうな。ジョージタウンなんて司法省の庭みたいなものだ」

「娘に会いたい」わたしは口に出していた。

「会えるわよ」マダムが安心させるように、わたしの手を軽くトントンと叩く。「いまはじっと辛抱の時。それがあなたのためなのよ」

「そしてジョイのためだ」マテオがつけ加える。「今回のきみの脱出に加担したとなれば、とんだ巻き添えを食うことになる」

「ジョイはワシントンDCにいるの？　なぜ？　政府の機関に就職したの？」

「いいえ。わたしたちといっしょに仕事をしているのよ。二軒目の店、ビレッジブレンドDC店のマネジャーをしているの」

「二軒目の店？　ほんとうに？」

「きみのアイデアだ」マテオがいう。

わたしはマダムの方を向いた。「信じられないわ、マダムが賛成したとは。フランチャイズの話には見向きもしなかったから」

「そうね、それは……」マダムは意味ありげに片方の眉をあげてみせる。「ちょっとした事情があったから、とだけいっておくわ。安全な状況を確保したら、すぐにでもジョイと会えるようにしましょう。問題は、落ち着き先ね」

「それなら、ぜひうちに」エスターだ。

「うちでも」ミスター・ダンテも。「スタジオとして使っているところに二部屋あります。どちらの部屋からもハイラインが見えます。絵の具とキャンバスを片方の部屋に移すだけですむ。わけないことです」

じんときた。「ふたりのご厚意、ありがたいわ、でも甘えるわけには――」

「クレアのいうとおりだ」マテオだ。「それに、いずれにしてもきみたちのところにクレアを置いておくわけにはいかない。ビレッジブレンドの上階が候補にならないのと同じ理由だ。ブルックリンの倉庫も、五番街のおふくろの住まいも候補外だ。必ず見つかってしまう。ニューヨーク市警にも、ヤツにも。だからハンプトンがいいんだ。しかし多数決で票が得られないなら――」

マテオはそこで、割り込もうとするドライバーにクラクションを鳴らした。ヤツとは誰を指すのかとわたしが質問した。が、誰もこたえてくれない。マテオがバックミラーを見て、すばやくマダムに目配せをした。

「それはもう少し落ち着いてから、ね」マダムが言葉を選びながらこたえた。

「はい」わたしはシートにもたれ、ため息をついた。あまりにも多くのピースが欠けたパズル。それがわたしの人生だ。

マテオの視線はふたたび前方の道路にもどっている。「クレアの居場所は決めてもらう。さしあたって、どっちに向かえばいいんだ？」

「パークビューパレス・ホテルに」マダムが指示した。

ちょうど道路が渋滞して先に進めなくなった。そのとたん、マテオががばっと振り返ってマダムの方を向いた。

「本気なのか？　ホテルの一室を予約してクレアをそこに？」信じられないという表情だ。

「ちがうわ。クレアの居場所については、また後で。その前にホテルのゴッサムスウィートに行く必要があるの。取りに行くものがあるし、クレアには部屋を見てもらう」

マテオは困惑しきっている。もうすっかりおなじみになった表情だ。

「行方不明になる直前にクレアがいた場所よ。もう一度そこに行けば、記憶を閉じ込めている蓋がひらくかもしれない」

「いますぐでなくても、一日か二日置いてもいいだろう？　誰かにクレアだと見破られたらどうする」

「この変装はなかなかのものよ。それにタイミングとしては、いまがベスト。警察はまだクレアの捜索に取りかかっていないわ」

「犯罪の現場に戻る理由はそれだけだろうか」マテオは疑うような口ぶりだ。「クレアの記憶とは別に、なにかありそうだ」

「あのスウィートルームに関して警察が知らないことを、わたしは知っている、という説明ではどう？」

「入れる可能性は？」

「プライベートエレベーターのカギがあるわ。それに今年はゴッサムレディースの慈善委員会の会長をしているから、ゴッサムスウィートに入るカギもね」

「まちがいなく、見つかってしまう。いちおういっておくが、ホテルには防犯カメラがある」

「それはないから大丈夫」

マダムが自信たっぷりなので、マテオは困惑している。

「カメラがない？」

「パークビューパレスには以前は確かにカメラがあった。でもいまはないのよ」

「わけがわからないな……」マテオはハンドルをリズミカルに叩く。「クレアをあそこに連れていくのは賢明とは思えないな……エレベーターであのスウィートに。アネットにあんなことが起きた後で？」

「遠回しな言い方はやめて」わたしは黙っていられなかった。「わたしはすべて知っている。通りで見かけた新聞の見出しと刑事たちの事情聴取で」

「すべてだろうか」

「そうね。すべてとはいかないでしょうね」マダムがマテオに同意する。

わたしは無言のまま座り直した。確かに、すべてではないだろう。なにがわたしの心的外傷を引き起こしたのかは、まったくわからない。失った記憶と同様にブラックホールに埋もれたままだ。

「そうですね。それなら」わたしはマダムに顔を向けた。「あの晩、なにが起きたのか教えてください。過去十五年間の自分の人生以外に、どんな記憶を失ったのか、知りたい」

マダムは大きな吐息をついた。そして語り始めた。

16

「アネット・ブルースターが経営するホテルのペストリー・シェフは最近ジェームス・ビアード・アワードを受賞したほどの腕前で、あなたは彼に会いたいと考えていた。だからアネットからの招待を受けて、飛び上がってよろこんだ。彼女のホテルでプライベートにおこなわれるケーキの試食会への招待よ」

「わたしとアネットは直接の知り合いだったのかしら」

「彼女はわたしの長年の友人なのよ。あなたの活躍ぶりをいつも彼女に自慢していたわ。そんなある日、彼女が困ったことが起きたといってビレッジブレンドを訪ねてきた。残念ながら、その具体的な内容まではわたしはわからないの。彼女はあなたの力を借りたいと考えていたのよ。非常にプライベートな問題について。それでアネットはまず、あなたの役に立ちたいと申し出た。あなたの問題解決に力を貸したいと」

「それがケーキの試食会？　なぜ？」

「そこはどうでもいいから」マテオだ。

「ええ、そうよ」マダムまで。

なにかを隠しているのはあきらかだったけれど、いま問いつめても時間の無駄だし、それをしたいとも思わない。

「続きを話してください」

「あの日の午後七時三十分、アネット・ブルースターがビンテージカーでビレッジブレンドに迎えにきたわ」

「よく憶えています」エスターだ。「ものすごくカッコイイ車だったから。昔のジェームズ・ボンドのボンドカーみたいだった。アネットが自分で運転してきたんですよね」

「それでホテルに行ったのね。それから?」わたしは続きをうながした。

マダムが首を横に振った。「いいえ、そこが謎なの。あなたたちふたりがパークビューパレス・ホテルに着いたのは午後九時」

「一時間半ありますね。その間、どうしていたのかしら」

「アネットのビンテージのスポーツカーにはGPSがついていなかった。警察の捜査で判明したのは、車がニュージャージーに行って戻ってきたという事実。ホランド・トンネルの料金所のスキャニング装置にはアネットのナンバープレートの記録が残っていた。街から出る時と戻ってきた時のものが。あいにく、あなたはスマートフォンを店に置き忘れていた」

「あの不思議な電話をわたしも持っていたの?」

「ええ、もちろん。アネットも持たずに車に乗っていた。だから警察はGPSの信号を追跡することができない」

「全地球測位《グローバル・ポジショニング》システムの技術が電話についているということ？　〝スマートな〟電話を持っていると、どこで誰といっしょにいるのか、当局にすべて知られてしまうの？　未来の世界にはプライバシーがない。とんでもない世の中ね」

マテオが鼻を鳴らした。「こうしてささやかな冒険をするにも、追跡不能なプリペイドの携帯電話を全員に配る必要がある。そんな世の中だ」

ミスター・ダンテが携帯電話を振ってみせる。「これです！」

「アネット・ブルースターとわたしはニュージャージーのどこかに一時間半いた」わたしは独り言をいって考え込んだ。

「その大きな空白を、警察は埋めることができていない」マテオだ。「ま、ニューヨーク市警には有能な人材が欠けているからな。あくまでも私見だが」

マダムがマテオをぐっと睨みつけた。なぜマダムが？　不思議に思っていると、マダムが話を始めた。

「あなたとアネットは午後九時にパークビューパレスに到着した。そしてプライベートエレベーターでゴッサムスウィートに向かった。スウィートルームではトーマス・フォン・シェフがふたりを出迎え、試食会をおこなった。終了したのは十時半」そこでマダムが間を置き、さらに続けた。「そこから事態が一変し、おそろしいことが起きた――わたしたち皆にとって。誰よりクレア、あなたにとって」

「それは？」

「アネットはあなたを車で送るつもりで、いっしょに駐車場に下りた。屋内駐車場の高級車に取りつけられていた防犯カメラが、あなたたちの姿をとらえていた。覆面の武装した犯人に待ち伏せされるところが」

「ほかの防犯カメラには？」わたしは確認した。

「パークビューパレスのカメラは一台も稼働していなかった。アネットの指示ですべて止まっていたから。やむを得ず止める、としか彼女は説明しなかったそうよ。だから警察の捜査に役立つ映像としては、ホテルのゲストの車内にある防犯カメラのものしかなかった」

「それも、肝心なところはほとんど映っていない」マテオだ。「きみとアネットの前に武装した人物が立ちはだかるところだけだ。そいつはロングコートとスキー用の目出し帽を身につけている。あとは三人とも映像の外に出てしまった」

「くわしいのね。なぜ？」

わたしの言葉に、全員がしんとなった。

「知り合いがいるのよ」ようやくマダムがこたえてくれた。「ニューヨーク市警に……情報をもたらしてくれる人物が。彼は捜査を担当しているわけではないけれど、担当捜査官とのパイプがあるから」

「わかりました」（その男性はマダムのファンにちがいない。魅力ある女性なので、いつだってファンには事欠かない。だから驚かなかった）。「マダムの特別なお友だちなんですね？」

「ビレッジブレンドにとって、とてもだいじな方よ」

「彼は恋に落ちた」エスターが意外なことをいう。

「わたしたちのコーヒーに、ね」マダムがあわててつけ加えた。笑顔がひきつっている。

「もちろん、そうですよね。そんなにあわてなくても大丈夫ですよ。マダムを慕っているんですね、その警察官は。だからあえて規則を破った。わたしがいなくなったことに、いつ皆は気づいたんですか?」

「あの夜、ビレッジブレンドの閉店作業にあなたが姿を見せなかったので、エスターが心配して何度もあなたに電話したわ。あなたが携帯電話を店の上階の住まいに置き忘れたとも知らずに」

エスターがうなずく。「いつもの時間に店じまいをして、翌朝、開店作業の時間に出勤したんです。もしもボスが帰っていなかったらと心配になって。最初の休憩の時に上のボスの住まいに行ってみたら、ネコ二匹がお腹を空かしていて——」

「ネコが二匹? わたし、ネコを飼っているの?」思わず微笑んでしまった。

エスターがうなずく。「ジャヴァとフロシーを。心配いりませんよ。スタッフが交代でお世話していますから」

マダムが続ける。「あの晩、あなたが帰ってこなくて、連絡も取れず、エスターはわたしに電話してきたの。わたしはパークビューパレスに電話した。そしてアネットが行方不明になっていると知った。それで連絡をしたの……警察官の友だちに」

「翌日、警察官たちは例の防犯カメラの映像を見つけた。そして大騒ぎになった。まるまる一週間、わたしたちはもう心配で心配で。そうしたらボスが魔法みたいにあらわれた」

マテオは赤信号で停止し、話に加わる。「無事とはいいがたい状態で。ワシントンスクエア・ノース沿いの民間の防犯カメラがきみの姿をとらえていた。午前四時に公園にふらふらと入ってきた。それ以前の姿はいっさい見つからない。警察はその一帯の防犯カメラの映像を片っ端から調べたが、収穫はなかった。そこで、きみは自動車から降ろされたという仮説を立てて手がかりを探しているが、いっこうに進展していない」

「わたしたちが知っていることは、これですべてよ」マダムがじっとわたしの目を見つめる。

「じゅうぶんではないだろうけれど、あなたが決断を下すには不足はないはず。だから選んで、クレア。マテオと車のなかで待っているか、それともスウィートに行って自分の目でしっかりと見て記憶がよみがえる可能性に賭けるか」

つまり、現実に背を向けて元夫と身を寄せ合っているか、苦痛を覚悟して真実と直面するか。ふたつにひとつだ。思わず、笑ってしまいそうになった。くらべるまでもない。

「ロルカ医師の説明では、なんらかの心的外傷でわたしはこんな状態になった。それが正しいのであれば、この目で確かめなくては。なにが起きたのかを」

マダムはよろこんでいるようだ。「ふたりでスウィートに行きましょう。皆は車のなかで待機。いいわね」

「ちょっと待った！」叫んだのはエスターだ。「わたしも行きます。もしもの場合、ふたりだけでは心配」

「それなら、わたしも。用心棒として行かせてください」ミスター・ダンテも。

ふたりの気遣いはほんとうにうれしい。それでも、感激よりも戸惑いの方が大きい。どうしてここまでいってくれるのかわからなくて、少々決まりが悪い。

わたしにとってはほぼ初対面だけれど、心配そうなふたりの表情を見れば、とても親しかったのだとわかる。どんなふうだったのだろう。家族のような一体感を、また味わってみたかった。

ふと、ある記憶がよみがえった。ずっと前の、祖母の記憶だ。亡くなった祖母はペンシルベニア州の西部で小さな食料雑貨店をいとなんでいた（わたしはその店で育ったようなものだ）。祖母はこんな言葉を教えてくれた――。

光のなかをひとりで歩むよりも、闇のなかを友と歩くほうがいい。

わたしはエスターとミスター・ダンテの方を向いた。「ありがとう」心からの言葉だった。それからマダムを、そして思い切ってバックミラー越しにマテオを見て、礼を述べた。「ありがとう、みんな。心配してくれて」

ミラー越しに、マテオがわたしを見つめた。「どういたしまして」静かな、おとなの男性の声だった。

まなざしも、以前のマテオとはちがう。やさしくて悲しげで、なにかを悔やんでいるような表情。それとも、希望？

クラクションが鳴り響いた。わたしたちはハッとし、マテオは視線を道路に戻す。信号はすでに青に変わっていた。

「決まったな」彼はアクセルを踏んでハンドルを切った。「つぎの行き先はパークビューパレス・ホテルだ」

17

ニューヨークのホテルで誰もが知る三大Pとは、プラザ、ピエール、そしてパークビューパレスを指す。

パークビューパレス・ホテルはコーヒーハウスのマネジャーの収入ではとうてい手の届かない高級ホテルだ。でも、あれはジョイが八歳の誕生日を迎えた時、マテオがコーヒー豆の調達の出張から戻れなかったので、マダムがパークビューパレスの一泊をプレゼントしてくれたのだ。それもセントラルパーク側のゴージャスなスウィートを。

マダムとわたしたち〝ガールズ〟は、ホテルの明るく美しいラウンジで早めのアフタヌーン・ハイティーを楽しんだ。馬車で五番街を走りFAOシュワルツで降りて、マダムは幼いジョイに山ほどおもちゃを買って思い切り甘やかした。それからわたしたちは真新しいドレスで着飾り、パークビューパレスのレストラン〈ロード・アンド・レディース〉で有名人とお金持ちに交じってディナーを楽しんだ。オーク材張りの伝説的なレストランだ。マダムとわたし（と威厳たっぷりの担当ウェイター）はだいじな幼い女の子のために、心をこめて静かに「ハッピーバースデー」を歌った。

一生の思い出だ。その記憶が失われなかったことに感謝したい。なにもかも憶えている――名物のパークビューパレスサラダに入っていた砂糖でコーティングしたピーカンナッツのカリッとした食感、有名なシャンパンチキンのクリーミーで繊細なソースの味まであざやかに。娘の頬がきれいな桃色に染まっていたことも、高級レストランに居合わせた人々が皆、娘に微笑みかけたことも、彼女がクスクス笑った声も憶えている。ほんの一年か二年前のことみたい。あれが二十年も前のことだなんて。

幼いジョイに会いたくてたまらない。

いいえ、もう幼くない。それは自分の奥深くからの声だった。こらえるしかないのだ。娘に会いたいという思いも、失った年月のすべてを知りたいという思いも、いまは辛抱するしかない。娘にはかならず会えるから。

ホテルがちかづいてきた。どうやらマテオが五十八丁目の側から入ろうとしているらしい。これではセントラル・パーク・サウスに面した階段から入ることはできない。『オズの魔法使い』に出てくるみたいな金色の階段だ。パークビューパレスの凝った紋章も見えない。複雑な彫刻がほどこされた円柱や世界的に有名な「五つのガーゴイル」を見られないのも残念だ。富裕層の顧客をも魅了する荘厳なエントランスを見て、ジョイは目をみはっていた。

それにくらべてパークビューパレスの裏側は目立たないオフィスビルといった風情で、灰色の荷下ろし場があり、地下の有料駐車場に続く通路はこれといった特徴がない。

地階の照明は蛍光灯だ。パークビューパレス・ホテルは改修中のため防犯カメラが「作動していない」という注意書きが眩しい光に照らされている。これなら嫌でも訪問者の目につくだろう。ホテル側はパトロールの強化を約束するいっぽうで、利用者の注意も強く呼びかけている。

「カメラがない理由はこれか。ホテルが改修中なのか」マテオは駐車スペースをさがしながら母親に確かめた。

「あれは口実よ」マダムがつぶやく。

「お、空いている！」マテオがパネルバンをサーブとレクサスのあいだに停め、わたしたちは後部ドアから降りた。

「適当なところで切りあげてくれよ。停めておくだけで一時間三十二ドル取られる」

「おとなしく待っていてね、いい子だから」マダムは息子にいい残し、エスター、ダンテ、わたしを従えて地下の駐車場をつっきるように歩き出した。

18

マダムを先頭に、従業員専用駐車場と表示された一画までやってきた。かなりの距離を歩いたけれど、ホテルの顧客を数人見かけたきりで、掲示されていたパトロールがおこなわれている気配はなかった。

スチール製のドアの前でマダムはようやく立ち止まった。灰色のドアはへこみがあってくたびれている。清掃員の物置だろうか。マダムがカギをあけた。ドアの向こうにあらわれたのは、上品なしつらえの待合室だ。小型のプライベートエレベーター用のスペースだった。

マダムは同じカギを使ってエレベーターを操作し、わたしたちは乗り込んだ。内部は鏡張りで、そこに映った皆の目はわたしを見ていた。わたしが記憶の片鱗を取りもどすかもしれない、錯乱状態になってすべてを思い出すかもしれない。そんな期待のこもったまなざしだ。

しかし、なにも感じない。あっと思ったり、なにかを思い出したりもしない。前に乗った時のことはなにひとつ、誰といっしょだったのかもわからない。二階でエレベーターのドアが低い音を立ててひらいた。黄色いテープがはりめぐらされている。警察が事件現場を封鎖するために張るテープだ。わけがわからない。

したそうよ」

「警察はなぜここにテープを？　アネットは駐車場で犯人に遭遇したのでは？」

「捜査官たちが指紋やDNAなどの物的証拠を収集するために。ここはアネットが最後に訪れたとされている場所だから――あなたといっしょにね。警察は先週、ここでの作業を完了したそうよ」

マダムはさっさとテープをむしり取って脇に放った。わたしたちは古風でエレガントな廊下を進んだ。磨かれた堅木張りの床には青いペルシャ絨毯《じゅうたん》がアクセントとして置かれている。ゴッサムスウィートの入り口にはプライベートのスペースであることを示すプレートがある。が、これも事件現場を保全するための黄色いテープだらけで一部しか見えない。マダムはそれもむしり取って床に捨てた。ダブルドアのカギをあけていきおいよく開き、照明をつけると、スウィートのメインルームが明るく照らされた。

天井が高い空間はビジネスのミーティングに使われているのか、重役の会議室にありそうな長いテーブルが主役だ。大型のフラットスクリーンを備えたコンピューターを据えたクレデンツァの両脇の壁には装飾用のパネルが並んでいる（このホテルの象徴となっている五つのガーゴイルがそれぞれに一つずつ彫刻されている）。セントラル・パークに面した側の窓はかなり高さがあり、反対側の壁には額装された絵がたくさん掛かっている。

いちばんの驚きは、部屋がウェディング用の飾りつけをされていたことだった。窓辺の丸テーブルには白いリネン。そこに飾られた白いベルがついたウェディングバナーには、『結婚おめでとう！』の文字。

さぞや美しく飾られていたにちがいない。クリスタルの花瓶の花はいまではすっかりしおれ、枯れた花の重みで茎は曲がってしまっている。

花瓶のかたわらのボウルのなかのリンゴのスライスは茶色に変色してシワシワだ。無塩のソーダクラッカーを盛った皿もある。これは複数のペストリーを試食する時に口直しに使う。なぜ自分にそんな知識があるのかわからないけれど、まちがいない。

わたし自身は甘いものを試食する際には、口直しに水分と味のついていないポレンタを好む。インターナショナル・チョコレート・アワードではこの方法が採用されている。

それにしても、どうしてそんなことを知っているのか不思議だ。

考えてもしかたないので、テーブルに注意を戻した。ひらいたままのバインダーには、優雅なウェディングケーキのデザインがいくつも並んでいる。バインダーを十以上のペストリースタンドが取り囲む。それぞれのスタンドには小型サイズのケーキが入ったガラス製のケーキドームが置かれたままだ。どのケーキも試食用にカットされ、何片かは欠けている。テーブルの脇の車輪つきのカートの上には水の入ったピッチャーとフレンチプレスがひとつずつ置いてある。フレンチプレスはコーヒーをいれるのに使った後、そのままカラカラに乾いている。

「アネットはあなたのためだけに、こんなすてきな試食会を催したのね。なにか思い出せる?」マダムの驚きが伝わってくる。

「いいえ、なにも。どんなテーマの試食会だったのかしら。わたしは結婚披露宴のケータリングをする予定だったのね、きっと。誰の結婚式？　エスター、あなたなの？　婚約者がいるといっていたわね」

エスターが口をひらきかけたが、マダムが鋭い視線を送ってそれを制した。

「それともわたしの娘？」そうにちがいない。ジョイが結婚するのね！

「いまは未来のことについて考える時ではないわ。目の前の事実に集中しましょう。あなたにとって、ごく最近の過去がまさにここにある。記憶を取りもどすためのカギがきっとあるはず。あなたとアネットが出て行った時の状態がそのまま残っているのだから」

「そのままではない――」わたしは室内をぐるっと見渡した。「カップ、グラス、器、銀食器類がない。試食に欠かせないものが、すべてなくなっている。おそらく科学捜査班が押収したのね。消耗品のサンプルも。薬物や毒物を調査するために……」

なぜそんな知識があるのか、不思議だ。マダムとエスターが顔を見合わせている。

「教えて。どうしてわたしがそんなことを知っているのか。警察関係のパーティーのケータリングでもしていたから？」

「なかなか鋭い」エスターだ。

「こたえになっていないわ」

「落ち着いて」マダムがわたしをなだめる。「今回のことで知ったのだけど、解離性健忘によって自伝的記憶はなくなっても過去に学び取ったことはちゃんと残っているそうよ。たとえば車の運転をいつ、どこでどうやって学んだのかは思い出せなくても、運転そのものは憶えている、というふうに」

「ジェイソン・ボーンみたいだ」ミスター・ダンテがぽつりという。

「ロバート・ラドラムの小説、ボーン・シリーズの主人公ね」わたしはちゃんと憶えていた。

「映画シリーズは大ヒットしたわ」エスターだ。

「映画シリーズ？　ジェイソン・ボーンの映画があるの？」

「あ、失言でした。ごめんなさい、忘れて」エスターがあわてて片手をパタパタさせる。

「もう忘れているわ。その方面はちかごろ、得意中の得意よ」

エスターがにやりとした。「ユーモアのセンスは全然忘れてませんね」

「ええ。やはりわたしたちのクレアよ」マダムのスミレ色の瞳が、じっとこちらを見つめる。

「ジェイソン・ボーンは格好の例なの。あなたの記憶喪失について相談した教授は、ボーンを引き合いに出したくらいよ」

「でも、ボーンの物語はフィクションでしょう？」

「作品には事実が反映されているそうよ。ラドラム自身が語っているわ。十二時間の記憶喪失を経験したことからボーンのアイデアを思いついたと。それにボーンという名前そのものが、十九世紀に起きた記憶喪失のケースの当事者、アンセル・ボーンという牧師の名にちなんだものだとか」

「わたしと同じようなことが起きたんですか？」

「そっくり同じではないけれどね。あなたは自分が誰なのかを憶えている。アンセル・ボーンの場合は、それすら忘れていた。彼はプロビデンスに行くためにロードアイランドの自宅を一月に出た。その後、どこかの時点で彼は記憶をなくし、ペンシルベニア州に行った。そこで彼は別の家族との生活を始めて、A・J・ブラウンという名前で菓子職人として働いた。二カ月後、A・Jはふたたびアンセルとして目をさまし、自分がどこにいるのか、自分の身になにが起きたのか、なにもわからなかった。彼はまだ一月だと信じていた」

「他人事には思えない」

「悪いほうに考えてはダメよ。身につけた知識は確かなものだと自信を持って。それをどうやって身につけたのかは、記憶がよみがえるまで無理に知ろうとしない。そういうふうに整理したらどうかしら」

「そうですね」そうこたえてはみたけれど、そんなにかんたんに割り切れるものではない。頭では理解しても、気持ちがついていかない。記憶がよみがえる前提でマダムは話しているけれど、もしも永遠に記憶がもどらなかったら?

「かならず希望はあるわ」マダムはあかるい口調だ。「たとえば、あなたはこの部屋を見ただけで、とても正確に事実を見抜いた。それに警察の情報源によれば、ここであなたとアネットが食べたものからはいっさい毒物も混入物も発見されなかったそうよ」

「この後は?」わたしはたずねた。

マダムがミスター・ダンテに指示を出した。「廊下に出て見張りをお願いね。誰かがこちらに来るのが見えたり物音がしたりしたら、すぐに知らせて」

「ここでなにかやるつもりですか？」

「それは秘密。できるだけ誰にも知られたくないの。さあ、いそいで見張りをお願い」

ミスター・ダンテが廊下に出たとたん、マダムはダブルドアを閉め、長いテーブルに沿ってさっさと歩いて行く。

「なにをするのかしら。知っている？」小声でエスターに聞いてみた。

彼女は首を傾げてこたえた。「全然」

19

エスターとわたしが興味津々で見ているると、マダムは絵がたくさん掛かっている壁の前に立った。ちょうど大きなキャンバス二枚と向きあう位置に。二つの作品はおそろいの額に入って並んでいる。一枚はこのパークビュー・パレス・ホテルを描いたものだ。

パークビューパレスはこの街のランドマークとして、昔から多くの画家が題材としてきた。たいていは威厳に満ちた壮麗な建物として描いている。立派だとは思っても、そういう絵に感動したことはない。けれどもこの画家はこのホテルをロマンティックにとらえ、日の出のころのやわらかな色彩で、ホテルの建物とセントラル・パークと馬車を描いている。

わたしは変装用の色つきメガネをはずして、馬車に乗っているカップルをよく見てみた。恋人たちはやわらかな毛布のなかで身を寄せている。

隣には同じサイズの絵が掛かっている。こちらは若い女性の肖像画だ。大胆な真っ赤なドレスを着た魅力的な女性が温かな笑みを浮かべている。長い金髪、そして豊満な身体つきの女性を、画家はホテルの絵と同じように愛情込めて描いている。馬車のカップルの女性とこの若い女性は、とてもよく似ている。

「この絵は？　赤いドレスの女性は誰でしょう？」たずねてみた。

「それはアネットよ。まだアネット・ブルースターではなかったころの彼女。描かれたのは一九八〇年代、当時はアネット・ホルブルックだった。隣のパークビューパレスの絵も同じころに描かれたのよ」

「画家は？」顔をさらに絵にちかづけてみた。「同じ画家の作品ですよね。署名がないわ」

「ええ、そうよ。同じ人」マダムはうわの空のような口調だ。

名前を聞いてみた。けれどもマダムはなにかに気を取られているらしく、返事がない。赤いドレスの女性の肖像画の額縁にふれて、なにかしようとしている。

「なにか？」わたしはふたたび変装用の色つきメガネをかけた。

「もう少しだから」マダムは木製の額縁の彫刻のあたりをしきりにいじっている。「このあたりにボタンが――」

ちょうどその時、そのボタンを押したようだ。カチリと音がして肖像画の一部が少し壁から浮き、マダムがそのまま手前に引いた。絵は蝶番《ちょうつがい》で壁につながっており、絵の下に隠れていた長方形のパネルがあらわれた。パネルの下部は黒いスクリーンになっている。皆が持っている不思議な携帯電話のスクリーンを少し大きくしたようなものだ。マダムがスクリーンを撫でるように手を動かすと、なにかが表示された。

「プライバシー確保のためにアネットはホテルの防犯カメラとはべつに特別な監視システムを導入しているの。隠しカメラでゴッサムスウィート、エレベーター、待合室をカバーしているわ。動体検知機能つきのシステムだから、試食の様子が記録されているはず。ここであなたとシェフとアネットだけがいたのか、ほかにも誰かがいたのかがわかる」

マダムがうめき声をあげた。

「どうしました？」

「システムが停止している。そして記録が消去されている」マダムは監視システムを肖像画で隠した。「オフィスを調べてみるわ」

エスターは大袈裟なしぐさで周囲を見回す。「オフィス？　どこにもなさそう」

「あるわよ、エスター。あなたの目ではなく、わたしの言葉を信じて」

それでもエスターはきょろきょろしている。

「あ！」エスターが壁に掛かっている別の作品を指さした。「あれはアル・ハーシュフェルドの原画？　描かれているのは、もしやマダム？」

マダムがうなずく。「ずいぶん前の作品よ。ゴッサムレディースのメンバーを戯画化しているの。それはもう、じつに完璧にね。アルは愛すべき人物よ。そしてブロードウェイでみごとにキャリアを築いているわ」

一ダースを超える女性たちを描いた大きな絵に、わたしは圧倒された。

「わたしはこの人たちを知っているのかしら。アネット・ブルースターはべつとして、このうちの誰かと会ったことは？」

「年長のメンバーとは会っているわ。リーダー格の人たちね。あなたの記憶が蘇るかどうか、ちょっと刺激してみましょう」

マダムが最初に指さした人物は、小柄でブルネットの髪は短く、ウェーブがかかっている。顔をゆがめたような笑顔で、ビジネススーツの上にフルレングスの毛皮のコートを着ている。片手にはクニッシュを、もう一方の手にはバブカを持っている。どちらもユダヤ教徒の伝統的な軽食だ。

「バーバラ・バ、バブカ、バウムよ。ロウアーイーストサイドからアッパーイーストに進出した料理界のクイーン。伝説的なレストランとベーカリー、バブカのオーナーで、いまや全米で五つの拠点を設けている。ラスベガスのMGMグランドもそのひとつ。そして、彼女は単なるレストラン経営者ではなかった。それを突き止めたのは、あなたよ」

「わたしが？」

マダムはため息をつき、絵のなかのべつの人物を指さす。「バブカの隣はジェーン・ベルモア。かつて名を馳せた銀行家一族の最後のひとりよ。かわいい人なのだけど、とんでもない奥手でね。身持ちが堅いという表現がぴったり」

マダムが期待をこめたまなざしをわたしに向ける。

わたしは首を横に振る。「ダメです。思い出せないわ」

「ジェーンの隣がアネットよ。もちろん肖像画より年を取っているわ。そしてアネットとわたしのあいだにいるのは――」

「背が高くて黄金をまとった女性ですね」

「ゴールドのラメよ」マダムが表現を正す。「この人はノラ・アラニー。わたしの旧友でファッションデザイナーだった亡きロッティ・ハーモンのアシスタントとしてノラはキャリアをスタートさせたのよ。憶えている？」

「評判だけは」

「そう。ノラはロッティから多くを学んだわ。わたしはよく知っている。その後、独り立ちしてファッションのビジネスを始めた。まずロックスター、それからヒップホップのミュージシャンのファッション・コンサルタントになって成功をおさめたわ。あのころ、彼女はいつもクライアントの自慢をしていたわね。パット・ミノトールだったかしら。ビタミンB群、M・C・バマー、なにかピンとくる名前はない？」

「いえ……まったく」

「ノラは最近スポーツウエアとヨガのウェア、ブライダルドレス、ハンドバッグ、ゴールドのジュエリーを手がけているわ。彼女の姓はハンガリー語で〝ゴールド〟の意味なのね。だからというわけでもないけれど、投資銀行家たちにも輝いて見えたんでしょう。二年前、彼女の会社は上場したのよ」

プラチナブロンドの髪と自信に満ちた笑顔の彼女は、とても背が高い。わたしはしみじみと見つめた。絵のなかで彼女は中央の位置を占め、とりわけ大きな姿に戯画化されて、ただならぬ存在感を放っている。こんな人物を忘れることができるだろうか？

「思い出せない？」マダムがたずねる。

「ごめんなさい、でも――」

そこでいきなりエスターの大きな声がした。

「これを見て！　ドアの向こうをのぞいたら小さなキッチンで、そのカウンターの上にコーヒー豆が入った袋が置きっぱなし。カートの上に放置されたフレンチプレスを使えば、コーヒーをいれられる。それを飲めば、記憶のひとつやふたつ引き出せるかもしれない」

「コーヒー!?　飲みたいわ、ぜひお願い！」

マダムがにっこりした。「病院で約束したわね、ちゃんと憶えているわ。エスター、すばらしいアイデアよ。ポットをよく洗ってね」

「手伝うわ！」

「コーヒーはエスターにまかせましょう。わたしたちはオフィスの確認を」

「オフィス？　どこのオフィスですか？」

「エスターにも言ったけれど、わたしを信じて」

暗闇をともに歩く友の言葉だ。もちろん信じる。

「はい。ついていきます」

20

　マダムが先に立って、わたしたちはふたたび部屋を横切った。今回は棚の脇のパネルの前に立つ。パークビューパレスを象徴するガーゴイルを彫刻したパネルだ。そのうちのひとつの頭の部分をマダムが押す。と、パネルがドアのように内側にひらいた。

　壁の裏には、マダムの言葉通り小さなオフィスが隠れていたのだ。なかをのぞいたマダムが、はっと息を呑む。

　室内はめちゃくちゃに荒らされていた。椅子とデスクはひっくり返り、書類の整理棚二つの中身は床にぶちまけられている。何者かが書類をあさったのだ。ファイルと紙類がワイン色のカーペットを覆い、落ち葉を敷き詰めた秋の森が広がっているような光景だ。

　そこにマダムが両膝をつき、必死でなにかをさがしはじめた。マダムの横にわたしも両手両膝をついた。

「なにをさがしているんですか？」

「アネットの名前がついている黒いファイル——」

「中身は？」

「アネットの遺言書。ゴッサムレディースのメンバーは全員、この部屋に遺言書の写しをファイルしてあるのよ」

「なぜ遺言書を？」

「ひと言でいうと、おたがいの身を守るため――あ、これよ」

マダムがファイルをひらいて、なかの書類を繰っていく。文書だけでなく、葉書大の絵のカードも数枚入っている。

「遺言書がないわ」

「まちがいないですか？」

「ええ」

「それは、なにを意味しているんでしょう？」

「わからない。いまはね。立ちあがるのに手を貸してちょうだい」マダムがファイルを胸元に抱きしめたまま立ちあがろうとした際に、カードサイズの絵のプリントが滑り落ちてしまった。

「悪いけど、拾っておいてちょうだい」

わたしは絵のプリントを拾いあつめて、とりあえずジャケットのポケットに入れた。マダムはしっかりと立ち、内巻きにした銀髪を手で整えた。

「厄介なことになったわ。このオフィスの存在は限られた人しか知らないのよ」

「きっと警察の人ですよ。手がかりをさがしたんじゃないかしら」

「そうかもしれない。そうではないかもしれない。アネットが置いていた私物のノートパソコンも消えている」

エスターがドアの向こうから顔をのぞかせたのは、その少し後だった。

「隠れオフィス。なんてクールなの。でもこれは絶対に秘書を雇ってファイルのシステムを見直すべきね！」

「どうしたの？」マダムがたずねた。

「コーヒーがはいりました。戸棚にきれいなカップがあったわ。でも冷蔵庫は空っぽ。だから砂糖なしのブラックです。クッキーくらい、あるかと思ったけれど、なくて」

「ブラックコーヒーでいいのよ。ティーパーティーではなくて、試飲ですからね」

21

わたしは椅子に腰掛けたまま身を乗り出し、カップからたちのぼるアロマを深く吸い込んだ。ローストしたコーヒー豆の香り。いますぐにでも、カップの中身を一気に飲み干したいという思いを必死にこらえた。リラックスして味を確かめる作業に集中しなくては。

コーヒーが冷めてしまわないうちに、待ちに待った最初のひとくちを味わった。ふたくちめは、もう少し多めに。

「口あたりはいい」そうはいったものの、内心、がっかりしていた。豪華ホテルのオリジナルブレンドにしては、深みがなくて凡庸だ。

「ほかには？」エスターだ。「アロマでも味でも、なにか懐かしいと感じたりはしません？」

「ごめんなさい」謝るのに少し疲れてきた。

コーヒーカップを置いて口直しの水を飲み、コーヒーが冷めて風味が変化するのを待った――もう少しよくなることを期待して。マダムとエスターは立ったまま、わたしを見おろしている。なにかが起きるのをいまかいまかと待っているのだろう。

そして、いよいよつぎのひとくちを味わった（少量を味わうというより、ガブッと飲んだ）。

「どう？」マダムだ。

「そうですね……カフェインが入っている」

マダムが目をまるくする。「まあ、それだけ？　隠さないでほんとうのところを聞かせて」

「このコーヒーはパークビューパレスのような豪華なホテルにはふさわしくないと思います。スマトラとコロンビアのブレンド。チョコレートとウォールナッツの味わいがうっすら感じられる。焙煎はへたくそでバランスが悪い。明るい酸味もまったくない。だから奥行きがなくて退屈。わたしならアフリカのケニアAAやイルガチェフェを加えるわ。いえ、それよりもマテオが特別に調達してきた中米の豆ね。それがトップノートになる。いまはそれが欠けている。真のプレミアムブレンドにするためには、マテオが買いつけたブラジル産のアンブロシアを加える――そしてシングルオリジンはべつべつにローストする。これはビレッジブレンドのブレンドではない、そうでしょう？　どうか、わたしがつくったブレンドだなんていわないで」

「ちがうわ。これはうちのコーヒーではない」マダムは自分のカップを脇に置いて、わたしを見つめる。「あなたのテイスティングはひじょうに高度な専門知識の裏づけがある。どこでそれを身につけたのか、わかる？」

「もちろん！　マテオと結婚していたまるまる十年間、マダムのもとでみっちり修業しましたから。コーヒーについて知るべきことはマダムからすべて教わりました」

「そうね、わたしの知識はすべて伝えたわ。でもね、あなたはとっくにわたしを追い越している。それをたった今、あなたは自ら証明した。わたしはこのコーヒーを平坦で退屈なブレンドとしか評価できなかった。あなたは問題点を的確に指摘した」

「それが？」

「つまり、これでまちがいないということ。あなたのなかの蓄積された知識を呼び出すことに成功した。記憶を封じているものにヒビを入れることができたのよ。これが正しいアプローチであると確信できたわ」

「マダムがそうおっしゃるのなら……」

「まちがいないわ」マダムは満足げだ。「マテオがあなたと結婚していたころ、まだアンブロシアの豆は輸入していなかった。彼とブラジルの農園との関係が進展したのは、あなたたちが離婚した後よ」

「ほんとうですか？」

「そうですとも」マダムがうなずく。わたしはカップの中身を飲み干し、希望を感じていた。お代わりを自分でそそいだくらいだ。ブレンドは平凡でも、これはほんもののコーヒー！

「この部屋でプルーストのマドレーヌがもっと見つかるかもしれない」エスターだ。『失われた時を求めて』一週間前のウェディングケーキのサンプルを食べようとはいわないけれど、においを少しかいでみたら、大脳皮質を刺激するかもしれない」

「もっといい案があるわ。ここを出たら下のシェフのところに行って同じケーキのサンプルをなんとか用意してもらいましょう。クレアの居場所が決まって落ち着いたら、それを味わって——」

とつぜん大きな声がした。ドアの向こう側なのではっきりとは聞き取れない。マダムがぱっと反応して黙った。

「来た！　男たちがこっちに向かって走ってくる。やつらは——」

廊下にいるミスター・ダンテの声がとぎれた。殴る音に続いて、あわてたような気配とともに呻《うめ》き声がした。

「ダンテ！」エスターがダブルドアへと飛んでいく。

が、エスターがあける前にドアが二枚ともいきおいよく開き、警備の男たち三人の姿があらわれた。そろいの青いブレザーとグレーのスラックスという出で立ちだ。いちばん大柄な男がミスター・ダンテを後ろから羽交い締めにしている、太い左腕で喉を締め上げ、右手でミスター・ダンテの両手を押さえ込んでいる。

その両脇にはがっしりした体格の年配の警備員と、若くて痩《や》せた警備員がいる。年配の男は警棒を持ち、若いほうはスタンガンで武装している。スタンガンはこちらにではなく天井に向けられているのが、せめてものさいわいだ。

三人はわたしたちを威嚇しようとしている。が、マダムには脅しなど通じない。

「その子を放しなさい。いますぐに！」有無を言わさぬ毅然とした口調だ。

年配のがっちりした警備員はわたしたちを睨みつけたまま、警棒をくるりと回してベルトの警棒入れにおさめた。そして一歩前に出る。バッジにはスティーブンスという名前。頭の赤毛は薄くなり、いかにも気性が荒そうな顔だ。血色のいい頬には、ギザギザした形の傷痕がある。

「これは不法侵入にあたる。全員、不法侵入だ」スティーブンスという名の赤毛の男がいう。

マダムはきゃしゃな肩をいからせて、彼の前につかつかと歩み寄った。

「わたしたちには正当な権利があるわ。わたしはゴッサムレディースの慈善委員会の今年の委員長よ。このスウィートはわたしたちが所有権を有しているスペースですよ！」

スティーブンスが室内を見まわす。

「なにをしている、お茶会か？　ここは事件現場だ。このきれいな黄色いテープが目に入らないのか？」彼が鼻を鳴らす。「頭がイカれているのか、それとも耄碌《もうろく》したか？」

マダムのスミレ色の目から炎が噴き出した。「年齢差別は許しませんよ。バッジひとつで偉くなったつもりの太った臆病者が。わたしのバリスタをいますぐ解放しなさい。三人とも、さっさとここから出て行きなさい！」

スティーブンスは平然とした態度でマダムを睨んでいる。もちろん、マダムの言葉など無視だ。ミスター・ダンテは隙をついて逃げようとするが、かえって大柄な男に強く締め上げられてしまい、顔色が青ざめ、さらに紫色になっていく。

その時、ミスター・ダンテを拘束している男の前にマダムが移動し、男の顔をひっぱたいた。「その子を放しなさい、ファシスト！」

このままでは最悪の事態になると直感して、わたしはマダムと大男の間に飛び込んだ。

「よく聞きなさい」わたしは猛然とまくしたてた。「このスウィートはゴッサムレディースが合法的に占有し、そのための多額の費用を支払っている。あなたたちには口出しをする権利は一切ない」

スティーブンスはわたしの剣幕に一瞬ひるんだが、憎々しげにこちらを睨みつけた。いくら正論を吐いても、こちらは金髪のウィグと色つきメガネで変装している身だ。怪しむような視線には弱い。

「どけ。その老いぼれを逮捕する」

「なんの理由もなしに？」わたしはいい返した。

「おれの部下を殴った」スティーブンスがじろりとわたしを睨む。

エスターがこちらにちかづいてきた。「殴られて当然よ。自業自得でしょ。わたしたちの友人をこうして痛めつけているから。さっさと手を放さなければ――」エスターは大柄な男を指さす。「容赦なく蹴りを入れるからね。男の急所を狙って。逮捕したければすればいい。そのかわり、こっちもあんたたちを訴える！」

大柄な男が気をとられている隙にミスター・ダンテは『ベスト・キッド』みたいに空手の技を繰り出して一方の手が自由になった。すかさず相手のみぞおちを肘で一撃した。ミスター・ダンテの喉を絞めている腕の力がゆるみ、ミスター・ダンテは自由の身に。ところが若きバリスタは逃げようとしない。アドレナリンが体内をめぐっているらしく、たたかう気満々だ。くるりと向きを変えて、たった今まで自分を苦しめていた大男の方を向いた。

騒動が大きくなりスタンガンを手にした若い警備員が行動を起こそうとした時、女性の声が響き渡った。

「なにやっているの、スティーブンス！　部下に手出しをさせるなんて。この人たちはわたしの友だちよ！」

22

黒ずくめのエレガントな女性が足早にこちらにやってくる。身体のラインは彫像のように美しい。いかつい警備員たちとは対照的なその女性が、彼らを脇に押しやり、ミスター・ダンテと大柄な警備員のあいだに立った。毅然とした姿だ。

「ブランシュ！　無事なの？　ケガはなかった⁉」

その女性は一方的にマダムの肩に腕をまわしてぎゅっと抱きしめ、マダムの銀髪にエアキスの雨を降らす。マダムは驚いた表情で少ししりぞき、スタイリッシュな黒いパンツスーツの女性を見つめる。洗練されたビジネスウーマンという表現がぴったりだ。

「ビクトリア・ホルブルック？　まあ、あなたなの？」

何歳くらいだろう——五十代か、それとも六十代？　とび色の髪をきれいに後ろになでつけてあか抜けたシニヨンにまとめているけれど、象牙色の肌の数本のシワは隠せていない。

「いつ以来かしら。ちっとも変わらないわね」マダムの驚きはまだおさまらない。

「おたがいに、真実から目をそむけるようになったわね」それでもビクトリアの大きな青い目は褒め言葉を喜んでいるようだ。「それにしてもこんなことになってしまって、なんとお詫びしたらいいのか」彼女は警備員たちを身振りで示す。「このスティーブンスはプライベートエレベーターが使用されているのに気づいて、確認しにいくとわたしに連絡してきたのよ。まさかあなただったなんて、夢にも思わなかった！」

ビクトリアは警備員たちに部屋から出るように指示した。が、スティーブンスだけは、なかなか去ろうとしない。怒りがおさまらないといった表情でミスター・ダンテを睨んでいる。飢えたオオカミが、あと少しのところでウサギに逃げられた、そんな雰囲気だ。

ふたりのあいだにビクトリアは割って入り、ミスター・ダンテにケガはなかったかとたずねた。彼が呻きながらも身ぶりで大丈夫だとこたえると、彼女はわたしたちをうながしてゴッサムスウィートに入った。

「ここでいったいなにを？　ブランシュ。いらっしゃるなら前もって連絡してくだされば、こんなことにならずにすんだのに」さっそくビクトリアが話し出す。

「ゴッサムレディースの慈善ダンスパーティーのファイルを取りに来たのよ。そろそろちかづいてきたから」マダムは嘘をついた。

それだけでなく、荒らされたオフィスについてもひと言もいわない。逆に、マダムのほうからビクトリアに問いかけた。

「あなたこそ、なぜここに？　てっきりウィーンにいるものとばかり」

「短い間だけよ。何年も前にアメリカにもどってきたわ。以来、西海岸に自宅を構えていたの。でもね、最近、マンハッタンが恋しくなってきて」

マダムが首を横に振る。「そうではなくて、あなたがパークビューパレスにいるとは思わなかったのよ」

「アネットが行方不明になったでしょう。それで手助けを買って出たの。誰かがやらなくてはならない。家族の一員としてね」彼女はそこで内緒話をするように声を落とす。「なにしろひどい経営だったのよ、これまでずっと。おまけに今回のことで……さらに追い打ちをかけられてしまって」

「では姪御さんも？　テッサはホテル業界で大成功しているから頼りになるわね」

「それはアネットがゆるさないわね」ピリピリした口調だ。

「あら、アネットとテッサは仲がいいものだとばかり」

「以前はね。でも……」ビクトリアは言葉を濁した。

「話してみて、ね」マダムがうながす。「わたしで役に立つなら、力になるわ」

ビクトリアの葛藤が伝わってくる――どこまで話そうかと迷っている。けっきょく、エスター、わたし、ミスター・ダンテに丁寧に会釈してから、マダムを連れて少し離れたところに移動した。

ふたりが背中をこちらに向けて、ビクトリアがひそひそ声で話を始めた。わたしはエスターとミスター・ダンテに静かにしているように合図して、こっそりふたりにちかづいた。ここなら盗み聞きできる。

「……お耳に入っているかもしれないけれど、テッサの父親はもう亡くなっているから、叔母アネットの人脈を使ってホテル・チェーンの経営を軌道にのせたのよ。アネットから聞いたのだけど、最近テッサはなにかをやらかしてアネットをひどく怒らせたそうよ。くわしい内容は聞いていないけれど、激しい口論になったんですって。そう考えるとね、嫌な予感がする……。今回の忌まわしい騒動にはテッサが――あるいは彼女にちかい何者かが関わっているのではないかと」

「忌まわしい騒動ね。あなたとしては、なにが起きたと考えているの？」

「姉は誘拐されたのだろうと。それよりひどいことが起きたなんて、おそろしくて考えられない。身代金の要求がいつ届くかと、じりじりしているわ。一刻も早く届いて欲しい。そう思っている。アネットを取りもどすためなら、いくらでもお金を積むわ。でもいまだに誰からも接触がない。なにもないのよ。警察は逃走した車両の行方をつかめていないし……」

それを聞いてマテオの説明を思い出した。工夫しだいで犯人は携帯電話で追跡されず、監視システムをやすやすと突破できるらしい。

「警察は仮説を立てているけれど、それを裏づける証拠がない。アネットと誘拐犯が州境を越えたという証拠もない。だからいまのところＦＢＩは関与していない。つまり依然としてニューヨーク市警の管轄。刑事たちから聞いたけど、あなたの義理の娘にあたる女性はなにも証言できないそうね」

「ええ。クレアはもどってきたけれど記憶喪失で入院しているのよ。はたして記憶を取りもどせるのかどうか」

「ついつい、嫌なことを考えてしまうの。アネットの身になにか起きたら、パークビューパレスを相続する立場にあるのはテッサ。どう思う？」

マダムはふうっと息を吐き出した。「血のつながった叔母をテッサが殺すなんて、あなた本気で考えているの？　確かにわたしはテッサのことをよくは知らないけれど。会ったのはずいぶん前だし。彼女がブルックリンにブティックホテルをオープンさせた時、かわいらしいお嬢さんに見えたわ」

「ええ。あなたのいう通りよ。あの時はまだティーンエイジャーみたいな年頃だった。ジプシーというホテル・チェーンはあの子が大学の仲間と始めたのよ。あれからいろいろなことが変わった。かわいらしいところなど、すっかりなくなってしまった」

なにかに怯えるような声でビクトリアが続ける。「証拠はないわ。ないのが悔しいけれどね。テッサは自分のホテルに箔をつけるために、パークビューパレスの経営権を欲しがっているのよ、きっと。彼女のホテルは斬新さと手頃な価格が売りだけど、もっと格上げしたいんでしょう。そのことを捜査担当の刑事にも話してみたわ。でも彼らは過去のいきさつからブルースター家に恨みを持つ人物が復讐《ふくしゅう》を企てているという見方なの。八方ふさがりの気分よ。なにか情報があれば、ぜひ知らせてね、あなたの義理の娘さんがなにかを思い出したら、なんでもいいから教えてね。どうしても姉を取りもどしたくて……」

ビクトリアは涙をぬぐう。マダムは彼女の片手を取ってぎゅっと握った。

「つらいでしょうね。重圧がかかって大変な時に、ホテルの運営を買って出たのはりっぱだわ。警察が真相をつきとめるまで現実は待ってくれないものね」

ビクトリアがうなずき、ポケットからハンカチを出して目にあてた。

「いつでもあなたはほんとうにやさしいわ、ブランシュ。わたしは――」

ちょうどその時、エレベーターが到着したのを告げる音がした。全員がはっとして緊張した。プライベートエレベーターでここまであがってきたのは、いったい誰？

23

急ぎ足で廊下を進んでくる足音がしたかと思うと、若い男性がスウィートに飛び込んできた。かなり焦っている様子だ。

「車のなかで緊急メールを見て、驚いて猛スピードで飛ばしてきた！」

彼は少し下にずれたべっこう縁のメガネの位置を直しながら、わたしたちを順繰りに見ていく。「この連中が警察の非常線を破って侵入したんだな？」

ビクトリアは気まずい表情だ。「わたしの過剰反応だったのよ、オーエン。駆けつけてくれてありがとう、ちょっとした誤解だったの」

「こちらは？」マダムがたずねる。

「オーエン・ウィマー弁護士を紹介するわ。パークビューパレスの法律顧問よ。アネットの姿が消えて以来、それはもう忙しい思いをしているの」

ボタンダウンのシャツとベストを着た亜麻色の髪の弁護士は、三十歳になったかならないかという年齢だ。小柄で、エネルギーの塊のよう。マダムをろくに見もしないで、ビクトリアにきびきびと問いかけた。

「ひとつだけ知りたい。この件にスティーブンスの関与があったのか、なかったのか」

ビクトリアが顔をしかめた。「あったわ。彼と彼の部下ふたりがこの若者を拘束したの」

オーエンは憤慨した様子を見せ、それからミスター・ダンテの方をくるりと向いた。「ケガはありませんか？」

「大丈夫です、なんともありませんよ」若きバリスタがこたえる。

若い弁護士は眉根を寄せた。「あなたが警察に苦情を申し立てる意向であれば、わたしたちはそれを妨害するつもりはありません」

「そんなつもりはありませんよ」

それを聞いてほっとしたらしい。オーエンはビクトリアの方を向いた。

「スティーブンスは危険人物だ。今回が初めてではない。クビにすべきだ」

「それはどうかしら。彼は長年パークビューパレスで働いている。わたしの一存で退職させるのは気が進まないわ。とにかく、彼とはよく話してみるわね」

「残念ながら、それではじゅうぶんではない。パークビューパレスがこれ以上、法律に触れるような事態に追い込まれることは避けなくてはならない」弁護士はメガネをはずしてポケットチーフでレンズをぬぐう。「スティーブンスと彼の部下にはわたしが直接――」

「わたしの責任でやるといったでしょう」

「そうですか……わかりました。まかせましょう。じゃあ、わたしはこれで」オーエンは最後までぶすっとした表情を隠さなかった。

わたしたちも出ましょうと、マダムが宣言した。

ビクトリアは、ひどい目に遭わせてしまったとふたたび謝罪し、ホテルを出る際には正面のエントランスを使って欲しいと要請した。ニューヨーク市警からホテル側に、プライベートエレベーターを含めて現場を封鎖するように指示されているそうだ。

「それに、あの通りオーエンがうるさくて」困ったものだという口調だ。

ホテルの出口に向かうとちゅう、プライベートエレベーターの前に若い弁護士がいるのが見えた。彼は首を横に振りながら、マダムがむしり取った警察の非常線のテープを丹念に元通りにしようとしている。

わたしたちはビクトリア・ホルブルックを先頭に角を曲がってカーペット敷きの幅の広い廊下を進む。廊下にはスウィートルームのドアが並んでいる。華やかな雰囲気の階段でエレガントなロビーにおりた。

わたしたちがブロンズとガラスのドアから出るまぎわ、黒ずくめのビクトリアはふたたびマダムにエアキスを送った。「また会いましょう。今度お見えになる時には、ぜひわたしに知らせてね。ラウンジでいっしょにランチを――ごちそうするわ」

外に出ると、通りはバス、タクシー、車で混雑していた。セントラル・パーク・サウスを秋の風が吹いて紅葉した木々が揺れている。寒さに思わずぶるっと震え、ロゴつきのジャケットの胸元をぐっとかき寄せた。さいわい金髪のウィッグをかぶっているおかげで、頭は暖かい。

マダムはついてくるようにわたしたちに合図した。「ビクトリアはわたしたちがホテルから離れることを期待しているはずよ。だから形だけでもそうしましょう」

マダムはドアマンにタクシーを呼んでくれと頼み、全員が乗り込んだところで、運転手に告げた。

「この区画を一周して、五十八丁目に面したこのホテルの駐車場の入り口に行きたいだけなのよ。チップは弾みますからね」

「承知しました、マダム！」

マダムはミスター・ダンテに、息子マテオに連絡を取るように指示した。

「運転席で待機するように言ってね。あと数分で到着するから」

ミスター・ダンテはうなずき、携帯電話を取り出しながらつぶやいた。

「マダムの知り合いに制止されて、じつに残念だ。あいつには勝てたのに」

「いつまでも引きずらないの、ランボーくん」エスターがたしなめるように首を横に振る。

24

五分後、タクシーが停止した。パークビューパレスの駐車場前の歩道にわたしたちは降り立った。

ビーッ、ビーッ、ビーッ！

しつこいクラクションの音がして、わたしたちがそろって振り向くと、ひじょうに目立つSUVの窓から、スタイリッシュな女性がこちらに手を振っている。長い腕をあまりにもバタバタさせているので、彼女が乗っている金属の塊ごと浮きあがってしまいそうだ。

「うわっ！」ダンテが興奮している。「カスタマイズしたメルセデス・ベンツGクラスだ。すごい！」

初めて聞く車種だ。すみからすみまで金色にキラキラ輝いている。ラスベガス版のジープの前面でサーベルタイガーが笑っている、そんな印象だった。

これはトレンディな車でゲレンデヴァーゲンというのだとミスター・ダンテが教えてくれた。その車が思い切りタイヤをきしらせて、わたしたちの前で停まった。とたんに、タイヤの音とは別の鋭い音が鼓膜に突き刺さった。発生源は運転席のひらいたウィンドウのなかだ。

「ブラーーーーーンシュ！　キャーーーーーーーーッ！　こんなところで会えるなんてーーーーーー！」

車のドアがいきおいよく開いて、ちぎれるほど腕を振っていた人物があらわれた。年配のスタイリッシュな女性だ。

金色のラメのカーコートを着こなし、プラチナブロンドのボブスタイルの髪には鮮やかなカナリア色のハイライトが入ってとても印象的だ。いますぐにでも舞台に立てそう。一瞬だけ、彼女がおとなしくなったと思ったら、シートベルトをはずしている。無事にはずしてしまうと、豪華な車から飛び出してきた。ブロードウェイの女優みたいにきれいな歯を見せて満面の笑みだ。

ローヒールのブーティー——もちろん金色——をカツカツと鳴らして、彼女は走ってマダムの前までやってきた。そして両腕をひろげ、マダムが地面から浮き上がりそうなほど力強く抱きしめた。抱擁というよりも、捕獲という感じだ。金色の装いのその女性はマダムよりもはるかに背が高く（マダムはわたしよりも背が高い）、そびえ立つという表現がぴったりの堂々たる体軀《たいく》の持ち主だ。

この女性が何者であるのか、すぐにわかった。記憶にあるからではなく、ゴッサムスウィートに掛かっていた戯画化された絵を見たばかりだからだ。彼女はノラ・アラニー。ロックスターやヒップホップのスターをクライアントに持つファッション・コンサルタントとして活躍した後、いまでは服とアパレルのデザインを手がけている——すべてにおいて金色へのこだわりがある。

マダムに挨拶する間、ノラは自分のゲレンデヴァーゲンを駐車場の入り口に停めたまま放ったらかしだ。ドアはあけっぱなしでキーは差し込んだまま。ビー、ビー、ビーという警報音が鳴り続けているが、オーナーであるノラは平然としている。

「ノラ、会えてうれしいわ。前回のゴッサムのブランチ以来ね。ちかごろは、どう?」マダムは抱きしめられたままで、息が苦しそうだ。

対象的に、ノラは絶好調だ。

「とても好調よ、ブランシュ。嘘みたいだけど、つぎのシーズンでクレイジーリッチ・クーガーズ・オブ・パルマがわたしのブランドを着るのよ! ちょうど今朝、契約を結んだところ。ショーの初日はクリーブランドの店のグランドオープンと重なるのよ」

「それはすばらしいわね」マダムは懸命に笑顔をつくる。

「そうなの」ノラはますます饒舌《じょうぜつ》になっていく。「ミネアポリスのミルフの店舗とブリッジポートのビッケリング・トロフィー・ブライドをふくめたら、全米の半分で商品を展開するまでになったわ」

ノラがようやく息継ぎをする。マダムはうんざりした表情を見られまいと必死だ。ノラの愛車の後ろに、従来型のメルセデスが停まった。千分の一秒後(ニューヨークのドライバーが辛抱できる平均的な長さ)、運転席の男性がクラクションを大きく鳴らした。

ノラは気にしないのか、気づいていないのか、エスターとわたしのおそろいのジャケットに目を留めた。「連れの方たちはポエトリー・イン・モーションのメンバーなのね」ノラの視線がわたしに注がれる。あまりにもじっと見つめられて、汗が出て来た。

変装を見破られた？

「先月、クーパーユニオンで大掛かりなポエトリー・スラムを開催したでしょう。残念ながら出席できなかったわ。エンジェルとして資金提供しているというのにね。あなたたちが気を悪くしていないといいのだけど」

「いいえ、まったく」エスターがすばやくこたえた。「三カ月に一度開催しています。次回、ぜひいらしてください。多大な支援に心から感謝します、ミズ・アラニー！」

「こちらこそ、当然のことですもの。アートを支援しなくては、お金なんて持っていてもつまらないわ！」

とうとう、メルセデスの男性ドライバーの堪忍袋の緒が切れた。

「お嬢さん！　さっさと車を出しなさい！」ゲレンデヴァーゲンのあけっぱなしのドアからはあいかわらずビーッという音が響いている。それに負けじと彼は声を張りあげた。

激高しているドライバーをノラは面倒くさそうに一瞥《いちべつ》し、すぐにミスター・ダンテに声をかけた。「そこのあなた！」

バリスタは自分を指さす。「わたしですか？」

「そうよ、あなた。ハンサムボーイ！　悪いけど、わたしの車を下の専用駐車スペースに置いてきてくださらない？　ゲートを通過してすぐ右側よ」金色のブーティーが歩道をカツカツと進み、ミスター・ダンテにチップを渡した。「絶対にまちがえないから大丈夫よ。わたしの名前が表示されているわ、ノラ・アラニーと……」

ノラが彼に指示を与えている間、マダムはわたしとエスターに身を寄せてささやいた。「妙な話だわ。ノラが専用の駐車スペースを確保しているなんて。アネットとノラは表面上は親しげにふるまっていたけれど、じつは犬猿の仲よ。わたしたち全員が知っている」

「それはつまり、フレネミー」エスターだ。

「フレネミー……」マダムがノラをちらっと見る。「いまどきは、そんな言い方をするの？」

「歴史をさかのぼると、フレネミーという言葉は一九五〇年代ごろから存在しています。最近になって復活したんです」

「初めて聞く言葉だわ」わたしがいった。

「表面上は友だけれど、じつは敵、ということなら、確かに昔からあるわね」マダムがつぶやく。

ノラがこちらに戻ってきた。エスターはミスター・ダンテを揶揄《やゆ》するように言葉をかけた。「ドリームカーを運転する絶好の機会ね。ミスはゆるされないわよ」

25

エスターの挑発的な言葉は、まさに予言となった。いや、単に暗示がかかってしまったのかもしれない。

ミスター・ダンテは昂揚した面持ちで運転席に座った。どうやら気負いすぎたらしい。アクセルを強く踏み込みすぎて、高級ＳＵＶをあやうく駐車券の発行機に激突させそうになった。

エスターが鼻を鳴らす。ミスター・ダンテは焦っただろうけれど、すぐに車体の向きを調整して、駐車場に続く進入路を下っていった。

さいわいノラはマダムとのおしゃべりに忙しくて、なにも気づいていない。

「あなたはなにをしにパークビューパレスに？　ブランシュ」

「毎年恒例のゴッサムレディースのチャリティ・ダンスパーティーの準備でファイルがいくつか必要になって。最近あんな事件があったけれど、それでも春の祭典は実行しなければね」

「最近の事件とは、つまりアネットが失踪した件？」

マダムがいぶかしげな目でノラを見る。「なにか知っているの？」

「わたし？　なんにも！　でも、ひどい話よね……」とつぜんノラがくちびるを震わせ、すすり泣きを始めた。「かわいそうなアネット。いったいなにが起きたというの。わたしたち、もう二度と彼女に会えないの？」

ノラがおいおい泣いても、本心から悲しんでいるようには見えない。マダムもそう感じたようだ。

「やめましょう。わたしにはそんな見え透いたお芝居をしなくてもいいわ」

ノラは否定するように片手を振り、涙をぬぐうそぶりを見せる。

「ひどいことをいうのね。わたしがアネットの立場なら、とっくの昔に姿を消していたわ」

「なんの話？」

「彼女はね、もうずっと前からあの最低最悪のダンナに踏みつけにされてきたのよ。それもこれも――」

ふいに、甲高い歌声がした。シャーリー・バッシーがゴールドフィンガーのテーマを大声で歌っている。

「あら、電話！」ノラは金色のプレートつきのチェーン・メールバッグから例の不思議な端末を取り出し、画面を確認して叫んだ。

「たいへん、ダッシュしなくちゃ！　日本からのバイヤーがロビーで待っているわ」

「その前に」マダムがいう。「ゴッサムスウィートのプライベート・オフィスが荒らされている件について説明してもらいたいわ」

「荒らされている？」ノラが肩をすくめた。「警察の捜索が入ったからじゃない？　失礼するわね、ブランシュ。またの機会にもっとおしゃべりしましょう。ミスター・オガタはとても保守的な人物で、古き良きマンハッタンを訪ねてみたいという強いご要望なの。だからパークビューパレスでドリンクをごちそうすることにしているの。ここなら満足していただけるわ。ピエールにも案内するつもり。プラザとウォルドルフもね。半分は分譲マンションになってしまったけれど、まだ古き良き時代の雰囲気を味わえるから」

ノラがマダムにぐっと身を寄せる。「プラザのティキルームがクローズしたと伝えるのは気が重いのよ」彼女がため息をつく。「彼はトレーダー・ヴィックスの思い出がたくさんあるらしくて」

マダムがなにかいおうとした時には、すでにノラは歩道を駆け出していた。「バイバイ！」轟くような声も、道路の雑踏にまぎれてやっとのことで聞こえた。

「行っちゃった。なんて強烈なキャラクター！」エスターがいう。

ちょうどその時、ミスター・ダンテが駐車場から出てきた。「あのアラニーという女性は五十ドルもくれたんですよ。彼女の車を停めるためだけに！」

マダムが厳しい表情でたずねた。「ほんとうに彼女専用の駐車スペースがあった？」

彼がうなずく。「VIP専用のところに。テッサ・シモンズ専用のスペースの隣に」

「テッサ・シモンズ」わたしはその名前を口に出した。「憶えているわ、その名前」

「憶えているの？　過去の記憶？」マダムが期待をこめてたずねた。

「いいえ、上のゴッサムスウィートで知ったんです」わたしはマダムを脇にひっぱっていき、声をひそめた。「アネットの妹のビクトリアが話していた――よくはいってなかったわ」

「どうしてあなたがそんなことを？」

一瞬、言葉に詰まった。「マダムたちの会話を盗み聞きして。ビクトリアは、アネットがテッサをパークビューパレスの相続人にしているといっていましたね」

「あくまでもビクトリアの想像よ、あくまでも」

「ちがうと思うんですか？」

「だから遺言書のコピーを自分の目で確かめたかったの。アネットから聞いていたから。遺言書を最新のものに差し替えているとね。ちょうど失踪する直前よ」

「なにか理由があったんでしょうか。どういう内容に差し替えたのかしら」

「彼女はそこまでは話さなかった。ゴッサムレディースのブランチで最後に会った時、彼女にこう伝えたわ。こうして月に一度メンバーがそろってエッグ・ベネディクトとミモザを味わうのはカロリーや泡が目的ではない、たがいに助け合えるようにするためだと。彼女は心配をかけて心苦しいといいながら、くわしい事情までは打ち明けてくれなかった。ただ、最近、夫を亡くしてようやく目が見開かれた、そしてすべてが変わった。それで遺言書を差し替えるつもりになった、といっていた。それから、〝計画を実行に移した〟ともね。じきにわたしにもわかるはずだ、と。静かな口調だったわ」

「そうして、彼女は誘拐された。そうなんですね？」

マダムがうなずく。「あなたが少しでも思い出せたらいいのに。あの晩、アネットとどんなやりとりがあったのか。彼女がさらわれたことについて――もちろん、あなた自身に起きたことについて――記憶がもどれば、アネットをさがす手がかりとなる。いったいなにが起きているのかを解明することにつながるわ、きっと」

「わたしも思い出したい。あの夜の記憶を。そして自分自身の記憶も、自分の人生も」

「ええ、ほんとうに」

「お話がもりあがっているようですが」エスターの大きな声が聞こえた。「このままずっとそこで立ち話を続けるつもりですか。つぎのGクラスがあらわれて、女王様がダンテにキーをポンと放ってくれるまで？」

マダムが視線を上げ、通りを見つめた。「行きましょう」

26

「どうだ？」バンに乗り込むわたしをマテオがじっと観察し、たずねた。「なにか変化はあったか？　ぼくの印象は？」

「いまも耐えがたい、のひと言よ。その考えを撤回していたなんて、絶対に信じられないわ」

「でも希望の光はさしたわ」マダムだ。

「そうか。上でなにがあったんだ？」

マダムが説明し、ところどころでエスターとミスター・ダンテが補足した。すべて聞き終わったところでマテオがわたしの方を向いた。

「コーヒーを試飲して、記憶の一部が呼び起こされたんだな。感覚的な刺激はカギとなる、ということか」

「たぶん」素直にみとめた。「でも、求めているこたえはまだ見つからない。そのために病院を出たのよ――コーヒーにも飢えていたし。これからどうするの？」

マテオが視線を母親に移す。「決断の時だ」

マダムは表情を曇らせて目をそらした。依然として、決めかねているのだ。

「ビレッジブレンドの上階はクレアの家なのに、そこにつれて帰るなと言われても」

「そうできれば、それに越したことはない。しかしいまは現実的ではない」

「なぜ、いけないの？」わたしは黙っていられなくなった。

これはわたし自身のことではないか。それを他人事のように聞かされるのは不快だった。精神的に破綻をきたしているわけではないのだから。自分で正常な判断ができる。

「ロルカ医師が警察に要請して居場所を突き止められたって、かまわないわ。治療方針について賛同できなくなったからもう戻らないといって追い返すだけよ」

わたしの興奮がおさまったところでマテオが静かに問いかけた。

「大統領の名前はわかるか？」

「大統領？　それは……アメリカ合衆国の？」

「現実見当識訓練《リアリティオリエンテーション》の基本的な質問だ」

「そう」

「こたえられるか？」

「クリントン」

「ちがう」

「もうひとりのブッシュ？」

「推測だな」

「まあ……ね」

「憶えているかぎりいちばん新しい映画の題名は？」

わたしはくちびるを噛んだ。「確か、ロビン・ウィリアムズ主演の映画」

マテオがマダムの方を向く。「みすみす病院に連れ戻されるのがわかっていて、それでも連れていくのか？」

マダムはあきらめたように首を一度横に振り、ふたりのバリスタに告げた。

「エスターとダンテ、あなたたちは別々のタクシーに乗ってダウンタウンにもどってちょうだい」マダムはふたりに現金を渡しながら指示を続けた。「乗ったら、それぞれの自宅のそばまで行きなさい。ただし、自宅の建物が見えないところで降りるのよ。そこからは徒歩で自宅に戻って服を着替えたら、まっすぐビレッジブレンドに向かって。そして店にいるバリスタと交替して勤務に入ってちょうだい」

「わたしは？」

「クレアはこの車で安全なところまで行って、しばらく滞在することにしましょう。ちょっとした休暇だと思って」

胃のあたりがぎゅっと締めつけられる。「マダムもいっしょに？」

マダムがわたしの両手を自分の手で包んだ。「いっしょに行きたいわ。行けたらいいのに。でもそれは危険よ。すぐにでもあなたの捜索が始まるはず。警察はまっさきにビレッジブレンドに来るでしょう。わたしはそこで彼らに対応する。うまく誘導すれば、あなたの追跡を妨害できる。それから弁護士の手配をして、法律面での縛りからも解放してもらいましょう。良心的な地元の精神科医も見つけなくては」

「わたしに協力してくれる人物を、ですね」

マダムがわたしの両手を包んだまま、ぎゅっと力をこめた。「だから辛抱してね。うまくいったら、ほんの数日でもどってこられるわ。長くても一週間」

「うまくいかなければ?」

「いまは、うまくいくことだけを考えましょう、ね?」

「やってみます……」わたしはエスターとミスター・ダンテの方を見た。「隠れ家には、どちらが運転して連れていってくれるの?」

マテオが咳払いをした。「ぼくだ」

「あなたが?」黒々とした顎ひげが割れるように、自信満々の笑みがあらわれた。悲鳴をあげそうになった。が、いまそんなことをしたら、やはり精神に変調を来しているのかと皆が納得するばかりだ。だからぐっと我慢して、ひと言告げた。

「嫌よ」

「もう計画は決まっているんだ、クレア」

「知らないわよ、そんなこと。まったく知らない家にあなたの運転で行くなんて、とんでもない。ほかにも方法はあるはず。ね、エスター?」

「ごめんなさい、ボス。わたしはウーバー・カーと地下鉄ユーザー女子なんです。車の運転は選択肢になくて」

わたしは一縷《いちる》の望みをかけてミスター・ダンテを見つめた。

「あいにくロングアイランドの地理はさっぱりで。ましてハンプトンの目的地なんて、もうお手上げです。迷うに決まってます。それにどう考えても二時間はかかるだろうし。今夜は遅番担当です。勤務のルーティンは守ったほうがいいと思います」

「もちろんよ」マダムが同意する。「心配しないで、クレア。マテオはあなたのことを、なにがなんでも守り抜くわ。それは母親のわたしが保証する。ただひたすら、あなたを助けようとしているだけ」

「そうだ、ぼくを信頼してくれ」

「あなたを信頼？」笑ってしまいそうになった。

「いいか、きみとぼくはこれからドライブに出かける。きみにとってぼくはひどいヤツなんだろうが、ひとつだけいいところがあったのを憶えているだろう？」

「いいところ？」

「ドライブの相棒としては、最高に愉快なヤツだということ」

27

十分後、わたしは車の助手席にいた。運転しているのは、この地球上で（そしてどんな惑星においても）いちばん同乗したくない人物だ。

おんぼろのバンは街なかの渋滞につかまり、なかなか進まない。マテオとわたしは気まずい沈黙に耐えていた。クイーンズボロ・ブリッジにさしかかったとたん、インディー500がスタートしたみたいに周囲の車とトラックが動きだした。

ダッシュボードの時計を見た。「こんな時間に渋滞が解消するなんて、驚いた。まだ六時にもなっていない」

「金曜日だからな。ニューヨークのラッシュアワーは早めに始まる――」

「そして早めに終わる。それは憶えている」

「しかし、今日が金曜日であることは憶えていないんだろう？」

「ええ……」マテオとは話をしたくなかったので、手を伸ばしてラジオをつけた。が、即座に消された。

「やめておいたほうがいい。まだいまの時代に順応できていないだろう。ラジオでニュースを聴くのは刺激が強すぎる。じっくりと時間をかけよう」

わたしはシートにもたれ、腕組みをした。「オールディーズの局はどう？　あの局はまだあるのかしら？」

マテオが鼻を鳴らしてせせら笑う。

「なにがおかしいの？」

「懐メロといっても……比較の問題だからな。オールディーズといえば六〇年代の歌に決まっているとぼくは思うが、いまどきのオールディーズは八〇年代の音楽だ」

「わたしも、なんだかピンとこない。べつの意味で。でも、とりあえず知っている曲がかかるわね」

「よし。ただし、番組が終わったらすぐに消すからな」

「ええ」

マテオはFM局を選んだ。流れてきたのはヒューイ・ルイスの曲だった。

外の景色を眺めた。あたりはすでに暗く、下のほうにはイーストリバーが黒々と広がっている。マテオと結婚していたころは、夜遅いフライトでラガーディア空港に到着する彼を迎えに行くために何度もこの川を渡ったものだ。

わたしは世間知らずで、疑うことを知らなかった。〝いとしい〟夫の首に両腕を巻きつけて、お帰りなさいと迎えていたのだ。騙《だま》されているとも知らずに。

気づかれないようにちらっとマテオの方を見た。見慣れた雄々しい横顔だ。この人に、わたしは愚かにも恋に落ちた。そして裏切られた。激しい嫌悪感が、ふたたび身体の奥から湧きあがってきた。

マテオは運転に集中してわたしの視線には気づいていない。それを恨めしく思うべきではないのだろう。わたしの怒りはとうに賞味期限切れらしい。歳月が流れ、そのどこかの時点でわたしは元夫をゆるしたのだ。いまではビジネスのパートナー、そして（あきらかに）よき友となったふたり。

あんまりだわ。

ふたたび暗い水面を見つめた。わたしのいまの心境そのもののような眺めだ。昔から、緩やかに波立つこの川を黒い堀のように感じていた。雲に届くようにそびえるマンハッタンのきらめくお城と、クイーンズの錆びた倉庫や労働者向けのくすんだ長屋とをへだてる堀。ところが、もはやそんな光景はない。

驚いたことに、川を隔ててクイーンズ側にガラスとスチールの洗練された摩天楼がいくつもそびえている。マンハッタンの贅《ぜい》を尽くした高層建築にまったく引けを取らない建物だ。あってはならない光景、としか言い様がない。が、いくらわたしが否定しても、現にそこに存在しているのだ。こうして実際に証拠をつきつけられると、マテオの言い分を認めざるを得ない。

ものごとは、ほんとうに変わったのだ。

まさか、マテオのいう通りだったとは。

衝撃をうまく受け止めることができなくて、「オールディーズ」のＦＭ番組に気持ちを集中させた。かかっているのは、ナイト・レンジャーの「シスター・クリスチャン」（たぶん、いまでは懐メロなのだろう）。

わたしは目を閉じて、気持ちが安らぐようなことを思い出そうとしてみた。今回、蘇った記憶はとても古いものだった。そして最愛の思い出。祖母がいとなんでいた小さな食料雑貨店に出すために、祖母といっしょに皮の硬いイタリアンロールを天板で何枚も焼いた時のことだ。

子どものころの光景と祖母の姿が懐かしくて、つい微笑んでしまう。イーストの扱い方、べたべたする生地の混ぜ方、成型の仕方を祖母はうれしそうに教えてくれた。わたしは一人前になったみたいな気分だった。広くて日当たりのいいキッチンで作業することが楽しくてたまらなかった。ラジオからは軽やかな音楽が流れていた。エスプレッソの香りはコンロにかけたポットから。祖母は早口のイタリア語でわたしの手際のよさを褒め、お客さんや近所の人から聞いたおもしろい話をたくさん聞かせてくれた。

オーブンから取り出したばかりの栗色の丸いパンはおいしそうな香りを漂わせ、割るとサクッと音がした。内側は白くてふわふわ。バターを塗って最初のひとくちを味わった瞬間、甘いバターがわたしの指からも顎からも伝い落ち――。

おなかが鳴った。「マテオ、このオンボロ車に食べ物はある？」

「いや。腹が減ったか?」

「ぺこぺこ」

「そうだな、そろそろなにか食べたいな。しかし停まりたくはない。できるだけ人目を避けたいからな」マテオが少し思案する。「ドライブスルーにしよう」

「クイーンズのこのあたりに、なにかあるかしら」

次の赤信号でマテオはプリペイドの携帯電話に向かってたずねた。

「どういうこと? 電話がドライブスルーの場所を教えてくれるの?」

「便利だろ。ほかにもいろんな使いみちがある」

「たとえば?」

彼がもったいぶった表情でニコニコする。「いまにわかる」

28

「八ピース入りのバケットを」スピーカーに向かってマテオが注文する。なにかがぶつかったのか、スピーカーの一部はへこんでいる。

「チキン単品ですか？　セットですか？」キンキン声が返ってきた。

昔と変わらず筋肉質の元夫の二の腕をわたしはつかんだ。「飢え死にしそうよ」

「セットを」

「サイドのご注文は？」

リストを読みあげようとするわたしを、マテオが片手をあげて制した。いたずらっぽい表情だ——寝室でいつもこんな表情をしていた。心配いらないよ、クレア。きみが望むことはみんなわかっているから、と言いたげに。

店を出てバンをクイーンズ・ブルバードにもどしながら、マテオが意外な言葉を口にした。

「待て、まだ食うな」

「なんの冗談？」

「これはただの夕飯ではない。わかるか？」マテオはすばやく右折した。「食べることがそのまま精神的なブレイクスルーとなる可能性がある」

「精神的なブレイクスルー？　ケンタッキーフライドチキンで？」

マテオは威勢よくうなずき、さらに右折して住宅が密集したブロックを一周した。

「がまんしてくれ、クレア。駐車違反しないで食べられるように、いま場所をさがしているから」

そうはいっても、停められるスペースはどこにもない。左右どちらを見ても縁石に沿って車とバンが切れ目なく続き、前後のバンパーがくっついている。

「二重駐車は？　どうせ長くはかからないのだから」

「警察の車はいつやってくるかわからないからな。やつらは容赦なく駐車違反のキップを切る」

またお腹が鳴り出して、うらめしげな声が出てしまう。揚げたてのチキンの魅惑的な香りが、唾液腺をこれでもかと刺激する。

「いますぐ飢え死にしそう。ビスケットくらい食べてもいいでしょう？」

わたしの膝にのっているケンタッキーの袋を、いきなりマテオがつかんで自分の膝にどんとのせた。「食欲に負けるな」

「病院で出たあの朝食を見たら、とうていそんな残酷なセリフは出てこないわ」

数分後、わたしたちはまたもやＫＦＣの前を通った。今回は交通量の多い大通りの交差点から静かな通りに入った。路肩は影に覆われている。マテオは車を停めた。

「ここなら人気《ひとけ》がなくて安全だ……完璧だな」彼は満足げにエンジンを切る。

道路の片側には薄汚れた煉瓦造りの倉庫が並び、夜とあってガレージのアコーディオン式の金属の扉が閉まっている。道の反対側は石を積んだ壁がはるか先まで続き、下の方は伸び放題の茂み、壁の上からは木の枝が大きく張り出している。

「この壁の向こう側は？　公園？」

「まあね」

マテオを空港まで迎えに行くタクシーのなかで、退屈しのぎに見たクイーンズの地図――自分としては最後に見た地図――を思い出してみた。クイーンズ・ブルバードに面して大きな緑のスペースがあったのは憶えているけれど、それは公園ではなくて――。

「墓地よ！」

「芝生だ。木もたくさんある」

「お墓がたくさんあるわ！」

「別の場所をさがせというのか？」

すでにわたしはよだれが垂れそうになっている。

「もう、いい。すぐに食べなくては幽霊にだって負けてしまう。そうしたら車でサウスフォークに行くどころか、この壁の向こう側に穴を掘って葬られることになる」

「忘れていたよ、きみが果てしなく妄想をふくらますタイプだってことを」

「なんですって？」

「離婚した直後のきみはこうだった。性急で、喧嘩腰で、人に厳しかった。あのころにくらべたら、ずいぶんおとなになった」

「ひっぱたいてもいい？」

「食べ物の恨みはこわいからな」

「なんですって？」

「腹が減っては戦ができぬ、ともいうな」

「いいから、さっさとチキンを渡しなさい。さもないと——」

29

　とうとうマテオが食料の入った袋をよこした。その袋に手をつっこんだ瞬間、彼が叫んだ。

「待て！」

　なぜ、なんのために——。

「最初のひとくちを食べる前に目を閉じてくれ」

「なぜ？」

「いいから」

　車内はすでにかなり暗かった、が、どうしてもという元夫のしつこさに負けて目をつむり、真っ暗闇の状態で食べ始めた。すでに口のなかには唾液がたまっている。衣をまぶしたジューシーな肉を、がぶりと嚙んだ（ついに！）。

　マテオも同じようにオリジナルレシピのチキンにかぶりついているようだ。しゃべりにくそうに、彼は話を続けた。

「いいか、ケンタッキーフライドチキンの昔のテレビコマーシャルを思い出してみてくれ。白い上下の服を着たカーネル・サンダース、それから十一種類の秘密のハーブとスパイス。

なにか連想しないか？」

「秘密の、という部分をあなたがおもしろがって、十一種類を正確にあげられるかとわたしに……」咀嚼《そしやく》して飲み込みながら、自分がまぎれもない事実を語っていると気づいた。

「続けて」マテオがうながす。

「家族三人ですごく盛りあがった。わたしとあなたとジョイ。ジョイはわたしにシェフ・シャーロックと渾名《あだな》をつけた」

「いまきみの鋭い味覚はなにを感知している？　チキンにどんなハーブとスパイスが使われているのか、当てられるか？」

もうひとくち食べて、ゆっくりと咀嚼した。

「まずは三つ」

「タイム、ブラックペッパー、オレガノ……」

「これは当てるまでもないわ。人気ブランドの鶏肉用のシーズニングにはたいてい使われている。タイム、ブラックペッパー、オレガノ、セージなどのスパイスが。でもこのチキンにはセージの味はない——ローズマリーもナツメグも。この衣の風味には、もっとべつの特徴がある」

「べつの？」

わたしはチキンを鼻にあてるようにして、においを吸い込んだ。それから何回かに分けて味わい、頭のなかの味覚受容体すべてに温かいチキンの味が行き渡った。

「ガーリック、バジル……パプリカ……セロリ、というかセロリ・ソルト……」

「その調子だ」

「ドライマスタード……ジンジャー少々。それからグルタミン酸ナトリウム《ＭＳＧ》も。サンダースのオリジナルレシピに入っているとは思えないけれど。ともかくＭＳＧが入るとファストフードはぐっと味が引き立つ」

「ほかには？」

「ホワイトペッパー。これこそ、このチキンの秘密の材料。誰の予想も裏切り、しかもすばらしい効果を発揮している」

「やったな、クレア。全部いいあてた」

「そんないい加減なことを。正解なんて誰も知らないでしょ。企業秘密なんだから」

「目を開けてごらん」

素直に目を開けると、いきなりまぶしい光を浴びて目が眩んだ。マテオの携帯電話だった。暗い車内で、長方形の平たい懐中電灯のように光っている。よく見ると、《シカゴトリビューン》の記事が表示されている。

「数年前、トリビューン紙の記者がＫＦＣ発祥の地を取材するためにケンタッキー州コービンを訪れた。カーネル・サンダースの甥が家族の古いスクラップブックを記者に見せた。そのなかにこれが――」マテオがスクロールして、ハーブとスパイス十一種類の手書きのリストの写真を出した。「ＫＦＣ社はこれが本物と認めることを拒否した。が、じっさいにこれを忠実に再現したコックは、本物にまちがいないとコメントしている」

「そうだったの。だからといってファストフードのフライドチキンとわたしのいまの状況が、どう関係しているのかしら」

「連想したことを話してくれ。もう一度目を閉じて。チキンのハーブとスパイスを当てようとした時のことを思い浮かべてみるんだ。最近のことを。どうだ？」

「ええ……」

思い出せた。マテオの説明にぴったり一致する記憶。それはひらめきや衝撃とともに思い出したものではない。たとえていうと、自分の頭のなかの部屋に歩いて入り、壁にかかった絵を鑑賞するような感じだった。その作品はなにひとつ変わっていない。前からずっとそこにあったのだ。ただ、そこにそれがあることをわたしが何年も気づいていなかった。

「続けて」マテオがいう。

30

「わたしたちは公園でピクニックをしていた。あなたもいた……」

記憶のなかのマテオの姿は、とても鮮明だ。祖母の家のキッチンでパンを焼いた朝の祖母の姿と同じように。わたしとジョイの前にあらわれたマテオはきれいに身なりを整えていた。ひげをきれいに刈り込んで髪はきちんと短く切り、おろしたてのシャツを着て、コロンの香りをかすかに漂わせていた。よく日に焼けているのは、コーヒー豆を調達するための出張に行っていたから。筋肉が盛り上がってとても魅力的な姿だ。

「ジョイはティーンエイジャーになったばかり――十三歳だった。つまり、あのピクニックはわたしたちの離婚から数年後のことよ！　わたしが記憶を失っている時期よ！」

「やったじゃないか。どうやってその公園に行ったか、わかるか？」

「あなたはなんの前触れもなしに、ニュージャージーのわたしの家にやってきた。中米の大農場から早朝に帰国して、時間を少々持てあましていた。だから車を運転してわたしたちに会いにきた。とちゅうでチキンのバケットを買って。あなたはわたしたちとピクニックに行きたがった。最終的にどうやってわたしをうんといわせたのか、憶えているわ」

「どんなふうに？」

「あなたがコーヒーを調達する土地では、フライドチキンは和解のための贈り物に使われるという興味深い話を聞かせてくれた。奇想天外な話だったわ。あれはほんとうなの？」

「ああ、ほんとうだ。エルサルバドルで仲良くなった男から聞いた。彼はギャングの仲裁人としてはたらいていた。ギャング同士の和平交渉の前にはかならず、抗争しているギャングの親玉たちがいっしょに座ってポジョ・カンペーロのフライドチキンを食べるんだそうだ。それを聞いて、この伝統を北米でも取り入れようと思いついた」

彼がやわらかに笑う。それとともに、わたしのなかでなにかがほぐれていくのを感じた。

「むろん、あの時にはニュージャージーにポジョ・カンペーロはなかった。トライステートのエリアにもな。その代わり、手近なところにＫＦＣがあった」

「それでとげとげしい元妻をなだめようと」

「話すのはぼくではない、きみだ。ほかになにか思い出せるか？　チキンのバケットを持ってぼくがきみのところを訪れた後は？」

わたしは目を閉じて集中した。

「あなたの車で近所の公園に行った。わたしはブランケットを広げた。自家製のレモネードはクーラーに入れて持っていった……」その光景が次々に浮かんでくる。

「食べながら、あなたがわたしに、チキンに使われている十一種類のハーブとスパイスが当てられるかといいだした。ジョイはとてもおもしろがって、あなたに加勢してわたしをけしかけた。推理ゲームみたいで楽しかったわ。その後一年くらい、ジョイはわたしをシェフ・シャーロックと呼んで、外で食事をするたびに材料を当ててみてとせがんだ」

「ピクニックの後のことは？　憶えているか？」

「ジョイは車でビーチに連れていってくれと、あなたにねだった。午後は三人でずっとビーチでのんびりした。ジョイがおみやげのTシャツと貝殻のアクセサリーを買いに行っているあいだ、あなたとわたしはアイスクリームをコーンで食べながら話をした。別れて以来だった。長い話をしたわね。ジョイのこと、たがいの暮らしのこと、日々のささやかな問題を話した。日が沈むにつれて海の上の雲が色を変えていった……」

それ以上いう必要はなかった。

「あのキスを憶えている？」マテオが聞く。

「あのキス。いったん始めたら、止めることができなかった。なぜあんなことをしたのか、自分でも信じられない」

「そうかな。離婚後のぼくたちはとてもうまくいっていた。きみからなにか頼まれたら、きみとジョイを助けるためになんだってやった。きみはそれを評価してくれた。やり直すなんて論外にしろ、ぼくのことをゆるし始めていた。そして恋しいという気持ちを自覚していた……わかるね」

「いいえ。なにが恋しかったのかしら」

「結婚生活は悪いことばかりではなかったからね。ぼくときみの友情。コーヒービジネスにふたりでそそいだ情熱。ぼくたちの相性のよさ」

「それはどういう意味？」

「ふたりの歴史は否定できない。ぼくたちの相性はよかった、とりわけベッドのなかで」

「それで？　わたしたち、まさか……離婚後にも？」

「そうさ。あの夜も、それからも数回」

わたしは首を横に激しく振った（ほんとうは自分をひっぱたきたかった）。「信じられない。別れた後もそんなこと。わたしはどうかしていたの？」

「ちっとも不思議じゃない。きみはぼくに愛想を尽かしたんだろう。しかしまだ愛していた」

「めちゃくちゃじゃないの」

「いや、ちゃんと意味をなしている。心の奥深くで、ちゃんとわかっているはずだ」

「でもいまこうして座っていても、まったくピンとこないわ」

「いまはな。しかしあの時は……」

彼はシートにもたれ、薄暗い車内でじっとこちらを見つめている。ダブル・リストレット（濃いエスプレッソコーヒー）を思わせる濃い茶色の瞳。寝室で彼が見せる温かくて甘くて、抗《あらが》えないまなざし。

「突破口をひらけるかもしれない」

「え？」

「きみの記憶は感覚刺激によく反応する。あの晩を再現したら、もしかしたら」

信じられない思いでわたしは彼を見つめた。「あなたとベッドを共にしろと？」

「まずはキスから。どう？」

「調子に乗らないで」

「まじめに考えてみてくれ。目的地まで時間はある。めざす家の近辺は静かな環境で邪魔は入らない。もう一度じっくり時間をかけてたがいを――」

いきなり赤いまぶしい光に照らされ、マテオが話を中断した。反射的にふたりとも身を固くして凍りついた。すると、ニューヨーク市警のパトカーがバンの傍らを猛スピードで通り過ぎた。まったく無音のまま。

「サイレンを鳴らしていない」わたしは独り言をつぶやいた。「おそらく10－31ね、事件が進行中……」

自分の口から出た言葉にびっくりした。なぜそんなことを知っているのか、わけがわからない。マテオに聞いてみた。

「こんなこと、どこで教わったのかしら」

「まったく心当たりがないな」

なにか隠している。そう直感した。マテオの態度は打って変わってよそよそしく、冷ややかになった。

「行くぞ」

マテオはエンジンをかけ、ドライブを再開した。

31

マイク

「ちょっと、いいですか？」

書類がうずたかく積まれたデスクからマイケル・クィン警部補が顔をあげると、アンソニー・デマルコ刑事が執務室の戸口にいた。壁の時計を見ると、すでに五時間、業務に没頭していた。

「どうかしたか、トニー」

「もう八時ですよ、残業ですか？」

「仕事が山積みでね……」

それだけが理由ではない。

日中の業務時間のあいまを縫って愛する女性を救おうと奔走していた。アップタウンでアネット・ブルースターの件を担当する捜査官、ダウンタウンで執務する地方検事、刑事長、副市長に何度も直談判した――が、たいした手ごたえはなかった。

ニューヨーク市警としては、クレア・コージーを有力な証人とは見なしていない。保護拘置すべき対象でもない。ドミニク・ロルカ医師の治療に同意するとクレア本人が署名しているため、法的にはロルカ医師の保護下にあり、じゅうぶんに安全な状態であるというのがニューヨーク市警の見解である。

クィンは居ても立ってもいられなかった。

片っ端から問い合わせをした末に、ようやく評判が高い（そして報酬もバカ高い）法律事務所に相談の予約を入れることができた。これでクレアを自由の身にするための法的な手続きに一歩ちかづく。ただし予約は月曜日。今日は金曜日だ。今週末は人生でもっとも長い週末になりそうだ。

待つことがつらいのではない。つらいのはクレアの記憶に自分が存在しないことだ。それは帰るべき家がないのと同じだ。

ともかく、業務以外に使った時間を埋め合わせなければならない。たまっているのは、おもに書類の処理作業だ。しかし指揮官としての責務は最優先だ。私的な問題を抱えているからといって部下のサポートに手抜かりがあってはならない。マイクは椅子の背にもたれて、ネクタイをゆるめた。

「どうした。なにか話があるんだろ、トニー？」

トニーは見るからに疲弊している。ブロンクスのトレモント地区でフェンタニルが混ざった劣悪なヘロインが見つかり、特殊任務部隊による一斉捜索がおこなわれて彼もそれに加わっていた。憔悴しきった若者の顔を見て、クィンは悪い知らせを覚悟した。

「薬物の過剰摂取による死亡であると検視官から報告が。わたしがモンゴメリー通りで発見したティーンエイジャーの少女です」

クィンが率いるOD班の業務において、こういうことは特段珍しい事態ではないという悲しい現実がある。それでもクィンは胸をえぐられるような思いだった。疲労のあまり感覚がほぼマヒしていても、トニーの報告はこたえた。五人が病院に収容され、一人が亡くなったのだ——まだほんの子どもだというのに。

この数日、やり場のない気持ちを抱えてきた。それがいま、猛烈な怒りに変わろうとしている。クィンはそれをぐっとこらえ、上司として冷静沈着な言葉を部下にかけた。

「もっと深刻な事態になっていた可能性はじゅうぶんにあった。きみの働きで売人をすみやかに確保できた。おかげで多くの人命を救うことができたんだ」

「でも、たったひとりの命を救えなかった」トニーがつぶやく。

「すべての命をきみが救えるわけではない……」陳腐ななぐさめの言葉をかけている、とクィンはわかっていた。

そっくり同じ言葉をクレアにかけられた夜のことが蘇る。

「あなたがすべての人を救えるわけではないわ、マイク」

「陳腐ななぐさめはいらない」そう切り返したが、すぐに後悔した。いまのトニーと同じように、あの時のクィンは自分の力が足りないからと自分を責めていたのだ。

クレアに謝ろうとしたが、彼女はそんな狭い心の持ち主ではなかった。クィンの目に浮かぶ苦痛は確かに伝わっていた。彼女は彼の頬に手をあてて、彼のくちびるに自分のくちびるを軽くあてて、ささやいた――。

「陳腐でも、真実でないとは限らない」

彼の最初の結婚は幸せなものではなかった。妻となった女性は未熟で、決して夫を理解せず、決してゆるさなかった。しかしクレアはちがう。彼女の愛情はまったく揺らぐことがなく、彼の人柄を信じ、強い信念で支え続けた。

彼女のやわらかな声がいまも耳に残っている。クレアの笑顔は無敵だった。あんな筋金入りの楽観主義はこの街では絶対にお目にかかれない。

陳腐な言葉であってもなくても、事態に変わりはない。少なくとも、ここで働く者にとっては。トニーが抱いている無力感を、クィンも抱いていた。

彼女をもう一度抱きしめることができるのか……。

ふと気づくと、黒い影が迫っていた――トニー・デマルコ刑事だった。ずっと話していたのだ。

「すまん、トニー。聞いていなかった」

「もうひとつの問題についてです。地方検事は密売人たちを殺人の罪で告発しようとしていますが、これが足枷《あしかせ》に」

トニーがクィンに紙を一枚渡す。

「ティーンエイジャーの被害者は、過剰摂取する数時間前にソーシャルメディアにこれを投稿しています」

一読してクィンの顔が歪んだ。「遺書とみなせる内容だ」

「弁護側はこれを最大限に利用して検察官にプレッシャーをかけるでしょう。殺人の懲役刑がもっと軽い罪にすり替えられてしまう——故殺罪あるいは刑事上の過失に」

クィンは疲れた目をこすった。「ゆるされてはならないことだ。が、きみが発見したこの文章を握りつぶすわけにもいかない」

トニーがため息をつく。「そういわれるだろうと思っていました」

「とにかく、こういう情報があると地方検事に知らせよう。彼らが立件するに当たって、被告の無罪を証明する証拠を伏せるかどうかは彼らの勝手だ」

「わかりました」トニーはうなずく。「警部補、もうひとついってもいいですか、不幸の塊みたいな顔をしてますよ」

クィンが弱々しく微笑んだ。「がらにもなく心配してくれているのか？」

「ガス欠ですか。ペレス巡査部長がコーヒーをポット一杯いれてましたよ。少し持ってきますよ」

「ペレスのいれたコーヒーか？　ありがたいが、遠慮しておくよ」

トニーが声をあげて笑った。「それは賢明だ。今週はフランコがいなくて皆、困っていますよ。あいつが、あんなにうまいコーヒーをいれる技をいったいどこで身につけたのか、謎ですね」

「特別な人脈があるんだ」

クィンの携帯電話が鳴り、彼がスクリーンを確認した。「出たほうがよさそうだ」

「退散します」トニー・デマルコはすでに戸口に向かっていた。

「はい、クィンです」

「警部補、問題が勃発しました」声の主はロリ・ソールズ刑事。つとめて淡々とした口調で伝えた。「あなたの婚約者が逃走した模様です」

32

マイク・クィンが椅子に座ったまま、背筋を伸ばした。

「クレアがいなくなったのか?」

「落ち着いて聞いてください。彼女は自分の意思で、自分の二本の足で歩いて病院を出ています。協力者がいたと、わたしたちは睨んでいます。これから主要容疑者を事情聴取します」

「場所は?」

「ビレッジブレンドで。わたしと相棒が待っていますから、至急来てください」

クィンは首を横に振る。ビレッジブレンドのバリスタたちがボスの身を案じて脱出させたのなら、心配いらない。が、そこでクィンは愕然とした。アレグロもその一味に加わっていたとしたら? 彼が巧みに立ちまわれば、いまのクレアを操作することなどかんたんだ。

「二十分でそちらに着く」クィンは短い通話を終えた。

デスクの上を片付け、まだ仕事中の部下たちの様子を確認してからクィンはコートをつかみ、六分署の建物を出た。そのままビレッジブレンドまでの短い距離を歩いた。

思いがけず、ビレッジブレンドの正面のドアは施錠され、窓に閉店の看板が出ていた。しかし店内に灯りはともっている。人が動きまわる様子も見える。力を込めてノックし、待った。その直後、ドアが蝶番からはずれるかと思うほどのいきおいであき、エスター・ベストがあらわれた。

いつもの愛想のいい挨拶はない。彼女は黒ぶちのメガネをぐっと押し上げて、怪訝《けげん》そうなまなざしをクィンに向けた。

「おや、警部補さん。今夜はいい警官役として登場かしら。それとも悪い警官役？　悪いほうなら、もうじゅうぶんに足りていますからね」

クィンが片方の眉をあげて問いかけると、エスターは片方の親指で店内を指さした。暖炉の脇のテーブル席に、女性刑事ふたりがむっつりとした表情で座っている。

「掛けてください、警部補。お手間はとらせません……」

スー・エレン・バス刑事の口調は、あくまでも丁重だ。今夜はネイビーブルーのスーツ姿で、黒にちかい茶色の髪をポニーテールにまとめている。マイク・クィンが容疑者の聴取に取りかかる際にも、こういう言い方をする。

スー・エレンの相棒、ブロンドで長身のロリ・ソールズ刑事も同じようなよそおいだ。彼女はノートパソコンから視線をあげようとしない。

ソールズとバスのコンビは警察署内では「アマゾネス」と呼ばれて、同僚からの信頼も厚い。日ごろからクィンとも信頼関係をむすんでいる。が、目を合わせようとしないふたりの態度から、クィンはこれがただならぬ状況であると瞬時に察した。

婚約者であるクレアの居場所について質問したい、こたえを求めたいクィン自身が、ここでは事情聴取される側なのだ。

口を閉ざしたまま、クィンは席に着いた。

彼の左側には店のスタッフがふたり、ダンテ・シルバとエスター・ベストが腰掛け、右側には店のオーナーが座った。クレアの元姑、マダム・ブランシュ・ドレフェス・デュボワだ。誰からも一目置かれるマダムは、刑事たちと同じくポーカーフェイスを保っている。店内には、ほかには誰も見あたらない。

ロリ・ソールズ刑事が咳払いをした。「では、始めましょう」

33

ロリがノートパソコンのスクリーンを、皆のほうに向ける。

「これは今日の日中の、病院のエレベーター内を映した画像です。この小柄な女性がクレア・コージーです。ご覧の通り、病院のスタッフに変装しています」

混み合ったエレベーター内の様子がしばらくコマ送りのような画像で映っていたが、とつぜん、ロビーの防犯カメラの映像に切り替わった。手術着姿の女性が正面の玄関から出て行く。そのすぐ後からレインポンチョを着てフードをかぶった人物がぴたりとついていく。ロビーはとても混雑していて人の出入りも多い。クレアともうひとりの人物を丸で囲み、その動きを追った。

つぎに映し出されたのは、病院の入り口にもっともちかい交差点に設置された交通監視カメラの映像だ。クレアとおぼしき人物（または手術着の女性）が、べつのふたり（ひとりはやはり手術着姿、もうひとりは大きなサイズのレインポンチョを着てフードをかぶっている）といっしょに立っている。そこに四人目の人物（やはりレインポンチョでカモフラージュしている）が加わった。

カメラは道路状況を映すためのものなので高い位置に設置され、四人の姿は鮮明ではなく、四人ともカメラとはべつの方を向いている。映像を拡大してみても、人物の特定は無理だった。

四人は黒いSUVに乗り込み、通りを北の方角に向かって去っていった。録画映像はその直後に終わっている。さらに、べつのカメラの映像が映る。これは地階の高さからアップタウン側の数ブロック先を映したもので、逃走に使われた車両の型式、ナンバープレートをとらえている。

ロリがノートパソコンを閉じた。クィンはふたりの刑事の視線を感じた。

「クィン警部補、これについてなにをご存じですか？」ロリが口火を切った。

「なにも。たったいま知ったばかりだ」

スー・エレンと顔を見あわせ、ロリが続ける。

「画像に表示された時刻をメモして、六分署の内勤の巡査部長に問い合わせました。発生時、警部補は分署を留守にしていたとか」

「地方検事のオフィスで業務をしていた」

「偶然の一致ですね」

「裏づけを取ればいい」クィンは問い合わせ先の人物ふたりの名前をあげ、ロリは手早く書き留めた。

疑いを口にしたのは、スー・エレンだった。「この件についてはなにも知らない、と？」

クィンは思わず腕組みをしたくなったが、それをこらえ、自分にはなにも後ろめたいことはない、オープンな態度であると示した。

「クレアの治療に関して、同意できない部分があるのは確かだ。それは否定しない。いまの医師による治療が最善であるとは考えていない。法的な手段を取って変えるつもりだ。まして彼女は、現在捜査が進行中の事件の関係者だ」

「アネット・ブルースターの拉致疑惑ですか？」ロリがいう。

「そうだ。刑事課はクレアのいまの精神状態から判断して信憑《しんぴょう》性のある証言を得られるとは考えていない。だが彼女は目撃者だ。だから当然、保護拘置の対象となるべきだとわたしは考えている。しかし今日彼女が病院を出たことには、いっさい関わっていない」

緊迫した空気が少しやわらいだようにクィンは感じた。ふたりの刑事を納得させることができた、そんな手ごたえを感じていた。

「地方検事に問い合わせます」ロリがつぶやき、今度はスー・エレンとともに視線をマダムに向けた。

「クレアの病室があるフロアの看護師たちから、興味深いことを聞いています」スー・エレンがいう。「ビレッジブレンドがコーヒーとペストリーを大盤振る舞いしたそうですね。それでスタッフは通常業務がお留守になった、と」

34

店内がしんと静まり返る。マイクはうめき声を洩らさないように息を止めた。ロリが身を乗り出し、決定的な事実を指摘した。

「病院の記録を確認したところ、ここにいる三人」——彼女はエスター、ダンテ、マダムをまっすぐに指す。「そして同僚のタッカー・バートンは訪問者として署名していました」

マダムはにこやかな表情でこたえた。「〝ケータリング業者〟の区分けがなかったので、〝訪問者〟の欄に名前を書いたままでですよ。クレアに会う許可はいただけませんでしたけどね」

「あの大盤振る舞いのわけは？」スー・エレンは詰問調だ。

「コーヒーとスナックは、スタッフへの感謝のしるしですよ。わたしたちの店のマネジャー兼マスター・ロースターが手厚い看護を受けているのですからね」

スー・エレンのポニーテールがいきおいよく跳ねる。

「スナック類がふるまわれているあいだに、たまたまクレア・コージーは変装してまんまと病院から抜け出し、通りかかったＳＵＶをヒッチハイクしたと？　偶然のはずがないでしょう？」

「ちっとも珍しいことではないわ」マダムは余裕しゃくしゃくだ。「昨年、友人のジェーン・ベルモアが同じ病院で手術を受けた時、お世話になった看護師の皆さんにわたしたちはコーヒーとペストリーを豪勢にふるまったわ」

「ジェーン・ベルモアはその隙に病室から脱出しましたか？」

マダムのスミレ色の瞳がキラリと光った。「いいえ、とんでもない！」

「変装について聞きます。誰がミズ・コージーに手術着と帽子を用意したのでしょう？」

ロリの質問に、マダムはとぼけた表情でこたえる。

「だって病院ですよ、刑事さん。手術着は当然ありますよね。備品の入ったクロゼットから取り出した、さもなければ病院のスタッフから手に入れたのではないかしら」

ロリはそこで黙り込み、それからエスターとダンテに質問した。

「歩道でクレアと合流した人物について、心あたりはありますか？　なにか思い当たることは？」

「質問する相手がちがうんじゃないかしら」エスターがわざとひとり言のように大きな声を出す。「わたしたちはコーヒーのサービスをするのに忙しくて、逃走を手助けする暇なんてなかったわ。注文を受けるので精一杯。看護師の皆さんはカフェインに目の色を変えていたわ。それに無料のペストリーにも！　うちの店のコナ・ピーベリーをガブガブ飲んで、ピスタチオ・マフィンを平らげていくのをお見せしたかった」

クィンは頬の内側を噛んで笑いをこらえた。

「あなたは？」スー・エレンは獲物を狙うような目でダンテを見据えた。「あなたも病院にいたわね。コーヒーとペストリーをサービスした後、ここで勤務に入るまでどこにいましたか？　二時間ほど空白がありますね」

「エスプレッソの抽出以外にやることはひとつしかありません。だから謎でもなんでもない。自宅で絵を描いているだけです」それだけいうとダンテはタトゥーのある腕を組み、それ以上はいっさい口をひらかなかった。

スタッフがクレアの脱出に深く関わっていることは、クィンにはお見通しだった。が、あえてなにもいわなかった。アマゾネスたちはマダムと店のスタッフが現場にいたことを突き止めている。あっさり引きさがるつもりはないだろう。

ロリとスー・エレンの目的はあくまでもクレア・コージーを見つけて病院に戻すことであり、バリスタふたりに手錠をかけることではない。それもクィンにはわかっている。

頃あいを見てクィンは別方向の提案をしてみた。

「車両に注目したらどうだ？　ＳＵＶのナンバープレートを調べたのか？」

「偽造です」スー・エレンがこたえる。「ナンバーは、スケネクタディ在住の退職した小学校の教師のものです。彼女はシルバーのホンダ・シビックを運転し、黒いＳＵＶではない……」

「交通監視カメラの映像は？」

「担当部局に請求中です。明日には、移動経路があきらかになるはずです」ロリがこたえた。

スー・エレンがうなずく。「逃亡者に追いつくのは時間の問題ね」

マダムは応援するようにうなずく。「あなたたちふたりが担当してくださるのだから、安心よ。とにかく、ここにいる全員がクレアのことをなによりもだいじに思っているわ」

「そう思うのなら、彼女を見つけるのに協力してください」ロリだ。「誰がなんといっても、いまクレアが法律上、ロルカ医師の保護下にあるのはまちがいないんです。そしてクレアは自傷あるいは他者を傷つけるおそれがあると医師から聞いています。一刻も早く居場所を突き止めて病院に収容する必要があります」

マダムは貴重な情報をあかすかどうか、なかなか決心がつかないといった様子で大きく息を吸い込み、ふうっと吐き出してもったいをつける。が、とうとう——。

「この件に関して、思いあたることがあるわ」

クィンが待ちに待ったひと言だった。

35

「どうぞ。全身耳にして聞いていますから」スー・エレンが先をうながす。

マダムは居心地悪そうに身体をもぞもぞと動かした。

「話さなくては、と思うのだけど。ただ、みすみす息子を困った状況に追い込みたくなくて」

「ご安心ください、ミセス・デュボワ。わたしたちは慎重に判断して事を運びますから」

「この一連の件にはマテオが絡んでいると思えてならないの。あの子はこの街中に、そして世界中におおぜいの友だちがいますからね。協力者はいくらでも出てくるでしょう」

「いま、息子さんはどちらに？」スー・エレンの目が輝いている。

有力な手がかりを得ることはカフェイン一ショットの補給に匹敵する。クィンにはそれがわかる。

マダムはためらいながら返事をする。

「正確な居場所はよくわからないのよ。でも……わたしなら、彼のブルックリンの倉庫を確認するわ。誰かをかくまうには絶好の場所ですからね」

あやしい、とクィンは直感した。マダムという人物を知り抜いている彼だからこそ感じ取れる胡散臭《うさんくさ》さだった。いっぽう、アマゾネスふたりはマダムの言葉を疑ってはいないようだ。そこで誤解が生じたとしても、それを正すのはクィンの役目ではない。

「クレアはほんとうにこの建物内にいないとおっしゃるのなら、くまなく捜索することに異議はありませんね？」スー・エレンは慎重だ。

「ええ、もちろん。どこでも案内しましょう」マダムは迷いのない口調だ。

「では」ふたりの刑事が立ちあがった。

マダムはふたりを案内して奥の階段へと向かい、地下に下りていく。ビレッジブレンドは一階のメインフロアにくわえて二階にラウンジがある。三階と四階はメゾネット式の居室空間になっており、そこはクレアの自宅だ。建物全体をまわるとなると、最低二十分はかかるだろう。

クィンは椅子の背にもたれ、ふうっと息を吐き出した。

クィンを観察していたエスターが問いかけた。「趣向を変えてぐいぐい追及される側に立たされるご気分は？」

クィンは腕組みをする。「コーヒーを一杯飲んだら、切り抜けられそうだ」

ぱっとダンテが立ちあがった。「ご希望は、警部補？　お持ちしますよ」

「なんでもいいよ」

「レッドアイはどうですか？　ショット・イン・ザ・ダーク（コーヒーにエスプレッソを加える）くらい強いの

がお勧めです」

「そうだな」

エスターが身を乗り出してきた。なにかいうつもりだ。

「いってはいけない。わたしになにひとつ聞かせてはいけない。あのふたりにもだ」クィンは店の奥の階段の方を指さして釘をさした。

「わたしは、ただ――」

「聞くつもりはない。黙っているのはつらいだろう。それはよくわかる。苦しいだろうが、両手の親指をぎゅっと握って黙って座っていてくれ」


ソールズ刑事とバス刑事が戻ってきた。もちろん、収穫はなにもない。ノートパソコンをしまい、コートを着たふたりに、マダムはマテオ・アレグロの倉庫の住所が記されているカードを手渡した。

「これからブルックリンに行きます」ロリが宣言した。

「いっしょに行くよ」クィンが立ちあがる。

「いいえ、それは結構です。わたしたちにまかせて、警部補」ロリはテーブルに着いている一堂を見まわした。「わたしたちが行くことをマテオに知らせない、それは約束してもらえますね？」

ダンテがうなずく。

「知らせたりしないわ」エスターは胸のあたりで十字を切った。

クィンはふたりの刑事と向きあった。「アレグロにわたしから知らせが行くことはない。あんな嘘つきで浮気性で元薬物依存症の元夫のもとにいるくらいなら、いっそロルカ医師の保護下にあってほしい。もしもアレグロがクレアといっしょにいたら、わたしにかわってヤツの顔面にパンチを食らわせてくれ」

「見つかりしだい、報告します」ロリが約束し、エスターは正面のドアのカギをあけてふたりを見送った。

ふたりの女性刑事が行ってしまうと、マダムがクィンの肩にそっと片手を置いた。振り向くと、マダムは微笑んでいる。

「ふたりをうまくあしらったわね、マイケル」

「わたしが、ですか？　あなたこそ、彼女たちより一枚も二枚も上手だ。さて、そろそろ聞かせてもらいましょう。なにが起きているのかを」

36

「わたしがクレアを脱出させたのよ」マダムがうちあけた。「彼女は出たがっていた。ロルカ医師の治療に不信感を抱くようになったのよ。それに病院ではコーヒーまで奪われて！」

「彼女のいまの居場所はわかっているんですね？」

マダムがうなずくのを見て、クィンはほっとした。つかのまの安心感とも知らぬまま。

「ソールズ刑事とバス刑事が見張っている可能性があるので、わたしはいったん出ます。歩いて分署にもどり、折り返します。話の続きは上階でうかがいましょう」

クィンが分署から折り返してくるのに、さして時間はかからなかった。

ふたたびビレッジブレンドが見えてきた。閉めていた店をエスターとダンテがあけて客を迎えているのが見えた。金曜の夜とあっておおぜいの客が詰めかけて、すでにカウンターの前には行列ができている。

これでなにもかも、ふだんどおりだ。

そう思いながらクィンは建物の裏手の小さな通りにまわった。閉店後にも建物に入れるようにと、クレアから店の裏口のカギを渡されていた。なかに入ると彼は奥の階段を二段ずつのぼっていく。住まいの玄関のカギも持っていた。が、ノックした。

すぐにドアが開く。

「入って。さあ、どうぞ！」

マダムがクィンを居間に招き入れ、ソファに座らせ、熱いコーヒーをカップに注いだ。暖炉では小さな炎が揺れている。マダムは自分のカップを手に、暖炉のそばのアンティークの椅子に腰掛けた。

クィンがくつろいでコーヒーを飲んでいると、ジャヴァとフロシーがいそいそと居間に入ってきた。大好きな男性がまたやってきたと、全身でよろこんでいる。ジャヴァはクィンの大きな靴にじゃれつき、フロシーはソファに飛び乗ってクィンの隣に陣取る。そして彼がゆるめたネクタイをひっぱる。

クィンの思いも過去へとひっぱられた。そこにクレアがいて、ネコと遊び、一日のできごとを話し、彼にも今日一日のことをたずねた日々。なぜいま、それがかなわないのか。

「無事にやりとげたんですね」クィンはマダムにいうと、ネコからネクタイを取りもどした。フロシーは機嫌を損ねたようだ。クィンはネクタイをフロシーに返してやり、耳を撫でて顎を掻いてやった。フロシーはゴロゴロと喉を鳴らしながら転げまわり、クィンの膝の上でふわふわの白いボールになった。

マダムはクィンとネコの情景に目を細める。「ええ、成功したわ」

「くわしく聞かせてください。交通監視カメラが逃走に使った車両をとらえていたはずでしょう」

「ニュージャージーまではね……」監視カメラも人の目もない場所に着いてナンバープレートを交換し、車を乗り換えた経緯をマダムが説明した。

「クレアの様子は？　落ち着いていましたか？　記憶は？」

「とても安定していたわ。記憶はまだもどらないけれど、希望はあると思うわ。感覚刺激には反応しているから……」マダムはコーヒーの試飲の成果を話した。「クレア自身は、なぜ知識があるのかわからない。でも確かに知っている。最近の知識を忘れていないのよ。どうやって獲得したのかは思い出せなくても」

「それはすごい」クィンはよろこびを噛み締めながら、もうひとくちコーヒーを味わった。滑らかな口あたり、コクがあってすっきりとしてバランスが取れた味わい。完璧なローストだ。クレアがローストしたものにちがいない。

「どうやって警察の目をそらすつもりですか？」

「あのステキなふたりの刑事さんのことね？」

「アレグロがいないとわかっていて、彼女たちをけしかけて行かせたんでしょう？」

「もちろんよ。ソールズ刑事とバス刑事がブルックリンに着いたら、息子の倉庫のマネジャーが、ボスは週末を娘と過ごすためにビレッジブレンドDC店に行ったと、渋々話すことになっているわ」

「それで多少なりとも時間が稼げますね。クレアのほんとうの居場所は？　警察の目をくらますためにマテオをワシントンに行かせ、クレアは逆の方角に行かせたのでは？　彼女は列車でニューイングランドの友だちのもとに？」

「いいえ、マイケル。クレアは列車には乗っていないわ。それにわたしの息子は今夜、ＤＣには向かっていない」

マダムの落ち着かない様子を見て、クィンははっとした。「まさか――」

「ふたりはいっしょよ」マダムは一気に告げた。「いまごろ、クレアとマテオはハンプトンに向かっているわ。マテオの元妻ブリアンが所有していた家をめざして。離婚の際のとりきめでその地所はマテオのものになったのよ」

「住所を教えてください」クィンがいきなり立ち上がったので、フロシーはソファから転がり落ちそうになった。

「落ち着いて」

クィンは気分を害したフロシーを抱きあげて、やさしくカーペットのジャヴァの隣におろしてやった。ミャオーと鳴くフロシーの頭をジャヴァは舐め始めた。

「落ち着いていられるわけがないでしょう？　彼とふたりきりでいると聞いて！」

「しかたなかったのよ。心配いらないわ。あの地所の所有者としてはマテオの名前はまだ書類に載っていない。ブリアン・ソマーの名前のままよ。そして彼は携帯電話をブルックリンに置いていったわ」

「そんなことを心配しているわけでは――」

「ええ、わかっているわ。あなたも駆けつけるにちがいないと思っていた。住所を教えるわね。クレアの身のまわりのものもお願い」

「準備にどれくらいかかりますか?」クインは腕時計を見ながらたずねる。

「すぐよ」マダムはクレアの大型のスポーツバッグを指さす。「これに服、靴、化粧品が入っているわ。渡してちょうだい」

「ほかには?」

「ひとつだけ。いっしょに来てちょうだい……」

37

マダムはカーペットを敷いた階段をのぼっていく。クィンはその後に続く。向かった先は主寝室だった。メゾネットの住まいのなかでクレアがいちばん好きな部屋だ。

ビレッジブレンドのマネジャーをマダムがつとめていた当時は、ここを住まいとしていた。貿易商のピエール・デュボワと再婚した後、このメゾネットはゲストの滞在用に使うことにして、マダムはピエールから少々援助を受けて品位あふれる〝ロマンティックなしつらえ〟(クレアの表現だ)に改装した。

「ウエストビレッジのフェデラル様式の建物の上階にあがっていくと、そこに小さなパリが隠れているみたい……」と表現していたクレアは、フレンチドアも、窓辺の植木箱も、大理石の浴室も、壁を飾る宝物のアンティークの数々も愛した。

メゾネットの住居には価格のつけようのない貴重な原画が惜しげもなく飾られている。大きいもの、小さいもの、スケッチ、紙ナプキンや紙切れに描かれたいたずら書きまで、額縁に入れてメゾネット全体に。どれも、街のランドマークとなっているビレッジブレンドに足しげく通ったアーティストの作品だ。

クィンはアートにはあまりくわしくないが、アンディ・ウォーホルやエドワード・ホッパー（クィンのお気に入りのひとり）など彼が知っている画家の作品もある。彼らは三階下のフロアでビレッジブレンドを描いた。

クレアは大学で美術を学んでいたので、この多種多様なコレクションの理想的なキュレーターだった。古い作品を階下の店のフロアで順繰りに展示するだけでなく、店内で若手アーティスト——ダンテもそのひとり——が作品を発表できるようにした。高く評価されて購入希望者があらわれるチャンスもある。

「すぐに持ってくるわ」マダムはドレッサーの方に向かう。

「わたしはここで」クィンは戸口で待った。

今夜、暖炉に火はなく、部屋は寒々としている。がらんとした冷たい空間はクレアの不在そのものだ。

四柱式のベッドの上でクレアが両脇にネコをはべらせて、横たわっている姿が目に浮かぶ。彼女が炉辺の光に照らされて眠る姿はとてもうつくしかった。忘れ難い光景が脳裏に浮かび、最後に愛し合った時の記憶がよみがえった……。

「おどろかないで。きみのフィアンセだ——」クィンは彼女の栗色のやわらかな髪にささやいた。

夜半過ぎまで彼はダウンタウンで仕事をしていた。麻薬取締局と合同のおおがかりなおとり捜査だ。住まいには、彼女から渡されていたカギで入り、ベッドにもぐりこんだ。遅くまで仕事をした時には、よくこんなふうにする。

彼女の髪をなでながら首筋にキスをする。彼女はまだ完全に眠りからさめていない。いきなり寝返りを打って彼のくちびるに猛然とくちびるを押しつけた。彼の無精ひげが彼女の頬と顎を突き刺すのもかまわずに。

ある時、彼女からこんなことを言われた。これまで味わったキスのなかで、彼のキスは特別だ、〝感覚を刺激する謎めいた作用〟がある、と。ほかの人のキスとはくらべようのないものなのだと――。

「あなたのキスはほんとうに特別よ、マイク・クィン」


記憶を失ったクレアとは対照的に、クィンは彼女といっしょだった時の記憶が後から後からあふれてくる。もしもこのまま彼女の状態に変化がなければ、そうした甘い思い出は苦い呪いとなるだろう。彼はどうしようもない孤独感にさいなまれることになるだろう。

「これよ……」マダムは白い箱を持ってきた。クィンがよく知っている箱だ。

中身はわかっている。彼はふたをあけて、アイスブルーの完璧なダイヤモンドを取り上げた。

クレアの声がよみがえる。「大好きな色よ。あなたの目の色と同じ色。あなたの目に映ったすばらしいものをひとつ残らず思い出すことができるわ」

アイスブルーのダイヤモンドを取り囲んでいるのは、少し小さなコーヒーダイヤモンドだ。暗く寒いこの部屋でも温かな光を放っている。クレアは、このひとつひとつの宝石は自分の人生においてかけがえのない人たちだ、といっていた。誰ひとり欠けても自分は存在していなかった、その人たちとの関係をクィンが理解し尊重してくれるから、いっそう彼への愛情が深まるのだ、と。

「それはクレアのものだけれど、渡すのは彼女の準備が整ってからにしたほうがいいわね」

マダムがいう。

クィンはたずねた。「いつか、準備が整う日が来ると思いますか？」

マダムは年齢の刻まれた手をあげて、彼の頬にふれた。

「信じましょう。わたしたちはそう信じなくては。さあ、最愛の女性のもとに行きなさい。クレアをわたしたちのもとに取りもどすために、最善を尽くして」

38

クレア

あたりは暗い。でも、漂う香りは天国のよう。

コーヒーよ！　ああ、コーヒー！

目を閉じて、深く息を吸い込む。

大地の香り、そしてナッツの風味。丁寧にローストしたコーヒーの香りだ。

「めざめには、これが最高だな」マテオの声だ。

目を開けると、まだ逃走用のバンのなかにいた。凍るように冷たい空気。首が凝っている。けれども至福の熱いカップが、鼻の真下にある。マテオは運転席だ。彼の力強い手が、カップを支えている。十年間の結婚生活で、彼はわたしを起こす方法を心得ていた——心身ともに（だから、彼とふたりきりの状態は不安なのだ）。

カップを受け取り、ゴクゴクと一気に飲んだ。

「調子はどうだ？」

「すごく変な夢を見た」

「いい夢か？　悪夢か？」

「よくわからない」

「ぼくは出ていたか？」

「いいえ」わたしは凝った首をさすった。「ここはどこ？　クイーンズを通ったのは憶えている。それからロングアイランド・エクスプレスウェイを通った。少しうとうとしたのね」

マテオが鼻を鳴らす。「正確には九十分くらいだ」

「え？」

「驚くことはない。たいへんな目に遭ったんだから、休息が必要だったんだ」

「この奇跡のようなコーヒーは？　どこからあらわれたの？　ガソリンスタンドで買ったなんていわないでね」

「ちかい――もとはそうだった。後方に見える」

振り向くと、あかるい灯りがともる建物が遠ざかるのが見えた。「あれは？」

「ハンプトン・コーヒーカンパニー。このあたりに店舗がいくつかある。あれはウォーターミル店だ。ぼくが買いつけてきたコーヒー豆も使っている。生豆で納めて、焙煎は彼らが自分たちでやっている。うちの店と同じだ。味はどうだ？」

「感想？　あたえられるのはディカフェの紅茶とコーヒーだけという拷問の後ですからね、液体に溶けた恍惚感を飲み干しているようなものよ」さらに飲んだ。「このブレンドは、あなたのウガンダの豆を使っているわね」

彼がうなずく。

「憶えているわ……」目を閉じて、もうひとくち飲んだ。「あなたの尽力で現地の部族のためにコーヒー豆の水洗処理施設ができたのよね」

「その通りだ、クレア。いい感じだ」

目をあけてみると、マテオがにこにこしている、黒々とした顎ひげのなかで真っ白な歯が輝いて魅力的だ。彼がバンのエンジンをかけた。「目的地まであと少しだ。が、いそいで着くよりも本物のコーヒーをきみが味わうことのほうがだいじだと思った」

「堪能したわ。でも、待って！」マテオの肩をぐいっとつかんだ。「たった一杯じゃ足りない！」

マテオが笑い声をあげた。「きみのことなら、なんでも知っている。豆を二ポンド買ったよ。家に着いたら何杯でもぼくがいれる」

「あとどのくらい？」

「十分だ」

39

マテオはバンをスムーズに方向転換させた。狭い車線での器用なUターンだ。彼の運転技術には、昔からわたしは一目置いていた。

雄々しいオフロード車を操ってコーヒーベルトの山岳地帯の泥道を、どこに危険がひそんでいるかわからない熱帯雨林を、崖っぷちすれすれで死ととなりあわせの道を、何年も走りまわってきたベテランだ。暗くなったロングアイランドの狭い車線でのUターンなどお手のものだ。

前方に走っているのはモントーク・ハイウェイ。どちらの方向にも車とトラックがびゅんびゅん走っている。信号がない交差点なので、スピードを落とす車はない。それが恐ろしく感じたけれど、マテオはやすやすと通過してディアフィールドという名の道路に入った。

まったく車が走っていない。道の両側には木立と空き地ばかり。たまによく手入れされた茂みが続くと、誰かの地所であるとわかる。その先はふたたび、木が生い茂る風景だ。

「なんだか辺鄙《へんぴ》で不気味な雰囲気ね」そう口にしたとたん、小さな悲鳴をあげた。

ランボルギーニが一台、飛ぶように通りすぎ、すれちがいざま、ハイビームがわたしの目をほぼ直撃した。

「ばかめ」マテオがぶつぶついう。

狭い二車線道路に街灯はない。道路の黄色いセンターラインが頼りだ。マテオはハイビームにして暗い曲がり角を照らす――が、少なくとも対向車が見えればすかさずもどす！

こういう時はカフェインが頼りになる。わたしはカップをぎゅっと握りしめた。

「富裕層の方々はパーティーとアルコールと速い車に目がないから、夏の間、ハンプトンのこのあたりではさぞや事故が多いでしょうね」

「ああ、多いね」

「では、珍しいことではないのね。アネット・ブルースターの夫のように、ここで自動車事故で命を落とすのは」

マテオがおや、という表情でちらっとこちらを見た。

「おふくろから聞いたのか？　ハーラン・ブルースターについて」

「亡くなったことはマダムから聞いたわ」

「死因についても？」

「いいえ、マダムはなにも。でも、知っている」

「集中して思い出してみるんだ。どうして知っているのか。誰から聞いたのか」

わたしはバンのヘッドライトの光が目に入らないように、目をつむった。そしてコーヒーを少し飲んだ。女性の声がよみがえる。マダムの声ではない。アネットの声だ。まちがいなくアネット・ブルースターの声だとわかる！

「マテオ、アネットの声が聞こえる。いつ聞いたのか、その時の彼女がどんな様子だったのかは思い出せないけれど。確かに彼女の声よ！」

「いいぞ。続けて」マテオはわたしが目を閉じていることに気づいたようだ。「なにか見えるか？」

「白いリネンに覆われたテーブル」

「きみが失踪した夜におこなわれたケーキの試食会か。止めるな。アネットとなにかほかに話していないか？」

「コーヒー」わたしは目をあけた。「彼女のホテルのコーヒーについてわたしたちは話した。飲むに堪えない、とまではいかない。つまり一定のレベルには達しているけれど、パークビユーパレスのような場所で提供するなら、もっとクオリティーの高いものであるべき。たとえばこれのような……」

わたしはハンプトン・コーヒーカンパニーのブレンドを掲げ、あらためてじっくりと味わった。

「ほかには？　きみのことだから、アネットにビレッジブレンドのコーヒーを売り込んだんじゃないか？」

「ええ、もちろん――」一台の車がロケットのようなスピードでこちらに向かってくる。ハイビームの光で夜道が真っ白に染まる。マテオが悪態をつく。わたしははっと身がまえ、車が通り過ぎるまで息を詰めていた。

「すまん。続けて」マテオが話を引き出そうとする。「売り込みは効果があったか？　彼女はコーヒーの仕入れ先を替えてもいいと考えたか？」

「イエス、そしてノー」

「わからん」

「アネットは、夫のハーランの強い意向でドリフトウッド・コーヒーを使っているといっていたわ。全米にチェーン展開しているドリフトウッド社の幹部がパークビューパレスのお得意様で、会社の会合やフランチャイズ加盟者へのスウィートの提供などに使ってくれる、つまりかなりの金額を使ってくれる。ハーランはそのお返しとして、同社の製品を独占的に契約した」

「アネットはその関係を続けるつもりだったのか？」

「いいえ。彼女は、ハーランが『やっといなくなって』、『すべて』が変わったといった。ことさら強調するように。まるでよろこんでいるみたいに聞こえた。意思決定できる立場であれば、ドリフトウッドを切りたい、とも。でも彼女は契約には関与できないそうよ」

「オーナーだろう？」マテオは困惑した表情だ。

「彼女はわたしに、パークビューパレスの新しいオーナーと交渉するように勧めた。その時機が来たら、ぜひ売り込みなさいと励ましてくれたわ。ビレッジブレンドならかんたんに契約が取れると、疑っていなかった」

「新しいオーナー？　アネットはパークビューパレスを売却するつもりなのか？」

「ええ」

「まちがいないか？　なにも報道されていないし、おふくろからも聞いてないな」

「まちがいないわ」

「買い手は？」

「さあ、それは。彼女はあかそうとしなかった。交渉の詳細を洩らすのはリスクが高いからといって。アネットはわたしにも誓わせたわ。この件は伏せておくようにと」

マテオが黙り込み、わたしに確認した。「リスクが高い、と彼女はいったんだな？」

「ええ」

「きみとの会話の後で、彼女は誘拐された。その時のことを、なんでもいいから憶えていないか？　よく考えてみてくれ」

もう一度集中してみた。けれどもなにも浮かんでこない。ヒントになるようなことも、なにも。そしてふたたび、めまいのようなクラクラした感覚に襲われた。これは意識を失うまえぶれだ。わたしはぱっと目をあけた。

「ごめんなさい、なにも憶えていない」わたしは道路を見つめた。

「犯行があったのはまちがいない。警察は、アネットときみが目出し帽をかぶり銃で武装したヤツと映っている画像を確保している」

「皆にそういわれているけれど、思い出せない。夢には出てきたわ。銃を持った男が」

「いつ？」

「このバンのなかで眠っていた時」

マテオが運転席で居住まいを正した。「クレア、これは脈がありそうだ。その夢がブレイクスルーをもたらすかもしれない」

「そうかしら」

「アネットのことを、つまり最近の記憶をちゃんと取りもどしているじゃないか」

「ええ」

「銃を持った男について話してくれ。どんな人物か……」

わたしは大きく息を吸い込み、目を閉じた。

「背が高くて肩幅が広い。顔は見えない」

「目出し帽をかぶっているからか？」

「いいえ。顔が見えないのは、暗い影でかくれているから」

「服装は？」

「青いスーツ。夢のなかで、その男性が上着を脱いだ。すると銃を携帯しているのが見えた。白いワイシャツに革製のショルダーホルスターを装着して、そのなかに銃が。その男性は街の歩道を歩いていた。角を曲がると、森がひろがっていた。暗い木立のなかで彼がわたしをさがしていた。わたしの名前を何度も何度も呼んでいた。その声はとても悲しげだった。わたしに返事をしてくれと、繰り返し呼びかけていた。わたしは大声を出して叫びたかった……でもできなかった」

わたしは目をあけた。「それだけ。どう思う？」

マテオは黙って座ったまま、道路に視線を向けている。

「変な夢よね。その男性に心当たりはある？」わたしはくちびるを嚙んだ。

「ないね。まったく心当たりはない」

40

マイク

「それで、彼女は警部補を思い出しましたか？」

フランコの質問を、クィン警部補はほとんど聞きとれなかった。ガソリンスタンドの公衆電話の受話器を耳に押しつけても、ハイウェイを走行する車の音がなにもかもかき消してしまう。ここまで運転してきた車のあたたかなボンネットにクィンがもたれたとたん、ハイウェイの車が起こす風をまともに受けてしまった。

「いまいった通りだ。クレアは病院から脱出した。彼女は逃亡者だ」

「そうですね。むろん、警部補は逃亡に一枚嚙んでいるんでしょうね」

「アマゾネスたちにも疑われた。が、わたしよりもっと疑わしい人々に彼女たちの関心は移った」

「もっと疑わしい人々？　マダム・デュボワと愉快なバリスタたちか――そしてジョイの父親は犯罪すれすれの線で協力しているんだろうな。彼女はいっしょなんですね。皆と」

クィンは食いしばった歯のあいだから声を出す。「皆と、ではない」

「すっきりしない言い方をするところを見ると、元夫とふたりきりってことか。だいじなフィアンセは」

「たいした洞察力だ、フランコ」

「そのふたりのあいだに、これから割って入る。そういうことですね――」

「一刻も早く」

「なにをすればいいですか」

「頼みたいことがふたつある。第一に、ジョイに知らせて欲しい。彼女の母親が病院から逃げ出したことを。あわてるなと伝えてくれ。クレアは無事だ。ジョイともじきに会えるはずだ。母親の力になりたいと思うなら、ニューヨークにちかづかないことだ。DCに留まるようにいってくれ。そしてクレアが病院から脱走したことなど、なにも知らないようにふるまって欲しい。そう伝えてくれ」

「ジョイにわざわざ知らせる必要がありますか？」

「知らせなくても、知ることになる。アマゾネスは、クレアがジョイの父親の運転でワシントンDCに移動していると思い込まされた。ソールズとバスは、さっそく現地に向かうだろう。そして地元署の協力を仰いでビレッジブレンドDC店とジョイの住まいを捜索するだろう。ジョイに、捜索令状の提示を求めろと教えておいてくれ。それで少し引き延ばせる。あとは、邪魔をせずに捜索させればいい。どのみち、手ぶらで帰ることになる」

「了解です。ジョイのことは心配いりません。マンハッタンにはもどってきませんよ。彼女は仕事で身動きができないほど忙しい。それにわたしが向こうでしっかり彼女を温めて――」

「そうもいかないんだ。すまん。それがふたつめの頼みだ。代休を取ることにした。だから月曜日にはこっちでわたしの代わりに指揮をとってもらう必要がある」

「承知しました。大丈夫ですよ」言葉とは裏腹に、フランコの声は心配そうだ。「いまどこにいるのか、どこに向かっているのかは、教えてもらえないんですね？」

「知っている情報は少ないほうがいい。ワシントンDCで警察官相手に偽証するような真似はさせたくない。そんな状況は極力避けてほしい。彼らがジョイのところにやってくる前に、ワシントンを離れろ」

「それよりもちかくにいて、スムーズに事が運ぶように協力するというのはどうです」

「その判断はまかせよう」

「心配無用です。口にチャックをしておきますから」

「できるだけ早く六分署にもどるつもりだ」クィンは車のボンネットに置いた保温ポットの口をあけて、少しだけ残っていたビレッジブレンドのコーヒーを携帯用のカップにそそいだ。マダムからの餞別《せんべつ》だった。もっとコーヒーがあれば、とクィンは強く思った。

「チームへの指示は、ありますか？」

「いや、目下のところ順調に進んでいる。来週は静かな一週間になるだろう。仕事に関してはきみがいてくれれば安心だ。だが、もしも困ったことがあれば――きみでも、班の誰でも

——メールしてくれ。すぐに連絡する」

「携帯電話を携行するつもりですか？」

「ああ」

「それじゃ追跡されてしまう。承知の上ですか？」

「むろんだ。プランは立ててある」

「なるほど。週が明けて、警部補の行方をさがす動きがあれば、どうします？　つまり、アマゾネスがさがし始めたら、という意味です」

「ソールズとバスとはいつでも連絡が取れる。よろこんで応じるよ。ただ、きみとわたしとでこういうふうにクレアについて話すのは、これが最後だ。いまは公衆電話からかけている。今後は自分の携帯電話を使う。仕事以外のことはなにもいうな。いいね？」

「はい」

「最後にひとつ。ワシントンＤＣの警察の捜索が終わったら、つまり手ぶらで撤収したらメールで知らせて欲しい」

「暗号を使え、ってことですね」

「そうだ。友だちが帰った、と。クレアについてなにか伝える必要があれば、きみのいとこということにしよう。いいね？」

「わかりました、それで、マイク——」

「なんだ、マニー？」

「無事に彼女を取りもどせるように、心から祈ってますよ。いつの日か、義理の親子になれると楽しみにしていた」

クィンはカップを取り落としそうになった。「終わるまでは終わらない」

フランコが笑った。「ヨギ・ベラの言葉か。意味が謎だな」

「この場合は、愛する女性をあきらめるつもりはない、という意味だ。たとえわたしとの記憶がなにひとつよみがえらなくても、あらゆる手を尽くしてふたたび歴史を繰り返すまでだ」

「幸運を祈る。茨《いばら》の道ですね」

「激励の言葉として受け止めるよ。いまのところ、勝ち目はなさそうだ。が、使える運はすべて使う」

41

クレア

道路は暗く、マテオは黙り込んだままだ。わたしはまたうつらうつらしていた。マテオがハンドルを強く叩き外国語で悪態をついたので、はっと目覚めた。たぶん、ポルトガル語。

「どうかしたの？」

「行き過ぎた」灯りで照らされた標識をマテオが指差す。このさきは行き止まりという標識だ。

「ディアフィールド・ファーム？」

「これが目印だ。この標識のところまで来てしまうと、曲がり角を見落としたということだ」

彼はまたもや方向転換をした。さきほどのようなみごとなUターンとはいかなかった。あやうくフロントバンパーを木にぶつけそうになり、またもや悪態をつく。マテオはバンの進行方向を調整し、アクセルを踏み込んだ。

わたしが銃を携帯した男性の夢を見たと話してから、マテオは急にふさぎ込んだ。

「なにか、気になることでもあるの？」

「いや」

「なにか気にさわった？」

「話題を変えよう」

「そうね。じゃあ、ディアフィールド・ファームは農場？　直売所はある？　なにをつくっているのかしら」

「馬を育てている。厩舎《きゅうしゃ》があって、訓練したり、乗馬のレッスンをしたりしている。別れた妻がわざわざここに家を買った理由のひとつは、ディアフィールド・ファームだ」

「乗馬をたしなむ女性だったのね」

「いや。動物に興味などなかったはずだ。彼女の勤務先の最高経営責任者《CEO》がここでポロをしていた。彼女のおめあては、ボスの馬の仲間たちだ」

「では、ポロの競技を？」

「会話に加われる程度に練習していた。カクテルパーティーの席でボスとトロフィー・ワイフが皆と会話している時に馬術の専門用語やら馬についての知識やらが出てきても、おたおたしないですむからな」

　マテオはバンのスピードを落とし、正しい地点で曲がった。車の動きに伴って、ヘッドライトがダークグリーンの標識を照らし出す。エッジ・オブ・ウッズ・ロード。ここが森との境なのか。前方に延びる道は真っ暗だ。それ以外に目に入るのは木、そして木。

「このあたりに家はないの？」

「ないどころか、このうっそうとした木立のなかにどっさりある。プール、ジェットバス、テニスコート付きの豪邸ばかりだ」

「なにも見えないわ」

「木に囲まれているからな。さもなければ一般庶民がうようよやってきて、興味津々でのぞくに決まっている。金持ち連中にとっては、そんなのはごめんだろう」

「見られたい、という人もいるかもしれない」

「ここの連中はちがう」

わたしはコーヒーを飲みきって、マテオの横顔をしげしげと眺めた。かつての夫の記憶と、目の前のハンプトンの住人に、なにか共通するものが見つかるだろうか。

「無理」わたしは口に出した。

「なにが？」

「わたしが憶えているマテオ・アレグロは、テント暮らしや辺境の村をなにより愛していた。富裕層のタックスシェルターなんて見向きもしなかったはず。乗馬クラブやランボルギーニなんて似つかわしくないわ。さぞや新しい奥様に――」

「元、だ」

「彼女にぞっこんだったのね」

「似つかわしくない表現だな」

「じゃあ、どう表現するの？」

マテオは肩をすくめた。「ブリーもぼくも旅が好きだった。金はいろいろなことを可能にしてくれる。そして彼女はたくさん金を持っていた」

「ブリーは莫大な遺産を相続していたの？　それともファッションモデル？　有名人？」

マテオは躊躇《ちゅうちょ》しながらも、こたえた。「名前はブリアン・ソマー。彼女は――」

「有名な雑誌編集者ね」

マテオがうなずく。「結婚生活は長くはなかった」

「わたしに関わりのないこととはいえ、残念ね」

「いや、きみは関わっていた。メトロポリタン美術館での結婚式で、きみはケータリングを担当した。あれはすばらしかった。なにも憶えていないのか？」

「ひとつも」

「そもそも、きみがいなければブリーとぼくは結婚していなかったかもしれない」

それを聞いて、混乱した。自分は正気なのかどうか、またもやわからなくなった。記憶をなくす前の自分が正常だったとは、とうてい思えない。セレブ感たっぷりのマテオの結婚式のケータリング？　どうしてまた、そんなことを。もしかしたら記憶喪失になったいまのほうが、まともなの？

「ブリアン・ソマーについて憶えているのは、ニュージャージーで生活費を稼ぐためにフリーランスのライターをしていた時のことよ。商業誌と地元紙の仕事ばかりだったから、ある時、思いきって全米に読者を持つ雑誌に記事を送ってみたの。最初にトライしたのがブリアンの雑誌だった。あなたに話したこと、あったかしら？」

「いや」

「アメリカのコーヒーの消費傾向について、短い記事を送ったわ。自信作だった。最終的にその記事は《ニューヨーク・タイムズ》紙に掲載された。でも彼女には却下された。いい印象はないわ」

「同じさ。ブリアンはぼくのことも却下した。いい印象はない」

「なぜ彼女と結婚しようという気になったの？」

「サポートしてくれる人間を求めていた。彼女なら、と思った。金銭的な部分に限らず」マテオはバンのスピードを落としてもう一度角を曲がった。「ほんとうに知りたいのか？」

「知りたくなければ、聞いたりしない」

42

「きみとの離婚後、さぞや自由を実感できるだろうと想像していた。重荷をおろしたような気持ちになるだろう、と」

「その通りだったじゃない。少なくとも、そう見えたわ。わたしたちから解放されてせいせいしているって」

「それはちがう！　きみとジョイのことは愛していたし、それはなにも変わっていない。ただ、夫として、父親として期待を背負わされることが重かった。自由になって、ほっとしたんだ」

「期待が重かったなんて。マテオ、あなたは夫で、父親だったのよ！　努力をしようともしないで、愛する家族からの期待が重いなんて」

「わかっている。いまはわかっている。聞いてくれ。とにかく、黙って聞いてくれないか？自分が大変な過ちを犯したと、すぐに気づいたよ。帰ってもきみとジョイはいない。コーヒー豆を調達するための出張から帰るたびに、喪失感が強くなった。さびしさも。パーティーや旅なんかでは絶対に癒やせないさびしさだ……」

彼がわたしを見つめる。「何度も試したんだ。きみとよりを戻せないかと。しかし――」彼が目をそむけた。「ダメだった。ダメにしたのはぼくだ。その後悔をずっとひきずっている」

元夫の静かな言葉が胸にこたえた。誠意は伝わってくる。けれども、驚きはない。マテオ・アレグロはいいところがたくさんある、すてきな男性だ。ただ、結婚には向いていない。そのマテオが再度結婚に踏み切ったことが、わたしには衝撃だった。それを正直に伝えた。

「いったいだろう。帰っても誰もいない、その喪失感を埋めたかった。ただいまと帰って帽子を掛けられる場所が欲しかった。しかしきみは新しい道を歩こうとしていた。ぼくはブリーと出会い、夫婦になった。短い結婚生活に終わったが」

「あなたの裏切りが原因？　わたしの時みたいに？」

「彼女はオープンな結婚に同意していた」

「オープン、ね。それは具体的に、どういうことなの？」

「あらかじめ合意したんだ。ぼくの……つまり……婚外活動は、国外に限る。彼女の知り合いにはいっさい近寄らない。ぼくがニューヨークにいる時、彼女がパーティーやフォーマルな催しでエスコート役を必要とする場合には同伴する。彼女の側からすると、社交や仕事上では伴侶がいるほうが、いろいろと利点があるということらしい。信用が増し、いらぬゴシップを封じる効果もある」

「信じられない、まさかあなたが」

「あなたが？」

「あなたがトロフィー・ハズバンドだなんて！」

「そんなふうにいわれたら、プライドがズタズタだ。が——」マテオが肩をすくめる。「いくらいいわけしても、たぶんきみのいう通りだ」

「ごめんなさい。言葉を選ぶべきだった」

「いいんだ。ブリーのチェックリストの項目を、ぼくはすべて実行した。ベッドで満足させる、旅行の完璧な同行者、パーティーにはドレスアップして出席、クールな仕事を持つ——稼ぎではこのあたりの勝ち組の足元にも及ばなかったが。これは唯一、彼女がひっかかった点だ」

「あなたたちの利害は一致したのね」

「ああ」

「関係が悪化した理由は？」

「楽しかったのに、楽しくなくなった」

「それは、深刻」

マテオがにやりとした。「からかっているのか？」

「もちろん」

「いいぞ。昔のままのクレアだ。うれしいよ——いや、うれしいわけではない。わかるよな」

「ええ」

「それで？」マテオがこちらに流し目を送る。「ぼくに対する感情に変化は？」

「あったわ。まちがいなく。あなたが率直に話してくれたから。成長しておとなになったと感じている。ただ、わたしはいまもニュージャージーで暮らしているままの状態なの。待っているジョイのために帰って夕飯をつくらなくては、と思ってしまう。コラムの締切にも遅れてしまう。そういう状態なの」

「コラム？『クレアのキッチンから』だったかな」

「そうよ、それ」

「もう何年もきみは書いていない。コラムを掲載していた地元紙も、つぶれた」

なんてことと。わたしは窓の外に視線をやった。失望感とぬぐいきれない違和感がこみあげて、心がざわつく。外は暗く陰鬱で、不安をやわらげてくれるものはなにも見えてこない。

「べつのオールディーズの局をかけてみようかしら」

「その必要はない」

もうひとつ角を曲がってマテオがバンのスピードを落とした。

木々が密集しているので、その向こうになにがあるのかまったくわからない。やがて二本の太い木のあいだに、狭いすきまがあらわれた。マテオがブレーキを踏んでスピードをさらに落とし、狭くて暗いすきまにバンを器用に進めていく。

「ここなの？　着いたの？」わたしはたずねた。

「ほぼ」マテオの顔に謎めいた微笑みが浮かんだ。

43

両側に木が生い茂るなか、まっくらな私道をバンが延々と進んでいく。やがてバンのハイビームがひらけた空間を照らし出した。手入れが行き届いた敷地が白々とした光を浴び、そこに家が建っていた。

空は雲に覆われて月の光はほとんどなく、三階建ての建物が黒々と見える。そびえ立つシルエットは、人を寄せつけない雰囲気だ。

「庭も建物もとてもうつくしい。敷地内の照明がついていないから、わからないだろうが。誰も滞在していない時には暗くしておく。道路からの視線を防ぐためにも」

「セキュリティシステムは?」

「もちろん稼働している。アプリで操作する」マテオはダッシュボードの上に置いたプリペイドの携帯電話を指さす。わたしの困惑した表情を見て、つけ加えた。「スマートフォンに搭載したアプリケーションだ」

「なにがなにやら」

「心配するな。きっとここで快適に過ごせる。照明をつけてコーヒーを飲めば」顎ひげのなかで真っ白な歯をきらりと光らせ、マテオが笑みを浮かべた。「行くぞ」

マテオはバンを停め、コーヒー豆が入った袋をふたつ、わたしにポンと放ってよこした。彼が家のカギをあけた。夜の空気は冷たい。ポーチに立って震えていたわたしは、すぐに家のなかに駆け込んだ。

室内の照明がついたとたん、あとずさりしてしまった。圧倒されてしまったのだ。マテオが「居間」と表現するメインルームは、どう見ても大広間だ。

三階ぶんの高さの吹き抜けになっていて、二階と三階には大広間に面して回廊がある。木製の手すりは磨き抜かれている。

「なかなかだろう？　朝になれば、きっとうっとりするよ。ここに光が満ちて……」

広々とした部屋をマテオはさっさと歩いていく。クリーム色のソファの脇を通り、ガス式のおしゃれな暖炉をつけた。炎がぱっとあがり、白一色のスペースに、とつぜん色が弾けた――が、温度にはほとんど変化がない。とにかく、ここは寒すぎる！

「壁がのっぺらぼうね」わたしは見上げながらいった。

「絵は全部ブリーが持っていった。なにか飾るものを見つくろうつもりだ。手伝ってもらえるかな？」

「それは……」わたしは首を横に振る。ここも空っぽなのね。どこもかしこも、空っぽ。

「いちばん奥にキッチンがある」マテオが指さした先には、大理石のカウンターがある。それがキッチンとの仕切りになっている。「コンロやオーブンはバイキングの製品でそろえている。朝食を食べるテーブルと椅子もある」

彼は外に面して並ぶフレンチドアの方を向いて、差し伸べるように片手を伸ばした。「居間の外側には広いデッキが続いている。庭には温水プールがある。いまは湯を張っていないが、露天風呂もある。自由に使ってくれ。デッキに埋め込んである」

わたしはうなずき、ふたたび視線を上げ、思い切り頭をのけぞらせてカテドラルのように高い天井を見た。「上にはいくつ寝室があるの？」

「六部屋、そのほかに書斎がある。主寝室には専用の居間、豪華なバス、暖炉、プライベートデッキがついている」

「すてき」

「二階の主寝室を使うといい。ぼくはその隣の部屋で寝る」

「だめよ、あなたが主寝室を使って」

「きみはゲストだ。ぼくのいうことを聞いてもらうよ。快適に過ごしてもらいたい」

「快適に過ごせないはずがないわね、こういう場所で」コーヒー豆二袋をキッチンに運び、巨大な冷蔵庫のなかをチェックしてみた。そして考えを改めた。

「マテオ、なかは空っぽよ！」

「わかっている」マテオはジーンズを穿いた尻の片方をカウンターに乗せるようにもたれて、わたしの顔をしみじみと観察している。「ずっと空っぽだった。そしてぼくも、はらぺこだ」

どうやら食べ物だけの話ではなさそうだ。彼のつぎの言葉で、それを確信した。マテオの言葉には希望が込められていた。

「こうしてきみはここにやってきた。ふたりでなんとか解決してみないか？」

慎重に言葉を選んでこたえた。「わたしはあなたをよく知らないわ。少なくとも、ハンプトンのマックマンション（量産された大豪邸）にわたしを迎えるあなたがどんな人物なのか、知らない。それにいまのわたしは、本来のわたしではない。だからわたしたちは時間をかけるべきだと思う――なにを試すにしても」そこで、カウンターに置いたハンプトンのコーヒー豆二袋を指さした。「まずはコーヒーから始めたらどうかしら」

「きみとぼくのスタートには、これが欠かせないからな。よし」彼が微笑んだ。

「それから、シャワーも。頭のてっぺんから思い切り熱いシャワーを浴びたい」

「ひとりで？　いや、冗談だよ」

44

自分の頭のなかを描くとしたら、ここのメインルームの壁とそっくりになるだろう。これみよがしな造りの夏用の別荘の壁。真っ白に塗られたその壁には、額縁の跡がかすかに残っている。かつて壁一面にたくさんの絵があった。それをものがたる痕跡だ。わたしの記憶も、失われた作品の痕跡だけが残っている。空っぽの額縁が並ぶような光景だ。確かになにかがあったのに、見ることが叶わない。

そこまで考えて、気持ちを切り替えた。自分がいかにめぐまれているのかをつくづく嚙み締めた。わたしの人生にかかわる人々が、こんなにも案じてくれるなんて。しかも元夫まで(これはいまだに理解に苦しむ)。彼はわたしが必ず記憶を取りもどすと信じているようだ。長期戦で記憶を取りもどす、となれば、あの病室よりもこの別荘のほうがいいに決まっている――のっぺらぼうみたいな空間であっても。

シャワーを浴びたいというわたしのリクエストにこたえて、マテオは二階の主寝室に案内してくれた。スウィートルームは階下の大広間と同じで壁にはなにも掛かっていない。快適そうなキングサイズのベッドが置かれている。

マテオが寝室のガス式の暖炉を点けると、大きな空間はほんの少し居心地がよくなった。バスルームはミニ・スパと呼ぶほうがふさわしい。チーク材のフロア、ガラスで仕切られたシャワーとスチームバス、そしてバケツのような形状の奇妙なバスタブがある。銅を打ち出してつくった「日本式のバスタブ」だそうだ。湯をためて浸かるためのもので、なかで身体を洗ってはいけない。シャワーでよく洗ってからお湯に浸かる。

「リラックス効果は満点だ」

「明日、試してみるわ」

ひとりでくつろぐ時間は、今夜でなくてもいい。手早くシャワーを浴びて、自分の人生についてもっと知りたい。そのために病院の個室に隔離されるよりも、人と接する環境を選んだのだから。もちろん、コーヒーが飲める環境を。マテオはコーヒーをいれるために下に降りていった。

〝人工降雨〟という名のスチームたっぷりのシャワーを浴びた後、特大のバスタオルを身体に巻きつけ、ドライヤーで髪を乾かした。

「いいものを持ってきたぞ!」

ドアの向こうからマテオが叫んでいる。彼は寝室でなにをしているの?

隣の主寝室が静かになったのを見はからって、ドアをあけてのぞいてみた。マテオはもういなかった。ベッドの上になにかある。ふわふわの白いテリークロスのバスローブ、マテオのスウェットパンツ、彼のTシャツ、登山用の靴下だった。ドレッサーにはいれたてのコーヒーが入ったマグも。マグを取り上げて、湯気とともにたちのぼる豊かな大地の香りを吸い込んだ。

ああ……これはアンブロシア？　ひとくち飲むと、たちまちほっと落ち着いた心地になった。

数分後にはマテオの服で身繕いしていた。サイズの大きなTシャツ、厚い靴下、そしてバスローブ。この大きな家ではすぐに身体が冷えてしまうので、バスローブをしっかりと身体に巻きつけた。

「おおい！」キッチンからマテオの陽気な声がする。「少しは落ち着いたか？」

「ええ。でもやはりこの家は寒いわね」

「ああ。夏の間はこの居間は快適なんだ。秋と冬はそうもいかなくてな。いまは寒いが、そのうちに温まってくるだろう」

「料理しているの？」たずねるまでもなかった。マテオはフードつきの上着を脱いでシャツの袖をまくりあげ、コンロには鍋とフライパンがかかっている。

彼が肩をすくめた。「はらぺこだといっていただろ？」

「ええ。なにを食べさせてもらえるのかしら？　スープ？　冷蔵庫にはなにもなかったのに」

「戸棚は空っぽではなかった」

わたしはキッチンに入り、深鍋のなかをのぞいた。たっぷりの塩水で、まるまる一ポンドのスパゲッティを茹でている最中だ。

隣ではフライパンを温めている。わたしはコーヒーを飲みながらカウンターにもたれて見ていた。マテオはフライパンにオリーブオイルを気前よく注ぎ、手のひらに盛っていたスパイスを加えていく。ガーリックパウダー、ローズマリー、バジル、オレガノ、挽いたばかりのブラックペッパー。

「わかったわ。なにをつくっているのか」

「憶えているか」

「カチョ・エ・マテオ?」

マテオ版のカチョ・エ・ペペ。ローマの名物のパスタ料理だ。「チーズとコショウ」という名の通り、材料はそれだけだ。ペコリーノロマーノ・チーズと、ブラックペッパーを挽いて、あるいはつぶして。そしてもちろんパスタ。

わたしがこのローマ風パスタをつくる時には、パスタの茹で汁を加える。デンプン質が溶け込んだ茹で汁を加えると、おろしチーズがうまく溶けて、混ぜていくうちに、ボウルのなかに魔法のようにソースができあがる。即席ソース、というわけだ。

このつくり方は祖母から教わった。マテオは何度試しても、成功しなかった。離婚後もトライしていたが、パスタ一本一本がソースをまとうどころか、どろっとした塊ができてしまった。そこで彼は伝統的なやり方に従うのを止めて、独自の方法を編み出した。いろいろな材料を加えて即興でつくってしまうのだ。一度、食べたことがあるけれど、とてもおいしかった。ジョイはこちらのほうが好きだと宣言した。

「確か、ジョイが名づけたのよね。カチョ・エ・マテオと」

「そうだ、あの子が名付け親だ。ギャングの和平交渉とフライドチキンの話をしてから、およそ一年後だった。フライドチキンの話、憶えているか？」

「ええ。シェフ・シャーロックね」

「取りもどした記憶は消えていないということか。いいぞ、クレア。この調子でいこう」

「そうね。まずは食べましょう」

45

皿や銀食器類のありかをマテオに聞いて、メインルームとキッチンを仕切るカウンターに並べた。それからカウンターの前の止まり木のような椅子に腰掛け、大理石の天板に両肘を突いて、マテオがパスタを仕上げていく様子を眺めた。

「すばらしい手際のよさね」少しうっとりとしたまなざしになってしまう。

オリーブオイルにスパイスを入れて混ぜ、スパゲッティを投入する。一つひとつの工程をマテオは驚くほど丁寧にこなしていく。チーズを加え、これまた丁寧に一本一本にソースをからめていく。

「そのペコリーノはどこからあらわれたの？　冷蔵庫は空っぽだったのに」

「ブリーが荷物を運び出した後、冷蔵庫に大きな塊がひとつだけ残っていた。捨てるなんてもったいないから、削って冷凍しておいた」

「このレシピは完成したのね」

「新しくレッドペッパーを加えた」彼は自分の皿にレッドペッパーを少々振りかけた。

「わたしも」

レッドペッパーの瓶に手を伸ばすと、マテオに取られてしまった。

「昔、きみとジョイにつくっていた味で食べてほしい。なにか思い出す手がかりになるかもしれない」

素直にしたがうことにした。そんなことでいい争うより、早く食べたい。いざ食べ始めると、ふたりともなにかに魅入られたように夢中で食べ続けた。

「あの子が恋しい」ようやく恍惚状態から醒めて、わたしはぽつりといった。

「わかるよ」

「いいえ、わかるはずがない。自分の娘のことがなにもわからない。それがどんなに情けないことか」

「ほかになにか思い出せないか?」

「たとえば?」

「目を閉じてごらん。聞かせてくれ、なんでもいい。ジョイのことで、最後に憶えていることを。いちばん印象に残っていることを」

「ニュージャージーのわたしの家のそばの公園で、あなたといっしょにフライドチキンを食べた。それからジョイをビーチに連れていった」

「その時のジョイは何歳だ?」

「十三歳」わたしは目をあけた。「それ以上はなにも思い出せない。どうしたらいいの?」

マテオは考え込んでいる。

「バンのなかでは感覚刺激をきっかけに少し思い出したな。ハンプトン・カンパニーのコーヒーでアネット・ブルースターとの会話が蘇った。ただ、きみ自身のことはなにも出てこないな」

「ジョイについて、少し聞かせて。犯罪について目撃したというのだから、それも大事なんでしょうけど、わたしはなにより娘のことを思い出したい。あの子の写真、持っている？」

「もちろん。しかし、もっと自然に記憶が蘇る方法を試してみないか。フライドチキンの時みたいに」

「今度はビッグマック？　それともダンキンドーナツ？」

「落ち着け」

「一枚でもいいから、写真を見せて！　見たら、なにか悪いことが起きるの？」

マテオは顎ひげを掻きむしった。

「それは、わからない」

「いまさらショックを受けたりしないわ。だって病室に駆け込んできたのよ、憶えている？　いまのジョイを、もう見てしまった。すっかりおとなになった姿を。懐かしく思えるころの写真を見せて。せめて一枚だけでも。もしかしたらそれで記憶が揺さぶられるかもしれない」

マテオはあきらめたようにため息をついて、プリペイドの携帯電話を取り出した。

「ふだん使っている携帯電話からいくつか移しておいた。そのなかにきっと……よし、これだ……」

マテオが携帯電話のスクリーンをこちらに向けた、かわいらしいジョイがカメラに向かって輝くような笑顔を見せている。栗色の髪はきっちりとポニーテールにまとめている。手に持っているのは、焼きたてのクロワッサンをのせたハーフサイズの天板だ。そしてシェフコートを着ている。

「これはシェフが着る白い上着でしょ。なぜ？」

「ジョイが料理学校に通っていたころの写真だ」

「マンハッタンで？」

彼がうなずき、名門校の名を挙げた。

「すごい！　優秀な成績で卒業したの？」

マテオが視線をそらす。「それはいわないでおこう。どうだ、この時期のことをなにか思い出さないか？」

「どうして教えてくれないの。なにか悪いことでも？」

「写真に集中して。なにか浮かばないか」

「なにも」

「ではもうひとつ、提案がある。けっしていい加減な気持ちでいっているのではないと、信頼して欲しい。直接的な刺激を試してみないか」

「直接的？　どういう意味？」さっぱりわからない。

「愛し合ってみないか」

46

わたしはただただ元夫を見つめていた。クイーンズで駐車した時、同じような提案をしたけれど、まさか本気だったとは！　マテオがこちらにぐっと身を乗り出した。

「嫌な記憶はないはずだ。一種の薬だと思えばいい」

「要するに、あくまでも薬として試すという提案ね？」

「いや、それはちがう。ずっときみのことを思っていた。きみと親密になりたいからだ。きみの歓喜の声を聞きたいからだ。昔のように」

「マテオ――」

「きみをよろこばせたい。それは究極の感覚的刺激になる。それできみはさらに記憶を取りもどせるかもしれない」

「娘が知らぬあいだにおとなになってしまった。その空白期間を取りもどせるの？」

「知らぬ間にではない。その間のことを思い出せないだけだ。きみはジョイとともにいた。あの子がおとなになるまでの道のりを一歩一歩、ともに歩んだ。きみはすばらしい母親だった、そして娘から猛烈に愛されている」

「愛されている？」

「そうだ、愛されている！」

「いまにも泣きそうだ。「そのひと言で、わたしがどれほど救われるか、あなたにわかるかしら」

わたしは目をこすり、首筋を揉んだ。とても長い一日だった。バンのなかでうとうとしたせいで背中がパンパンに張っている。

「凝っているんだな」

マテオはわたしの椅子をくるりと回して、温かな手を肩に置いた。

「筋肉がカチカチだ。力を抜いてごらん。目を閉じて……」

まさしくカチカチになった筋肉を、マテオの力強い指がじっくりと揉みほぐしていく。カチョにソースをまぶす時のように丁寧に。筋肉の分子レベルにまで入り込んだストレスを彼はゆっくり、やさしく放出させていく。わたしはされるがままだ。ただただ心地よい——抵抗感が徐々に薄れていく。

「ひとつだけ、こたえて」わたしはつぶやき、首をだらんと垂れて左右に動かす。「あなたの提案通りにしたら、どんなふうに娘との日々を思い出せるの？」

「最後にぼくたちが愛し合ったのは、そんなに昔のことではない。ジョイがマンハッタンの料理学校に通っていたころだ」

「それで？」

「きみとぼくはビレッジブレンドの上階の住まいにいた。きみが携帯電話でジョイに電話したら、出たのは酔っ払った若者だった。ろくでもない野郎だ。彼はクラブにいて、ジョイが女友だちといっしょに化粧室にドラッグをやりにいったとほのめかした」

「ドラッグ！」

「落ち着け。その夜のうちにわれわれの娘は無事にもどった。そして大丈夫だときみに電話してきた。しかしその電話がかかってくるまで、きみとぼくは生きた心地がしなかった」

「ジョイが電話してきた後は？」

「ほっとした、なんて表現ではとうてい、いい尽くせない。あの晩はふたりとも緊張感と恐怖にあえいでいた。それが、一転してなにもかも元通りになった。夜も更けて、おたがいにすっかり気がゆるんでいた。きみがなにかいってぼくが笑って、気がついたらぼくたちは……」

マテオの言葉がとぎれた。わたしの髪をかきわけるようにして彼の温かなくちびるが首筋に押しつけられる。彼の手がわたしの顎と頬を撫でる。わたしが座っている椅子をマテオがくるりと回して向きを変えた。

深く、甘いキスだった。その感覚をぞんぶんに受け止めてリラックスしようとした。硬い肩を抱きしめようとすると、彼がささやいた。

「二階に行こう」

わたしは理性の箍《たが》がはずれてしまい、現実ばなれしたこの屋敷のどんな寝室にでも行ってしまいそうだった。自分の手も足もくちびるも、彼から離れるのを拒んでいた。けれども、自分の内部の深いところで、なにかが抗った。

「どうした？」わたしが身を離したので、彼がたずねた。

「こんなこと、してはいけない。なにかまちがっている」

「わかった……」彼はわたしの額に自分の額を押しつけた。「きみには長い一日だったからな。よくわかるよ」

「わたしは記憶を取りもどしたいの。あなたが提案する感覚的な刺激は、一度はうまくいった。でも、そこから大きく一歩踏み出すのは、かんたんなことではない。今夜ではなく、明日はどう？」

「いつでも、きみの決心がついた時に。ここの二階なら完全にプライバシーが守られているし、時間はたっぷりある」

わたしは座り直した。「それは、嘘よね」

「どれが嘘だ？」

「時間がたっぷりあるなんて、嘘よ。あなたはさっき、ジョイがおとなになるまでの道のりをわたしはともに歩んだといった。そうであったと信じたい。だからこそ、いまこそあの子についていてやらなくては。だって娘の結婚式に母親が知らんぷりしているなんて」

「なんだって？」

「あの子、どんな気持ちがすると思う？　人生でかけがえのない日を祝う支度をしているのに、母親は娘のガールスカウトとミドルスクール以降のことをなにも憶えていないのよ」

「クレア、きみは誤解している」

「いいえ、そんなことない。皆、わたしに隠そうとしているけれど、わかっている。ジョイが結婚するということは」

「結婚？　いまつきあっているスキンヘッド野郎と？　冗談じゃない。絶対にゆるすつもりはないね。きみの勘違いだ。婚約すらしていない」

「あの野郎もこの野郎も知らないけど、わたしがパークビューパレスでウェディングケーキの試食をしていたのは確かよ。誰もほんとうのことを教えてくれない。でも、あれはジョイの結婚式のための試食としか考えられない。ほかにどう考えたらいいの？」

「いいか、あのケーキの試食はジョイとは関係ない。あれは――」

そこでぷつっと言葉が途切れたので、マテオの喉になにか詰まったのかと思った。続きは出てこなかった。マテオの声は、三階分の高さの天井にこだまして、あとはしんとしてしまった。

「それで？」とうとう続きをうながした。「誰のための試食だったの？　結婚するのは誰？」

マテオはなおも黙っている。彼の表情は多くのことを物語っている。動揺しているだけではない。あきらかに罪悪感が見て取れる。ということは――。

「まさか、二度目の離婚をしたばかりのあなたとわたしが再婚を？」

「ちがう、ぼくじゃない。きみが結婚する相手は」

わたしは目をみはった。「ということは、わたしが自分の結婚式のためにケーキの試食を？　わたしが結婚？」

マテオの眉間に深いシワが刻まれる。それだけで雄弁なこたえになっているけれど、言葉で確認しなくては。「どうなの？」

「ああ、そうだ、その通りだ！」マテオが開き直るように両手をぱっとあげた。「きみは自分の結婚式のためにケーキを選んでいた。なぜならきみは婚約して結婚することになっていたからだ。そしてきみと婚約していたのはぼくではない」

文字通り、あいた口がふさがらない。逆に頭は猛然と動き出したが、無駄に突っ走るばかりで、どこにもたどり着けない。ハンプトンのこの隠れ家に向かう車のように、曲がるべき地点を忘れているから。いや、そもそも到着地点を知りたくないからか。

勇気を奮い起こすのに何時間もかかったように思ったけれど、たぶん数秒。やっとのことで、その問いを口にした。

「ちかい将来、わたしの新郎となる人物はあなたではない。では、誰？　その人はどこにいるの？」

47

マイク

「保温ポットを一杯に」

「かしこまりました」

クレアの極上のコーヒーをずっと飲み慣れているので、ビレッジブレンドのように満足できるコーヒーショップは端《はな》から期待していない。が、すでに九十分ちかく運転している。そろそろ次の休憩を取らなくては。

モントーク・ハイウェイ沿いの明るいガラス窓がクィンの目をとらえた。ハンプトン・コーヒーカンパニー。カフェインを求める者には、輝く灯台の灯のように見える。はたしてどれだけのレベルのコーヒーかと思いながら、ウォーターミルというブレンドをテイクアウト用にスモールサイズのカップで注文した。この土地の名前がついたブレンドなので、それを選んだ。少し味わってみて、おいしいとわかるとすぐに車にもどり、空っぽになったビレッジブレンドの保温ポットを持ってきて満タンにしてもらった。

料金を支払った後、トイレに行き、それから駐車場に向かった。足を伸ばすのは心地よかった。冷たい空気は眠気を吹き飛ばしてくれる。凍えるような寒さだが、かすかに潮の香りを含んだ新鮮な空気だ。それもそのはず、ここから南に十分も行けば大西洋、別方向に同じだけ行くと、おだやかな湾が広がっている。

めぐまれた立地だな、アレグロ……。

サウスフォーク周辺の不動産に何百万ドルもの価格がつくこともめずらしくないと、マイクは知っている。クレアの元夫はコーヒーの輸入販売で成功していたが、その程度では、こんなところに家を購入できるはずもない。最近、財産分与によって所有することになったわけだが、それもこれも、女性を手玉に取る彼自身の才覚によるものだ。

本人にずばりと真実を突きつけたら、顔面にパンチを食らうだろう。マイクはコーヒーを飲みながら想像した。

「首尾よく再婚し、離婚した。きみがやったことはそれに尽きる、アレグロ」

ふうっとため息をつき、携帯電話をチェックした。

メールもメッセージも届いていない。ありがたい。

ワシントンDCの所轄署の捜査官がジョイのもとを訪れて事情聴取するのは、早くても明日の開店後だろう。それまでにクレアの居どころを突き止めて、この状況を少しでも把握しなくては。

クレアにとってビレッジブレンドの人々は家族同然、いわばビレッジブレンド・ファミリーだ。マイクも彼らを身内のように感じ、とりわけマダム・デュボワには一目置いている。しかし今回の彼らの暴走には、どうしても憤りが先に立つ。

いったいどういうつもりだ？　彼女を病院から脱出させるとは。ギャングの愉快な仲間たちのつもりか？　そしていま、自分はその渦中に飛び込んでいこうとしている……。

ほかに方法があるのか？　このままではソールルズ刑事とバス刑事がクレアを捕まえるだろう。まるで犯罪者のように。そしてロルカ医師のもとに引きずっていくだろう。そんなことになるくらいなら、クレアの自由を守るチャンスに賭けるつもりだ。遅かれ早かれ警察に居場所を突き止められるとしても、それまでに事態が好転するかもしれない。彼女が記憶を取りもどす、さらにはアネット・ブルースターの件についてもなにかが判明するという可能性が。

紙コップの中身を飲み干し、マイクは自分の車に向かって歩き出した。このあたりの道路はどこもニューヨーク市の地下鉄よりも暗い。表札がある家などめったにないだろうし、そもそも道路から敷地内はほとんど見えない。となれば、ＧＰＳの地図を頼りに突き止めるしかない。アレグロの隠れ家を――アレグロがクレアを隠している場所を。

前々から、彼女とよりを戻したがっていた。その強い思いをマイクはよく知っている。この機会を利用して巧みにクレアをくどいてベッドに――そして彼の人生に――巧みに連れ込もうとしても、不思議ではない。

やはり、対決することになるのか。

マイクは車のドアを力まかせに閉め、エンジンをかけた。たとえ曲がり角をまちがえても、Uターンをする羽目になっても、必ずこの混乱を乗り越えてクレアを取りもどす。そう心に誓った。

48

クレア

公園の冷たいベンチで目を覚まし、自分はなぜこんなところにいるのだろうと自問したのは、ほんの数日前のことだ。今夜、わたしはふたたび同じ問いかけを自分にしている。だだっ広くて礼拝堂みたいに天井が高い、真っ白な部屋で腰掛けたまま。そして元夫は、石のようにむっつりと黙り込んでいる。

このハンプトンの家まで来た経緯は謎でもなんでもない。知りたいのは——知る必要があるのは——自分の人生の軌跡だ。なぜこんなところにいるのだろうか。

婚約して、結婚することになっている。そんなの初耳だ。

後から後から疑問が頭のなかに湧いてくる——。

婚約している相手は、どこで出会った人物？

交際していた期間はどれくらい？

なぜその人と恋に落ちたの？

いまさら二度目の結婚式を挙げようと決心した理由は？　懲《こ》りもせず、ふたたび愚かな過ちをおかしてしまったのか。どうやらそうらしい。それで、相手の男性はいまどこにいるの？

この週末、こうしてマテオ・アレグロの手引きでわたしがハンプトンに身を隠す事態を、その婚約者はゆるしているの？　いったいどんな人物？　その人の愛情はもちろん、人としての資質まで疑ってしまう。あまり賢くなくて騙されやすい人と婚約してしまったの？　ともかく、はっきりさせなくてはならない。この空恐ろしい疑問のこたえを。あからさまに非協力的な態度の元夫から——。

「わたしの新郎となる人物はあなたではない。では、誰？」

いたたまれないような沈黙がまるまる一分続き、ようやくマテオが口をひらいた。

「きみが自力で思い出せないのなら、ぼくからいうつもりはない」

わたしはマテオを見つめた。ショックというよりあきれていた。

「意味がわからない。あなたにはわたしの言葉が通じていないの？　婚約している相手を思い出せないということは、未知の人物と結婚の約束をしているのと同じよ」

「そんな男と婚約したのが、そもそもまちがいだったんだろう」

なにをいい出すの。

「本気なの？　どうしてそんなふうにいえるの？」カッとなって椅子から飛び下りた。「やはりあなたといっしょにこんなところに来るんじゃなかった。来るべきじゃないとわかっていたのに！」

わたしはだだっ広いメインルームを歩きまわりながら、猛然とマテオを罵った。マテオは止まり木のような椅子に腰掛けたまま、腕組みをしてぎゅっと口を結び、わたしの言葉を浴びていた。

「また嘘をついたのね！　どういう神経をしているの⁉」

マシンガンのようにまくしたてていたわたしは、そこで息継ぎをして、反応を待った。マテオの声は驚くほど静かだった。

「きみに嘘をついたことは一度もないよ、クレア」

「いわずにいることは立派な嘘よ。あなたは利己的な目的のためにわたしを巧妙に操作した。そういうところ、結婚していた時となにひとつ変わっていない！」

「ちがう！　あのころのぼくは若く愚かだった。今夜のことは、きみの人生を取りもどすための、記憶を取りもどすためのものだ。力になりたかった」

「わたしが婚約していた事実をひと言もいわずに？」

「ああ。なぜなら、きみは相手のことを憶えていなかった」マテオが立ち上がる。「しかし、ぼくのことは憶えていた」

彼がこちらにちかづく。わたしは後ずさりをする。「そうやって……わたしを混乱させるつもり？」

「まさか」わたしが後方に退いているのに気づいたマテオが、足を止めた。「いまぼくときみとのあいだで起きていることは、なにも難しくはない。きみが、ごく単純な事実に気づきさえすれば」マテオはその場にじっと立ったまま、わたしとしっかり目をあわせた。「ぼくはまだきみを愛している。きみの心の奥深くには、ぼくへの気持ちがまだ確かにある。こうしてきみが記憶を失ったことは、ぼくたちにとって二度目のチャンスととらえるべきではないかな」

わたしたちにとっての二度目のチャンス？　ふいに、力が抜けていくのを感じて、なにもいい返せなかった。風船がしぼむように、わたしはソファに座り込んだ。ふかふかで雲のようにやわらかい。このまま消えてしまえたらいいのに。

へたりこんだわたしを見て、マテオは誤解したらしい。自信に満ちた様子でこちらにちかづいてくる。一歩、また一歩。ゆっくりと慎重に。アフリカの草原で、チータに接近していくみたいな用心深さだ。相手がいつ予測不能な動きをするかもしれない。どう反応するか。攻撃か、逃げ出すか。その両方か？

わたしとしては、両方を実行したかった。これ以上、いい争いを続ける気力は湧いてきそうにない。けれどもマテオが自分に都合よく事を運ぼうとしたことには、怒りがおさまらない。わたしが記憶を取りもどすために、というのはいいわけで、マテオは自分勝手な行動を取っていたに過ぎないのだ。

もしもわたしが彼とベッドを共にしたなら、どんなことになっていただろう。朝になって記憶をすべて取りもどし、（相手の名前）と婚約していること、これから結婚することを思い出したら、いったいどんな気持ちに襲われていただろう。

「クレア、きみは疲れている」なだめるように甘い声だ。マテオはじりじりと迫ってくる。

「長い一日だったからな。一杯どうだ？　リラックスするにはジン・アンド・ジンジャーなんかいいんじゃないか。二階に行ってくつろいで、そして――」

「アルコールはいらない。二階にも行かない。この家を出たい。いますぐに。このあたりならホテルがあるはず」

「なにをいい出す。いいか、ここにはきみを匿《かくま》う目的で連れてきた」

「それなら、車で街まで送っていって」

「時間が遅すぎる、ぼくはもうくたくただ」

「車のキーを渡して。自分でバンを運転する」

「無茶だ。よし、わかった……」マテオは両手を上げ、後ずさりしてわたしから離れた。

「ぼくがこの家を出ていく。それでどうだ？　いますぐに出る。それならいいか？」

「ホテルに行くの？」

「いや……」彼はフードつきジャケットを着てファスナーを上げた。「モントーク・ハイウエイには二十四時間営業のスーパーがある。そこで時間をつぶして週末用の食材を買う。食品庫に基本的なものを少しそろえる」

「そんなことで、なにがどう解決するの？」

「たとえば、おたがいに頭を冷やすことができる。きみのプライバシーを確保できる。二階の主寝室で休んでくれ。ぼくが戻ったら、きみの邪魔はしない。一晩よく寝たら考えも変わるだろう。もし変わらなければ、きみを連れてここから出る。ジョイをここに呼んでもいいな。それには賛成するか？」

「ええ、賛成」

「よし。これで正しい方向に一歩踏み出せる。じゃあ、行ってくるよ……」

数秒後には、ドアをしっかりと閉める音がした。それからバンのエンジンがかかり、私道をゆっくり走り出して、やがて見えなくなった。

家はしんと静まり返った。わたしは二階に上がってベッドに入るはずだったが、大量のアドレナリンが全身をめぐり、とても眠れない。食器類を洗い、鍋などもきれいにした。たいして時間はかからず、ほんの十分もしないで片付いた。

その時、玄関の呼び鈴が鳴った。

マテオが忘れ物をしたにちがいない。おそらく財布を。元妻が出ていくというのを思いとどまらせるために、あわてて出発したので、持っていくのを忘れたのだろう。わざわざ呼び鈴を鳴らしたのは、彼なりの気遣いにちがいない。わたしを脅かすまいとして。いや、もしかしたら家のカギも持って出なかったのかもしれない。

ドアの覗き穴から確認もせずに、わたしはドアをいきおいよくあけた。目の前に男性が立っていた。

元夫ではなかった。

49

男性は背が高く、百八十センチを超えている、砂色の髪で、広い肩。シワの寄ったトレンチコートをはおっている。

「やあ、クレア」硬い表情だ。

戦いの後のようにやつれ、無精ひげが伸びてがっしりした顎に影をつくっている。しかしアイスブルーの目は鋭く、おそろしく強いまなざしでこちらを見ている。

「あなたは！」わたしは叫んだ。「警察の刑事ね。病院にいた人でしょう！」

彼の目の前でドアをぴしゃりと閉めようとしたが、それを見越していたらしく、すでに半身を入れてドアを閉めさせようとしない。

今度こそチータのようなすばやさで逃げ出さなくては！

わたしは階段をのぼって主寝室に入ってカギをかけるつもりだった。あいにくマテオの大きすぎるソックスを穿いているし、木の床は磨き抜かれている。滑って思うように進めない。バランスを崩してスウェットパンツを穿いた足がもつれて転んでしまった。

「きゃあ！」

「大丈夫か!?」

わたしは両手をバタバタさせて彼を追い払った。「さわらないで！　病院にはもどらない！」

「落ち着いて――」

シワのついたコート姿の刑事が、片手を差し伸べた。それを無視して自力で立ち上がる。マテオのスウェットパンツとTシャツの上にはおったバスローブの紐をしっかりと締め直し、なんとかプライドを保った。背筋をぴんと伸ばして、わたしは彼をじっと見据えた。

「本気よ。ロルカ医師の治療はもう受けるつもりはありません。必要なら弁護士を雇います。とにかくもどるつもりはありません！」

「それはよかった。連れもどしに来たわけではない」

「ちがうの？」

「ちがう。きみを助けにきた。クレア……」

クレア。彼がわたしの名を呼ぶ口調は――とても親密な感じ。内心、動揺していたが、それを封じ込め、毅然として応じた。

「どういう意味かしら。助けにきた、とは？」

「服と身のまわりのものを少し持ってきた」彼は半分ひらいたままのドアを指さす。「レンタカーのなかに。マダムが用意したものを預かってきた」

「マダムが？　どうしてあなたが――あ、そういうこと！　そうね、思い出した！」

「思い出した、わたしのことを？」

「マダムが親しい警察官から情報を提供してもらっているといっていたのを思い出したの。あなたなんでしょう？　ビレッジブレンドの常連さんなのね」

彼がごくりと唾を飲み込む。「常連客というよりは、もう少し――」

「もう少し？」

「なんと切り出していいか、迷うが。そもそも、いうべきかどうかもわからない。ただ、わたしが味方であることを理解してもらいたい。きみのためにここにいると……」

声がしだいにとぎれ、警察官の硬い表情がゆっくりと人間らしいやわらかな表情へと変わっていく。そしてなんとも悲しげな青い目。わたしへの憐れみではない。彼自身の切実な苦悩の色だ。

もしや、という思いが頭をよぎった。

この男性がどういう人物なのかはわからない。わからないけれど、マテオが渋々明かした事実をもとに、類推はできた。

「わたしにとってあなたは、見知らぬ人です。なにも記憶していない」警告するようにいって、一歩後ずさりした。

「わかっている。さっきいった通り、助けにきた。動揺させたり、なにかを無理強いしたりするつもりはない……」

その言葉に嘘はないように聞こえた。そしてまちがいなく、やさしさがこもっている。

「ということは、ほんとうにあなたが？　つまり、わたしと……？」

わたしが最後までいい切るのを、刑事は辛抱強く待っている。けれども、どうしてもその言葉を口にすることができない。いっそ彼がいってくれたら、と思う。

わたしは額をごしごしこすった。「事実関係を確認しておきたい。頭のなかを整理をしたいし、なんというか……もやもやしたままでは耐えられない！」

「どうすればいい？」

「それはわたしがいいたいセリフよ。教えて、あなたは……あなたとわたしは……」

「結婚するのか、と聞いているのなら、こたえはイエスだ」

わたしは大きく息を吸い込み、初対面に等しい男性の顔をじっと見つめた。がっしりと顎が張ったこの顔の記憶が、頭のどこかにないだろうか。こんな真夜中に車を運転して、はるばるサウスフォークまでやってくる、そして愛情のこもったまなざしで必死にわたしを見つめているこの人への気持ちがなにかよみがえらないだろうか。けれども、なにも感じない。むしろ、この男性が気の毒に思えてきた。

理性では、この状況を理解できる。が、感情では受け止め切れない。ルイス・キャロルの鏡の国に入り込んでしまったみたいだ。

わたしではないわたしが、この男性と出会って恋に落ちた。

その女性が、彼との結婚を決めた。

彼女はいったいどこにいるの？　いつかまた姿をあらわすの？　わたしのなかに残された

空っぽの額縁に、元通り絵は描かれるだろうか。すべての絵が描かれる？　それとも一部だけ？

ふいに、息苦しさと強烈なめまいに襲われた。成長したジョイが病室に駆け込んできた時のように。

息がうまくできない。皮膚が冷たくなり、心臓の鼓動がどんどん速くなっていく。自分がショック状態に陥ろうとしているのがわかった。血圧が急激に低下して全身に十分に血液が届かなくなり、酸素が欠乏してしまう。わたしの体調の変化に、この男性は気づいていない。そのいっぽうで、もやもやを解決したい、というわたしの意向は叶えられた。彼が一歩足を踏み出し、片手を差し出した。

「マイク・クィンです。あなたの婚約者です。よろしく」カクテルパーティーで名乗るみたいな感じだ。

憶えているのはそこまでで、後はだだっ広い白い空間がグルグルまわり出し、やがてなにもかも真っ黒になった。

50

「ここは、どこ？」

「安全な場所……」

身体の下にはやわらかなベッドの感触。暖かなカバーが身体を覆っている。片腕がぎゅっと締めつけられ、シューッと空気が抜ける音とともに腕が楽になった。

「血圧の数値がよくなっている。大丈夫だ」力強い低い声が静かに告げた。

見あげると男性の視線とぶつかり、一瞬、言葉を失った。とても鮮やかな青い瞳。

「もう一度教えて、あなたは？」

「友だち。頼れる友だちだ。だから安心しろ、クレア。とにかく目を閉じて休むといい」

「休む……」

51

いきなり雷のような音が轟いて、暖かくてふわふわの雲に包まれているような心地よさが破られた。男たちが口論する声だった。

「どういうことだ⁉　ここでなにをしている？　クレアはどこだ？」

「落ち着け、アレグロ。彼女は二階だ、無事だ」

「なんだと⁉　大きな顔をして！」

「そういう態度を取るなら、きみたちがなにをしでかしたのか、教えてやろう」

わたしはベッドの上であくびをしながら目をあけ、がらんとした寝室を見回した。ドアはあけっぱなしだ。椅子が一脚ベッドの脇に置かれ、救急バッグが載っている。それを見て思い出した。腕で血圧を測ったこと、大丈夫だという低くやさしい声を聞いたことを。

その低い声の持ち主と元夫が階下で言い争っている。険悪な言葉の応酬は吹き抜けの高い天井によく響くので、わたしはしっかりと聞き耳を立てた……。

「違法行為だ。病院で保護されていた彼女を連れ出して、人里離れた場所に運んで隔離した」

「なんといわれてもかまわないね。ロルカという医者のオフィスには、きみもいっしょに行ったはずだ。あの野郎がどんな方法でクレアを隔離するつもりでいるか、聞いていただろう。アップステートに移動させて得体の知れない薬物を与えるという説明だった。きみは腹を立てて出ていった。ぼくは具体的な行動で阻止した」

「なにが狙いだ？」

「わからないか？　失った記憶を取りもどすのを助けるためだ」

「選択的に、だろう？」

「どういう意味だ」

「わたしがここに来ないという前提で、きみに対するクレアの記憶を修復させようともくろんだ。きみ以外の人物に関しては――」

「どうやってここを突き止めた？」なぜかマテオが唐突に話題を変えた。

「マダムが住所を教えてくれた」

「おふくろが！」

「そうだ。きみとクレアをふたりきりにさせまいとしてな。きみの実の母親が。感想は？」

「嘘つきの警察官のいうことなど、いっさい信じるつもりはない。尋問室ではあわれなジョーカーを白状させるために、あることないこというんだろう。そんなきみの言葉を信じられるか？」

「ぼくとクレアには歴史がある。それをきみは知っている。きみとクレアにも歴史があり、きみはそれもよく自覚している」

「歴史など、いまはどうでもいい。現在起きていることが問題だ」

「なにがいいたい？」

「ニューヨーク市警の署員の半分は、きみとクレアが婚約していると知っている。ここに来る前に、なにか手は打っているんだろうな。それともＳＷＡＴを引き連れて来たのか？」

「バカなことを」

「用心するのはあたりまえだろう。こたえろ。プライベートの携帯電話を持ってきているのか？」

「ああ」

「かんたんに追跡されてしまうじゃないか！」

「落ち着け。ちゃんと考えてある。クレアを誰にも渡さない。病院にも絶対に連れていかせない」

「それなら、ただちにここを立ち去れ。さあ、出ていけ！」

「動くつもりはない。いま彼女には医療上のケアが必要だ」

「医療上のケア？　いまさっき自分がいったことを忘れたか？　彼女は無事だといったばかりだろう！」

「いまはな」

「説明してもらおう——手みじかにな」

「彼女は体調を崩した。だから二階に運んで寝かせた」

「体調を崩した？　デカが好みそうな穏便な表現だな。ほんとうは卒倒した。ちがうか？　図星だろう!?」

「クレアは中程度のショック状態に陥った」

「ショック状態！　いったいなにをいった？」

「ここにやってきたわたしが何者であるのか、彼女は察しがついたようだ。しかし気持ちがついていかず、激しく狼狽《ろうばい》していた。わたしの口から真実を聞きたいと、彼女はいった」

「それで、どうこたえた？　いや、いわなくても想像がつく。こんばんは、クレア。会えてうれしいよ。わたしはきみの婚約者だ」

「そんなようなことだ」

「救いようがないやつだ」

「きみこそ、信頼に値しない。彼女をまかせてはおけない」

「よくそんな大口を叩けるな。さっさと出ていけ！」

「いや、出ていかない」

「ここはおれの家だ」

「だからだ。元夫のもとに婚約者を置き去りにするような男だとクレアを失望させたくない」

「それなら実力行使で排除するしかない」

「バカな真似はやめろ」

「余裕だな、クィン？　タカをくくっているのか？」

「わたしは銃を所持している、わかっているだろう」

「だから？　どうするつもりだ。撃つのか？　できもしないくせに」

「それくらいにしとけ、アレグロ。こっちは本気だ。手錠をかけてバスタブの手すりにつなぐようなことをさせるな」

「やめて！　いいかげんにして！」

頭上からのわたしの叫びを聞いて、ふたりはその場で凍りついた。こちらを見上げ、二階の回廊の手すりにつかまって睨みつけているわたしの姿に気づいた。

「ふたりとも、その場から動かないで！　もううんざりよ！　いま降りていくわ。ケリをつけるために」

52

一階に降り立ったわたしをマテオがじろじろ見ている。全身状態をチェックするまなざしだ。

「大丈夫か、クレア？　寝てなくていいのか？」

「なんともないわ。それにこの通り、ぱっちり目覚めている、あなたたちふたりの大声のおかげでね」

彼らは決まり悪そうに顔を見合わせている。効果はあったようだ。野生動物が雄叫びをあげるような勢いで〝話し合い〟をしていた男たちが静かになった。これは格段の進歩だ。

まずマテオと向き合う。「食料品はどこ？」

「バンのなかだ」

「運んできてくれる？　それから、うんと時間をかけて片付けてちょうだい。その間、話をしているから」

「なんだと？」

「この方と話をしたいの」わたしは首を傾げるようにして、刑事を示す。「あなたには口を挟まれたくない。さっそく作業に取りかかって、よろしく」

わたしは腕組みをし、元夫に出ていくようにうながした。彼は渋々、歩き出した。ハイチ・クレオール語と思われる言葉でぶつぶつと悪態をつきながら。彼が出ていってしまうと、わたしはもうひとりの男性と向き合った。

「座りましょう……」

すでに刑事はくたびれたトレンチコートを脱いでいた。スーツの上着も脱ぐように勧め、ソファで隣に座るように促した。ワイシャツ姿になって腰をおろそうとする彼に、目が釘づけになった。彼はワイシャツの上に革製のショルダーホルスターを装着している。

「あ、失礼」わたしの驚きの表情に彼が気づいた。「外したほうがいいんだろうが、きみの元夫を完全に信用するわけにはいかない。しばらくはこのままにしておきたい。いいだろうか」

「ええ、どうぞ……じつは……こんなふうに銃を身につけている男性が夢に出てきたから……」

「それがわたしだったらうれしいが」

「顔は見えなかった。その人はわたしをさがしていた」

「まさにいまのわたしだ。きみをさがしにきた、クレア」

「わたしを名前で呼ぶなら、あなたの名前も聞かせて」

「忘れられたか。着いて早々に名乗ったはずだが」

「ごめんなさい。あの時は頭のなかがもやもやして……あんなことに――」

「マイケル・クィン……マイクだ」

「マイク」声に出してみた。「よろしく」

「こちらこそ。さっきは同じことをいったとたん、きみはばたんと倒れた」

「ごめんなさい」

「謝ることはない。そんな必要はない。こんな状況で、平気でいられるわけがない」

「気絶したわたしを介抱してくださったのね。二階まで運んでくれたのは、あなたでしょう？」彼がうなずいたので、寝室にあった救急バッグのことをたずねてみた。「警察の刑事さんでしょう？　救急隊員並みの装備だから驚いた」

「警察署に入る前はニューヨーク消防隊に所属していたから。そこで技術を身につけた。救急用具はつねに携帯している。万が一に備えてね」広い肩を彼がすくめてみせる。「なにより、いまの部署の任務上、迅速に対応しなくてはならない場合があるから」

「どんな任務？」

「薬物の過剰摂取を含む犯罪の捜査を。特別捜査班で指揮をとっている。それで、ナロキソンを投与するためのキットも携帯している。班のメンバーも全員が――」わたしが不思議そうな表情をしているのに気づいて、彼が説明を加えた。「オピオイドの過剰摂取に使う。ただ……われわれが到着した時点でまにあえば」

　彼の説明はすんなりと頭に入った。さきほどのように動揺することはない。アイスブルーの瞳が印象的な刑事は、見るからに疲弊した様子だ。決してとっつきやすい人物には見えないけれど、むくむくと興味が湧いてきた。

「聞きたいことがあるわ。質問してもいい？」

「もちろん」

「ことわっておくけれど、質問はそれとは無関係よ」わたしは彼の銃を指さした。

「そういうところは以前と変わらないな、クレア」

「そういわれるとほっとするわ。ユーモアのセンスまで忘れてしまうなんて、悲し過ぎる」

「われわれの仕事にもユーモアのセンスは欠かせない。犯罪の現場でジョークを飛ばす警察官は少なくない」

「では、あなたも笑いのセンスがあるのね」

「ジョークは嫌いじゃない。あくまでも聞く側だが」

「マテオにもう少しユーモアのセンスがあれば、ちがうやりとりになっていたわね」

刑事は張りつめた表情のままネクタイをゆるめた。「彼のいいぶんで評価できるのは、ロルカという医師が得体の知れない薬物を使おうとしたという部分だけだ」

「そうね」

「質問を聞こう」

「ええ、まじめに聞くわね。あなたのような人とわたしみたいな人間が、どんなふうに出会ったのか知りたい。待って、推理してみるわ。マテオが薬物を過剰摂取して、あなたがスーパーコップ顔負けの救急キットとともに救助にかけつけた。どう?」

「ちがうな。ただ、初めてきみの元夫に遭遇した時の状況は——そうだな、決して愉快なものではなかった、とだけいっておこう」

「では、あなたとわたしの出会いは?」

「当時わたしは、ビレッジブレンド——つまりきみの住まいがある地域を管轄していた分署に配属されて間もなかった。ある時、ビレッジブレンドが事故の現場となり、それが実は犯罪だと判明した。わたしが捜査の担当刑事だった」

「そして、解決したの?」

「実際に解決したのは、クレア、きみだ」

「ほんとうに? どうやって?」

「話せば長くなるが、もしかしたら思い出すかもしれないな」

「かもしれない……」

会話を続けながら、じっくりと彼を観察した。疲労がにじんでいる。砂色の髪は短く切り過ぎ。でも力強く張った顎はすてき。無精ひげが影のようにうっすらと覆っている。それでも氷のような冴え冴えとした目は鋭い光を放っている。彼のシワも気に入った。目尻のカラスの足跡と眉間のシワ。さまざまな苦難を乗り越えてきたのだろう。そこにも魅力を感じた。

彼の堅苦しさは苦手だ。冗談をいう時も、鎧《よろい》をつけているみたい。仕事上、しかたないのかしら。わたしに気をゆるしていないから感情をあらわにしないのか。単に自分に厳しいだけなのか。

いくつか質問をしてから、おもいきって聞いてみた。わたしにとっては重大な質問だ。

「わたしたちは深い仲なの、マイク？」

彼の両方の眉がクッとあがった。わたしの質問に虚をつかれたのだ。静かにうなずく。それがこたえだった。

「ということは、わたしはあなたを愛していたのね？」

「夢中だった」

「まあ」わたしはわざと彼をしげしげと見つめるふりをした。「あなたの内面に惹かれたのね、きっと」

彼が微笑んだ。今夜、初めて彼が見せた笑顔は、すてきだった。お返しにわたしもにっこりした。それで力を得たのか、彼はもぞもぞと座り直し、わたしに問いかけた。

「どうだろう……その〝内面〟にきみがふたたび惹かれる可能性はあるだろうか？」

「あなたについて、やっと少し知ったばかり。できれば、あなたについてもっと思い出したい」

「もしも思い出さなかったら？」

今度はわたしがもぞもぞと座り直す番だ。「あなたはいい人だと思う。ほんとうよ。ただ、あくまでも初対面の人として」

彼の失望が伝わってくる。

「そんなに早くあきらめないで」彼に声をかけた。その手にふれたい、という衝動にかられた。けれどそれを理性で抑えて、手を伸ばすかわりに拳を突き上げた。「もっと時間をかけてみましょう」

「望むところだ」彼が、振り絞るように弱々しい笑顔をみせる。「そのために、ここまで来たのだから」

53

「そろそろ自己紹介はすんだかな？」

マテオは食品類の片付けをすませたようだ。すでに忍耐力の限界にちかづいているのだろう。部屋を横切ってこちらに向かってくる。わたしたちの前で足を止め、両手を腰にあててこちらを見おろす姿は砦《とりで》を守る百人隊長のようだ。

「もう遅いぞ、クィン。引き揚げる時間だ」

わたしは立ちあがって反論した。「その必要はないでしょう？　この家はB&Bをオープンできるくらい、たくさん寝室があるのだから」

「ここに泊めるわけにはいかないんだ。彼は自分の携帯電話を持ってきている。へたをすれば警察にきみの居場所をつかまれる」

「そのことなら、さっき聞こえたわ。ちゃんと考えてあると、彼はいっていたけれど」

「信じられるものか」

「わたしは信じる。決心は固いわ」

マテオの決心も固いらしく、折れるつもりはないようだ。そこで、いそいで新しい選択肢をつきつけた。

「わたしが彼といっしょにここを出る。それでどう？」

「なんだと!?」

「彼が出ていくなら、わたしも行く」

（じつのところ、こんな遅い時間に初対面同様の相手と出ていくつもりはなかった。でも、ほかに思いつかなかった）

わたしは振り向いてすばやくマイクにウィンクして、これははったりだと伝えた。刑事は返事がわりに片方の眉をあげた。『スタートレック』に登場するミスター・スポックの真似だとピンときた。

さいわい、マテオはわたしがマイクに合図を送ったことに気づいていない。わたしのはったりを真に受けて、ブツブツとなにやらつぶやいている。今回はスペイン語で。そして、わたしの当初の案を渋々ながら受け入れた。

ささやかな勝利を勝ち取った。

内心、にんまりしながらも、元夫に敬意を表することは忘れなかった（この家の主なのだから、当然だ）。ここでジョークを飛ばすべきではないと思いながらも、つい、ひと言いわずにはいられなかった。

「これで決まりね。クィン刑事さん、ラ・カーサ・アレグロにようこそ」

その後、わたしはふたたび角部屋の広々とした寝室にいた。クィン刑事は、なんと右隣の部屋に陣取っている。彼はしかるべき根拠を持ち出して、マテオの反対を封じるのに成功したのだ。

「わたしは救急救命士《EMT》の訓練を受けている。彼女に万が一のことが起きた場合に備えて、ちかくに待機する。クレア、きみは部屋のドアを開けておくように。わたしも開けておく」

「こっちもドアを開けておくからな。妙な考えを起こすなよ、クィン。忘れるなよ、彼女にとってきみは見知らぬ他人同然だ」すかさずマテオが釘をさした。

「わかっている」クィンがわたしの方を向いた。「心配いらない、クレア。医療的ケアが必要な場合をのぞいて、指一本ふれない——きみからの要望があれば別だが」今回、マイク・クィンがすばやくわたしにウィンクした。「それでいいな、アレグロ？」

マテオはうめくような声を出した。同意したという意味だ（クィンのウィンクはまったく見えていない）。そして全員が、各々に割り当てられた寝室に入った。

わたしはベッドカバーのなかに潜り込んで、なんとか温まろうとした。家のなかはまだ寒くて、なかなか眠れない。寝返りを打つと、前方にガス式の暖炉が見える。たいして暖かくはない。

この家自体も、この暖炉も、見映えばかり優先して居心地のよさは二の次だ。もしかしたら、元夫の二度目の結婚もそうだったのかもしれない。

軽やかに揺れる炎を見つめながら考えた。クィン刑事のような男性を恋人に持つのはどんな感じなのかと思いをめぐらせた。彼は知的で、人間として成熟している。わたしのジョークも受け止めてくれた。それに、わたしを気遣ってくれている。気遣われているのが〝かつてのわたし〟だとしても。いっぽうで、感情を表に出さず、堅苦しい雰囲気の人だ。

ふたりの関係について踏み込んでたずねた時、とても驚いていた。無表情のまま無言でうなずき、早く話題を変えたがっていた。わたしの元夫がすぐそばにいて、いつ飛んでくるかもしれなかったのだからしかたない。進んで第三次世界大戦に突入したいとは思わないだろう。

わたしとクィン刑事。不思議な組み合わせだ。

ひと言でいうと、クィン刑事はなにもかも勝手がちがう。マテオは熱血という表現がぴったりで、並みはずれた行動力の持ち主だ。クィン刑事は冷静沈着で慎重なタイプに見える。寝室でも、そうなの？　青い色に包まれたようなクールな見かけとは裏腹に、熱いものを秘めているのだろうか。それとも、これ見よがしの邸宅のガス式暖炉みたいな人？

確かめてみたい。その気持ちがむくむくと湧いてきた。今夜この家のなかで、というのは無理だろうけれど。マテオは物質的刺激がきっかけとなって記憶が蘇るかもしれないといっていたはず。神経学的な実験を自分で放棄していいのだろうか？

ふたたび寝返りを打って、開けはなした寝室のドアをじっと見つめた。外の黒々とした木々は静かだ。しんとした家のなかでは、規則正しいゴロゴロという音だけが聞こえる。マテオだ。嵐のような大いびきをかいている。

少なくとも、彼はぐっすり眠っている。

主が寝入っている隙に隣の寝室にこっそりと忍び込んでみようか。いたずらっ子のような思いつきだった。クィン刑事にもっと聞きたいことがある。それに、いかにも警察官らしい青いスーツ姿ではない彼をひとめ見てみたい。その思いがどうしても頭から離れなくなった。

悶々《もんもん》としながらため息をつき、枕をぎゅっと抱きしめた。実行に移す勇気なんて、わたしにはない。彼になんという？「こんばんは、マイク、ちょっと通りかかったから」とでも？いやいや、真夜中に寝室に入っていったら、誤解してくださいというようなもの。その上、元夫が目を覚ましたら？

事態をこれ以上悪化させるだけじゃないの。いいから目を閉じて眠りなさい。わたしは自分にいい聞かせた。クィン刑事はあんなに疲れ切った様子だったのだから、マテオみたいにとっくに眠っているはず。ベッドに横たわってわたしのことを考えている、なんて可能性はゼロよ！

54

マイク

やはり、クレアはクレアだ。

暗闇のなかで横たわったまま、マイクは微笑んだ。これは大発見だ。離婚直後の彼女のことは、もちろん知らない。まだ苦しみが癒えていなかったころのことは。だが、そんなことは関係ない。クレアは依然として、自分が愛した女性だ。アレグロを小気味よくやりこめて、こっそり自分にウィンクをしてみせた彼女を抱き寄せてキスしたかった。

たとえ記憶を一部失っていても、頭の回転の速さも好奇心も、からりとしたユーモアのセンスも健在だ。緑色の美しい瞳は生き生きと輝いて、ささやかなことを見過ごさない。

一階で並んで座っていた時には、彼女にふれたい気持ちを抑えるのに必死だった。性急さを見せて怯えさせてはいけないと懸命にこらえた。

その前に彼女が気を失った際にはこの腕で支え、介抱した。バイタルサインに異常がないと確認できた時には、もしも彼女が目を覚ましたら自分のことを思い出してくれるのではないか、自分をベッドに誘うのではないかと想像した。彼女を抱き寄せ、濃厚なキスをして、彼女の服を――。

マイクは枕を思い切り殴りつけた。起き上がって頭の後ろで両手を組み、はあっと大きなため息をついた。隣の部屋にいる彼女のことばかり考えて、寝つけない。

家のなかは静まり返っている。彼女がなにか物音を立てないか、叫び声がするのではないかと、息を詰めて耳を澄ませた。聞こえてくるのはアレグロのいびきだけだ。

少なくとも、彼はぐっすり眠っている。

マイクは携帯電話をチェックした。これで三回目だ。特段誰からも連絡はない。フランコからも、アマゾネスからも。この週末はいろいろな意味で、勝負がかかっている。そんななかで、うれしいことがひとつあった。今夜、クレアはマイクをかばい、マイクの側に立ってくれた。それは進歩だ。ささやかでも、進歩だ。

窓の外では木々の枝が月の光を浴びて揺れ、室内の壁と天井にその影が映って奇妙な模様を描いている。いまの自分はクレアにはこんなふうに映るのだろう。つかみどころのない、心のなかの影。そういう目で見られるのは、ほんとうにつらい。彼女にとって見知らぬ他人でしかないと自覚させられるのは、腹を殴られるような痛みだ。

仕事柄、トラウマのケースには数多く接してきた――悲劇的なものもあれば、不条理なものもあった。認知症と脳損傷による症状も見聞きしている。しかし、いまのクレアのような奇妙な記憶喪失は、初めてだ。

ロルカ医師は催眠療法を試したものの、効果はなかったという。セラピーをおこなっても成果が出なければ、あとは自分の力にかかっている。

一度は自分を愛していた女性の気持ちを、ふたたびつかんで恋に落ちる。しかし、どうやって？

クレアとの距離がどんなふうに縮まっていったのか、おたがいのやりとりは鮮明に憶えている。しかし、彼女の気持ちがプラトニックな〝好意〟からもっと深まったのは、いったいいつだったのだろう。

それを突き止めなくては。なにがなんでも。このままなにもせずにクレアを失うのは耐えがたい。彼女のいない人生など、あってはならない。絶対に。

「そんなに早くあきらめないで」

彼女の声がよみがえり、マイクは目を閉じた。

若手の警察官だったころには、それなりに遊んだ時期もあるが、プレイボーイとはほど遠かった。華やかな若いモデルが彼に夢中になったのは、彼女につきまとっていたストーカーを逮捕したからだ。自分は世界一幸運な男だとマイクは思った。彼女はマイクの仕事を美化し、マイクは彼女との絆を理想化した。警察の仲間からは羨望のまなざしを浴びて、ひやかされた。

そのモデル、レイラとマイクは結婚した。すると、とたんにふたりは現実に引き戻された。青い服に身を包んだ騎士《ナイト》だったはずのマイクは、もはやレイラの目には〝四角四面の退屈な男″としか映らなくなった。長時間勤務の上、警察官の仕事は過酷であるという現実に直面し、仕事仲間は屈強な猛者《もさ》ばかりで、彼女が求める世界とはちがいすぎた。

レイラは浮気を繰り返すようになった。夫よりも軽妙洒脱で裕福な男たちと。そのあげく、マイクのもとを去って新しい夫といっしょになった。レイラとの結婚生活でマイクは神経をすり減らし、荒涼とした風景が心のなかに広がっていた。

そんな彼をよみがえらせたのはクレアだった。妻にはうとましがられた警察官の職に対し、クレアはマイクの天職として深い理解を示した。しかも、出会ってすぐに。そしていつでも彼の話によろこんで耳を傾け、ささやかなアドバイスをしてくれた。クレアはビレッジブレンドの仕事を、街を、街の人々を心から愛している。それはマイクが愛し、守る街であり、人々だ。

胸が塞がれる思いにとらわれることはいくらでもある。ニューヨークにはすてきな部分がたくさんある、が、マイクが目にすることの大半は都会に渦巻く絶望の風景だ。そんな状況で気持ちがすさむことがあっても、クレアはマイクを心から信頼して支えてくれた。そんな歳月を過ごしてきたのだ。いま彼女を失えば、光を失うのと同じだ。

「そんなに早くあきらめないで」

あの言葉は、クレアのなかのマイクの記憶が消滅していないというしるしなのだろうか。まだ取りもどせるだろうか。そうだ、きっと取りもどせる。ようやく睡魔に襲われ、彼は希望とともに眠りに落ちていった。

55

マイク・クィンはたっぷり朝寝をした。

強い精神的重圧にさらされた長い金曜日のあとなので、よく眠れて気分がよかった。ようやく起き出し（携帯電話の表示では午前十時四十七分）、シャワーを浴びてニューヨーク市警のTシャツとスウェットパンツを身につけて一階に降りていった。豪邸の広々としたキッチンにはクレアの姿があった。カウンターの上の家電をのぞき込むように中腰になっている。

「おはよう、クレア」

「あら、起きたのね！　ええと……おはようございます……マイク」

顔が赤くなっている。

紅潮した頬を見て、マイクは思わず満面の笑みを浮かべそうになったが、こらえた。かがんで彼女にキスしたい気持ちも封じた。お気に入りのブルージーンズがよく似合っていること、そのセーターを着ると目の緑色がいっそう深い色になることも、伝えたかった。マイクとしてはごく自然な気持ちでも、いまはそれを言葉にしてはならないのだ。彼は後ろ手を組み、人嫌いな学者みたいなよそよそしさで、愛する女性にちかづいた。

「それは？」

「マテオのヘンテコなコーヒーメーカー。使い方がわからなくて」

「わからない？」

「こんな機械を見るのは初めてで――」

クレアは栗色の髪を耳にかけながら機械について語る。どうやらオートドリップらしい。ケメックスタイプ（三角フラスコの上部が漏斗のような形状）のカラフェに、蓋のないフィルターが載っている。いったいどういうことなのか、彼女にはさっぱり理解できないようだ。

「おそらくプアオーバー式のコーヒーメーカーね。でもプアオーバーは手で加減しながら湯をそそぐところが肝心なのに。わけがわからない」

マイクは顎の無精ひげを掻いた（彼女に一刻も早く会いたくて、朝のひげ剃りを省略していた）。

「きみがコーヒーの器具に手を焼く日が来るなんて、信じられないな。最高に複雑なエスプレッソマシンを楽々と使いこなしてきたきみが」

「ほんとうに？」

「スレイヤーという機械だったかな」

「その機種は憶えていないけれど、一般的なエスプレッソマシンなら使いこなせると思う。このコーヒーメーカーのしくみは理解できるのよ。でも、こういう装置をつくろうという、その意図がわからない」

「こたえはかならず見つかるはずだ」

「そのためには、この家の主を起こさなくては」

「いや、アレグロはもっと寝かせておいてやろう。ここはふたりで、別の選択肢をさぐってはどうだろう？」

「たとえば？」

マイクは戸棚の扉をあちこちあけてさがし始め、高いところにお目あてのものを見つけた。

「あった。フレンチプレスだ」

クレアがいぶかしげに首を傾げた。「あなたはフレンチプレスを知っているの？」

「意外かな？」

「てっきりコンビニのコーヒーで満足する人かと。とんでもない誤解ね」

「ボデガで飲めるようなコーヒーか。使われるのはギリシャ柄の青と白の紙コップ。憶えているかな？」

「アンソラ？」クレアは湯を沸かし始めた。

「え？」

「その柄の名前よ。一九六〇年代に、ニューヨークのいたるところにあったギリシャ系移民経営のコーヒーショップ向けに、ある紙コップメーカーが考案したの。カップには模様とともに『ご利用いただきありがとうございます』という文字も――」

「われわれのパトカーにも、似たようなのがついている」

「ニューヨーク市警がコーヒーを提供していたという記憶はないけれど」

「提供はしていないが、大量に消費していた。たくさんの店の商売が潤っていたはずだ。若いころにはそういうコーヒーが原動力となっていた。制服姿でパリッとしていた当時だ」

「いまの姿も、悪くない」彼女は彼の頭から足元まで見て、ウィンクして見せた。その余裕たっぷりの表情に、今度はマイクが顔を真っ赤にした。

クレアがにっこりする。

「若いころといまとでは、そんなに変わったのかしら？」

「いまのほうが、まちがいなく賢い。それ以外に関しては、たいして変わっていない」

「やっぱり。そんな気がした」

「そんな気がした理由が知りたい」

「それは——」彼女が指を折りながらひとつひとつあげていく。「ひとつには、仕事について語る姿。まちがいなく仕事はあなたのアイデンティティを形成している。ふたつめは、車にEMTの装備を携帯して、一般市民がたまたま心臓発作に襲われた場合に備えている。みっつめは、髪型が昔ながらの『ポリスアカデミー』のスタイル。もっと続けましょうか？」

「聞きたいな。が、その前にコーヒーが飲みたい。たくさん飲みたいね」

「頭のなかを読まれている感じ」彼女は目をまるくする。「自分自身でもわからないことが多いのに」

ああ、やはりクレアのままだ。マイクは愛しい女性への思いがこみあげてきた。

　コーヒー豆を挽こうとしているクレアに彼は歩み寄り、豆の入った袋を彼女の手から取った。

「それはまかせて。座って」

「できるの？」

「誰に教わったのか、当てられるかな」

「それは……」

「ちゃんとお返しはしたことも付け加えておこう。キッチンではなく、べつの場所だったが……」

　マイクの魅惑的なまなざしを浴びて、クレアはまたもや顔を真っ赤に染めた。たまらず、その頬を彼が手の甲で撫でようとすると、彼女があとずさりした。

「ごめんなさい」

「いや、悪いのはわたしのほうだ。あわててもなにも解決しないと自分にいいきかせているんだが……」

「そんなに早くあきらめないで」彼女は同じ言葉を口にした。

　彼が微笑む。「われわれ刑事は、かんたんにあきらめたらなにひとつ成果が出せない」

「わたしも、かんたんにはあきらめないわ」

「そうだな。きみは決してあきらめたりしなかった。それはいまも変わらないと信じている」

56

　マイク・クィンはクレアといっしょにコーヒーを飲みながら、いつもの朝がもどってきたように思えてならなかった。それくらい、ふたりでいることは自然だった。が――。

「お、ふたりそろってどうした？」マテオがキッチンにすたすたと入ってきた。ジーンズとTシャツ姿で、ぶっきらぼうな口調だ。「すっかり治ったか？　それはめでたい」

「いいえ。めでたいのは、そんなことを考えもなしにいえるあなたの頭のなかよ」クレアはまばたきひとつしないで、平然とこたえる。

　クィンは笑いを嚙み殺す。マテオは防衛するように両手をあげた。

「そんなふうに親密な様子を見たら、それなりのことが起きたと思うじゃないか」

「なにをひとり合点している、アレグロ。いちから信頼を築こうとする努力も知らずに」マテオを蹴り飛ばしてやりたい衝動を抑えてクィンはこたえた。

　マテオは肩をすくめ、キッチン・カウンターの方に行き、高級家電にふれながら、またもやたずねた。「ほんとうのことをいってくれ。昨夜、ぼくが寝入った後になにかあったんじゃないのか？」

クィンがクレアをちらっと見ると、彼女と目が合った。ふたりがあわてて目をそらすと、それを見ていたマテオが笑い声をあげた。

「ティーンエイジャーのカップルが親の家にいるみたいだな」

「そういう連想をするのはあなただけよ。ほんとうに幼稚なんだから。そんな単純なことではないでしょう」

「そうなったのは、この男があらわれてからだ」

クィンが反応しそうになった（もちろん丁寧な反応ではない）瞬間、クレアが話題を変えた。

「コーヒーをいれるの？　カウンターの上のその機械、いったいどうなっているのかしら」

クレアはクィンに目くばせし、カウンター前の椅子からぱっと降りた。もちろん、謎のコーヒーメーカーに関心があるふりをして、彼をなだめるだけよ、という意味だ。

彼女の計算通り、かまってもらえなくて拗《す》ねていた子どもみたいだったアレグロはすっかり機嫌を直した。コーヒーについてのやりとりが続いている最中、クィンはポケットの振動を感じた。携帯電話を取り出してスクリーンを見た。

フランコからのメールだ。

友人たちが到着した。紙とともに。

彼らはいとこには会っていない。

心配無用。もう引き揚げた。

はやいな、とクィンは思った。はやすぎる。この悪い知らせをクレアとアレグロに伝えたものかどうか。ふたりはいま、自動式のプアオーバーの細かな仕組みについて話し込んでいる。

「……それで保温には銅製のコイルが使われているから、コーヒーをいれているあいだ温度は一定に保たれている」マテオの説明は続く。「さらにシャワーヘッドによって、手と同じように、挽いた豆にまんべんなく湯がそそがれる」

クレアがうなずいた。「そそぎ過ぎたりしないの？」

「ないね。その点がすばらしい。シャワーヘッドは短い間隔をはさんで少量ずつ湯をそそぐから、完璧な蒸らしができる」

「そもそも、なぜこういう機械が生まれたのか、理解に苦しむわ」

「コーヒービジネスの最新トレンドについての記憶がすっかり飛んでしまったんだな。最上級のコーヒーを求める層で、マニュアル式のプアオーバーが大人気となって、スローなスタイルでいれることを特色として打ち出す店が出てきた」

「スローなスタイルで？」クレアは元夫をぽかんと見ている。「プアオーバーでコーヒーをいれる間、お客さまを待たせるの？　ニューヨーカーは列に並んで三分もたたないうちに文句をいい出すのに」

マテオは、ビレッジブレンドでもスローなスタイルを取り入れようと提案したが、その時にクレアがいまとまったく同じ反論をしたのだと、渋々打ち明けた。

「それで？　やってみた結果は？」

「我慢強い客は、けっきょくあらわれなかった」

「やっぱりね。いったとおりでしょう？」

マテオが肩をすくめた。「プアオーバーをおこなう側も忍耐力が必要なんだ。ぼくにはそれがなかった。だからオートマティックのこいつを買った」

「ビレッジブレンドはカウンターでお客さまを待たせないことを重視していたわ。あなたもそれは知っているわよね。機械はサービスをスピードアップさせるための発明でしょう」彼女が周囲を見わたす。「どうしてここにはエスプレッソマシンがないの？」

「レッドフックの倉庫に運んだ。ニューヨークにいる時には、だいたいあそこで過ごす」

「そう……スロースタイルはリゾート向きね。挽いた豆がゆっくりと湯を含んでいくのを待つのは、禅の体験にちかいのかもしれない。ホットタブとプールパーティーを楽しむ人たちにとってはね」クレアは彼の肩を軽く叩いた。

「妄想にちかいな。そういえば、昔からきみは妄想が大好きだった」マテオは意味ありげな表情をする。

話題がコーヒーから移っているのを見はからって、クィンはわざとらしく咳払いをした。

「ちょっといいか。知らせておきたいことがある。部下からメールで連絡が入った」

「部下？」クレアがたずねる。

「病院で会った男だ、フランコ巡査部長」

クレアの表情が凍りついた。「頭を剃り上げて革のジャケットを着ていた、あの若い警察官？」

いい印象を抱いていないのは、あきらかだった。成長したジョイの交際相手であることは伏せておこうとクィンは決めた。が、マテオはこの時とばかり、ペラペラ喋り出した。フランコがいかに「卑劣」であるかを大袈裟にいい立て、ジョイがいつか正気を取りもどして、あの巡査部長と別れるのを自分は心待ちにしているとまくしたてた。

「それくらいでいいか？」

クィンにストップをかけられて、マテオは腕組みをした。クィンがクレアの方を向く。案の定、仰天しているようだ。

「アレグロのいうことなど気にすることはない。フランコとは因縁の仲で、嫌うだけの理由がある。しかしフランコはいいやつだ。きみとフランコはとてもいい友人だ。かけがえのない友だ。アレグロは反対しているが、ジョイはフランコを心から愛している。それはフランコも同じだ」

「ほんとうに？」クレアは疑わしげな口調だ。「わたしはふたりの仲に反対していなかったの？」

「ジョイはつらい経験を乗り越えてきた。男性との交際でさんざんな思いもした。しかしフランコはそういう相手とはまったく違う。きみはとてもよろこんでいたよ。ジョイがフランコみたいにいい青年を選んだと知って。ふたりがいつの日かいっしょになることを、きみは楽しみにしていたんだ」

「結婚、ということ？」

「花嫁の母になるのを夢見ていると、わりと最近、いっていたな」

マテオがうなるような声をあげているが、クィンは無視している。クレアも素知らぬふりだ。そして硬い表情でうなずいた。少なくとも、いまはクィンの言葉を受け入れる、ということだ。

「その巡査部長さんからは、どんなメッセージが？　なにか知らせてきたんでしょう？」

「ワシントンＤＣの警察は今朝、ジョイの自宅と店の捜索令状を持ってやってきた。きみの行方を求めて」

「まさか！」クレアと彼女の元夫の声がそろった。

マテオは殺気立っている。「説明してもらおう、クィン」

「落ち着け、説明する……」

57

ビレッジブレンドを訪れたアマゾネスにマダムが対応し、マテオはワシントンDCに向かったと思い込ませ、あとを追うように仕向けた経緯をクィンは簡潔に説明した。

「たいしたものだ！　ああ、よくやってくれたよ！」マテオが落ち着きなく歩き始めた。

「マダムにはああする以外なかった」クィンがなだめる。「ソールズとバスは明確な事実を積みあげた上で、手がかりを求めてビレッジブレンドを訪れた。だからマダムは信憑性の高い手がかりを与えた。われわれのために時間を稼いでくれたんだ」

「そして時間は刻々と過ぎている。彼女の記憶を取りもどさなくては」

「わたしがここにいることをお忘れなく」

「そうだな。きみの記憶を取りもどさなくては。さもなければニューヨーク市警に連れていかれて病院にもどされてしまう」

「落ち着け」クィンが割って入る。「ストレスを与えてもしかたない。コーヒーはどうだ。三人でゆっくり飲もうじゃないか」

三人は大理石のカウンターから、日あたりのいい広々としたキッチンの隅の朝食用のスペースに移動した。高さのある窓に沿ってクッションのきいたつくりつけの長椅子がある。

マテオはそれぞれのマグにコーヒーをそそいだ。クィンは極上のコーヒーを味見し、うなずいた。やはりアレグロはプロ中のプロだ。そう認めざるを得なかった。

「クレアが記憶を取りもどすためのカギをもっと見つけよう」口火を切ったのはマテオだ。

「カギとは？」クィンが聞き返す。

「閉ざされた記憶をひらくための感覚刺激だ」

「チキンみたいな？」クレアがたずねる。

「チキン？」

マテオは腰をおろしながら、ケンタッキーフライドチキンの実験について説明した。さらにバンのなかで飲んだハンプトンコーヒーがブレイクスルーのきっかけとなったことも。その前にパークビューパレス・ホテルのゴッサムスウィートを訪れたことを、クレアはつけ加えた。

「記憶が蘇るカギとなるものを、さらに見つける必要があるということか。感覚を強力に刺激するものを」

クィンの言葉を最後に、三人とも黙ってしまった。

それぞれが次の一歩を考えていた。クィンはクレアの視線を感じた。時々こちらを見て、顔を赤くしている。気になる。が、クィンがなにかいう前にマテオが口をひらいた。

「オーブンでなにか焼いてみたらどうだ？」

クレアが片方の眉をあげてこたえた。「あなたのおなかが空いたから？」

「もちろん、食べたいね。しかし、それが目的ではない。きみが好きなことをすることが狙いだ。きみはオーブンで焼き菓子をつくるのが得意だ。だからその作業をすれば、自分を取りもどせるかもしれない」

「いいわね。小さいころから祖母といっしょに焼き菓子をつくってきたのだから。一からつくっていると、いつも心がやすらいだ」

「いいじゃないか」クィンも賛成する。「安心できて、心地いいと思えることなら、きっと効果があるはずだ。なにかつくりたいものは？」

「さあ……」クレアは窓の外を見つめて考え込む。「焼き菓子といって思い出すのは、祖母にまつわる記憶——それからジョイとの思い出。ニュージャージーの家のキッチンで、あの子にレシピを教えたわ。この数週間で、いったいなにをつくったのか、憶えていない？」

「きみの得意なアップルコブラーだ」即座にこたえたのはマテオだ。「失踪する直前、スタッフのミーティング用につくっていた。ぼくもひときれ食べたが、うまかった。昔、コラムに書いたことがあるといっていたな。数種類の材料をブレックファスト・ケーキに魔法のように混ぜ込む、だったかな」

「もっといい案がある」クィンが割り込んだ。「そのレシピはずいぶん前のものだ。クレアの記憶を刺激するカギとしては不十分だ。失踪する前日の朝、特別につくってくれたものがある。ふたりで食べるために」

「そうなの？　なにをつくったの？」クレアが身を乗り出す。

「ビレッジブレンドのペストリーケースに最近加わったブルーベリー・クリームチーズ・スコーンは口溶けが滑らかで、大ヒットしている。きみはイチゴを使ったバージョンを思いついて、試しにふたりぶん焼いてみた。みごとな出来映えだったよ、クレア」

「ストロベリー・クリームチーズ・スコーン？　グレーズもかかっていたのね？」彼女がくちびるをなめた。

クィンがうなずく。「イチゴのマセレに使った甘い液体を加えて、グレーズを淡いピンク色にしていたな」

クレアが驚いたように左右の眉をぐっとあげた。「マセレがなにを指すのか、知っているの？」

「きみから教わった。きみはバニラと砂糖を使って浸けていた」

「わたしがスコーンをつくるところを見ていたのね？」

「もちろん。きみが料理しているのを見るのは至福のひとときだからね。しょっちゅうおいしいものをつくってくれて、いっしょに食べた。それが申し訳なくてね。きみさえよければ、レストランでごちそうしたかったが、たいていは〝巣ごもり〟したいといって――きみの表現だが、なかなかうんといってもらえなかった」

クィンが微笑み、クレアも笑顔でこたえた。

「居心地よさそう。ふたりきり？」

「ジャヴァとフロシーもいっしょだ。きみのネコたちだ。居間の暖炉にわたしが火を熾《おこ》し、きみはキッチンでディナーづくりに取りかかる。一日の終わりにきみと話をするのが楽しみだった。カクテルをつくったり、ワインをグラスに注いだりして、緊張から解放される。時には料理の手伝いもやらせてもらった。きみにとって元気の素は、わたしにとっても元気の素なんだ……」

クレアはクィンの言葉を聞きながら、自然と彼に身を寄せた。

「ストロベリー・クリームチーズ・スコーン、ね」彼女の表情が見る間にやわらかくなる。そのくちびるが、いまにも自分にキスするのではとクィンが思った時——。

「イチゴは季節はずれだ」マテオがふてくされた口調でいった。

「そうだな。だが、クレアは以前に、冷凍のブルーベリーでマフィンをつくっていた。このあたりで冷凍イチゴは手に入らないか？」クィンの視線は婚約者に釘づけのままだ。

「生のイチゴもきっとあるわ」クレアの声は夢見心地だ。「マテオのコーヒー豆みたいに、ベリー類も海外の農園から輸入されている。わたしたちみたいに寒冷な気候で暮らす人間が、一年を通じて少しでもバラエティ豊かな野菜や果物を楽しめるように」

マテオが腕組みをした。「ロカヴォアのムーブメントの記憶をすっかり失ってしまったようだな」

「ロカヴォア？」

マテオはがぜん、いきおいを取りもどし、生き生きと語り始めた。カリフォルニアを発祥の地とするムーブメントについてざっと述べ、最先端の食通と自負する人々がそのムーブメントの哲学に共鳴したことで一般の人々の意識も変わったのだと説明した。

「意識がどう変わったの？」

「季節はずれの農産物を食べたりすれば、眉をひそめられる」

「それは理解できるわ。わたしも旬の食材を使うのが好きよ。価格も手ごろだし。ファーマーズマーケットを利用したり地元産の農産物を応援したりするのも賛成。といっても」そこでクレアの目がキラリと光った。クィンがよく知っている表情だ。「このあたりはカリフォルニアとはちがう。裏庭で柑橘類の木を育てることはできない。オレンジ、レモン、ライム、バナナ、アボカド、コーヒー、その他、ここで栽培できない新鮮なフルーツと野菜はたくさんある。だからといって、それを食べずにがまんするなんて、ごめんよ。そういうものから得られる健康上のメリットを放棄するなんて、もったいない。わたしだけではないと思う。この国で暮らすファミリー、とりわけ都市部で暮らす庶民の大部分が同じ意見のはずよ。わたしたちが一年を通じて豊かな食生活を送れるように、食品業界の人々がどれほど健闘してくれていることか」

クィンはアレグロに同情したくなっていた。とんだとばっちりを受けたものだ。

クィンは笑いをぐっと呑み込んでクレアに話しかけた。

「車でいっしょにベリーをさがしにいくというのは、どうかな。生でも冷凍でも。外の空気が吸えるし、足も伸ばせる」

「賢い提案だと思っていってるのか？　彼女はここに隠れているべきだ」マテオが反発した。

「変装するから大丈夫よ。外に出たいわ」

「彼女の身に心配はいらない」

「どうしてそんなことがいえる？」マテオが食いさがる。「携帯電話を持っているじゃないか。デカの仲間たちが位置情報を手がかりにこのあたりに来るかもしれない」

「心配いらない。そうならないように手を打っている」

「それは聞いた。しかしどんな手なのかは、聞いていない」

「いう必要がないからだ」

「必要がない？」

「そうだ！」

「どうなっても知らないぞ！」

58

クレア

　男たちふたりの口論は、すぐには止みそうもない。おたがいに頑固だから？　いや、むしろリーダーの座をめぐる犬同士の喧嘩のようだ。キャンキャン吠える声がどんどんエスカレートし、正面のドアを叩く軽いノックにも気づいていない。

　テーブルから離れる口実が欲しかったわたしは、様子を見に行った。まずはドアの覗き穴から相手を確認した（昨夜の教訓を生かした）。そしてドアを内側に引いて、訪問者のためにあけた。

「あなたはバーバラ・バブカ・バウム？　ゴッサムレディースの？」

「やっぱりね。記憶喪失ごときで忘れられるわたしではなかった」レトロな料理で伝説を築いた高齢の女王の声は、よく響く。

　よく晴れた秋の朝は暖かく、昨夜の寒さが嘘のようだ。バブカは黄褐色のスラックスと手《て》刺繍《ししゅう》をほどこしたセーター、その上にテーラードジャケットをはおり、この季節にぴったりの装いだ。すらりと細身で、縁に宝石をちりばめたメガネをキラキラ光るネックレスで吊っている。家のなかに入ったバブカはシックなつば広の帽子をとった。ウェーブのかかった髪はマホガニー色に染められ、上品なハイライトが入っている。いかにも一流サロンらしい仕上がりだ。

「忘れようったって、忘れられない。ね、そうでしょう、クレア。元の夫も、いっているわ。忘れたくても忘れることができないんだ、って」バブカの勢いはとどまることがなさそうだ。

ふいに、頭のなかでマダムの声が聞こえた――。

「気をつけるのよ、クレア。バブカは人をいらつかせるところがあるけれど、彼女自身、かんたんにいらつく性分だから」

いつそんな警告を受けたのか、どこで受けたのかは思い出せない。それでもマダムのアドバイスに従って、バブカに調子を合わせることにした。実際には、パークビューパレスのゴッサムスウィートで見た絵以外には、彼女についての知識はない。アル・ハーシュフェルドが戯画化したゴッサムレディースの、あの絵。

バブカは自分と同じくらい小柄なわたしの頭を両手で包むようにして、両頬にキスした。それからあとずさりして腰に両手を当て、わたしの全身を眺めて満足げにうなずいた。

「とても元気そうね！　ココの調子がよくないと聞いたけど」バブカは自分の頭を指でトントンと叩く。

「ええ、まあ……。お元気そうですね」

ニューヨークの伝説的なレストランを経営するバブカは筋金入りのビジネスウーマンだ。いかにも最高経営責任者《CEO》らしい尊大さを見せるかと思えば、祖母のようなおせっかいなところもある。おしゃべりはとまらず、広々としたメインルームに移動しながらも、イーストハンプトンの自分の別荘について延々と話している。マテオのこの家の二倍以上の広さで、夏に豪華なパーティーを開催するそうだ。

口論していたふたりも、さすがにわたしとバブカに気づいたようだ。マテオとクィンを見て、バブカの笑顔が一段と輝いた。

「まあ！　ならず者の元夫と大きくてマッチョでセクシーな婚約者がそろっているじゃないの！」バブカはパチパチと手を叩いてニヤニヤしている。「これなら、あっという間に記憶も取りもどせるわね！」

「期待を裏切って申し訳ないんですけど、これがなかなか大変で」わたしはぼそぼそとつぶやいた。

「おふたりさん！」バブカがふたりに呼びかけた。「リムジン・サービスを使ってケーキを山ほど持ってきたわ。外に停まっているから運んでくださらない？　ドライバーは帰していいわ。支払いはこちらで済ましているから、チップを弾むことないわよ」

わけがわからない。思わず聞き返した。「ケーキ？」

一分後、クィン刑事が運んできたのは、円形のケーキ用の箱四つだった。きれいに積み重ねて青いリボンがかかっている。そしてパークビュー・パレス・ホテルのシールも。続いて入ってきたマテオは、両手に三段式のケーキスタンドを持っている。

「クレア、とてもいい匂いだ」マテオが声を弾ませている。

「ええ、いい匂いよ!　全部、クレアといっしょに食べますからね!」バブカが威勢よく声をあげる。

「ケーキは全部で十種類だ」クィンが箱の中を確かめる。

バブカがうなずいた。「フォン・シェフと彼のスタッフに聞いてきたわ。アメリカでもっとも人気の高いウェディングケーキのなかから選りすぐってアレンジを加えたそうよ」

「フォン・シェフ?」だからパークビューパレスのロゴがついているのか。「ホテルの厨房で用意されたウェディングケーキのサンプル。ということは、アネットが行方不明になった晩に、わたしはこれと同じものを?」

「これはブランシュの提案よ。ケーキを食べたら、あなたの記憶がもどるのではと考えたのね、きっと。とんでもない発想としか思えないけれど。ま、それはわたしの個人的な感想で、あれこれいう資格はないわね。おいしいクニッシュづくりなら自信があるけれど」そこでバブカはつば広の帽子をテーブルに放った。「ブランシュは自分の手で運んできたかったのよ、もちろん。でも――」

「それは無理だ。わかっていますよ」マテオがいう。

「ほんとうにわかっている?　彼女、警察に監視されているから怪しい行動はとれないといっていたわ。少々、被害妄想じゃないかしら。ま、わたしにわかるわけがないわね!」

わたしたち三人は顔を見あわせた。

「とにかく、そんなわけでわたしは彼女の代理として来たのよ。ケーキはわたしの名前で注文したわ。イーストハンプトンの別荘で親戚が結婚パーティーをひらくという名目で」

「名案ですね」クィンだ。

「それにしても、早く着きましたね」わたしは不思議だった。

「かんたんよ！」彼女は指をパチンと鳴らした。「ヘリで飛んできたから！」

「朝食にケーキか。最高だ。全種類、味をみるぞ。コーヒーをもっといれてこよう。ちょっと待っていてくれ」

さっさとキッチンに向かったマテオの後を、クィンが追った。見ていると、さっそくふたりはひそひそ声で口論を再開した。やはりナイフを隠しておけばよかったと後悔する事態にならないといいのだけど。

バブカとわたしがおしゃべりをするあいだ、マテオは皿やマグ、銀器、リネンのナプキンまでそろえて大理石の長いカウンターにきれいにセッティングした。わたしたちはカウンターの前のハイチェアに並んで腰掛けた。

クィン刑事も心はずませている様子だ。が、お目当てはケーキではない。ブレイクスルーを期待しているると、わたしにそっとささやいた。耳元で彼の低い声、頬に温かな息を感じた瞬間、クラっときた。

頭が少し朦朧《もうろう》として、反射的にぱっと後ずさりした。そのことも決まりが悪かったけれど、それ以上に、クィン刑事のしょげ返った表情に胸が痛んだ。

「ケーキ・タイム！　どれから始めようか」マテオは自分がいれたコーヒーを誇らしげにそそいだ。

59

青い箱のひとつひとつに、小型のレイヤーケーキが入っていた。十五センチの型を使ったものだ。マテオはケーキを切り分ける役を買って出た。一度にひとつずつ、ベーシックなものから試食を始めた。

まずはフォン・シェフのバニラビーン・ケーキから。シンプルでエレガントで、ため息が出るほど繊細だ。フォンダントはやや厚みがありすぎて、甘みも強すぎる、という意見で一致した。つぎのディープ・チョコレートはほろ苦く複雑で濃厚な味わいで、アイシングは完璧だ。

レモンケーキは、酸味が強すぎるとわたしは感じた。フォン・シェフがバタークリームの風味づけにレモンの皮をふんだんに使っているのが原因だ。

バブカも同じ意見だった。「こう酸っぱくては、口をすぼめてタコみたいな顔になっちゃうわ！」

マテオもケーキを味わい、そのたびに率直な感想を述べた。いっぽう、クィンは黙々と試食を続けている。その表情は、見るたびに硬くなっていく。わたしがとっさに身を引いたのを、誤解したから？　マテオにいらだっているから？　それとも、ほかになにか……。

　気になってしかたないけれど、バブカの前なのでくわしく聞くのは、はばかられる。だからケーキに集中した。

　フォークでひとくちずつケーキを口に運び、試食会に結びつく記憶をさぐった。クィン刑事の視線を感じた。沈痛な面持ちでわたしの反応を見ている。またもや失望させてしまった。なにも蘇ってこない。

　バブカはこの試食会を心から楽しんでいる。「つぎは？」

「バナナ・フォスターをどうぞ」マテオがこたえた。バブカは怪訝そうな顔でサンプルを受け取った。

　わたしもおそるおそる味見してみた。が、これはうれしい驚きとなった。バニラ・フィリングはバニラ・アイスクリームと同様にリッチな味わいで、バナナケーキを別次元に格上げしている。フロスティングもすばらしい。バター、ダークブラウンシュガー、シナモン、ダークラムを使った風味豊かなソースを注ぐのではなくフロスティングとしてたっぷり塗っている。

「どう？」クィンに感想を聞いてみた。

　彼がうなずく。「おいしい」

「つぎはキャロットケーキだ」マテオが邪魔をする。

「ニンジンは多くの人に愛されているのはまちがいないけれど。わたしとしては、やはり野菜はサラダとか副菜で食べたいわね。デザートではなく」バブカは一蹴した。

レッドベルベット・ケーキはみごとだったけれど、キャロットケーキと同じく、アペタイザーとディナーの後で食べるには、クリームチーズ・フロスティングが重すぎると感じた。グランマルニエ・ケーキは壮大で、あまりにも仰々しい。ヘンリー王子とメーガン・マークルのウェディングケーキとして有名になったロイヤル・エルダーフラワー・ケーキは繊細でうつくしくて、そっくりだった。

ジンジャー・スパイスは甘い糖蜜がジンジャーの辛みを消す効果を発揮しているけれど、〝結婚式には向かない〟というバブカのひと言は説得力があった。

そのつぎに登場したのは、素朴なイタリアン・スタイルのチョコレートヘーゼルナッツ・ケーキ。チョコレートヘーゼルナッツのフロスティングがかかっている。うっとりする味わいだ。クィン刑事はあいかわらず黙っているけれど、ひとくちごとにうんうんとうなずいている。

「あなたも気に入ったのね？」マテオがつぎのケーキに取りかかろうとする隙に、そっとたずねてみた。

クィン刑事がうなずいた。感想を聞かれて、よろこんでいるようだ。その表情を見て、愚かにもようやく理解した。これこそ、わたしたちの結婚式のケーキとなるはずのものだったのだ。それをわたしが思い出せないなんて、彼にしてみればどれほど情けないだろう。

せめてひと言でも謝ろうとした時、マテオのはりきった声が響いた。

「つぎのは期待できそうだ！」

その言葉どおり、フォン・シェフのプロセッコ・ケーキはいままでのなかでベストだった。なかにはホワイトチョコレートとラズベリームースの層、外側はシルクのように滑らかなシャンパン・フロスティングで覆われている。フォークでもうひとくち、食べずにはいられない。パブカもだ。マテオも夢中だ。ストイックなクィンですら、ふたくちめを食べている。

すでに感覚的刺激としてはじゅうぶんすぎるほど試した。これだけのフレーバーを試したというのに、埋もれた記憶はなにひとつよみがえらない。マテオがつぎの、そして最後の箱をあけようとしている。せっかくの試食会も無駄骨だったかと、その場の誰もが薄々、感じていた。

最後のケーキについて、マテオはコメントすらしない。ケーキを無造作に皿にのせ、わたしの前に置いた。正直、全員が食べ飽きていた。それでも、わたしは自分のフォークで少しスライスして口に運んでみた。

一瞬で恍惚となった。

フォン・シェフの名作、コーヒークリーム・ケーキだ！　コーヒー風味のシフォンとホイップした甘いクリームの繊細な層を、とびきりおいしいモカ・バタークリームでしあげている。じっくりと味わううちに、両腕にかすかに鳥肌が立った。

とつぜん、フォン・シェフの誇らしげな表情が浮かんだ。このケーキのつくり方をわたしに説明する得意げな表情。突如として記憶がよみがえったのだ。フォン・シェフはパークビユーパレスに出入りの業者のコーヒーを使っていないと話してくれた。つまり、ドリフトウッドの平凡なコーヒーではない。使っているのは東アフリカのラダ・ンズーリ（スワヒリ語で「おいしい」という意味）という名の協同組合から調達したフルーティーな豆で、フォン・シェフはその豆をケーキのために自らローストしているのだと聞かせてくれた。

わたしが長いこと押し黙っているので、バブカは誤解したらしい。顔をしかめてわたしの腕を軽く叩いた。

「話にならない、そうなのね？　まあ残念だこと」

なにもこたえられない。つぎつぎによみがえってくる記憶に、ただただ圧倒されていた。すさまじいいきおいで押し寄せてくる。意識すら保っていられないほどだ。このままでは、また気絶してしまいそう。

そしてまたもや男ふたりの口論が始まった。

「せっかくの試食も台無しだな。クィン、おまえがいるからだ」

「どういう意味だ。ろくにしゃべっていないが」マテオに非難されてクィンは憮然としている。

「ああ、まったくだよ。だからなんの役にも立たなかった。もっとなにかいえないのか？　黙ったままで」

「きみはしゃべりっぱなしだったな。わたしたち三人の分まで！」

「だからなんだ。こわくてしゃべれなかったのか？」

クィン刑事がマテオに詰め寄り、ちかづいて、胸に指をぐっと突き立てた。

「きみに頼みたいことがある、アレグロ——」

「頼みたいこと！　そうよ！」

わたしがいきなり叫んだので、その場が静まり返った。

クィンがわたしの方を向いた。「クレア？　どうした？」

「だからアネットは、わざわざケーキの試食会を催したのよ。そしてパークビューパレスに招いた。それは、わたしに頼みたいことがあったから！」

60

わずか数秒が、永遠のように長く感じられた。あたりはしんと静まり、皆が目をまるくしてこちらを見ている。いま味見したケーキが入りそうなくらい、大きく見ひらいて。

「頼みたいこと？　内容は？」クィンがわたしを見据えたまま、たずねた。

「奇妙な頼みだった。それはね……」

気が散らないように目を閉じて、頭のなかでグルグル回っている記憶の断片をきれいに並べてみようとした。やがて、記憶の万華鏡が完成して、わたしはふたたびゴッサムスウィートにいた。

各種ケーキの匂い、甘いリンゴのスライスの匂い、花瓶のバラの新鮮な香りがする。セントラル・パークを見おろせる窓からは五番街の雑踏の音が聞こえてくる。簡易キッチンではフォン・シェフと彼のアシスタントが作業している音。

「試食会が終わりにちかづいたころだった」わたしは目を閉じたまま、バブカ、マテオ、クインに語り始めた。

「わたしが選んだのは、オーソドックスな三段ウェディングケーキだった。いちばん下にはコーヒークリーム・ケーキを、二段目にはヘーゼルナッツ・ケーキを、いちばん上はプロセッコ・ケーキを希望した」

「そこの細かい部分はいいから」マテオが口を挟む。

「彼女にとっては重要だ。好きなように話してもらおう」クィンがぴしゃりという。

わたしはごくりと力を入れて唾を飲み込んだ。頭のなかの断片がまたばらばらになってしまいませんように。こんなに朦朧としているのは、記憶の万華鏡のせいだけなの？　試食でかなりの糖分を摂取したからかもしれない！

「続けて。ほかになにを思い出したの？」バブカの声だ。

「ウェディングケーキを決めた後、シェフとアシスタントは出ていった。そこでようやくアネット・ブルースターとふたりきりになった。わたしはビレッジブレンドのコーヒーを彼女に売り込んだ。彼女は夫の死について打ち明けた。わたしをパークビューパレスに招いたほんとうの理由も」

わたしはハイチェアから落ちてしまわないように、大理石のカウンターに両肘を突いた。つむっている目にさらに力を込めると、あの晩のアネットの姿が浮かんだ。

アネットはホテル経営者になったいまも、ゴッサムスウィートの肖像に描かれた三十歳当時とほとんど変わらず、エレガントだった。スタイルがよくて、趣味のいい黒いワンピースに身を包んでいた。青い目は大きくて、豊かなブロンドの髪。頬骨は高く、彫像のようなうつくしさだ。

マダムによれば、一九八〇年代当時のアネットはファッションモデルになってもおかしくなかったそうだ。あの晩の彼女は、物腰からなにから映画界の大女優のような魅力にあふれていた。髪を後ろにまとめてフレンチブレイドにして、細い首筋がうつくしかった。デコルテは六十歳を超えた女性とは思えないほど。かといって不自然なところはひとつもない。

アネットの声が聞こえてきた。まるでこの部屋にいるように、はっきりと……。

「クレア、これから話すことは、ほとんど誰も知らないことなの。だからあなただけの胸に秘めておくと約束してね。じつは、いまパークビューパレスには、黒い雲がたちこめている。その状況を脱したいという思いから、売却すると決めたのよ」

「黒い雲、というと?」

「考えつくかぎり、最悪の嵐。食い止めるには、遅すぎるかもしれない」アネットの両手がわたしの両手をつかんだ。「もっと大きな秘密もあるのよ。まだ誰にも話していない。周囲の人間は誰も信じられないから。たとえ家族でもね」

秘密は必ず守るとわたしは約束した。

「夫の死は事故ではない――サフォーク郡の警察は事故と判断したけれど。夫は多くの人を敵にまわしていた。ハンプトンの家の近所にも、権力を握っている人々のなかにもいたわ。非情な相手とわかっていたけれど、ハーランはまったく気にしていなかった。財力と人脈があれば安泰だと考えていた。確かにその通りだった。四カ月前までは」

「それで、わたしはなにを？」

「あなたの評判はうかがっているわ、クレア。これまでに多くの人たちを助けてきたそうね。いま、わたしは困った状況にいるの。それで、あなたにぜひ力を貸してもらえたら、と」アネットの目からは、いまにも涙がこぼれそうだ。「ハーランを殺した犯人をつきとめなくては」

「なにか心当たりは？」

「わたしたち夫婦はもう心が離れていた。ハーランとは何年も前から別居していたわ。彼はダウンタウンに拠点を持っていた。もともと厩舎だった建物を改造したミューズハウスに。わたしはこのパークビューパレスで暮らしていた。夫婦で出席する必要がある時と、夏にハンプトンの別荘で過ごす時だけいっしょだった」

「なぜ離婚しなかったんですか？」

「別れるとなると、おたがいに財政面でいろいろあるだろうから。だから別居することで合意したのよ。夫を殺した犯人を知りたいのは、愛情からではない——おそれからよ。つぎに狙われるのはわたしかもしれない。そう思うと心配でたまらない」

「心配なら、警察を信頼して相談してみたらどうでしょう」

「それはできない。ひとつには、確かな証拠がないから。それに、警察関係者には知られたくない事情が……殺されたのではないかと疑う事情があって。ハーランは死んでしまったけれど、彼が関わっていたことがマスコミなんかに知られたりしたら、格好のえじきになってしまう。同じ理由から私立探偵は雇いたくない。信用ならないから。わたしにとってブランシュは信頼できる相手よ。そして彼女はあなたを信頼している。あなたのお手柄について、よく自慢していたわ。何年も前からね。だからぜひ、あなたにお願いしたいの。自動車事故とされているハーランの死因について、情報を収集していただけないかしら。なにかつきとめられるかもしれない。なにかわかったら、知らせて欲しい。警察に届けるべきだとあなたが判断するのであれば、いっしょに行くわ」

わたしは目をあけた。いきなりだったので、まぶしくて何度も瞬きをしてしまった。ここが元夫のハンプトンの家だと、一瞬、わからなかった。そして、椅子から滑り落ちて床に倒れ込みそうなところを、クィン刑事が支えてくれたことも。

マテオとバブカが、口を半開きにしてこちらを見つめている。誰よりも驚いているのは、このわたしだ。

「わたしはアネットの依頼を引き受けた。彼女の夫の死について、できるかぎりの情報を収集するとこたえた。どうしてそんな軽はずみなことをいってしまったのかしら。『ジェシカおばさんの事件簿』じゃあるまいし」

それを聞いて、なぜかクィン刑事とマテオが顔を見合わせたが、ふたりとも無言だ。沈黙を破ったのはバブカだった。

「あなたは有能だから。そういう方面でね。コーヒーをいれたりローストしたりする本業に加えて、何年も前から大活躍してきたのよ。困っている友だち、家族、コミュニティの人々を救ってきた。警察が悪いやつらを始末するのに、あなたは大いに貢献してきたということ」

「わたしが？」思いがけないことを知らされて、どうしていいのかわからず、クィン刑事を見つめた。「あなたなの？　わたしをコーヒーハウス版のジェシカ・フレッチャーにしこんだのは、あなた？」

クィンが首を横に振る。「きみの力だ、クレア。初めから」

「イーストサイドの店を始めた時のわたしも、あなたと同じだったわ。おせっかいなのよ——いい意味でね」バブカはニコニコと誇らしげだ。

「クレアは刑事としての才能にも恵まれている。だから今回の件でも、きっと力を発揮できるはずだ」

「ちょっと待った！　彼女に関係ないだろう！」マテオだ。

「ハーラン・ブルースターが殺されていたとしたら？　そしてアネットが怖れていたように、犯人が彼女を狙っていたとしたら？」クィンが反論する。

「このさい、アネット・ブルースターのことなど、どうでもいい。だいじなのはクレアだ」マテオが返す。

「待ってちょうだい。できることなら、わたしはアネットを助けたいと思っている」

「こんなふうに考えられないか、アレグロ。アネット・ブルースターの身になにが起きたのかを突き止めることができれば、クレアになにが起きたのかがはっきりするかもしれない。記憶を取りもどすための手がかりも得られるかもしれない」

マテオがクィンの提案を否定するように片手を振る。

「クレア、ぼくからのアドバイスを贈る。きみは自分の心配だけすればいい。ホテル経営で成功した金持ちの女性実業家のことは放っておけ」

「お断わりよ。クィン刑事のいう通りだと思う。ハーラン・ブルースターの死の真相を追及すべきよ」

「いちいち真に受けるな。骨の髄《ずい》まで警察官根性が染み込んだやつのいうことだ」マテオが吐き出すようにいう。

「めちゃくちゃないいぶんだ。いいか、わたしはすでにこうしてハンプトンにいる。ハーラン・ブルースターが最期を迎えた場所だ。調査に取りかかるのになんの問題もない」

「まさか、あなただけで取りかかるつもり？　これにはわたしの人生がかかっているんですからね。それに引き受けるとアネットにいったのは、わたしよ。だからあなたひとりでやらせたりしない」

マテオはため息をついて、あきらめたように首を横に振る。

「さっきまで不思議がっていたじゃないか。なぜ自分がジェシカおばさんみたいなことをするのかって」

61

頭のなかはまだ混乱しているけれど、つぎからつぎへと知りたいことが湧いてくる。そこでさっそく、情報収集に取りかかった。いま隣にいる人物は、きっと多くの問いにこたえてくれるにちがいない。

「アネット・ブルースターとは長い友だちづきあいなんですね。この話の感想を聞かせてください」

バブカは自分の顎をトントンと叩きながらこたえる。

「そうねえ。どうも腑《ふ》に落ちないのよね」

「腑に落ちない？　というと？」

「アネットがパークビューパレスを売却すると決めた、という部分がね。あのホテルは一八八五年に創業以来、ずっとアネットの一族が何代にもわたって受け継いできたんですもの。なにもかもあなたの夢想だった可能性はないかしら？」

まあ！　記憶喪失になれば、頭がどうかなったと思われる。記憶の一部を取りもどしたら、またまた頭がどうかしたと思われるとは！

「アネットがそう話したのは、まちがいありません。記憶がすべてもどったわけではないけれど、このことについては確かです」わたしは譲らなかった。

バブカは噛み締めるようにアネットの言葉を繰り返した。「黒い雲がたちこめている。アネットはそう表現したのね。ということは、やはり訴訟――」

クィン刑事が、がぜん身を乗り出した。「訴訟ですか？　どんな訴訟なんですか？」

とたんにバブカは気まずそうな表情になり、オーバーな身振りで反応した。

「訴訟なんて、いくらでもあるわよ！　経営者には降り掛かってくるものなの。レカー（ユダヤ教で新年を祝う時に食べる糖蜜のケーキ）にハエがたかるみたいにね。滑って転んだ、持ち物が被害にあった、サービスに不手際があった、不良品だった、いくらでも挙げられるわ」

「ですが、なにか思い当たる特定のトラブルがあるのでは？　お願いです。手がかりだけでも」わたしは食い下がった。

バブカはしばらく黙り込んでいたが、思い切ったように言った。

「わかった。たぶん、あのことよ。カメラの件。あの訴訟のことでは、アネットはかなり動揺していた」

「カメラ？　ひょっとしたらパークビューパレスの防犯カメラ？　稼働していなかったのは、訴訟が進行中だった、ということか」マテオだ。

「訴訟になることをおそれていたのよ。表沙汰にならないようにアネットは必死だった。自分の夫が防犯カメラを利用してホテルのゲストに対してスパイ行為をはたらいていたことを彼女は知ったのよ。そしてホテルのスタッフに、おそらく警備スタッフに協力者がいるのだろうと考えた」

「ハーラン・ブルースターが自分のホテルのゲストにスパイ行為を。その理由は？」わたしがたずねた。

「目的は金、かな」クィンが顎をゴシゴシとこする。

「お金？」

「あのホテルは有名人がよく使っている。ハーランはカメラの画像を使って、ゆすり行為をしていたんだろう。有名人のスキャンダルをメディアは放っておかない。つまり金になる情報だ。アネットの夫が罪の意識というものと無縁であれば――どうやらそのようだが――まさにキャッチ・アンド・キルでひと儲けするチャンスだ」

「キャッチ・アンド・キル？」わたしは質問した。

「タブロイド紙が使う手だ。スキャンダラスなネタを手に入れると、金と引き換えに闇に葬る。フットボールのスタープレイヤーが妻や恋人を虐待している、未成年者を人身売買する業者を通じて政治家がコールガールを呼ぶ、といった情報だ」

「ひどい」わたしはマテオの方を向いた。「ハーランの自動車事故についてもっと情報が欲しいわ。新聞はある？　地元のニュースをくわしく知るには？」

「『ハンプトンズ・レジャー』だな。書斎に行こう、コンピューターがある」

わたしたちは書斎に移動し、日あたりのいい部屋に全員がすし詰めになった。室内はそっけなく、本棚はほとんど空で、細長くモダンなデザインのデスクにパソコンが一台置かれているだけだ。

マテオはニュースのウェブサイト、『ハンプトンズ・レジャー』を表示させた。アネットの夫の死を報じる記事はひとつしか見つからない。自動車事故として警察が処理したこと、衝突が起きた場所と時間の記載、さらに興味深い記載があった。

「この事故には目撃者がいた。名前は載っていないな」マテオが記事を読みながらいった。

「目撃者は協力的ではなかった、と書いてある」クィンがマテオの肩越しに記事を読んでいる。

「どういう意味かしら？」

クィン刑事の青い目がわたしの方を向く。「この人物は警察に話すことを望まなかった、と思われる」

「さがしましょう、この目撃者を」わたしはマテオの方を向いた。「地元のニュースを報道するサイトはほかにない？　そこに目撃者の名前が載っているかもしれない」

「ふむ。ハンプトンで起きた出来事の裏話、批判、ゴシップ、名誉毀損すれすれのニュースなら、『ハンプトンズ・レジャー』はお呼びじゃない。フェイスブック一択だ」

「変わった名前のニュースサイトね」

マテオが首を横に振る。「ソーシャルメディアのプラットホームだ」

「聞いたことないわ」わたしはクィン刑事の方を向き、それからマテオに視線をもどした。

「フェイスブックとは、利用者がそれぞれページを開設して、自分の生活について公開するしくみだ。自分のプロフィールを書き込んで、友だちや家族の写真を載せたり、仕事や休暇やわが子のことを載せたりする」

「公開、ということは誰でも見ることができるの？」マテオの説明に、わたしはとまどっていた。

「プロフィールにカギをかけて友人や家族限定にすることもできるが、多くの人は自分のページを公開して友だちを増やしたり、〝いいね〟を増やしたり――」

「〝いいね〟？」

マテオがうなずく。「気のきいたことや辛辣な内容を投稿すると、友だちが絵文字でリアクションするんだ」

「エモジ？　それ、日本語？」

マテオは自分がいったことをかき消すように片手をバタバタさせる。「気にするな」

「わたしのフェイスブックのページはあるの？」

「時間がなくてまだつくっていない。ビレッジブレンドのページはダンテにつくってもらった」

「そのサービスにいくら払うの？」

「無料だ。フェイスブックは広告を掲載して収入を得ている。ユーザーの個人情報をマーケッターに売って、それでも儲けている」

「個人情報を売る？　それは合法的なの!?」思わず叫んでしまったが、そこで思い出した。わたしが目が覚めた世界は、いまどこでなにをしているのか、携帯電話を通じて政府当局にただ洩れの世界であると。

マテオが肩をすくめた。「オプトアウト・ボタンが用意されているし、いろいろな警告もサイトには表示される。が、オンラインでつながっている以上、もはやトレードオフと割り切るしかない。プライバシーを尊重するという幻想に代わって、利便性と知名度という幻想がもてはやされている」

理解が追いつかないわたしをよそに、マテオはさっさとコンピューターのキーを叩いて説明を続ける。

「これはハンプトンズ・バビロンのフェイスブックのページだ。アドバトリアルが多いが、ハンプトンのコミュニティに関わるニュースやゴシップのコラムもある。ブリアンと結婚していた時には、このサイトのチェックは欠かせなかった」

「あなたのことがゴシップ記事に？」驚いてたずねた。

「たまに。記事のターゲットはブリアンだったが」マテオが真顔になっている。「恐怖の日々だった。どれもこれも意地悪な書き方で、彼女は荒れるし、仏頂面になるし。一週間は腫《は》れ物にさわるように暮らした。おっ、これはどうだ」

彼が指さしたのは、ロベルトという人物の新しい投稿だ。ハーラン・ブルースターの事故についてコメントしている。

ハーランが木に激突したのを目撃したのはギャロップ・グウェンだって本当か？

「これは非協力的な目撃者のこと？」

「この投稿にいくつかコメントがついている」マテオのいう通りだった。ヴァレリーという名の女性が最初にコメントしている。

そうよ。あれだけこじれた関係だから、無理もないわね。

ヴァレリーのコメントには青い小さな「サムズアップ」のアイコンがたくさんついている。さらに六人以上が「こじれた関係って？」という問いかけを投稿している。それにこたえているのが、ジャスティンという女性だ。

ハンプトンのプレスコット家とブルースター家の間には古くから激しい確執があった。ハットフィールド家とマッコイ家みたいに。犠牲者を二人出した末に、両家の争いは終結した。銃でケリをつけたわけではなかったみたい！

「ギャロップ・グウェンで通っているが、本名はグウェンドリン・プレスコット。プレスコット家の人間だ」マテオが補足する。

「パーティーで何度も会ったことがあるわ。タフな人物よ、ミセス・プレスコットは」バブカだ。

「アスリートで、乗馬コミュニティではよく知られている」マテオがいう。「地元の人間はギャロップ・グウェンと呼ぶ。いつも馬にまたがっている姿を目撃されているからな。彼女の地所に沿って道路が通っている。ディアフィールド・ファームの経営者なんだ、ギャロップ・グウェンは」

「知り合いなのね？」

「ブリアンを通じてだ。彼女は――」

「ディアフィールドで乗馬のレッスンを受けていた」最後まで聞く必要はなかった。「昨晩、そんな話をしていたわね。それで、ブルースター家とはどういう確執があったの？」

マテオが肩をすくめる。「わからない」

「わたしもくわしくは知らないわ」バブカがいう。「でも、このハーランという人物は、やはり要注意人物よ。とんでもないエゴイスト。彼はアネットを裏切り続けて、敵もたくさんつくった。グウェン・プレスコットのことも敵にまわしていたんでしょうね」

「くわしく聞くために、これからディアフィールド・ファームに行きませんか」クィンがバブカの方を向いた。

バブカはとんでもないという表情だ。「わたしがベン・ハーみたいなタイプに見える？

馬なんて、コサック軽騎兵が乗るものよ。それに馬糞のにおいはわたしの味蕾《みらい》を一週間はマヒさせてしまう。遠慮しておくわ、刑事さん、どうぞ楽しんでいらして」

すぐにも飛び出していきそうなクィンの前に、わたしは立ちはだかった。

「どうするつもり？」

「まずスーツを着てネクタイを締める。それから、いまいった通りディアフィールドに――」

「行くのなら、わたしを連れていって。さもないと、ここを通さないわ。あの記事を読まなかったの？　目撃者の女性は警察官にはなにも話していない。警察バッジを見せたらなにも聞き出せないわ、きっと」

クィンが片方の眉をあげた。「きみなら、聞き出せると？」

「ええ。マテオは面識があるそうだから」わたしは元夫の方を向いた。「紹介してくれるわね」

マテオがストップをかけるように両手をぱっとあげた。「行かないからな、どこにも」

「なにいっているの。わたしを助けたいといったでしょう。あれは嘘だったの？」

押し問答（と、褒めたりなだめたり）のすえに、とうとうマテオがため息とともに、首を縦に振った。ただし、同行するには条件がひとつあるという。「そこのデカが、モールに入っているＪ・Ｃ・ペニーのマネキンみたいな服装で行くつもりなら、ついていくのはごめんだ」

クィンは異議を唱えようと口をあけたが、マテオに先を越された。

「おとり捜査だと思えばいいじゃないか。やるだろう？　セレブに化けたり、ギャングに化けたり」

クィンはうなずく。「ああ、どちらもな」

「ほらみろ。ハンプトンのハイソな連中は、むしろギャングと共通点が多い。そのなかにうまく溶け込むような格好をするんだ。さもなければ相手にされない。相手にされなければ、話にならない」

62

「冗談じゃない！」一時間後、マテオが叫んだ。「ディアフィールド・ファームにトヨタ・カローラのレンタカーで行けというのか？」

「今度はわたしの車にケチをつける気か？」クィンは気分を害している。

ババカはすでに出発し、私道に立っているのはマテオ、クィン、わたしの三人だ。わたしは金髪のウィグと色つきのメガネで変装している。秋の午後にはめずらしい陽気となって、紅葉した木々からは鳥たちの軽やかな鳴き声が聞こえてくる。それにひきかえ地上は険悪なムードだ。

「着るものにケチをつけ、ひげを剃るなと命じ、ビーチをうろついている連中みたいな格好をさせたうえに――」

「このあたりで吊るしのスーツなんて着ていたら、吸血鬼に十字架を見せるようなものだ。ハンプトンのセレブたちは本能的に身構える。ぼくが貸したポロシャツとチノパンで、ぐんとセレブ度がアップした。無精ひげもセレブには欠かせない」

元夫の指摘は正しい。よれよれのスーツを脱ぎ捨てた刑事は、とてもあかぬけて見える。

「ま、不満な点はまだまだあるが」マテオが続ける。「ヘアカットに難があるし、足がデカ過ぎてぼくのデッキシューズが合わない。そのドタ靴がある種のファッションのこだわりだと、グウェン・プレスコットが思い込んでくれるのを期待しよう」

クィンは車のキーを手のなかでクルクルまわし、ポケットに収めた。

「わたしの車を却下するということは、逃走に使ったきみのオンボロのバンで行くんだな？社交界の名士のハートを鷲づかみできるんだろうな？」

「鷲づかみにできるものを見せてやるよ」マテオは悪びれる様子もなくニヤニヤしている。

彼が先に立ってガレージの前まで移動した。二台分のガレージで扉がふたつ並んでいる。ちかいほうの扉のボタンをマテオが押すと、するすると上がっていき、内部の照明がついた。停まっていたのは、おそろしくゴージャスな高級車だった。ブラッククローム仕上げで、燦《さん》然《ぜん》と輝いている。

「メルセデス・ベンツSクラスの最新モデル、フル装備だ」

クィンは無言だ。わたしは車にはあまり興味がないので、黙っている。が、クィンが沈黙している理由は、わたしとは正反対だった。言葉を失っていたのだ。ようやく彼が口をきいた。ひと言だけ。

「いい車だ」

「今年の年末にリースの期限を迎えるまでは使える。ブリアンが支払いを止めるまでだ。せっかくだから、有効活用してやろう」マテオは率直に事情を明かした（小気味いいほどの潔さで)。

クィン刑事はまたもや、無言だ。内装に使われている淡い黄褐色のレザーと最新式のコントロールパネルに見とれているのだ。うっとりしている様子を見て、マテオが声をかけた。

「運転するか?」

クィンが少しとまどい気味にこたえた。「ああ」

マテオがクィンにカギを投げて渡すしぐさは、仲なおりのしるしのように見えた。

「運転席に座れよ。ざっと説明するから。Sクラスの操作は少々厄介なところがある」

「無用だ。長年、マンハッタンでパトカーを自在に操って、どんな状況でも追跡する訓練を積んできた。おとり捜査のために高性能の車両も乗りこなした。まあ、見てろ」

クィンはシートの位置を調整し、エンジンをかけた。車はゆっくりとガレージから外に出ていく。

「ボンネットの下にパワーを感じる」クィンはひとり、うなずいている。

「コンバーチブルだ。ルーフをあけてみろ」

少し時間がかかったが、クィンはルーフを全開にした。背中から太陽の光を浴びて、マテオはガレージの扉を閉じた。わたしは後部シートに乗り込んだ。すると、マテオも当然のように乗り込んで隣に座った。

その時ようやく、クィン刑事はマテオに一杯食わされたのだと気づいた。ていよく運転手役を押しつけられたのだ。

「出してくれ、クィン！」マテオはてきぱきと指示を与えた。「私道を出たら左折し、最初の交差点でさらに左折、そのままディアフィールド・ファームの看板が見えるまで直進だ」

その看板なら、ここに来るとちゅうで見ている。そこを訪れることになるとは、それも殺人事件の情報収集のために行くことになるなんて、思ってもいなかった。まして〝おとり捜査〟なのだ。やや緊張しているけれど、やるしかない。

穏やかな陽気なのでエスターのジャケットは寝室のクロゼットに置いてきた。どちらにしても、ポエトリー・イン・モーションのロゴつきジャケットはマテオに却下されただろう。いま身につけているのは、マダムがわたしのために荷造りしてくれた——そしてクィン刑事が運んでくれた——鞄に入っていたすてきなセーター、穿き心地のいいジーンズ。そしてローヒールのブーツ。マテオから文句は出ていない。未来のわたしは、これくらいの身だしなみを整えるだけの収入はあるらしい。

数分後、車はディアフィールド・ファームの私道に入った。カーブした並木道が延々と続く。四十エーカーの敷地はプロの手で景観が整えられている。地形をうまく生かして、広々とした放牧地、深い木立、自然の大きな池、クロスカントリー用のたくさんのトレイルがある。

紅葉した木々の向こうに、超近代的な厩舎、パドック、乗馬用の小道がなんとなく見えるが、ディアフィールド・ファームはプライバシーが守られていて、外からの視線が届きにくいという印象だ。ジャクソン・ポロックの傑作が生まれたころのハンプトンは、こんな雰囲気の土地だったのではないだろうか。当時はまだ、上流階級や新興の成金、観光客、セレブは押し寄せてきてはいなかったはずだ。こぢんまりしたスペースに車を停め、案内板にしたがって、〝メインハウス〟まで歩いた。それは十九世紀に建てられた牧場の母屋を、二十一世紀仕様に作りかえた建物だった。広大な地所の主役にふさわしく、時代の最先端をいく機能をそなえ、快適そのものだ。

グウェン・プレスコットはこの時間帯はたいてい乗馬をしているが、そろそろもどるころだとスタッフのひとりがわたしたちに告げた。待っているあいだ、メインハウスの広々としたフロントポーチから壮大な景色を堪能した。

数分後、ふたりの厩務員がいそいで出ていった。メインハウスに向かって漆黒の牡馬を駆って颯爽とやってきた女性が、ディアフィールド・ファームのオーナーにちがいない。クィン刑事は階段に向かおうとするが、マテオが片手でぐっと押し止めた。

「どこに行くつもりだ？」

「プレスコットという女性に、なにを目撃したのかを質問する」

「警察バッジを見せるつもりか？」

「その必要があれば」

マテオは、あきれたという表情を浮かべた。

「それで相手がこたえると思うのか？　まあ、まかせておけ」

63

「ミセス・プレスコット、おひさしぶりです」

マテオの挨拶など聞こえないかのように、きりっとした佇《たたず》まいの女性は馬を下りて愛馬の力強い首を撫でた。馬には聞こえたのか、マテオの方に耳を向け、いななきを上げた。

グウェン・プレスコットはブーツを履いているものの、マテオとほぼ同じ背の高さだ。クィン刑事よりは少し低い。年齢は四十代半ば、あるいは後半だろうか。アスリートらしくひきしまった体型で、見るからに若々しい。ぴったりと身体に合った乗馬用のズボンと膝までのレザーのブーツ、牧場のロゴつきの長袖のポロシャツという服装だ。ベースボールキャップ（これにもロゴがついている）から艶やかな黒いポニーテールが出ている。その長さは、彼女の愛馬の尻尾と同じくらい。

厩務員が馬を連れていってしまうと、ディアフィールドのオーナーはようやくわたしたちに注意を向けた。

「ミスター・ソマー、昨年の独立記念日のパーティー以来ですね。ブリアンはお元気？」

「さあ、どうでしょう。数カ月前に離婚しましたので」

「それは残念。離婚は、初めて？」

ミセス・プレスコットは薄笑いを浮かべている。ちゃんと知っているくせに、あえてこたえさせようとしている。

「二回目ですよ。性懲りもなく繰り返すのが愛と戦争、ってところかな」マテオが肩をすくめてみせる。

ミセス・プレスコットがうなずく。

「愛と戦争は同じことを意味していることも少なくない。そうでしょう、ミスター・ソマー」

「いまはアレグロです。旧姓にもどったので」マテオはさらっと訂正した。

「ではミスター・アレグロ、今日はディアフィールド・ファームにどんなご用件でしょう」

マテオは屈強な腕をわたしの腰にまわして引き寄せ、自分の腰にぴたっと密着させた。

「じつは、新しい婚約者クラリッサ・クラークが、ぜひ来春に乗馬レッスンを受けたいと。それなら早めに申し込みを、と思ったわけで」

グウェン・プレスコットがわたしと目線を合わせた。

「乗馬のご経験は？」

「長いことブランクがあって」こたえたのはマテオだ。「運転手のクィンは乗馬の名手で、クラリッサのレッスンをやると申し出たんですが、こんな男を愛しい女性のそばに置くというのは、ちょっとね」

マテオはミセス・プレスコットに意味ありげなウィンクを送る。

「やはり女性に合った環境をと思って、こちらに」

グウェン・プレスコットはあいかわらず興味深そうにわたしを見つめている。

「どのようなスタイルをご希望でしょう、ミス・クラーク？　ディアフィールド・ファームではさまざまなサイズのパドック、長距離のトレイルを用意しています。コースとしては、ドレッサージュ、総合馬術、障害飛越——」

「運転手のクィンは障害飛越が得意で」マテオが口をはさむ。

クィン刑事は顔をしかめたが、なにもいわない。

「クラリッサは競技会に出たいわけではない。そうだね？」

マテオのいう通りだと、わたしは首を縦にふった。

「それなら、クロスカントリーがお勧めですわ。気軽に乗馬を楽しみたい方に人気です」グウェン・プレスコットが提案した。

「ぜひやってみたいわ。夜、森のなかのトレイルを馬で行くのはロマンティックでしょうね」

グウェン・プレスコットは眉をひそめた。

「森のなかと牧草地をめぐる長いトレイルはありますが、照明はないので、夜間の乗馬は無理ですね」

「いいえ、夜間にもできるはずよ。地元紙で読んだわ」わたしはいいつのった。

「そんな広告は出していません。夜間の乗馬には経験が必要ですから。一歩でも踏みまちがえたら、馬も乗り手も負傷してしまうわ」

「でも四カ月前にこの牧場で、夜に乗馬していた人物がいたでしょう。警察によれば、その人物は死亡事故を目撃した。にもかかわらず、捜査に非協力的だったとか」

グウェン・プレスコットの灰色の目がキラリと光った。

「わたしは非協力的ではなかったわ。あれはハンプトンズ・レジャーが広めたデマよ。わたしはこの目で見たことを警察に話している——すべてをね。それを彼らが信じようとしなかった」

「ひょっとして、ブルースターの衝突の件かな？」マテオだ。

グウェン・プレスコットが鼻を鳴らした。「車に乗っていたのがハーラン・ブルースターだと知っていたら、わざわざ救急車を呼んだりしなかった」

冷酷ね、と思いながらたずねてみた。

「では、なにかを目撃なさったのね？　ミセス・プレスコット」

グウェンが怪しむような表情を浮かべた。

「すみません、つい聞いてしまって。じつはアネット・ブルースターは夫の死について、警察からくわしいことをあまり知らされていないんです。わたしは彼女の友だちです。なにかわからないかと、彼女に頼まれたので」

ミセス・プレスコットは考え込んでいる。依然として警戒心を解いていない様子だ。沈黙が続いた。わたしは静かな口調で、さらにひと押ししてみた。

「どうかご理解を。アネットと夫はうまくいっていなかったけれど、法律上はまだ夫婦でした。未亡人となった今、彼女はこたえを求めています。真相を知って区切りをつけようとしているんです」

未亡人という言葉にグウェン・プレスコットが反応し、けわしい表情に少し変化が起きたように見える。けっして友好的になったわけではないけれど、なにかが動いたようだ。わたしの視線を受け止めて彼女は大きく息を吸い込み、ようやく口をひらいた。

「ミス・クラーク、あの事故に関してわたしが知っていることは、ウエスト・トレイルとわたしたちが呼ぶトレイルを四分の一マイル行った地点のすぐ脇で起きた、それだけです」彼女は森のなかに続く細い土の道を指さした。「わたしはここの景観を生かしてこの牧場をつくっています。ウエスト・トレイルは小高い丘を登るルートにしていますから、たまたまそこからハイウェイが見おろせるのよ」

彼女は視線をトレイルからわたしにもどした。

「事故が起きた夜は、ちょうどあの丘の頂上に到達した時に、道路にヘッドライトが見えた」

彼女は記憶をたどるために、いったん言葉を区切り、さらに続けた。

「その自動車は蛇行しながら走行していた。車線から車線へと移りながら。とつぜん加速し、そのまま樹齢百年のオークの木に激突した。この地所とハイウェイの境界となっている木に」

「このあたりで、ありがちな事故だな」マテオだ。

「警察が話を信じなかったというのは？」わたしがたずねた。

「車が木にぶつかった後、わたしが目撃したことを警察は事実と認めなかった。大破した車から何者かが逃げ出すのを見たのよ、ミス・クラーク。その人物は懐中電灯を持っていた。わたしはその光を確かに見た。棒のようにまっすぐ伸びるその光が、ずっと遠くまで移動して、やがて角を曲がって見えなくなった」

グウェン・プレスコットが厩務員に合図した。それを受けて厩務員は馬に鞍《くら》をつけ始めた。金髪のたてがみの、黄褐色の牡馬だ。みるからに元気がありあまっている。

「わたしは九一一番に緊急通報して、トレイルで警察の到着を待った。現場に警察が到着した時には、懐中電灯を持った人物の姿はもうなくなっていた」

「あなたが人を目撃したことを、警察は信じなかったんですね？」

「自転車でだれかが通りかかったのかもしれない、散歩していた人物かもしれない、といってね。大破した車に乗っていたのは、ハーランひとりだったという見解を変えなかった。隣に誰かが同乗していたとか、衝突事故からその人物が生き延びたとか、そういう可能性はまずないだろうと。彼らのいう通りであれば、感謝すべきことだと思うわ」

「感謝？」

「ハーラン・ブルースターはひとりで自動車に乗って死亡した。惨めな人生の最後の晩に、無垢《むく》な若い女性をむごい目に遭わせることはなかった、というのなら、せめてもの救いと思わなくてはね」ミセス・プレスコットは虚ろなまなざしだった。

64

ミセス・プレスコットの話はたいへんな収穫だった。フェイスブックのページで噂されていた〝激しい確執〟についても聞きやすくなった。

わたしは咳払いをひとつしてから切り出した。「ハーラン・ブルースターにはいろいろ噂があるようですね。でもいまのお話は、なにか具体的なことをご存じのような印象を受けました」

ミセス・プレスコットは冷ややかな笑みを浮かべた。

「ハンプトンズ・バビロンのページでダナ・タナーについて調べてみて」

「どういうことでしょう」

「ダナはわたしの姪よ。あの子はハーランとビーチパーティーで出会った。彼女はパークビューパレスとその歴史に興味があった。するとハーランから、パークビューパレス・ホテルのランチに招待された。一週間後、ダナは列車でマンハッタンに出かけ——消息がとだえた」

両腕にかすかに鳥肌が立つのを感じた。

「行方不明になってから二日後、自警団が彼女を発見した。プロスペクト・パークをさまよっていたところを。財布も携帯電話もなくして、放心状態だった。最初、ダナは自分の身になにが起きているのか、ブルックリンにどうやって行ったのかも思い出せなかった。数時間以内に、おぞましいフラッシュバックが始まった。ひどいことが起きた――おそらく暴行された――と姪は打ち明けた。でも、細かな部分は思い出せなかった。わたしの姉フローラは半狂乱になり、なにが起きたのかをつきとめようとした。その半年前くらいにフローラは夫に先立たれていたのよ。そして今度は娘にとんでもないことが起きたのだから、無理もないわ」

「フローラは警察に?」

「ええ。でも決定的な証拠に欠けていた。ダナは身体に傷を負っていたわ。暴行を受けた後にシャワーを浴びて着替えていた。本人はまったく憶えていなかったけれど」

「ほかの記憶は？　暴行に関する記憶以外に、思い出せないことはありましたか？」なおも鳥肌を感じながらたずねた。

ミセス・プレスコットは、不思議そうにこちらを見た。

「ええ。ダナは大学時代の知り合いを誰ひとり思い出せなかった。大学に通っていたこと自体も。姉は心理学の専門家に助けを求めた。けっきょく、ダナはアップステートの施設に送られてしまった」

ミセス・プレスコットがなにかを睨みつけるように、けわしい表情になる。

「数週間後、ダナは黙ってその施設を出た。医師の許可を得ずにね。べつの患者によれば、母親を恋しがっていたそうよ。フローラは身体を悪くしていた。ダナは列車で家に帰りたかったのね、きっと。ただ、列車に乗るのではなく、迫ってくる列車に飛び込んだ」

ミセス・プレスコットは下くちびるを嚙んだ。「かわいそうに、まだほんの二十歳だった」

「捜査はおこなわれたんですか？　ハーラン・ブルースターの事情聴取は？」

「彼は、ランチのデートにダナは姿をあらわさなかったと主張した。それを裏づけたのは、時刻が刻印された防犯カメラの映像よ。彼がひとりでランチを食べているところが映っていた。どう考えても不自然でしょう。信じられるものですか、そんな映像。でも暴行があったという確実な証拠がなかった。ダナの衣服や身体の状態という物的証拠がなかったから。そして被害者の記憶がところどころ欠けていたから。警察はそれ以上、積極的に捜査はおこなわなくなって、それっきりよ」

「そして、確執が深まっていった。血の復讐、ですか」

「ハーランが死んだと知って姉がよろこんだのは確かよ。でも、彼の死に姉が関わっている、などと考えるのであれば――」

「とんでもない、ミセス・プレスコット。あれは事故です。わたしはけっして――」

謝ろうとするわたしの言葉を、いままでずっと黙っていたクィン刑事がさえぎった。

「事故の現場は、この牧場と並行しているハイウェイですね？」

「ええ」

「どのあたりか、教えてもらえますか？」

鞍をつけたばかりの黄褐色の牡馬をミセス・プレスコットが指さした。まだ子馬だ。

「スプライトに乗ってウエスト・トレイルを四分の一マイルほど行けば、丘のてっぺんに着くから、そこからハイウェイがよく見えるわ。オークの木に衝突した跡はまだ生々しく残っているから」

「いや、遠慮します。ミセス・プレスコット。馬を拝借するのは申し訳ない。道路側から現場を確認します」クィンが即座にこたえた。

「わざわざそんなことしなくても。もう準備はさせていますから。鞍はブリティッシュですけど、ウエスタンがよかったかしら。ミスター・アレグロは、あなたがかなりの腕前だといっていたけれど。お手並み拝見したいわ」

「行け、クィン」マテオは揶揄するようにせき立てる。「トレイルを調べてこい。なにが見えたか報告してくれ。その馬にふっとばされなければな」

窮地に立たされたクィン刑事が気の毒でならない。彼と目が合った。なんと、わたしにウインクするではないか。

「わかりました、ミスター・アレグロ。そこまでおっしゃるのであれば」クィン刑事が応じた。

傍らに立った厩務員からクィン刑事は左手で手綱を受け取った。その手を鞍にかけると、鉄製の鐙《あぶみ》に片足をかけ、慣れた動作で長い脚を振り上げて、あっというまにまたがった。ごく自然な様子でクィン刑事は手際よく子馬の向きを変え、小さな円を描くように走らせる。完璧に馬をコントロールしている。

それから悠然と手を振り、さっそうとウエスト・トレイルを森のなかへと入っていき、姿が見えなくなった。

「あなたのいう通りだった。てっきり、彼に恥をかかせようとしているのかと思ったわ」ミセス・プレスコットは、あんぐり口を開けているわたしの元夫にいった。「あなたがあの人をいたぶっているものとばかり思ったのよ。ミスター・クィンはあきらかに熟練者ね」

65

〝クラリッサ・クラーク〟は来年五月からクロスカントリーの乗馬レッスンを受けることにして、申し込みをすませた。もちろん、キャンセルするつもりだったので、前払金を求められなかったのは助かった。その後、わたしたちは車にもどった。

クィン刑事は心から満足した様子で、にこにこしている。さっさと運転席に陣取った。キーはまだ彼の手のなかにある。ルーフはおろしたままだ。マテオは後部座席に飛び乗り、奥にずれてわたしのためにスペースをあけた。

わたしは迷うことなく助手席に乗り込んだ。クィン刑事もマテオも驚いたが、かまわずにクィンに質問した。

「犯罪現場からなにかわかった？」

「ハーラン・ブルースターは不運だった、ということがわかった」

「おい、ふたりでなにを話している」

クィンがエンジンをふかし、その力強い音で元夫の声はかき消された。クィンはギアを入れるとともに、いきおいよく車を出して駐車場から長い私道を経て本道に出た。

「不運というのは？」風の凄まじい音に負けまいと、わたしは声をはりあげた。

「これから見せる」

マテオの家とは逆方向に車は進んだ。牧場に沿って数分間走ったところでクィン刑事はスピードを落とした。あたりは荒涼とした風景だ。

「あそこだ。あれが現場だ」彼が指さす。

むごたらしく傷ついた木が見えた。まだ倒れずに持ちこたえているけれど、幹が無惨に裂けてかなりの部分を失い、黄色い穴があいている。気づいたのは、それだけではない。

「牧場に沿った道路のこのあたりには、ほかに木はないわね。事実上、ぶつかるようなものはこれひとつだけ。もしもブルースターの自動車がここではない場所で道路から外れても、草地に飛び込んでそのまま進んで、やがて停まったでしょうね」

わたしはクィンの方を向いた。「まるで、木をめがけてぶつかったみたい」

頭をフル回転させて考えていたので、彼がうなずいたことに、ろくに気づかなかった。ハーランは自殺を図ったのだろうか。それとも酔っ払っていたのか。運転しながら気を失った可能性は？　グウェン・プレスコットがいったように、同乗者がいたのか。どれが正解なのかはわからない。当然だ。わたしは専門家ではないのだから。

「どう解釈すればいいのかしら」疑問を口にした。

クィンは視線を道路に向けたまま、肩をすくめる。「わからないな。いまのところは」

「ほんとう？」（なぜか気分が軽くなった）。

「事実がまだじゅうぶんに確認できていない」

「じゃあ、もっと調べましょう。どのあたりから？」

「あてはある。多くの事実を確認できる場所だ。こたえそのものは得られないだろうが」

「おい」マテオが後ろから身を乗り出して叫んだ。「さっきからふたりで、いったいなにを――」

クィンが急発進してマテオはシートに投げ出された。元夫は会話に加わるのをあきらめたようだ。臍《へそ》を曲げて、腕組みをしている。

止まれの標識で停止し、クィンはダッシュボードの上のＧＰＳの装置を操作した。

「なにをしているの？」

「地元の警察署の位置を確認している」


地元の警察署はサウサンプトン・ビレッジという町にあった。ディアフィールド・ファームから自動車で二十分あまりの、絵のような町だ。

風光明媚なウィンドミル・レーン沿いの警察本部は、警察の施設というよりも、国立公園で見たことのあるチューダー様式のレジャーセンターを思わせる。石造りの標識を過ぎ、長い私道に入るとビクトリア様式の街灯柱を模した街灯が並んでいる。

駐車場は混んでいたが、クィン刑事はスペースを見つけた。パトカー、民間人のＳＵＶに交じって、ボートを牽引している警察車両らしきトラックもある。

「今度は、わたしが話を担当する」クィン刑事がわたしとマテオにいった。

「わたしは黙っているわね」

「ふたりはここで待っていてくれ」クィンはルーフを閉める操作をしながら説明した。いくら変装しているとはいえ、わたしは失踪者として捜索されている身。相手が郊外の警察官であっても、彼らの目を欺くのはかんたんではない、と。

マテオとわたしは車内に残り、クィンが駐車場を横切って建物のガラスのドアの内側に入るのを見守った。

「クィンがあんなふうに馬に乗れるなんて、聞いてないぞ」マテオが恨めしげにいう。

「わたしのせいにするの？　彼を侮辱しようとしたのは、あなたでしょう。それから、忘れないで。わたしはあの人とはまだ会ったばかりですから。特別捜査班に移る前にニューヨーク市警の騎馬隊に所属していたそうよ」

わたしはマテオに背を向けて警察署の方を見た。その直後、ガラスのドアが開いてひざしのなかに男性が歩み出た。マイク・クィンではない。

「なにをしているのかしら、こんなところで」わたしはひとりごとをつぶやきながら、身をかがめてダッシュボードの下に隠れた。

「どうした？　なんでそんなことを――？」

「静かに！　建物から出てきた男、見えるでしょう？　特徴を教えて」わたしは押し殺した声でいった。

マテオがしばらく見つめている。「中年、ガタイがいい――消火栓みたいな体格だ。薄くなった赤毛、赤らんだ皮膚、頬にはギザギザの傷痕。服の趣味は最悪。赤紫色のスーツなんて、着るか？　大昔は筋肉質だったんだろうが、いまや無惨だな。ビールとドーナツに走ったか。警察を退職して私立探偵か、警備会社の警備員ってところか」

「最後のが正解。名前はスティーブンス。パークビューパレス・ホテルの警備のチーフよ。ゴッサムスウィートでわたしたちの前に立ちはだかった人物」

とたんにマテオがけわしい表情になる。「そんなやつが、どうしてここに？」

「わからない。彼はわたしたちが犯罪現場に入ったことで最初から強硬姿勢で、彼の部下はミスター・ダンテに荒っぽい真似をした。そしてマダムを逮捕すると――」

「きみがいいといってくれたら、いますぐにでも、あいつを叩きのめしてやる。警察署の前でもかまうものか。おふくろを脅したんだな」

「とにかく彼を見張って。どこに向かっている？」

その直後、マテオがうめいた。「ヤツの趣味の悪さは救いがたいな。ニッサン・ジュークのネオンイエローとは」

ダッシュボード越しにのぞくと、黄色の小さな車がウィンドミル・レーンに出て走り去るのが見えた。

「行ったぞ」

わたしはふうっと大きくため息をついて、座り直した。

「ここでいったいなにを？」ふたりの声がそろった。

「警察と組んでわたしを見つけようとしているのかしら？」不意に心配になった。「わたしとマダム、エスター、ミスター・ダンテがタクシーに乗ってホテルから離れると見せて、駐車場に行ったのを彼は見ていたのかしら。部下に命じてあなたのバンを追跡させて、ハンプトンまで来た。そして部下が彼に報告した」

「だとしても、きみをさがしているとは限らないな。が、バンの行き先と目的をさぐろうとしている可能性はある。このぶんだと、家まで押しかけてくるかもしれない」マテオは深刻な顔つきだ。

会話はそれっきり途切れてしまい、やがてクィン刑事がもどってきた。

66

「ハーラン・ブルースターが死んだ夜、九一一通報にこたえたのは内勤のビル・パイパー巡査部長だった」

運転席に乗り込みながらクィン刑事は立て続けに成果を報告した。スーパーコップのブリーフィングはこんな感じだろうか。

「彼は目撃者の調書に加えてブルースターの事故報告書、毒物の調査結果も見せてくれた。ブルースターはハンドルを握る前に飲酒していた。ただし法律に引っかかるほどの量ではない。正式な死因は鈍器損傷だ。エアバッグは適切に作動した。が、彼はシートベルトをいっさい装着していなかったため、身を守ってくれるはずのエアバッグは逆の効果をもたらした。それにブルースターは小柄だった。子ども、そして小柄なおとなは、エアバッグが作動した時にもっとも深刻な被害を受けやすい」

「ということは、死因に関して疑わしい点はない、ということ？」彼がようやく息継ぎをしたタイミングで、わたしはたずねた。

「巡査部長の話では、車の多い夏の間は、こういうことは珍しくないそうだ」

「逃げ去った人物については？　ギャロップ・グウェンは、大破した車から懐中電灯の光が出てくるのを確かに見たといったわ」

「事故報告書にはなにも記載がなかった。やはり警察官たちはミセス・プレスコットの言葉を真剣には聞いていなかったようだ」クィンが肩をすくめる。「この警察署で得た情報は、以上だ」

「いいえ、それだけじゃない」

「どういう意味だ？」

駐車場でスティーブンスの姿を見たことをクィン刑事に話した。パークビューパレスのゴッサムスウィートでの一件についても、できるかぎりくわしく伝えた。アネットの妹ビクトリア・ホルブルックとマダムが話しているのをこっそり盗み聞きした内容も。ホテルの警備のチーフがこんなに離れたハンプトンまではるばる来ている理由について、わたしなりの推理——と心配——も聞いてもらった。

クィン刑事はいたって冷静だった。わたしがパニックを起こす寸前であることも、ちゃんとわかっていた。

「落ち着いて考えてみよう、クレア。アネットの妹の——」

「ビクトリア」

「彼女は、スティーブンスが働いているホテルをいま切り盛りしている。そしてアネットの行方を必死でさがしている。アネットとハーランはこのあたりに別荘を所有している。そうだね？」

　わたしはうなずく。「ええ、その通りよ」

「スティーブンスがビクトリアの代理として、アネットの手がかりを求めてやってきたとしても、不思議ではない。必ずしもきみの行方を追っているとは限らない」

「あるいは、わたしたちと同じことをしているのかも。ハーラン・ブルースターを殺した人物をさがしている」わたしはミスター・スポックみたいに眉をあげてみせる余裕を取りもどしていた。

「そうだな。そっちの件に関してもう一カ所寄るところが――」

「おい、待て！」マテオが叫んだ。「聞いてなかったのか？　スティーブンスという野郎がホテルからずっとバンを追跡してきたとすれば、いまいるウォーターミルの家にやってくるかもしれない」

「どうする、アレグロ？」

「いったん家にもどる。ぼくは家に留まる。きみとクレアは例のレンタカーでつぎの行き先に向かってくれ。そいつがやってきた時に、あの車を見られたら、ぼく以外の人間が家にいると怪しまれる」

　クィンがまたもや、すばやくわたしにウィンクした。「すばらしいチームワークだ。アレグロ、名案だ」

67

マテオをおろした後、つぎの目的地に向かった。悲惨な最期を遂げたダナの母親、フローラ・タナーの家だ。すでに彼女の夫は亡くなっている。

「パイパー巡査部長から住所を聞いた」クィン刑事がいう。

ミセス・タナーが容疑者であると、彼は睨んでいるにちがいない。ディアフィールド・ファームでは、わたしは血の復讐という言葉を口にした。それは決して見当はずれではなかった、ということだ。

「ダナの母親がハーランを殺したのかしら。直接手を下さなくても、そうなるようにしむけたとか」

「それを突き止めにいく」

トヨタのハッチバックはマテオの豪華なスポーツカーとはくらべものにならないほど揺れる。そのおかげで、座ったままクィン刑事に接近できる。その点では――彼の表現を借りれば――これは〝いい車〟だ。

イースト・クオーグの町の手前で、車はルイス・ロードに入った。ウエストハンプトン・

ドワーフ・パインプレインズ保護区の入り口の前を通過して右折すると、とたんに森のなかのような雰囲気になった。どの地所もゲートでしっかりと守られ、石造りの塀は蔦《つた》など一面の緑に覆われている。

「ここだ」

木製のゲートは開いていたので、クィンはそのままなかに入った。白い漆喰を塗ったゲートは長年の風雨で、点々と剝げている。敷地のなかに建っている家——三階建てのビクトリア様式で少なくとも一世紀は経っている——もゲートと同様に、手入れされていない。家に続く私道は舗装されてはいるけれど、ひび割れてあちこちに穴があいている。

わたしたちは正面玄関に続く木製の階段をのぼり、ドアの前に立った。クィンはかがむようにしてドアに身を寄せる。そして小さな声でわたしにいった。

「話はわたしにまかせてくれ……同志」

わたしはふたたびミスター・スポックの眉を真似た。

クィンは呼び鈴を三度押した。ドアには覗き窓がない。カチリとカギが外れる音がした。ドアがゆっくり開いて、やつれた様子の中年女性があらわれた。アルミ製の歩行器につかまっている。部屋着姿で、化粧はしておらず、黒っぽい髪はろくに手入れされていない。

「こんな姿でごめんなさい」舌が少しもつれて、言葉がうまく発音できない。「弟が留守で、わたしはこの通り、なかなか動けないものですから」

「こちらこそ、すみません。フローラ・タナーさんですか？」

女性はクィンの顔をしっかり見ようとする。顔がゆがんでいるのは脳卒中の後遺症なのだろう。ポケットからべっこう縁の分厚いメガネを取り出し、それをかけて、もう一度クィンを見あげた。

「そうです。わたしがフローラ・タナー。あなたは？」

「マイケル・クィン刑事です、ニューヨーク市警の」クィンは警察バッジを見せた。「そして同僚のクラーク刑事です。お嬢さんの事件について話をうかがいにきました」

相手の神経を逆なでしたのはあきらかだ。「事件？　じゅうぶんな証拠がないとおっしゃったじゃありませんか、警察の方たちは」

「捜査を再開できる可能性が」

「いまごろ？　あの人でなしは死んだのに？」

「ハーラン・ブルースターのことですね？」問いかけたのは、わたしだった。

フローラ・タナーはわたしをじっと見つめた。それから歩行器につかまったまま向きを変え、肩越しに声をかけた。「なかにどうぞ。掛けて」

家のなかは、かすかにカビの臭いがした。カーテンが引かれ、弱々しい午後のひざしがさえぎられているので、室内は影に覆われていた。フローラ・タナーに案内されたのは、とても古い石造りの暖炉がある広い居間だった。アンティークのキャビネットのなかはどれも雑然としている。使い古されたカウチ、すり切れたラウンジチェアがある。そのラウンジチェアに彼女はすぐに腰掛けた。

クィン刑事とわたしは、少しためらいながらカウチに腰をおろした。

「刑事さんがふたりもお見えになるなんて、どういうことかしら？」

クィンが咳払いをしてからこたえた。「証拠となる事実があらたに見つかりました。ある事件で、娘さんと同様に記憶喪失が起きているのです。そしてパークビューパレス・ホテルも関係しています」

フローラ・タナーは大きく息を吐き出した。「それで、わたしにどんなご用？」

「ダナ・タナーさんが暴行を受けたと疑われる件について、できるだけくわしく話してもらえますか」

疑われる、という表現に異議を唱えた上で、十五分にわたってフローラ・タナーは話をした。彼女が娘について語った内容そのものは、ディアフィールド・ファームでグウェン・プレスコットから聞いたものと変わりはなかった。それでも、行方不明になったダナ・タナーが記憶喪失となって発見されたこと、時間を巻きもどしたように、失われた記憶の前の状態になっていたことは、とても他人事とは思えなかった。

フローラ・タナーは地区検察局への恨みつらみも口にした。ハーラン・ブルースターを起訴しようとしなかったからだ。

「彼が有罪だと、わたしにはわかっていた。誰に聞いたって、あの男に関しては悪い評判しか出てこない。証拠なんかなくても、母親のわたしにはわかる。娘を死に追いやったのは、ブルースターよ」

68

フローラ・タナーは涙をぬぐった。

「ほかに、まだ?」声が割れている。

この女性がハーラン・ブルースターを憎んでいるのはまちがいない。彼の死をどこかで願っていたのだろう。妹のグウェン・プレスコットもそんなふうに表現した。とはいえフローラ・タナーの健康状態を考えると、自ら手をくだせるとは思えない。健康を害したのがハーランの死、つまり今年の六月以降であれば、別だが。

わたしは咳払いをひとつして、たずねてみた。「ご病気は、いつごろから? さしつかえなければ教えていただけますか」

「脳卒中を患ったんですよ、今年の春に。二度目の発作でした、薬の服用を止めていたんです。夏はずっとリハビリの施設に入っていました。薬を飲み続けていれば、きっと元気になるとお医者様からいわれています。弟がいろいろと面倒を見てくれて」

わたしはちらっとクィンのほうを見た。いいぞ、と励ますように彼がうなずく。同じことを考えているのだろう。夏の間、リハビリ施設に入居していたのであれば、ハーランの事故には直接手をくだせない。でも、協力者がいたら？　たとえば、弟。身内はほかにもいるだろうし、友だちだっているだろう。面と向かってそんなことを問いただしたら、即刻叩き出されるに決まっている。さいわい、もっと穏やかな方法を思いついた。

「もうひとつ、よろしいでしょうか」あくまでも丁重な口調をたもった。「事件後の娘さんのことについて、聞かせてください。専門家とアップステートの治療施設について、妹さんからうかがっていますが」

「ええ。ドミニク・ロルカ医師の施設です」

ロルカ？　その名前を聞いたとたん、全身に悪寒が走った。クィン刑事も顔色が変わった。

「セレブ御用達の医者だそうだけど、わたしは信用できなかった。ただ、他に選択肢がなくて」フローラ・タナーがこたえた。

「というと？」わたしはさらにたずねた。

「わかってもらえないでしょうね」

「どうぞ、聞かせてください」

「つまり、このあたりに夏用の別荘を持っている人たちは、大半がとんでもないお金持ちなのよ。いっぽうでわたしたちみたいに、ずっとここで暮らしている人間も多い。お金持ちなんていませんよ。わたしも娘も医療保険には入っていなかった。娘の治療費を払える余裕などなかったんです。お金をつくるには、この家と土地を手放すしかない。でもわたしの曾祖父が買ったものを、売るようなことだけはできない。あとは妹にすがって借金するか、ここを担保にして銀行から借りて工面するしかないと思っていたところに、ロルカ医師から連絡があったんです。ダナを治療する、治療費はいらない、という申し出だった。わたしはその話に飛びついてしまった」彼女はそこでふたたびため息をついた。「タダほど高いものはない。ほんとうに、その通りだった。あのペテン師は娘を治すどころか、とんでもないことをしたのよ。そうに決まっている」

クィンが身を乗り出した。「ロルカ医師の方から、アプローチしてきたんですね?」

「暴行事件の数週間後、うちの戸口にあの医師が立っていた。祈りが通じたのだと、わたしは思ってしまった。ダナをサウサンプトン墓地の、あの子の父親の傍らに埋葬したのは、それから三カ月後だった」

「娘さんのことがあってから、ハーラン・ブルースターとはどこかで会ったり話したりする機会はありましたか?」

「あの人とは住む世界がちがいますからね、クィン刑事さん」フローラ・タナーは苦笑した。

「それでも、あなたの娘さんとハーラン・ブルースターはビーチパーティーで出会ったそうじゃないですか。妹さんから聞きました」わたしは矛盾を突いた。

「ハーラン・ブルースターが主催したビーチパーティーでね。若くてきれいな娘がたくさん招待されていたそうですよ。このあたりではね、器量のいい娘はいくらでもパーティーに招かれるの。妹のグウェンも、そうやってお金持ちと結婚したのよ」

フローラ・タナーは力尽きたように、がくんと前に頭を垂れた。

「去年の秋に初めて脳卒中の発作が起きたのよ。ダナを失ってから数カ月後に。最近はほとんど人づきあいもしていなくて。ハーランの家は、いまも煌々《こうこう》と灯りがついていると聞いたわ」

「灯りが？」わたしはびっくりした。

「誰かがいるのよ」

「どうしてご存じなんですか？」今度はクィンがたずねた。

「食料や雑貨を届けているメアリーという友人がいるのよ。うちにも届けてもらっているけれど、この三週間はブルースターの家にも届けているんですって」

「ハーランは亡くなり、アネット・ブルースターは行方不明だというのに。いったい誰がいるのかしら」

「さあ、わたしにはこれ以上のことは」つぶやくようにフローラ・タナーはこたえた。疲労の極致に達したらしく、目をあけていることすらつらいようだ。

クィン刑事とわたしは目で合図を交わした。

「ご協力ありがとうございます、ミセス・タナー。娘さんの事件に関して、状況が変わりしだい連絡します」クィンが立ちあがった。

フローラ・タナーと挨拶をしてその場に残し、わたしたちは玄関に向かった。

「ダナ・タナーとわたしに起きたことは、とてもよく似ている。タイミングよくドミニク・ロルカ医師が登場するところも」ポーチをおりながらわたしはいった。

クィンがうなずく。「きみの時と同じように、ロルカは強引に首を突っ込んできた。研究対象やベストセラーのための材料を確保したいという、やり手の医師に過ぎないという可能性もあるが……」

「あるが？　そうではないという可能性も？」

「どうだろう。あくまでも直感だが、単なる偶然ではないという気がする」

「わたしも同感。ロルカについて、もっと調べられるかしら」

「慎重にやる必要があるな。たいていの場合、セレブ御用達の医者には影響力のある友人がいる。経験上、いえることだ」

クィン刑事のレンタカーに乗り込もうとドアをあけた時、緑色の汚れたピックアップトラックがガタガタと音をまきちらしながらゲートを通って入ってきた。そしてわたしたちのトヨタのすぐ脇に停車した。ほとんど隙間がないので、わたしはつぶされないように車にぴたりと張りついた。

トラックのドアにはペンキでアーネスト造園という文字と電話番号が書いてある。荷台には道具類、アーネスト造園のロゴがついた錫製の標識がたくさん、そして芝刈り機が二台積まれている。

「なにか用か？」荒っぽい口調の男性の声だ。

そしてドアをバタンと閉める音。植物の汁でついたシミだらけのオーバーオールを着た大柄な男がトラックをまわってこちらにやってきた。長く伸ばした濃い茶色の髪をバンダナでまとめた姿はバルバリア海賊のようだ。殺気立った目つきでわたしを睨みつけている。彼がそれ以上ちかづく前に、クィン刑事が呼びかけた。

「アーネストか？」

「おまえは？」

クィンが警察バッジを示して名乗ると、バンダナの男から殺気が抜けた。

「アーネスト……アーネスト・ベリング。フローラの弟だ」彼は首を掻きながらこたえる。

クィンもやわらかな表情でうなずいている。「そうか。フローラの面倒をよくみているそうだな。聞いたよ。りっぱなことだ、アーネスト」

男の表情がゆるんだ。「姉貴はひとりぼっちだからな」

「仕事だってきちんとこなしている。えらいぞ。夏場は住人が増えるから、仕事もいろいろ頼まれるだろうが、秋はどうなんだ？」

「植えつけや剪定は一年を通してやるからね」

「いまはもう、夏の住人はほとんどいないだろう？」

「うん、ほとんどね」

「フローラがいっていたわ。ブルースターの家にはまだ人がいる、誰かが滞在しているようだと」わたしが話に飛び入りをした。

アーネストが呻くような声をもらす。「フローラはいまだにハーラン・ブルースターの話をする。時には目の前にあいつがいるみたいに、ののしる。まだ生きていると勘ちがいするんだな。あんなヤツのことなんか、考えて欲しくないんだ。いまのフローラになにがわかる。ここ何週間も、医者に行く以外は家にこもりっきりだ。ああまたいってるな、と聞き流している」

地元の人からの情報がフローラの耳に届いているのだといおうとしたけれど、クィン刑事が目で制した。

「おれの仕事のことを聞きにきたわけじゃないんだろ？」アーネストがふたたび殺気立った目つきになっている。

「きみの姉さんに伝えたいことがあって来た。新しい証拠が出てきたから、娘さんの件の捜査をニューヨーク市警が再開する可能性がある」

「そうか。それはいいことなんだろうよ」少し落ち着いた声でいい、彼はうなずいた。

造園業をいとなむ男は家の玄関を見つめ、ふたたびクィン刑事に顔を向けた。

「フローラの様子を見にいく。薬の時間なんだ」

「引き留めて悪かったな。ありがとう、助かったよ」

69

「アーネストがあのトラックから降りてきた時には、どうなることかと思ったわ」

「きみを守ることができてよかった」クィンは道路に視線を向けたままこたえる。

「バンダナの彼はフローラが正気じゃないみたいにいっていたけれど、そんなことないと思う。確かに健康は害していたけれど、頭はしっかりしていた。あなたやわたしとちっとも変わらない。といっても、わたしの頭はちょっと問題があるわね。それはいいとして、彼女は〝常軌を逸した言葉〟はなにひとつ発していない」

「じきに判明する」

「どうやって？」

「ブルースターの地所に向かっている。フローラがいったように人がいるとしたら、使用人である可能性が高い。ことによったら、ハーランが最後に自動車に乗った晩もあの家にいた人物かもしれない。ハーランに連れはいたのか、どこに行こうとしていたのか、どんな精神状態だったのかを聞ける」

「地元の警察が調査ずみでは？」

クィンは首を横に振る。「彼らはハーランの件を通常の交通事故として扱い、型通りに処理した」

「交通事故であった、という可能性はあるけれど、ギャロップ・グウェンの懐中電灯の話も信憑性がありそうだった」

「同感だ。ただ、ハーランの隣に同乗者がいたことを示す血痕などは、助手席にはなにも残っていなかった」

「後部座席は？」

「後部座席か、なるほど」クィンが黙り込む。

「可能性はある？」

「新米のころの経験だが、ＦＤＲドライブで猛スピードの追跡をした時、容疑者の車が道路沿いの建設現場につっこみ、コンクリートの橋台に激突した。自動車は大破してフロントシートに乗っていたふたりは即死した。しかし後部で床にうずくまっていたガールフレンドは逃走した。交通局の人物の話では、車内でどの位置にいたのかで明暗が分かれたそうだ」

「ハーランの車の後部でうずくまっていた人物がいたかもしれない、ということ？」

「そうだ」

クィンはそれっきり黙り込み、わたしは窓の外を見つめた。日は沈み、海のほうから雲が流れている。マンハッタンからここに来た時のように、田舎道を包む景色は黒々と沈み、どことなく気味が悪い。めざすブルースターの地所まで、そういう光景が続いた。

クィンは警察の報告書で住所を調べ、GPSを頼りに進んでいたが、たどり着くまでに道を二回まちがえ、狭い二車線のアスファルト道路で曲がる箇所もまちがえた。二十分ほど遠回りして、ようやくめざす地所に着いた。入り口には茂みで覆われた石にサンドキャッスルと記されている。

錬鉄のゲートは閉ざされ、カギがかかっている。昼間なら、誰もいないと思ったかもしれないが、暗いなか、木立をすかして窓から洩れる光が見えた。

「家に誰がいるのか、早く確かめたい」

「そういうところは、なにも変わっていないな」さりげなくいおうとしているけれど、クィンはとても愉快そうだ。

「それはどういう意味？」

「いや、なんでもない。あまり期待しすぎないほうがいい。家の留守を預かっているだけで、雇い主のハーランとは会ったこともない人物かもしれない。だとしたら、なにを聞いてもわからないだろう」

今回ばかりは、クィン刑事の予想は外れていた。彼がインターホンのボタンを押すと、聞きおぼえのある男性の声が聞こえた。

「はい、どなた？」マイクを通した声なのでじっさいとは少しちがうけれど、この男性の口調は聞いたことがある――それも、ごく最近。

「ブルースターさんのお宅ですか？」クィンがたずねた。

「はい」

「失礼ですが、あなたは？」

「オーエン・ウィマー。ブルースターの法定代理人です。あなたは？」

「ニューヨーク市警のクィン刑事です。そして同僚――」

わたしは必死に首を横に振って両手でダメだと合図した。そしてダッシュボードの下に身を隠した（コンパクトカーなので、とても狭いスペースに）。

「――は同行していませんが、お話をうかがいたい。ミスター・ウィマー」

「どうぞなかに。わたしもお話があります、刑事さん」歓迎する口ぶりだ。

カギがカチリと音を立て、錬鉄のゲートが自動的に開いた。

わたしは物音をいっさい立てなかった。車はそのまま長い私道を、広大な家に向かって進んでいく。クィン刑事にひそひそ声でわけを説明した。相手はパークビューパレス・ホテルで対面した若い弁護士であり、おそらくわたしを憶えているだろう。ポエトリー・イン・モーションのロゴつきのジャケットは置いてきたけれど、金髪のウィグと大きな色つきのメガネは、あの時と同じだ。

すると、クィン刑事にオデュッセウスが降臨したらしい。トロイの木馬を思わせる大胆なアイデアを思いついた。

「わたしが車を降りるタイミングで、きみも降りて、屈《かが》んだままで車の陰に隠れる。わたしが家のなかに入って弁護士の注意を引いているから、その間、この一帯をきみが調べる。どうだ」

「なにを調べたらいいの？」

「ほかに誰かが家にいるかどうかを。使用人、コック、客などがいることを示す手がかりだ。後で個別に事情を聞ければ、ひょっとしたら有益な情報が得られるかもしれない。ウィマーはわたしを家に入れる際にセキュリティ装置を解除する可能性が高い。窓もドアもあけず、外からのぞくだけでいい」

内心、怖じ気づいていたけれど、それを悟られないようにこたえた。「まかせて、同志」

家がちかづいてきた。いかにも由緒ありそうな堂々たる建物だ。その豪邸にわたしは目を奪われた。パークビューパレス・ホテルと同じくイタリア風の建築だった。ただしこちらにはガーゴイルがなく、十五階建てでもない。あたりはスポットライトで照らされている。車が私道を進むにつれて、つぎつぎに灯ったのだ。

クィンは助手席側が家と逆の方向になるように駐車した。彼が運転席のドアを開けると同時にわたしもすばやくドアを開け、同時に閉めた。彼はゴージャスな明かりに照らされた正面のエントランスにゆっくりした足取りで向かい、わたしはトヨタの陰に隠れて待機した。

昼間よりも気温がぐんと下がり、セーター姿ではこころもとない。ロゴつきの暖かなジャケットが恋しかった。あれなら寒さをしのげるのに。

クィンがエントランスの階段をのぼりきらないうちに、凝った装飾つきのドアが開いた。出迎えたのは使用人ではなく、小柄な弁護士――クィンと似たようなカジュアルな服装だ

（もちろん、クィンが着ているのはマテオの借り物）。握手をして短く言葉を交わし、オーエン・ウィマーはクィンを家のなかに招き入れた。

正面のドアが閉まった瞬間、屋外のすべての灯りが消えた。ほぼ真っ暗闇のなかに、わたしは取り残された。

70

マイク

サンドキャッスルは外観だけでなく、内部も豪華だった。が、寒々としてよそよそしい印象をマイク・クィンは受けた。オーエン・ウィマーの握手にも温かみはなかった。慎重で当たり障りのない態度は、いかにも弁護士らしい。

ハンプトンになじむカジュアルなよそおいとは裏腹に、ピリピリと張りつめた雰囲気を漂わせているところも、マイクがこれまで出会った弁護士とどこか似ている。べっこう縁のメガネを鼻先にかけ、いまのいままで法律学の文書を読みふけっていたような印象をかもしだしている。甲高くて細い声で淡々と法的措置を言い渡すところまで想像できた。

ただ、弁護士らしくないところも、たくさんある。

「ミセス・ブルースターの件でいらしたのかな？　なにかあらたな進展でも？」ウィマーがいう。

「それは――」マイクは曖昧にこたえ、逆に問いかけた。「ここサンドキャッスルには、なにか用事で来られたんですか？　マンハッタンにいなくていいんですか？　ホテルのオーナーであるクライアントの行方が知れないという時に」

「あなたと同じですよ、刑事さん。手がかりと証拠をもとめて来たんです」

「アネット・ブルースターの誘拐についての手がかりを？」

「ええ、もちろん。ハーラン・ブルースターは殺されたのだと、わたしは考えています。そして犯人の一味がアネット・ブルースターを連れ去ったのではないかと。先日、マンハッタンのあなたの同僚にも話しましたが。ここでいろいろと調べた成果をもとに、具体的な容疑者まで絞り込めそうですよ」

「それはひじょうに助かります」

小柄な弁護士はご満悦の表情を浮かべ、くるりと向きを変えた。「ご案内しましょう、クイン刑事、ここで発見したものを見せますから」


オーエン・ウィマーがマイクを連れていったのは、書斎だった。もともときれいに片付いていたのだろうが、いまはひっくり返されている。

デスクもキャビネットも、引き出しはすべて引っぱりだされて中身は堅い木の床に散乱し、いくつもの山ができている。アンティークのテーブルは紙類で埋め尽くされ、あふれた書類が周囲に落ちている。

マイクは、木綿の白い手袋に目を留めた――鑑識班が証拠を収集する際、指紋を残さないようにこういう手袋を使う。その傍らにはジッパーつきの透明なビニール袋が積まれ、そのひとつひとつに紙と封筒が一枚ずつ入っている。

「ハーランは紙でのやりとりを重視していたようだが、その割にはファイリングがおろそかだ」オーエンは愚痴めいた口調だ。「カギのかかった引き出しのなかに郵便物が突っ込んであった。十年前からの分が。そのなかで興味深いのは、死の前の数カ月間に受け取った分だな」

オーエンが、手紙を入れたビニール袋の山に手を伸ばす。

「たとえば、これです」マイクにそのなかのひとつを渡す。

封筒の消印はハーランの死の三カ月前。西十八丁目のオールドチェルシー局のものだ。差出人も住所も記載されていない。

一枚きりの書面は標準的なコンピューター用プリンターで印刷されたものらしい、文面は短い。

おまえに奪われたものは、取りもどしようがない。

だから、おまえが別の女性を同じ目に遭わせる前に、殺す。

マイクが目を通すと、オーエンはそれを受け取り、つぎの紙を渡す。黄色いレポート用紙に真っ赤なインクでメッセージが殴り書きされている。安物の紙にペン先で穴があいてしまっている。よほど怒りがこもっているようだ。

「自動車が衝突しておまえがくたばるといい」という脅しにちかい文の後に、筋金入りの警察官でも気分が悪くなるような卑猥な妄想が続いている。

「それはとりわけ悪質で、予言的でもある。こうした脅迫状はアメリカ国内だけでなく、海外からも発送されている。これも」

それはフランスのルーアンから届いたエアメールだった。事務に使われる薄く白い紙に短い文面が印刷されている。これも脅しだ。

おまえには金を支払った。証拠はどこだ?

すぐに送らないと、災いが起きる。

「むろん署名はない。どれにもない」

「ほかにもこうしたものが?」

「ビクトリア・ホルブルックの依頼で、ありとあらゆるところを調べ尽くしたんですよ。ここもね。見つかったものはすべてこうして袋に入れて、月曜日にはニューヨーク市警に渡して鑑定してもらいます」

「そうですか。それでここに」

「ええ」

マイクの鋭い視線が、あるものをとらえた。ジッパーつきのビニール袋とは別に、きれいに積まれた書類がある。いちばん上の文書には、法律事務所のレターヘッドがついている。

「これは？」

「法律関係の書類です。関係ありそうだと思うものを」

ひとつめの文書は、自分たちのクライアントに対しハーラン・ブルースターが「すでに支払われた額」に加えて「追加の支払を要求する」ことを止めるように命じる通知書だった。そのクライアントの名が、ＮＦＬのチームのオフェンスタックルの先発メンバーであることにマイクは気づいた。

ふたつめはカリフォルニア州ビバリーヒルズの法律事務所からの同様の通知書だった。「録画のいかなる複製」もゆるされない、とも記されている。クライアントの名前は、大画面の映像で何度も見たことのある有名な女性だ。

次の文書も差し止めの通知書だった。クライアントは有名な政治家で、この人物のスキャンダルならタブロイド紙はよろこんで高値で買うだろう。

「マンハッタンでも同様の通知書を見つけたので、追跡調査の資料としてニューヨーク市警にいくつか渡していますす。こんなことはしたくはないんですよ、わたしとしても。ブルースター家にも尊重されるべきプライバシーはある。しかし、真相を知るにはすべてを調べ尽くす必要がある」

「ハーラン・ブルースターが犯罪行為に関わっていたのはあきらからしい」

オーエン・ウィマー弁護士はけわしい表情でうなずく。

「もはやハーランの評判に配慮などしていられない。アネットの行方はわからず、生命が危機にさらされている可能性がある。どんな犠牲を払ってでも、真相をつきとめる必要がある」

71

クレア

屋外の照明がぱっと消灯し、すぐには暗闇に目が慣れなかった。が、クィン刑事がこの豪邸のなかにどれだけ留まっていられるのかわからないので、ただちに行動を開始した。

といっても、たいして動くことはできなかった。

広大な家の周囲をめぐるようにつくられている通路を進み出したとたん、外れた敷石にローヒールのブーツの踵《かかと》をひっかけて、きれいな植え込みに顔から突っ込んで倒れた。

「ぎゃっ！」思わず声が出た（音量は調節した）。

身を起こして、口に入った葉っぱを吐き出した。ふたたび進もうとしたが、今度は金髪のウィグがなにかに引っかかった。高さ一メートルほどの金属製の標識だ。丹念に外しているうちに、標識の文字が闇のなかにぼうっと浮かんできた。

アーネスト造園

こんなところになぜこの標識が？　不思議に思いながら、ふたたび、今度はもっと慎重に歩き出した。

一階の窓はたいていカーテンか鎧戸が閉まっていた。そのなかで一カ所だけ、窓が少しだけ開いていた。なかはケータリング仕様のステンレスのキッチンだ。少し落とした照明で薄暗い室内には、人の気配はない。この窓をよじのぼれば、かんたんに侵入できるだろう。なかをのぞくだけだ、というクィン刑事の言葉を思い出し、さらに通路を進んだ。

中庭は広々としている。八人は入れそうなホットタブの脇を通り、芝生のあちこちに置かれているテーブルや椅子を避け、石造りの巨大なバーベキュー用のコンロの脇をすり抜けた。

サンドキャッスルの裏手にまわると、うっそうと生い茂る木々が豪邸の壁に迫っている。石を敷いた通路はそこで行き止まりだ。引き返してもいいのだが、木々に光が反射しているのが見えた。覚悟を決めて、枝をかき分けながら、茂みに足を取られないように一歩ずつ進んでいくと、壁一面がガラスでなかが素通しになっている。

そっとのぞくと広い居間で、暖炉とウェットバーがある。白で統一された印象的な空間は、無菌室のようにも感じられる。壁には絵の一枚も掛かっていない。彫刻なども置かれていない。個性をいっさい排しているように見える。

漂白されたような不毛な空間で唯一の装飾品は、壁に並んでいる装飾用パネル五枚だ。それぞれにパークビューパレスの五つのガーゴイルの絵が描かれている。

身体の向きを変えようとした時、背後で枝がぴしりと折れる音がした。はっとして振り向くと、目がふたつ、こちらを見つめている。真っ黒い仮面？

72

目はふたつから四つ、六つ、とうとう八つに増えた。取り囲まれている！

アライグマの一家も驚いたらしく、あっという間に行ってしまった。心臓がバクバクして、その場から動けない。アライグマたちが木立を抜けて夜の闇のなかを遠ざかる音が聞こえなくなるまで、わたしはマネキンのようにつっ立っていた。

つまずいて転んだり、寒さに震えたり、ここをなわばりとする動物に脅されたりして、このあたりが潮時だと思った。車にもどろう。ところが、もどるとちゅうで別の小道を見つけた。窓から漏れる明かりが石に反射して水たまりのように光っている。

やる気がむくむくと湧いてきた。

窓から漏れる光は無人の廊下を照らす明かりだった。ほかにはなにも見えない。が、小道に面したもうひとつの窓からも光が洩れているのに気づいて、ちかづいてみた。なかをのぞくと、荒れ放題の部屋が見えた。ゴッサムスウィートのオフィスのような散らかりようだ。クィン刑事とオーエン・ウィマー弁護士がいる。紙類を積みあげたデスクの傍らに立ち、透明なビニール袋を熱心に見ている。なかには書類が入っているようだ。

窓はきっちりと閉まっていて、声はまったく聞こえてこない。のぞき始めてから一分もしないうちに、ふたりが握手をかわした。ということは、これから弁護士はクィン刑事を正面玄関から送り出すつもりだ。おおいそぎでトヨタにもどらなくては。

石を敷いた小道を全力で走った。走っても走っても、道がはてしなく続いているように感じる。母屋につながったサンルームを通り過ぎ、小さいけれど植物が元気一杯の温室を通り過ぎ、黒々とした水をたたえる反射池を通り過ぎた。

人の気配はない。使用人も、訪問者も。

ついに私道にたどり着き、それを横切ってトヨタのレンタカーの助手席側に飛び込んだ。その瞬間、屋外の照明がついて玄関からクィンが出てきた。

クィン刑事はトヨタのエンジンをかける前に、わたしがちゃんと乗っているかどうかを確かめた。車がゲートを通過するまで、わたしはダッシュボードの下に震えながらうずくまっていた。

「暗闇のなかを歩きまわってみたけれど、なにも見つからなかった」ようやく身を起こして、少しでも寒さをしのごうと両手で自分をぎゅっと抱きしめた。「気がついたのは、あの標識くらい」

「標識?」

「わたしたちにとても友好的だったアーネストの。アーネスト造園と書いてあったわ」

「アーネスト・ベリングがブルースター家の造園を? 変だな」

「昔のものかもしれない。それでも、調べてみる価値はありそうね。どういうつながりがあるのか」

「同感だ」クィンはヒーターを調整していちばん強くした。「震えてかわいそうに。トランクにウィンドブレーカーが入っているから取り出そう」

「いいえ、大丈夫。車内は暖まってきたから」

「いそいで戻ろう」

「ええ。ところで、なかでどんな発見があったの？　弁護士からなにか聞けた？」

「ああ、たくさん。まずは、ウィマーもハーランが殺されたと考えている。ハーランのハンプトンでの暮らしぶりについてはよく知らないらしい。パーティーに招待されて一、二度あの家を訪れたくらいで。ハーランの相談相手になっていた弁護士がこのあたりにいるらしい。フィクサー的な存在が。ウィマー弁護士はそれ以上は知らないそうだ」

「そのために彼はここに来たのかしら。フィクサーを見つけ出すために？」

「ちがうな。パークビューパレスの代理人としてアネットの発見に全力を注いでいると言っていた。何者かがブルースター家に復讐しようとしている証拠があるかどうかを調べる目的で来たらしい」

「成果はあったのかしら」

「証拠か？　山盛り一杯見つかった。ハーランを憎む人間はおおぜいいる。ハットフィールド家とマッコイ家のささやかな確執などかわいいもんだ。やつはゆすりをしていた。通知書から判断して、ハーランはホテルの防犯カメラを利用して、裕福で有名なゲストのスキャンダル、違法行為をネタに脅迫していたと思われる。そのことをアネットとウィマー弁護士には死ぬまで隠し通した。ウィマーはいまになってそれを知り、かなり取り乱しているようだ」

「ハーランはそのことでなんの罰も受けていないの？」

「受けた。ちがうか？　書面の日付は新しいものばかりだ。つまり、ハーランがゆすりに手を染めたのは、わりと最近なのだろう。おそらく金銭的な問題を抱えてのことだ。彼の人間性は、あの通り──愚かで薄情で利己的だ」

「そして、若い女性をほんとうにあんな目に遭わせたのなら、まちがいなく冷酷。そういうことに興奮を覚えるにちがいない」身震いを感じながらわたしは首を横に振った。それでも、これがきっかけとなって記憶がもどらないだろうかと願った。自分の身に──そしてアネットの身に──なにが起きたのか。

「これ以上、どうしたらいいのかしら」

「さぐるべき領域は、あとひとつ残っている。きみが直接関わりのある謎の領域だ」

薄暗いダッシュボードの光を浴びたクィン刑事の青い目が、キラリと光った。

73

家にたどり着くと、嵐が吹き荒れていた、外も、なかも。マテオはキッチンのコンロの前に立ち、シチューをつくっていた。ただ、煮詰まっていたのはシチューではなく、マテオのほうだった。わたしとクィン刑事がなにもいわないうちに、留守の間はなにもなかったとマテオが報告した。かなりトゲのある口調で。

「スティーブンスは来なかった。ニューヨーク市警のSWATもあらわれなかった、正直、来てくれないかと期待していたが。それもこれも、ここにいるデカのせいで」

クィン刑事とわたしは顔を見あわせた。ディナーの席はピリピリしたものになりそうだ。

「料理はできている。腹は減っているか、きみたちは」

「はらぺこ」クィンとわたしの声がそろった。

「ふん、ふたりでデュエットか？　テーブルセッティングをしてくれ。なにがどこにあるのかは、わかっているな」

数分後、クィンとわたしはキッチンの一角の、クッションのきいた長椅子に腰掛けていた。わたしたちの後ろには窓があるけれど、外は暗く、雨が打ちつけている。マテオがわたししたちのボウルにシチューをよそう。さらに熱々のロールパンとトルティーヤを入れたバスケットをテーブルにドンと置くと、わたしたちの向かいに腰をおろした。

わたしは食べ始めたとたん、記憶があざやかによみがえり、気が遠くなりそうになった。

「あなたが得意なコーヒー・ビーフシチューとよく似ている。いっしょにいたころは、わたしとジョイのためによくつくってくれた」

「ああ」マテオの返事は少しぶっきらぼうだ。

「でも、なにが違うのかしら」質問をすればマテオが機嫌を直して饒舌《じょうぜつ》になってくれるのでは、と期待した。とげとげしさが消えてくれるのではないかと。

「いまきみたちが食べているのは、カルネ・コン・カフェをアレンジしたものだ」マテオの声はまだ少し硬い。

「エルサルバドルから持ち帰ったレシピね。マヤ文明の流れを汲む料理でしょう。アレンジしたこのバージョンにはなにが入っているの？」

「牛肉の大きな塊がゴロゴロ、野菜、ブイヨン、コーヒーだ。急いでいる時にはこっちをつくる。感想は、クィン？」

「コーヒーを使っているのか」クィン刑事は信じられないという表情だ。

「そう。コーヒーで牛肉をやわらかくする。それからきつね色に炒める。肉が吸わなかったコーヒーを鍋に入れる」

「それでシチューにコクが出て、土の風味が加わるのね」つい熱っぽい口調になった。

「うん、絶品だ。ありがとう、アレグロ」クィンは息継ぎをしながらいう。

「ありがたいと思うなら、行動で示してもらいたい。ふたりの探偵ごっこを即刻やめてくれ」

「え？　どういう意味？」わたしはちぎったトルティーヤをおいしい牛肉のスープに浸しながら聞き返した。

「ハーラン・ブルースターは卑劣な野郎だった。そんなヤツが死んで、せいせいしている。事故死だろうが、殺人だろうが、どうでもいい。きみのことが心配なんだ、クレア。きみはジョイの母親で、ぼくにとってはビジネスパートナーだ。だいじな存在なんだ。ここに連れてきたのは、安全な環境で少しでも記憶を取りもどせるようにという思いからだ。死んだ男の忌まわしいスキャンダルを暴いて、どうなるっていうんだ。まったく理解できないね」

「あなたと別行動を取ってからわたしたちがなにを発見したのか、それを知ったら、とてもそんなことといえないわ」わたしは静かな口調で彼に伝えた。

マテオはスプーンを置き、クィンのほうに身を乗り出した。

「どうだ、満足か？　クレアはきみのせいで記憶喪失になり、その記憶を取りもどすことを、きみのために後回しにしている」

我慢できずにわたしがぎゅっと拳を握ると、すかさずクィンに押さえ込まれた。

「よくもそんな偉そうに。ここに連れてきたのだって、けっしてそんな純粋な気持ちではなかったはず。あきれてしまう。どうして素直に聞けないの？」

「落ち着こう！　そう興奮しないで」クィン刑事が調停役となった。「全員、気持ちを静めよう。ワインはないか、アレグロ？　キリキリしても始まらない。いったんリラックスしないか？　仲間割れはやめよう」

マテオは自分のナプキンを叩きつけるように置き、スペイン語でうらみごとを口にした。それでもクィンの提案にしたがって、取っておきのキャンティのコルクを抜いた。ブラックチェリーとオークの芳醇な香りが放たれた。料理のにおいをかき消すほどの力強さだ（ある意味、場違いであり、わたしと似ていなくもない）。

わたしたちは黙々と食べた——そして飲んだ。しだいに、雰囲気がやわらかくなってきた。

「さて、話してもらおう。どんな収穫があったのか」ようやくマテオが口をひらき、自分のワイングラスにお代わりを注いだ。

「ダナ・タナーという若い女性のことは憶えているわね。ギャロップ・グウェンの話では、姪のダナはハーランとランチをする当日に行方不明になった。発見された時には、部分的に記憶喪失の状態で、けっきょく自殺を図ることに——」

「その彼女がどうかしたか？」

「彼女の母親、フローラ・タナーをたずねていって、話をきいたわ。ダナが見つかった後、とつぜん、ある人物が接触してきたそうよ。アップステートの自分のクリニックで無料で治療するという申し出だった。誰だと思う」

マテオがワイングラスを置いた。

「まさか、ロルカじゃないだろうな」

「そのまさかだ。ドミニク・ロルカ医師だ」こたえたのはクィンだ。

「偶然か？　あの男は研究したことを本に書いている。そのために興味深いケースを積極的にさがしているのかもしれない」

「かもしれない。しかし、単なる偶然と片付けていいのか――」

「どうでもいいことだ。確かに、きみたちは事実を掘り起こすのに成功した。大収穫だ。だがそれがなにかの決め手になるというのか？」マテオは挑戦的だ。

クィン刑事は携帯電話を取り出した。

「クレアがいった通り、素直に聞いてくれ……」

クィンはOD班の右腕、フランコ巡査部長に電話をかけた。軽く挨拶をかわした後、スピーカー機能に切り替えてクィンは巡査部長に指示した。

「過去十二カ月間、行方不明になった人物が記憶喪失の状態で発見された事例について調べてくれ。それとは別に、犯罪被害者または目撃者が捜査の過程で記憶を障害されたというケースも調べて欲しい。そしてもうひとつ、ロルカ医師と彼のクリニックについての言及があるケースも、すべてリストアップしてくれ」

「なにを探しているんですか？」フランコがたずねる。

「出そろったら、わかる」

「了解。取りかかります」

「それから、〝きみのいとこ〟が治療を受けていた病院で、誰が窓口になっていたのかも調べてくれ。ロルカを呼んだ人物を知りたい」

「わかりました。ほかには？」

「アーネスト・ベリングとフローラ・タナーの身元を洗ってくれ。アーネスト造園に関しても」クィンはフランコに彼らの住所を教えた。

「これですべてですね？」

「連絡を絶やさずにいてくれ。わたしもそうする」

通話が終わると、マテオが首を横に振った。「なにを期待しているんだ？」

「推測はできるが、ここは辛抱して、フランコがデータベースからなにを発掘できるのかを待とう」

「釣り糸を垂れて、か」

「刑事はしじゅう釣りをしている。経験上、辛抱できなければなにも釣れない」

わたしは笑ってしまった。

「わたしの元夫の辞書に、辛抱の文字はないわ」

「反論はしない。スピードこそ命だ」マテオはグラスを掲げて乾杯した。

「元薬物依存症の言葉はちがうな」クィンのコメントだ。

「それをいうなら、バリバリのカフェイン依存症の言葉だ」マテオが立ち上がった。「そろそろコーヒーか？　それとももっとワインか？」

「ワインを」クィンとわたしの声がそろう。

「ふたりとも、用心したほうがいいぞ。イン・ウィーノー・ウェーリタースだ」

「どういう意味かしら？」

「酒に真実あり」

「ラテン語の意味は知っているわ。あなたがなにをいいたいのか」

「しらふの状態では、そこのイーグルスカウトときみは自制心の塊みたいだが、ほろ酔いになればどうかな。大丈夫なのかな、おふたりさんは」

「酔っ払うつもりはないわ。あなたはどう、ミスター・イーグルスカウト？」

彼がにっこりした。「わたしはアイルランド系の警察官だ。酒に飲まれることはない」

酒量が増すとともに真実を胸におさめておくことができなくなったのは、マテオだった。

「この男がここにいるせいで、クレアは危険にさらされているんだ。まちがいない」クィンを指し示すようにグラスを揺らす。「携帯電話だって、いつ鳴るかわからない。そうなれば――」

まるでこの瞬間を狙い定めたようなタイミングで、クィン刑事の携帯電話が振動した。それを取り出して、クィンが片方の眉をあげて見せる。

「ロリ・ソールズからだ」

「誰なの？」

「きみの行方を追っている二人組の刑事の片割れだ」

なるほど。「ハンプトンからかけているのかしら」

「確かめてみよう」

74

「ロリ・ソールズの声が聞こえるように、スピーカー機能に切り替える。ふたりとも、絶対に音を立てないように」クィンが命じた。

わたしとマテオがうなずくのを確かめて、クィンは電話に出た。

「やあ、ソールズ刑事。クレアは見つかったか？」

「まだ。ワシントンＤＣは無駄足に終わりました。でも娘には監視をつけています。それから逃走車両をニュージャージーまで追跡し、その後、行方がつかめなくなりました。まだ州内にいる可能性が高いと思われます」

「クレアが前に暮らしていた土地だ、ニュージャージーは。そこにいると考えるのは妥当だ」

「ええ。アレグロは彼女を旧友のところに連れていき、滞在させているかもしれない。だからクレアとつきあいがあった人たちを調べています」

「わたしはいまロングアイランドで、別の事件の手がかりを追っている。引き続き情報を伝えてもらいたい。やつがわたしのフィアンセをどこに連れていったのかを知りたい。アレグロは携帯電話を所持しているのか？」

「いいえ。所持してくれていたら楽だったのに。ブルックリンの倉庫に残っていました。それを調べたけれど、収穫なし。彼がクレジットカードを使うのを、スー・エレンとわたしは待っています」

「使ってくれるのを待とう」

「ほかに手がかりはないのね、マイク？」

「ニュージャージーの捜索に希望をつなごう」

「わかりました。また連絡します」

「頼んだぞ、ロリ」

通話が終わり、マテオとわたしはクィンを見つめた。

「信じられん」マテオがつぶやく。

「木を隠すなら森の中、だ。もしもわたしが携帯電話を自宅に残して、なんの応答もなければ、たちまち疑惑が生じるにちがいない。しかしわたしはここでこうして、リラックスして報告を受けている。携帯電話の位置情報を確認されたとしても、ここにいることになんの矛盾もない。おわかりかな？」

「いや。わからないね。彼女の言葉を聞いただろう。彼女とその相棒はまだぼくの行方をしつこく追っている。クレアがいっしょだと信じて」

「その通りだ」クィンが身を乗り出した。「だから、きみが元妻、そして愛娘の母親を助けたいと、本気で思っているなら、方法がある。警察はきみがクレジットカードを使うのを待ち構えている。だから使え——クレアから遠く離れたところで」

「自分の家から出ていけというのか？」

「いいか、アレグロ。きみを警察に売ったのは、きみの実の母親だ。いま関係者全員のために最善を尽くすには、陽動作戦を実行することだ。北上しろ。クレジットカードを使いながら、つぎつぎに居場所を変えていけ。確実に捕まるだろうが、そうなったら、クレア・コージーについていっさいなにも知らないという。いいな」

マテオは頭のなかで、そのプランを検討しているのだろう。が、すぐに結論を出した。

「わかった、やるよ。かんたんじゃないか。それにいまさら警察の事情聴取なんて痛くも痒《かゆ》くもない。軽いおしゃべりみたいなものだ」そこでマテオがわたしをじっと見つめた。「ぼくが出た後、どうする？　ここには好きなだけいていいんだぞ。隠れ家にはぴったりだからな」

いろいろな意味でね。「ここにいたいというわけではない。ただ——」わたしはクィンを見た。「ほかに行き場があるのかしら？」

「ニューヨークにもどるという手もある。きみのビレッジブレンドに」

「え？」今回はマテオとわたしのデュエットとなった。

「木を隠すなら森の中。忘れたか？　月曜の午後に法律事務所と打ち合わせの予定だ。クレアのケースを依頼すると決まれば、法的な戦いを始められる。記憶の回復にも引き続き取り組めばいい。せっかく変装しているんだから、そのままで自宅で寝泊まりしてビレッジブレンドのバリスタの一員に加わればいい。ネコの世話もできる。留守のボスの代わりに」

「悪くないな。記憶を取りもどすためのブレイクスルーは感覚的な刺激がカギとなる。大好きな自宅ならいろいろ期待できる。そうすればいい、クレア。行方不明になる前の自分にもどるチャンスかもしれない」マテオが渋々認めた。

「本音をいうと、帰るのは少し不安があるけど。でも、やってみる。その価値はあるわ」

マテオはワイングラスをテーブルに置いてあくびをこらえた。「このくらいにしておこう。もう寝る。悪いが後片付けはまかせた。明朝は夜明けには起きる、始発のフェリーに乗るつもりだ。それから、ここを出る時には戸締まりをして、セキュリティシステムをセットするのも忘れずにな。カギを置いていく、暗証番号も教えておく」

「待って」階段に向かおうとするマテオをわたしはつかんだ。「ほんとうに夜明けに出発するの？」

「できればいっしょにいたいよ、クレア。だがしかたない。きみのためにせいぜい頑張って時間稼ぎをするよ」

「行き先は決めているの？」

「まずはコネティカット。それからロードアイランド。その先は、おそらくマサチューセッツ、バーモント、メインかな」

「昔の恋人がいるのね、きっと。それも、五人も」

「お見通しか。昔の彼女が見つからなければ、新しい相手を見つけるさ」彼が肩をすくめる。

「心配いらない。旅さえしていれば、ぼくはご機嫌だ」

「ええ、わかっている。出発の前に、ひと言いわせて。いい?」

「いいもなにも、断わってもいうんだろう?」

彼が腕を組んで、わたしの言葉を待っている、大きく息を吸い込み、正確に伝わりますようにと願いながら口をひらいた。

「マテオ、あなたにはこんなところは似合わない。退廃しきったハンプトンは。あなたは怖れを知らないコーヒーハンターで、世界を股に掛ける探検家だった。地位やお金に執着する人ではなかったはず。ハリウッドの豪邸まがいの大邸宅よりも、星空の下でテントを張って眠るほうが心地いいと思う人だったわ。わたしの記憶のなかでは。それからもうひとつ、夫としてはゆるしがたいところはあったけれど、人としては憎めない。数え切れないほど、すてきなところがある」

マテオはうめくような声を洩らし、目をそらした。のっぺらぼうの壁と、これ見よがしな吹き抜けの天井を仰いだ。そのまま、なにもいわず静かにうなずいた。そしてふたたびこちらを向いた。かすかに寂しげな、でもやさしい表情だった。この家に来て、ようやく本来のマテオが顔をのぞかせた。

わたしは彼のそばにちかづいて両腕を広げ、強く抱きしめた。

「ありがとう、マテオ・アレグロ。あなたの愛情に、心から感謝している」

「これからもずっと変わらない。忘れるなよ」彼もわたしを強く抱きしめ、頬にキスし、身を離した。

「後は頼んだぞ、デカ」

「まかせておけ」

「おやすみ、クレア。つぎに会う時には——じきに会えると信じているが——もっとましなことを思い出しているように期待するよ」

「ええ、わたしも」

75

マテオが寝室に引き揚げてしまうと、急にあたりがしんとして感じられた。あれだけのエネルギーを発散させていたのだから、無理もない。ほっとする反面、少々困った状況でもある。

わたしとクィン刑事は、マテオがいった通り、〝自制心の塊〟だった。悔しいけれど、当たっている。クィンといっしょに食器を片付けてキッチンをきれいにする作業に没頭しながらも、どこか気が重かった。

とうとう作業が終わってしまった。

ワインをもう一本開けて暖炉の前のカウチでくつろごうとクィンがいい出した。こうなったら、本音をいってしまおうと決めた。

「あなたといっしょにいると、まだほんの少し不安がある」

「不安？　今日いちにちで、ずいぶん打ち解けたと思っていた……」少し間を置いて、クィンが続けた。「なにがその不安を引き起こしているのか、言葉にできるだろうか？」

「いいえ。ごめんなさい」なんだか恥ずかしくなって、つい、そんなふうにいってしまった。

けれどもすぐに思い直した。そんな弱いことでどうする、と自分が腹立たしくなった。しっかりと説明しよう。

「車で移動して同志として力を合わせるのは、ぜんぜん違和感がなかったし安心だった。ちょっとしたスリルも味わった。ただ、こんなふうにふたりきりになると、落ち着かない気持ちになる」

クィンの悲しげな表情を見て、ふたたび胸が張り裂けそうになった。そして、あっと思った。

「不安の正体は、期待よ。あなたにはなにも責任はない。でもわたしはどうしても自分を追いつめてしまう。あなたの期待にこたえられない自分を。あなたが求めているわたしには、まだなれない。もしかしたら、永遠に」

クィンは目を閉じた。が、すぐに開いてわたしを見つめた。

「いいたいことは、よくわかる。しかし、それはいったん脇に置くというわけにはいかないだろうか。わたしの期待にこたえられないという不安をのぞけば、わたしは信頼に足る人間と思われている。そう考えていいのかな」

「ええ――理屈ではそうなるはず」

「そうなるはず？」

「マテオはわたしをあなたとふたりきりで残して出ていく。それはよほどあなたを信頼しているということ。その信頼を得るには、長い時間がかかったはず。わたしの元夫はそういう人。だから理屈からいえば、あなたはわたしにとって信頼の置ける相手なの」

「理屈は理屈だ。きみの気持ちは？」

彼の目の氷のように澄んだ青い色を見たら、なにもいえなくなった。悲しみと愛情のこもったまなざしだった。この人と歩んできた歳月について、なにひとつ思い出せないなんて。いたたまれなくて、目をそらして窓に視線を向けた。暗い窓には冷たい雨が叩きつけている。顔をそちらに向けたまま、ありのままを伝えるしかなかった。

「気持ちといえるほどのものは、まだなにも。あなたとはまだ出会ったばかりで。だから、そろそろ寝室に引き揚げましょう。自分の部屋に」

「きみの言葉はちゃんと伝わっている、クレア」

クィン刑事は顎の無精ひげを掻いた。「そうだな。二階の部屋で、ゆっくりくつろぐといい。わたしも寝室に入る。なにか思い出すようなことがあれば、起こして教えて欲しい。不安になったり、決まり悪いなどとは思わずに」

「ええ、そうするわ。おやすみなさい」

76

ゆっくりとくつろぐといっても……。

凍てつくほど寒い寝室では、そうかんたんではなさそう。

豪華な今宵のねぐらに向かって豪邸の階段をのぼった。クィンはついてこない。彼は携帯電話を取り出してソファの方に向かった。先にわたしが二階にあがってプライバシーを確保できるようにという配慮なのだろう。

そんな思いやりがうれしかった。彼への信頼感が少し増した。

階段をのぼりっていくと、マテオの部屋のドアがしっかりと閉まっているのが見えた。なぜか胸が締めつけられた。彼はもう他人なのだ。それなのに、わたしは彼のことしか憶えていない。恋愛の相手として、そして人生をともにした男性として。

ため息をひとつついて主寝室のドアを開けたとたん、ぞくぞくと身体が震えた。そういえば、新鮮な空気を入れようと窓を少し開けて、そのままだった。気温はすっかり下がって風雨が吹き荒れたおかげで、広々とした室内はもはや心地いい空間ではなくなっている。

いそいで窓を閉めてガス式の暖炉をつけた。あまりにも寒いのでクロゼットからエスターのロゴつきジャケットをつかんだ。それを着ながら、ポケットがかさばるのに気づいた。手を入れてみると、葉書大の絵のプリントが何枚も出てきた。

「こんなもの、どこで？」

頭がまっしろになった。が、思い出すことができた。最近の記憶だ。マダムといっしょにパークビューパレス・ホテルのゴッサムスウィートにいた時だ。アネット・ブルースターの黒いファイルから、このプリントが落ちた。そのファイルに入っていたはずの最新の遺言書は、なぜか消えていた。わたしは床に落ちたプリントを拾いあげて、戻すのを忘れていた。そのままポケットに入れっぱなしだった。

絵のプリントは全部で六枚。一枚ずつ見ていった。どれもうつくしい。ウィットが感じられたり、哀愁を帯びていたり。アネットにとって、重要な絵だったにちがいない。だからこうして絵はがき大のカードにプリントしたのだろう。ひじょうにすぐれた絵なのに、画家の名前にはまったく憶えがない。本や雑誌で目にしたこともない。

カードの裏には「ジェームズ・マズール」という名前、パリの画廊の住所、絵のタイトルが英語とフランス語で書かれている。

一枚目は『思いがけないやさしさ』。寒い時期の雨降りのパリの昼間の街角だ。土砂降りのなかにみすぼらしい老人がひとり。若い女性が笑顔で彼に傘をさしだし、男は驚きの表情を浮かべている。

二枚目と三枚目はパリの同じ街角を描いている。一枚は、建物の窓と街灯からの金色の光で照らされた、憂いに満ちた静かな光景だ。もう一枚は日中、フラワーボックスに色とりどりの花がこぼれんばかりに咲き、明るい印象となっている。

四枚目のタイトルは『別離』。駅のさびれたプラットホームで恋人が別れのキスをしている。五枚目の『待つ』は、エプロンをつけた若いウェイターがカフェの戸口にもたれ、その視線の先には美しい女性がひとりでコーヒーを飲んでいる。彼女はぼんやりと窓の外を見つめ、若者のあこがれのまなざしには気づいていない。

最後の一枚は『サンセット・バスケット』というタイトルで、フランスの田舎の豊かな光景がみずみずしく描かれている。前景にはピクニックのバスケットが置かれ、パン、チーズ、フルーツ、ワインがたくさん入っている。遠くには年配の女性が昔風の自転車に乗っている姿。自転車は、野の花を摘んでいる銀髪の紳士のほうに向かっている。

マズールの作品はどことなくホッパーの絵に通じている。対象へのアプローチはホッパーよりもソフトでロマンティックだ。画風も色の感じも、ゴッサムスウィートに掛かっていた二枚の絵――パークビューパレスとセントラル・パークと馬車、そしてアネット・ブルースターの肖像画――とそっくり。あの絵には、どちらも署名がなかった。

どうして？

奇妙な感覚が、ふたたび自分の奥深くからじわじわと広がってきた。わたしはこの絵のことをもっと知っている。それがわかるのに、頭のなかの壁には空っぽの額縁が並び、そこにかつて絵が存在していたという形跡が残っているだけ。

絵のカードをジャケットのポケットに押し込み、マテオの家の真っ白な壁を見つめた。これではあまりにも孤独だ。誰からも切り離され、異空間に漂っている感じ。

ゆっくりとくつろぐといい……。

クィン刑事の低い声が蘇った。思いやりのこもった、温かい声。少しだけ、元気が出てきた。

「そうよ。悶々としていても始まらない。こんな冷凍室みたいな部屋にいるからいけないのよ」声に出して自分を励ました。

寝室につながっている浴室に入り、シャワーの湯を出した。すぐに湯気で鏡が曇る。服をぬいでシャワーを浴び、タオルで身体を拭きながら、日本式のバスタブに目を留めた。そういえば、マテオはこれを試してごらんと勧めていた。

試してみる？　ここで過ごすのは、今夜限りなのだから。

銅製の大きなバスタブに熱い湯を満たして、入ってみた。目を閉じて、思わずつぶやいた。

「気持ちいい」

緊張でこりかたまっていた筋肉と頭と心の奥がゆっくりとほぐれていく……。

思えば、公園のベンチで目ざめてからというもの、病院のベッドで絶望的な時間を過ごし、車で逃走し、ハンプトンのこの奇妙な家に来たのだから一刻も気を抜く余裕などなかった。緊張の連続だった。

いまはそれをすべて手放し、ただただ……無の境地……。

雨が窓を叩く音を聞いているうちに、マズールの絵が頭に浮かんだ。土砂降りのパリの街角を描いた『思いがけないやさしさ』。でも、浮かんできたのは小さなカードの絵ではない。キャンバスに描かれた原画をうっとりと眺めた記憶だ。すばらしい作品だった。アネットがいっしょにいた。ジェームズ・マズールについて愛情を込めてわたしに語った。彼女はジェームズを愛していたのだ。生涯かけて、いまもなお愛している。

あれは倉庫のなかだ。わたしとアネットは立ったまま、マズールの作品六点をすべて鑑賞した。あれはテッサの倉庫。テッサ・シモンズ。アネットの姪！

とつぜん、クラクラと激しいめまいがして、一気に記憶が押し寄せてきた。大西洋を吹き荒れる嵐のような激しさで。

77

マイク

彼女の声がした。呼んでいる。

「マイク！　マイク！」

「クレア？」

最初は夢かと思った。目をこすり、夢ではないと気づいた。彼女がここにいる。この寝室に、そして興奮した口調でまくしたてている。

「思い出した。思い出したわ！」

室内は薄暗い。マットレスが沈み込むのを感じた。彼女がすぐそばに腰掛けたのだ。外では嵐が荒れ狂っている。稲妻が走った。天上からの光が窓からさしこんで、一瞬、彼女の姿が浮かびあがり、思わずはっとした。

栗色の髪は湿り気を帯びて乱れ、くちびるはかすかにひらいている。彼女がこちらに身を寄せ、新鮮な香りがたちのぼる。そして——彼女がランプを灯した。

テリークロスのバスローブはあわててベルトを結んだらしく、動くたびに素肌があらわになる。曲線を描く彼女の身体に、マイクは反応してしまう。抑えようとするが、心のどこかで彼女に受け入れられることを願った。マイクとのことを彼女が思い出したというのなら、バスローブは邪魔なだけだ。

「なにを思い出した？」ざらついた声で期待を込めてたずねた。

「ジャージー・シティ」

マイクはごくりと唾を飲み込んだ。自分でも思いがけないほどの失望感に襲われ、すぐにはこたえられない。彼女はベッドを共にするためにやってきたのではない。取りもどした記憶について話すために——それはあきらかに、マイクに関する記憶ではない。

「ジャージー・シティ？」やっとのことで聞き返した。なんとか気持ちを立て直すことができそうだ。

「ええ。先週、ウェディングケーキの試食会の前に、アネット・ブルースターに連れていかれた……」

クレアは取りもどした記憶のことですっかり興奮しているので、マイクに対して感じていた恥ずかしさも吹き飛んでいる。彼が身を起こして胸がはだけた姿を見せれば、クレアは顔を真っ赤にして飛びのくのではないかと予想したが、みごとにはずれた。焦るどころか、彼女は鑑賞するようにマイクの両肩を、胸を眺め、ふたたび彼と視線を合わせた。その間、マイクはじかにふれられているような感覚をおぼえていた。

「あの晩、アネットは夫の死について調べて欲しいとわたしに依頼した。セントラル・パークにちかい彼女のホテルに行く前に、ニュージャージーの倉庫に車で行ったのよ。テッサ・シモンズが借りていた倉庫に」クレアの声はややうわずっているようだ。

クィンが顎の無精ひげをさすりながら、たずねた。「テッサ・シモンズとは?」

「ブティックホテル・チェーンを経営している若いCEOよ。テッサはアネット・ブルースターの亡き兄の娘。だから彼女の姪……」

クレアは思い出すことに夢中で、バスローブが少しはだけて太腿がのぞいたことに気づいていない。マイクはベッドの上で姿勢を変えて、気が散らないようにした――が、無駄だった。

「倉庫でアネットは、ジェームズ・マズールという画家の絵を六点見せたわ。とても特別な絵だといって」

「絵? 特別、とは?」

「アネットとその画家は、ずっと昔に出会った。ふたりともまだ若いころに。彼女にとってジェームズは、生涯にたったひとり心から愛した人。そのジェームズと、ちかいうちにいっしょになるのだと……」

ジェームズ・マズールはアネットを置いてパリに渡り、以来何十年も音信が途絶えていたという。ふたりの出会いはセントラル・パークだった。アネットは公園を散歩するのが日課だった。ジェームズはいつもそこでうつくしい絵を描いていた。ふたりはたちまち恋に落ちた。だがアネットの父親は娘の将来について計画を温めていた。もともとパークビューパレス・ホテルの後継者はホルブルック家の長子――アネットの兄――のはずだった。ところが、その兄は小型機の事故で若くして妻とともに悲劇的な死を遂げ、ひとつぶだねのテッサが遺された。まもなくアネットの母親も亡くなり、父親はアネットにジェームズと別れるように迫った。ホテルの跡取りとして事業経営を学んで、家族としての責任を果たせと。

「アネットはジェームズと別れたことをずっと悔やんでいたそうよ。父親は数年後に発作を起こして亡くなり、その直後に出会ったのがハーランだった。アネットを魅了して結婚を申し込んだ。けれども結婚して早々にアネットは目が覚めた。夫は思っていたような人物ではなかった」

「それから歳月が過ぎて、アネットは代々受け継いできた街のランドマークであるホテルの経営と、姪のテッサの面倒をみることに生き甲斐を感じていた。二年前、アネットに乳がんが見つかった。さいわい無事に克服できたけれど、闘病中に姪のテッサにジェームズのことを打ち明けたそうよ。大恋愛したこと、彼とともにパリに渡らなかったことをずっと後悔していたことを。それでテッサは、ひそかにジェームズという画家を探し出すことを引き受けた」

「見つかったのか？」

「ええ、数カ月前に。テッサが経営するジプシーというホテルが初めてフランスにオープンするのを記念して、美術展を企画した。その準備中にジェームズを見つけた。彼は独身を通し、アネットのことをずっと忘れずにいた。アネットの気持ちを知った彼はフランスの田舎の自宅に招いて、彼女はそこに滞在した。ハーランが亡くなり、アネットはようやく真に自分が望む人生を歩き出そうと決めたのよ。傷を癒やし、人生をやり直すことができるのは、姪のテッサのおかげだとアネットはいったわ。あと少しで、最愛の男性とふたたびいっしょに生きていけるのだと」クレアはさらに続けた。

「ひょっとしたら、誘拐騒ぎは綿密に練られた作戦なのかもしれない。そうは思わない？ハーランのせいでアネットは法律上は厳しい立場に立たされた。そこから脱出するための計画、彼女が自由になるための計画よ！」

クレアはマイクの腕に自分の手を置いた。それはマイクにとって、ただごとではない事態だ。ふたたび稲妻が走り雷鳴がとどろいた。クレアはビクッとした拍子に、バスローブの乱れに気づいてあわてて身体に巻きつけた。さらにベルトを結び直すあいだ、マイクは無関心をよそおうのに全力を傾けた。クレアから示された仮説について考え込んでいるふりをして、窓ガラスを叩く雨を見つめた。彼女を引き寄せたいという強い衝動と必死に闘いながら。

「どうだろう……」クィンは首筋をさすりながら、なんとか筋道立てて考えようとした。「きみの記憶喪失は心的外傷によるものだというのが医師の診断だ。つまり……ひじょうに動揺するなにかを目撃して心がシャットアウトし、ある時期の記憶を思い出せない。それが果たして綿密に練られた計画だろうか」

「心的外傷だと主張したのはロルカ医師よ。あんな人、わたしは信頼できない。だから参考にする必要はないわ」

マイクとしても異論はない。だから黙っていたのだが、クレアには誤解されたらしい。

彼女は眉をひそめた。「賛成してくれないのね。アネットの行方不明が自作自演だったとは思わないのね？」

「いや、そういうわけではない。ひとつの可能性ではあるが、かなり大胆な仮説だ」

そこで彼女の緑色の目が輝いた。「テッサ・シモンズに直接確かめたらどうかしら？　相手が嘘をついていても、見抜く自信はあるわ」

「そうだな」

「ではそれで進めるとして、もうひとつ、あなたに聞いてもらいたいことがある……」

「もうひとつ？」

「アネットの妹のビクトリアが、テッサとアネットが激しい口論をしていたと話していた。でもね、アネットは姪についてなにも悪いことはいっていなかった。ビクトリアはテッサを陥れようとしているのかしら。どう思う？」

「その動機は？」

「動機としてあげるとしたら、テッサはパークビュー・パレス・ホテルを受け継ぐことになっているから。ハーランが亡くなり、アネットは行方不明になり、ビクトリアは自分がホテルの跡取りになろうと考えているのかもしれない。テッサに疑いがかかれば、遺言に異議を申し立てるチャンスが生まれるわ」

マイクはしばらく考えて、質問を投げた。「誘拐の背後にアネットの妹が関わっている。そういうことか？」

「わからない。ビクトリアは動転しているように見えた。姉の行方をさがそうと必死の様子だったわ。演技だったのかもしれないけれど。それともテッサがひと芝居打ったのかしら。アネットの信頼を勝ち取るために。なんとでも考えられるわね。誘拐そのものが、アネット自身が裁判沙汰から逃れるための工作だった、という可能性も含めて」

「テッサ・シモンズは救いの天使かもしれないし、とんだ悪党かもしれない。そういうことか」マイクはいったん間を置いて、少し改まった口調で続けた。「いいにくいことだが、きみの記憶はかならずしも正確ではない。それを考慮に入れておく必要がある」

「だからこそテッサに会ってみたい。自分で確かめたいのよ」

「どこで？　ヨーロッパか？」

「わたしの記憶がまちがっていなければ、彼女はいまニューヨークよ。クイーンズのロングアイランドシティにできたばかりのジプシー・ホテルに滞在している。美術展を開くんですって。アネットに招待されたわ。テッサに紹介するからと」

「確かめてみよう……」クィンは携帯電話に手を伸ばし、ジプシーのウェブサイトをひらいた。

「きみのいう通りだ。クイーンズのホテルで今週末にアートのイベントがおこなわれる。サイトの情報では、地元の二十人のアーティストが新しいホテルの装飾のコンペに参加している。そのひとりはビレッジブレンドのバリスタだ。タトゥーのある彼だ」

「ミスター・ダンテ？」

マイクがうなずくのを見て、クレアは思いあたることがあった。公園のベンチで目ざめた後の記憶だ。ミスター・ダンテはアートのコンペがちかづいているからクールに決めようとしてひげを伸ばしていると、エスターにからかわれていた。

「電話を貸して。テッサを直接知っているかどうか聞いてみる。紹介してもらえるわ」

「もうこんなに遅い。朝になってからでも間に合う」

クレアはいま、エネルギーの塊だ。これだけの記憶が一度にもどったのだから、きっともっと思い出せると希望に満ちているにちがいない。マイクと歩んだ日々についても積極的に思い出そうとしてくれるだろうか。そうなることを秘かに彼は祈った。

その祈りが彼女に通じたらしい。

なんの前触れもなしに、ぱっと身を乗り出してマイクにすばやくキスした。さえずりのような、ほんのかすかな接触だった。それでもこの週末、彼女がこんなふうに具体的に好意を示したのは、初めてだ。

「アネットは無事かもしれない」彼女が目を輝かせている。「テッサは彼女の居場所を知っているかもしれない。そうしたらアネットの行方不明の謎は、明日、すべて解決する。ハッピーエンドよ。その先はどうなると思う？」

「どうなる？」

「わたしたちの人生の記憶を取りもどすことだけを考えればいい」

「わたしたちの人生？」マイクが片方の眉をあげた。

彼女はにっこりして片方の手を伸ばし、彼の頰に触れた。ざらっとしている。

「そうよ、マイク。そういったわ」

マイクは目を閉じてクレアの手のひらにくちづけをした。目をあけると、彼女は微笑んでいる。それを見てほっとした。

「あなたのいう通りだったわね」おやすみなさいという言葉とともに、クレアは部屋から出ていこうとした。

「なにが？」

「あなたは心から信頼できる人」

78

クレア

翌日の午後には、荷物をまとめ車で街に向かった。荒れた天候のなかサウスフォークの田園地帯を抜け、ロングアイランドの郊外の風景を走った。

クイーンズ区の境に到達した。もうすぐイーストリバーだ。人口密度の高い、いわゆる都市部に入る。天気はよくならないけれど、どんよりした空の下でもマンハッタンのスカイラインは輝いている。それを見たとたん、たまらなく幸せな気持ちになった。ようやく帰ってきた、と思った。ここで過ごした日々のすべてを、まだ思い出せたわけではないけれど。

マイク・クィンといっしょにいることにも満足していた――いろいろな意味で。

長いドライブの車中で、わたしたちはいまこの時を純粋に楽しもうと申し合わせた。過去のプライベートなことはいったん棚上げして。レンタカーのワイパーの規則正しい音を聞きながら、マイクとわたしはアネット・ブルースターの件について検討を重ねた。

わたしが唱えた〝自作自演説〟にマイクはあきらかに懐疑的だ。それでもいっしょにアネットの姪に会いに行ってくれるという。すでにミスター・ダンテと会う手はずは整えている。そのために用心深いメールを送った。

ぜひともきみに協力してもらいたい。きみが参加する美術展の主催者テッサ・シモンズと会いたい。彼女に紹介してもらえないだろうか。わたしと、わたしたちの共通の友人のために。

ミスター・ダンテからは、テッサと個人的に知り合いではないが、方法をさがして追って連絡すると折り返し返事があり、さらに、会う場所を指定してきた。

わたしは段取りを決めていた。テッサと会ったら握手し、単刀直入に質問するつもりでいた。アネット・ブルースターはいま昔の恋人ジェームズ・マズールとともにパリにいるのか、と。

仮にわたしの読みが外れて、テッサがアネット誘拐に加担しているなら、ふたたび彼女に会うことで記憶が部分的に呼び起こされるかもしれない。

危険は承知の上だ。

テッサが一刻も早くパークビューパレスを（あるいは売却して得られる富を）自分のものにしたいという理由で実の叔母の誘拐を企てたとしたら、わたしの変装を見抜く可能性は大いにあるだろう。

大丈夫。ニューヨーク市警の刑事がいっしょなのだから。彼はわたしのバックアップだ。わたしは彼を信頼している。あとはジプシー・ホテルに行って謎を解くだけ。

「あら、うっかりしてロングアイランドシティを素通りしてしまったみたいね」

「なぜそう思う？」

「摩天楼よ。こんなにたくさん。いつのまに橋を渡ったのかしら。ここはマンハッタン？」

「標識を見てごらん」

まだクイーンズ区だった。川のそばの風景はこんなだったかしら？　数日前はマテオの車で橋を渡った。その時にも高くそびえるスカイラインは見えていた。けれども、こうして街のなかを走ると迫力がちがう。圧倒されそうな光景だ。

ウォーターフロントの寂れた工業地帯が、ほんの十年くらいの間におしゃれで活気ある地域に生まれ変わっている。地下鉄ですぐのマンハッタンのミッドタウンの飛び地のようだ。最先端をいく周囲の建物に目を奪われた。知っている会社名やロゴがいくつもある。そんな建物にまじって、住居用の細い建物が窓つきの石筍《せきじゅん》みたいににょきにょき生えている。

「こんなに変わってしまうなんて。いきなり『ブレードランナー』の未来に放り込まれたみたい」

「どのバージョンかが問題だ」

「別のバージョンがあるの？　レンタルしなくちゃ」

「それよりストリーミングだ」

「ついていけない。話題を変えましょう」

79

雨のなかを走って十分後、テッサが経営する百室のブティックホテルに到着した。ジプシー・チェーンの最新のホテルはイーストリバーのそばという立地だが、ロングアイランドシティのきらめくスカイラインの一部ではない。テッサは一世紀前に建てられた製紙工場を改装したのだ。

十階建てのがっしりした建物は、周囲の高くそびえる摩天楼と比べると、おちびさんという表現がぴったりだ。工業の現場として建てられた素朴な建物だが、わたしは摩天楼よりもこちらのほうが好きだ。地域の長い歴史が刻まれた建物は、解体用の鉄球から守られた。それはとても創造的なこと。拍手を送りたい。

すでに日が暮れて、煉瓦とガラスのファサードは青いきれいな光を浴びている。レーザーの星もきらめいている。マイクはホテルに隣接した駐車場に車を停め、いっしょにロビーに入った。

一階は広々としたスペースだ。通りに面して最新流行の店が並んでいる。ロビーに続いて大きなボールルームがある。人がおおぜいいて、とてもにぎやかだ。大部分は三十歳未満で、カジュアルな装いだ。

わたしは雨で濡れたレインポンチョを脱ぎ、金髪のウィグについた滴《しずく》を指で梳《と》かして落としながら、内装に目を奪われた。ボヘミアンテイストのシャビー・シック、そして工場の設備を再利用した機能的な調度と独創的な彫刻は独特のレトロな風合いだ。

ホテルの天井は四メートルちかくあり、古い製紙工場のデザインをそのまま生かしている。その空間に、ロビーの壁の色とりどりの壁画、ジプシー・ホテルの独創的なロゴがよく映える。

クィンがわたしの肩を軽く叩いた。「そろそろミスター・ダンテとの約束の時間だ」

「そろそろね」わたしが指さしたのは、タッチスクリーン式のディスプレイだ。皆が持っている携帯電話のスクリーンよりも、はるかに大きい。

そのスクリーンはアンティークの鏡のような額縁に嵌《は》められてレセプションのデスクのそばに自立し、ホテルとアメニティについての情報が表示されている。わたしは興味津々でリストをスクロールしてみた。ルームサービス、〝ホットヨガ〟(なんだろう?)、〝デトックス〟スパ、ツアー〝ガイダンス〟、ルーフトップ・バーの〝アルチザン・カクテル〟はなんだろう。そして――。

「無料Wi‐Fi?」マイクに聞いてみた。

彼はミスター・スポックみたいな表情だ。「なんだと思う?」

「最新流行の新しいエナジー・ドリンク?」

「ちがう」

「日本式のマッサージ療法？」

「チャンスは三回まで」

「わかっている――未来型のＨｉ－Ｆｉ？」

「残念」そこでマイクの携帯電話が振動した。ジャケットから取り出しスクリーンを確認すると、とたんに真顔に戻った。

「ロリ・ソールズ刑事からのメールだ」彼が周囲をさっと見まわした。「静かな場所を見つけて折り返し電話しなくては。さもなければ怪しまれる」

「行ってちょうだい。わたしなら大丈夫だから」

別れる際に、彼は屈んでわたしの頬に軽くキスしそうになった。ごく自然に。しかし、彼はブレーキがかかったように身を離した。してはいけないと判断したのだろう。ロビーの先に続くダブルドアの方をマイクが身振りで示す。ドアは大きくひらいている。

「電話を終えたら、バーできみとダンテに合流する。十五分もかからない」

「わかった。では後で」

80

広々としたボールルームのスペースはアーティストとゲストで超満員だ。絵画と彫刻がディスプレイされていて、思い思いに鑑賞している。中央の円形のバーは工場に使われていた部品を再利用したものだ。

シンセポップらしき音楽が流れている。アップビートで楽しい。スピーカーがＨｉ－ＦｉなのかＷｉ－Ｆｉなのかはわからないけれど、サウンドは高品質だ。

ミスター・ダンテとはバーで落ち合う約束だった。まっすぐ向かっていくと、スツールに腰掛けている彼がすぐに見つかった。〝アルチザン・カクテル〟（らしきもの）を飲んでいる。

「ミスター・ダンテ！」タトゥーをいれたバリスタに呼びかけてみた。

彼ははっと驚いた様子で周囲の人ごみを見渡した。そういえば、わたしは金髪のウィッグと大きなサングラスで変装していた。なかなか気づいてもらえないので、手を振ってみた。

「ああ、待ってましたよ！　さあ、すぐに行きましょう」ダンテはせかせかとうながす。

「落ち着いて。少し座ってくわしいことを聞かせてもらわないと」

「ダメです。時間がないんです。テッサ・シモンズと話がしたいのなら、ぐずぐずしてはいられない」

「クィン刑事はだいじな電話をしているのよ。十五分だけでも待てない？」

「テッサはいなくなってしまいますよ。いますぐ行くか、それともあきらめるかです」

想定外の事態。こんなはずではなかった！

わたしの心づもりでは、美術作品をじっくりと鑑賞するはずだった。その間に、テッサと話す勇気を振り絞るつもりだった。ミスター・ダンテとはこちらに向かう車内でメールをやりとりして段取りを決めていた。わたしとクィン刑事を舞台裏に、つまり事務所に連れていってくれるはずだった。テッサはたいてい、この時間にはそのあたりにいるという。

「今夜はちがうんです。彼女のアシスタントが教えてくれました。仕事の関係者と早めの夕食をとって、その後帰宅するそうです」

「場所は？」

「彼女の自宅は、わかりません」

「そうじゃなくて！　どこで夕食を？」

「ここの上のノスタルジアというルーフトップ・バー兼レストランです」

「行きましょう」

ミスター・ダンテの案内で、ロビーの専用エレベーターに乗った。レストラン直通だ。ドアが閉まろうとする時、見おぼえのある男性の姿が目に入った。今夜は赤紫色のコーデュロイのスーツではない。警備員の制服姿でもない。それでも一瞬でわかった。不機嫌そうな表情、消火栓みたいないかつい体格、薄くなった赤毛、赤らんだ皮膚、頬のギザギザの傷痕。

ミスター・ダンテが顔をしかめた。「パークビューパレスで殴り掛かってきた男か」

わたしはうなずいた。「スティーブンスよ。主任警備員——警備するのはこのホテルではないのに」

ハンプトンに続いて、またもや出くわすとは。確率論で判断すれば、これは偶然ではないはず。

81

マイク

「なにかあったのか、ロリ？」

マイク・クィンは気を引き締めた。ジプシー・ホテルの入り口の前は寒く、霧雨まじりの突風がホテルの入り口のオーニングを揺らし、彼のトレンチコートを叩く。が、静かな場所で折り返しの電話をするには、ここ以外見つからなかった。

「一刻も早く伝えておきたいことがあって。スー・エレンとわたしはあなたの婚約者の捜索を打ち切りました」

「クレアをそのまま放置するのか？」

「いいえ、逆です。刑事長はわたしたちが管轄外に出ることを望んでいない。明日の午後、ＦＢＩに任務を引き継ぎます」

マイクの口から呪詛《じゅそ》の言葉が洩れる。

「残念ですが、上からの指示です。せっかくここまでやってきたのに。スー・エレンは頭に来てます。その上、もっと悪い知らせも」

「話してくれ」

「今夜、重要事件捜査班の友人と一杯やりながら情報を入手しました。例の、わたしたちの共通の友人です。あなたの婚約者が病院から謎の脱走を図ったことで、アネット・ブルースター事件を捜査する刑事たちは彼女を捜査対象に加えることを検討しているそうです」

「本気か」マイクが目を閉じた。「クレアがブルースターの誘拐に関わっていると考えているのか？　勘弁してくれ、バカも休み休みいえといいたい」

「バカかどうかは別として、その仮説が有力視されているのは確か。病院を脱走したのは記憶喪失のふりをしていたからだ、ほんとうは事件の真相をもっと知っているはずだ、という声が強くなっている」

「理由は？」

「いろいろ出ている。アネットを罠にかける片棒を担いで対価を受け取った、犯人たちに拘束されているあいだに取引して黙っていることを条件に金を要求した、逆に彼らに脅されて黙っている。まあ、それで彼女が釈放されたのではないか、と」

「ロリ、きみはクレアをよく知っている。そんな説が信じられるはずがないだろう」

「わたしがなにをどう信じようと、関係ない。説得力があるかどうか、彼女が容疑者になるかどうかはその一点です。それだけじゃない。クレアが捜査対象者となれば、上層部は深刻な利益相反の問題を抱え込むことになる――あなたに関して」

「冗談じゃない。呆れてものがいえない。結果を出せない言い訳にするつもりか」

「クレアはどこからどう見ても被害者よ。スー・エレンとわたしは固く信じている。だからこうして警告しているの。でも刑事長は本気よ。批判を浴びるのを回避しようと必死。そのために明日、警察本部長のところに行って、アネット・ブルースターの件の捜査そのものをＦＢＩにすべて引き継ぐべきかどうかを話し合う」

　クィンは雨を見つめた。どうしようもない絶望感に襲われていた。あまりにも長いあいだ、黙っていたので、ロリは通信がとだえたのかと心配になったらしい。

「マイク？　聞こえる？」

「ああ」

「大丈夫？」

「もちろん。だが、打つ手はなさそうだ」

「それならしかたないけど」ロリの声はじれったそうだ。

「警告に感謝するよ」

　通話を終えたマイクは不穏な夜を見据えるように、暗いまなざしで一点を見つめた。ロリには落ち着いて対応したが、不安がこみあげてきた。クレアと自分は悪夢のなかでもがいているような状態なのに、ここでＦＢＩが出てくることになれば、正真正銘の悪夢となる。

　クレアが記憶喪失を〝演じている〟などというでたらめが、まことしやかにＦＢＩに伝えられたら、彼女は厳しい取り調べを受けることになりかねない。アネット・ブルースターの誘拐にどうかかわったのか、アネットの身柄を拘束している犯人についてなにを知っているのかを、自白するように責め立てられるだろう。

健康な精神状態であっても、耐えがたい厳しい取り調べだ。記憶喪失に苦しんでいる身であれば、極限状況にさらされるだろう。結果的になんの成果もあげられなければ、最愛のクレアはふたたびロルカ医師のもとにもどされてしまう。そして今度こそ、彼女は厳重な監視下に置かれ、薬物投与、隔離が実行される。彼女の身を案じる人々と遠く引き離されて。

最高の弁護士を雇ったとしても、ＦＢＩに太刀打ちするのはかんたんではない。どんな形でクレアの有罪を主張するかわからない。悪くすれば、彼女は精神療養所に何年も収容されることになるかもしれない。

この状況を打破する方法が、はたしてあるのだろうか。クレアが誘拐の件についてくわしく思い出す以外に。

あるいは、アネット・ブルースターが発見される以外に。

82

クレア

「スティーブンスという男は、やはりあなたをさがしているのかな」上に向かうエレベーターのなかでミスター・ダンテに聞かれた。

「それはわからない。どちらにしても、テッサと会うチャンスは逃したくない」

エレベーターがルーフトップに到着してドアが開いたとたん、わたしは息を呑んだ。壮観だった。全面ガラス張りの向こうに広がるマンハッタンのきらめくスカイラインが一望できる。そしてレストランの床。工場の厚板の床を修復し、ペンキを塗り、ステンシルで複雑なデザインが描かれている。色鮮やかな模様はラッカーを塗って、踏まれても色褪《あ》せないように保護されている。

「行きましょう！」ミスター・ダンテが手を振ってわたしをうながしている。案内係の女性には彼が魅力的な笑顔でひと言断わった。

「直接バーに行くから」

ミスター・ダンテはお目当ての人を見つけた。テッサは窓から離れた静かな一角にいた。レストランの奥の壁沿いに、アンティークの木を利用したバーがある。ミスター・ダンテは興奮して彼女を指し示し、わたしの脇腹を軽く突いて合図した。

「あれがテッサ・シモンズ。あの人といっしょか」

テッサ本人は、もちろん初めてだ。けれども連れはすぐにわかった。全身ゴールドのラメで覆われたファッションは、まぎれもなくゴールデン・ゴッサムガール、ノラ・アラニーだ。

「すぐにテッサにアプローチしますか？」ミスター・ダンテがささやく。

「一杯飲みながら、少し様子をみましょう」

若いバーテンダーは顎ひげを伸ばしているが、オシャレに決め過ぎていないので、ほっとする。彼は人なつこい笑みを浮かべ、すぐに注文を取ってくれた。デジタル掲示板で見た〝アルチザン・カクテル〟にした。ジンを使ったデイジー・フェイに。

ノスタルジアという名にふさわしく、バーの壁一面はパブミラーになっている。昔は西部のギャングが、いまではバーの客（たとえば知りたがり屋のバリスタ）がこれで背後の様子をウォッチできる。

わたしたちはテッサのテーブルのすぐそばに腰掛けた。若きCEOの様子はミラーでよく見えた。ドリンクを待つ間、じっくり観察した。今夜のテッサはボヘミアンのモードを楽しんでいるようだ。反対色が入り乱れたカラフルな装いで、スカーフでアクセントをつけ、耳元には羽根のイヤリングがさがっている。ブレスレットはレインボースリンキーみたい。黄色い髪をアルプスの娘のような長い三つ編みにして左右に垂らし、先のほうにはリボンをつけている。メイクも個性的で、大きな青い目は黒々と縁取られている。

残念ながらテッサ・シモンズを見ても、懐かしさは湧いてこない。楽しい記憶も、フラッシュバックの前触れのようなクラクラした感覚も、なにも。彼女の声を聞いて確信した。この若い女性とは一度も会ったことがない。

ほとんどテッサが話をしている。やわらかな声なので、ざわざわした室内ですべてを聞き取るのはむずかしい。かろうじて聞き取れた言葉から類推すると、彼女はノラとは限定的なパートナーシップを結んでいるらしい。

ノラが話し始めたので、ほっとした。初めて遭遇した時もゴールデン・ゴッサムガールは声がとても大きくて、五番街の往来の音などちっとも気にならなかった。このバーのざわめきのなかで聞き取るのは、たやすいことだ。ノラはマティーニをふたくちで飲み干して、テッサにいう。

「ねえテッサ、あの契約書にはいろいろ盛り込んでくれたけれど、わたしとしては、パークビューパレスの一階に、五番街に面した店舗を確保できれば、それでいいのよ」ノラはマティーニをまたもふたくちで飲み干してから、そう言った。

「店舗はもちろん、あなたはそれ以上を受け取ることになるわ。一年半以内に、ホテルの半分をコープのアパートメントにして各戸を数百万ドルで分譲する。あなたにはその恩恵を受ける上に、投資額に応じて今後もパークビューパレスの収益から配当を受ける権利が保証されている。まちがいなく黒字になるわ。アネット叔母さんとビクトリア叔母さんが守ってきた古くさいホテル経営のスタイルはもう過去のもの。わたしは未来の方式を実行する。そのためにパークビューパレスを買ったのよ」

テッサがパークビューパレスを買った？　驚きだ。黙っていても相続できるのに、なぜ？　単純に考えれば、相続できないから。自分を誘拐あるいは殺害しようなどと画策する人物に譲りたい、などとは思わないだろう。

「パークビューパレスには大金を投資しているからね。あなたの読みが当たっていると期待しているわ」

「まかせて。いまの試算では、三年以内に確実に投資を二倍に増やせるはず」

「それならお祝いしなくちゃ！」ノラは威勢よくマティーニのおかわりを注文した。

ウェイトレスが運んできたカクテルをひとくち味わったノラは、今度は怒りをぶちまけた。

「アネットにホテルから締め出されたせいで、いったいどれだけ収益を失ったことか。いつだって彼女は理由を持ち出してきた。パークビューパレスの客層にふさわしくない。デザインが都会的すぎる、若すぎる、最新流行を追いすぎる。こっちは責められている気分だったわ！」

勢いよくテーブルを叩いた拍子に水の入ったグラスに手がふれて、グラスが音を立てて割れた。

「落ち着いて、ノラ」テッサはなだめながら、バスボーイに割れたグラスを片付けるように合図した。「過ぎたことは忘れましょう。こういう時にはホットヨガを試してみて。わたしにはすごくきいたわ。離婚した時には深い瞑想にも救われた」

ノラはテッサの提案を却下するように手をひらひらさせる。

「アネットがわたしを締め出した、ほんとうの理由を知りたい？　彼女のろくでもない亭主とわたしが関係を持っていたからよ」

83

「あなたが!?」わたしと同じくテッサも衝撃を受けたようだ。

「そんな深刻になることはないわ」ノラが続ける。「当時、彼女とハーランは心が離れていたし、別居していた。彼とはなにかの慈善パーティーで席が隣だったのよ。愉快な人で、話がはずんだわ。〝好色な小男と遊んでみるのもおもしろそう！〟と思ったのよ」

ノラの高笑いが室内に響いた。それが止んだ頃あいで、ノラは悠々とカクテルのグラスを口に運んだ。テッサはあぜんとした表情だ。

「あなたをビジネスパートナーにすると聞いたアネット叔母さんが反対したのも無理はないわね。たいへんな剣幕だった。理由は頑としていおうとしなかった」

「いっておくけど、ハーランはわたし以外にもアネットの友だちに次々に手を出していたわ。わたしだけを恨むのはおかどちがいよ。身近なところに目を光らせるべきだったわね。身内にも」

ミスター・ダンテも茫然としている。彼とわたしは黙って顔を見合わせた。なんてこと、マティーニに真実あり！

いっぽう、テッサは驚きよりも好奇心のほうが勝っているらしい。

「それは、具体的にどういう意味？　身内の誰かがハーランと？」

ノラの音量はまったく調整がきかないらしく、いくら静かに話しても、映画『スパイナル・タップ』に登場するアンプ——目盛りが十一まである——みたいな調子だ。つまり、よく聞こえた。

「あなたの叔母にあたるビクトリアはね、クラシック音楽のキャリアを積むという名目でウィーンに渡った。でも本当の理由は、彼女がもうほっそりしていなかったから。なにがいいたいのか、わかるでしょう？」

テッサが顔を曇らせた。「まさか、あのこと？　長らく消息が途絶えているいとこがいる。ウィーンで養子として引き取られたとしか聞いていない」

「察しがいいわね。もしもお腹をへこませるだけなら、なにもウィーンに渡る必要はなかった。ビクトリアは養子に出すという選択をしたはず。賭けてもいいわ。聞いた話では、アメリカにもどったビクトリアとハーランはふたたび親密になったそうよ。前の時は遊びで、彼はアネットを選んだ。でも今回は遊びではなかった。彼とビッキーはこの街に愛の巣をつくり、そこに彼女がひそかに通っていたらしい」

ウェイトレスがマティーニのおかわりを運んできた。ノラはまたもや、ふたくちで飲み干した。

割れたグラスはバスボーイがせっせと片付けている。ノラのおしゃべりは止まらない。ゴッサムレディースのほかのメンバーへの中傷が始まり、支離滅裂になっていった。ゴールデンガールはもはやベロンベロンだ！

ウェイトレスはそれに気づいてテッサにちかづいた。「車を呼びましょうか？」

ＣＥＯは首を横に振る。「ミズ・アラニーに部屋を用意しましょう」

ウェイトレスが部屋を確保して戻ってくると、ノラは顎ひげを生やしたバーテンダーの助けを借りて立ち上がり、息を吹き返した。

「寝る！」レストランじゅうに聞こえる音量で高らかに宣言した。

「ベッドを用意してあるから、好きなだけ眠って」テッサだ。

エスコート役のバーテンダーを「ハンサムボーイ」と呼んでしきりに口説きながら、ノラは出ていった。その場に残ったテッサは、腰をおろしてバッグから携帯電話を取り出した。

「話しかけるなら、いまです。行きますか？」ミスター・ダンテがひそひそ声でいう。

けれども、レストランの案内係の女性に先を越された。

「トビー・マリンズが来ています。お目にかかる約束だと」テッサのテーブルにやってきて、告げた。

テッサがうなずく。「通してちょうだい」

一分後、鏡のなかに見慣れた茶色のツイードのスポーツコートがあらわれた。わたしはデイジー・フェイにむせそうになった。病院にいた謎の男だ。顎ひげを伸ばし、頭が禿げたこの人物は、エレベーターに向かうわたしを追ってこようとした。

トビー・マリンズ。
どうやらテッサ・シモンズの知り合いらしい。

84

じれったくて、やきもきする。でも、どうにもならない。

トビー・マリンズとテッサ・シモンズはどうしてこんなに静かなのか。彼が腰をおろした瞬間から、ふたりで顔をちかづけてひそひそ話を始めた。顔を曇らせ、あきらかに深刻そうだ。時に感情的にもなっている。

バーでもっとも静かなふたりの会話は、ひと言も聞き取れない。

トビーの携帯電話にふたりで目を凝らしている。なにを見ているのか、なにを話しているのか、さっぱりわからない。

「あの人、誰だかわかる?」ミスター・ダンテにそっと聞いてみた。

「いいえ。会ったおぼえはないな」

「わたしが病院にいた時、病室の外で何度か見かけたのよ。わたしとマダムが出ていくのに気づいて、追いかけてこようとした」

「どうしてだろう?」

「それを知りたい。そしてテッサ・シモンズがなぜ彼と話し込んでいるのかを」

マリンズが立ち上がった。

「また連絡を入れます」自信に満ちた大きな声だ。携帯電話をしまうマリンズにテッサが小さな声でなにかいった。

「わかりました。さっそく出発します。長距離で道路事情も当てになりませんから」

わたしはミスター・ダンテを肘で小突いた。「自動車でどこかに出発するのね。つまり、これから駐車場に向かう」

「彼を追いかけましょうか？」

マリンズがわたしたちの脇を通り過ぎる。わたしたちは素知らぬ顔をしていた。

「わたしが行く」そういいながらレインポンチョを手に取った。

テッサと話す機会は、きっとまたある。その時に、疑問をぶつければいい。しかしマリンズは、これっきりになってしまうかもしれない。なぜ病院でわたしの様子を窺《うかが》っていたのか、それを確かめるほうが先だ。

わたしはダンテにささやいた。「クィン刑事を見つけて、わたしがトビー・マリンズという男を追っていると知らせて。顎ひげを生やした禿げ頭の男。駐車場に来るように伝えて！」

わたしはいそいでエレベーターに向かいながらレインポンチョを着た。

まだエレベーターは到着していない。エレベーター前のスペースには小さな人だかりができていた。わたしは若い人たちの集団にまぎれ込んだ。彼らの視線は携帯電話のスクリーンに釘づけだ。

わたしはうつむいたまま、集団とともにエレベーターに乗り込んだ、顎ひげのあるトビー・マリンズも乗っている。手元の小さなスクリーンを熱心に見る姿は、携帯電話を崇拝する未来人そのままだ。

エレベーターを降りたマリンズはロビーのメインの出入り口には向かわず、駐車場に直行できる両開きのドアを抜けていった。数秒置いてから、後に続こうとしたが、ドアには出口専用とはっきり表示されているのに一ダースほどの騒々しい人々が逆行してきて、行く手を阻まれた。

彼らの間をかきわけて、ようやくドアの向こうに出た。そのまま冷たい夜の空気を感じながら足を速めた。

駐車場は照明で明るく照らされ、周囲の自動車についた細かな水滴が真珠のように光っている。雨はすでに霧になっている。空気はまだ湿って重たい。

マリンズを追いかけると決めていたけれど、愚かな真似をするつもりはなかった。クィン刑事が到着するまでちかづくつもりもなかった。ただ、車種は確かめようと思った。ナンバープレートも。

駐車場を見まわした。誰もいない。見失ってしまったのだろうか。

その時、銃声がした。

85

どの方向から聞こえたのかは、わからない。そこに二発目の銃声。これは駐車場の向こう側から聞こえた。同時に自動車のクラクションが鳴り出した。いつまでも鳴り止まない。

音の発生源をたどると、二列先のセダンだった。鳴り続ける理由もわかった。運転席に座ったまま上半身を突っ伏しているのは、トビー・マリンズだった。茶色のツイードのスポーツコートをひとめ見て、彼だとわかった。頭部の左側がハンドルに押しつけられている。それでクラクションが鳴り続けているのだ。

さらに目に入ったのは、ダッシュボードに置かれた女性用の手袋の片方。左手の分だ。なめし革で、わたしが持っていたものとそっくり。公園のベンチで目覚めた時に見つけた、血痕がついていた右手だけの手袋は、警察が証拠品として押収した。

わたしはよろけながら後ずさりし、背中が別のセダンに当たった。視線をあげると、車三台分離れたところから、男がこちらを見ている。変装用のメガネに雨粒がついているけれど、絶対に見まちがえようがない。スティーブンスだ。

パークビュー・パレス・ホテルの警備の責任者が、そこに立っていた。目が合った。そのとたん、彼が駆け出した。空腹の雌トラから逃げ出すデブネズミのような勢いで。

「止まれ！」わたしは叫んだ。

むろん、止まるはずがない。スピードも落とさない。

とにかく追いかけた。彼の手に拳銃があり、それでたったいま男の頭を撃ったばかり。でも、かまわなかった。怒りで頭に血がのぼっていた。この男を逃してたまるものか！

彼を追いつめようとは思っていない。彼の車を確認するつもりだった。その情報をもとに警察が動けば、凶器を所持しているところを捕まえることができるかもしれない。

全力疾走した。息が切れ、身体が揺れるごとにウィグがずれていく。しかし、その甲斐はあった。スティーブンスの身体能力に関してマテオの見立ては正しかったのだ。都会で駆けっこをするには太りすぎていた。

スティーブンスはなんとかわたしをかわそうと、ドリフトウッド・コーヒーの業務用バンの向こうに駆け込んだ。

そうはいくものかと、バンの向こうにまわり、そのまま短い通路を走っていくとホテルの荷下ろし場に着いた。

とつぜん、わたしは立ち止まった。両脇には満杯になった大型ゴミ容器が並んでいる。ひどいにおいだ。この先は行き止まりで、誰もいない。

曲がる場所をまちがえた。もしも後ろからスティーブンスが来たら、逃げ場がなくなるのはわたしのほうだ。くるりと方向転換して、駐車場へと走った。ドリフトウッドのバンの向こう側にまわったところで、背の高い男性にまともにぶつかり、力強い腕につかまってしまった。

大きな悲鳴をあげそうになった瞬間、これはクィン刑事の腕だと気づいた。ミスター・ダンテもいる。

「スティーブンスよ！」わたしは叫んだ。「パークビュー・パレス・ホテルの警備の責任者。彼がトビー・マリンズを撃った。マリンズはテッサ・シモンズになにかを依頼されていた。マリンズは自分の車のなかで頭を撃たれて死んでいた。わたしはスティーブンスを追いかけたけど、逃げられてしまった」

わたしは息継ぎをして、続けた。「ほら聞いて。クラクションの音。まだ鳴っている！ダッシュボードには女性用の革の手袋の片方があった。あれは、わたしが誘拐されているあいだになくした手袋よ、きっと。まちがいない！あれこそ、動かしがたい証拠になる！」

刑事がわたしの両肩をつかむ。「落ち着け、クレア。もう大丈夫だ。無事だ」

マイクのいう通りだった。何度も深呼吸して、心臓の鼓動が少しおさまってきた。膝はまだガクガクしているけれど、ともかく、わたしは大丈夫だ。

マイクはわたしの金髪のウィグのずれを直してくれた。「気を失いそうか？　ＥＭＴの装備一式を持ってきたほうがいいか？」

「いいえ！」わたしは力を込めて首を横に振った。「わたしは大丈夫よ」

「よかった。ダンテといっしょにここを出るんだ」

「どこに？　どこに連れて行かれるの？」

「ビレッジブレンドに。計画した通り、日常風景のなかに紛れ込んで潜伏する。変装を続けて裏口と従業員用の階段を使えば安全だ」

「でも、わたしは唯一の目撃者なのだから」

「駐車場は防犯カメラだらけだ。カメラが目撃者だ。さあ、行くんだ」

わたしはためらった。「でも――」

「ダンテ、ここから彼女を連れ出してくれ！」

それだけいうとマイクはトビー・マリンズの遺体のある車へと向かい、走りながら通報した。

86

「ボス、お帰りなさい！」

ビレッジブレンドの保存庫には、ちょうどエスター・ベストが備品を取りに来たところだった。そこに裏口があいて、わたしとミスター・ダンテがあらわれたのだ。わたしがひと言も口をきかないうちに、バリスタで詩人のエスターはサンキストオレンジをぎゅっと搾るみたいにわたしを抱きしめた。

「そう興奮しないで。人が頭を撃たれるのを目撃したばかりなんだ」ミスター・ダンテがエスターをなだめる。

「えっ!?　撃たれた？　頭を？」

エスターは黒ぶちのメガネをぐっと上げて驚愕の表情を浮かべたかと思うと、たちまちわが子を案じる母親のモードに切り替わった。心身に受けたダメージを心配して、わたしの手を取り階段をのぼるのを助けるといってきかない。

「エスター、わたしは大丈夫よ」

エスターを安心させるための言葉だったけれど、決して嘘ではない。だからこそ、ロルカ医師が下した診断が、ますます信用ならないものに思えてくる。

トビー・マリンズが撃たれて死んでいる光景は、確かにショッキングだった。冷静ではいられなかったし、恐怖と不安で大量のアドレナリンがどっと放出された。けれども意識が朦朧とすることも、なにかを思い出せないということもない。記憶が曖昧にもなっていない。ロルカが主張した心的外傷による記憶喪失らしき症状はいっさい起きていない。

今夜、ミスター・ダンテとここまで戻る車内で見たウエストビレッジ界隈の様子はちゃんと記憶にあった。そして一世紀の歴史を刻んだ、愛するビレッジブレンドも。それでも、ここで暮らして働いていた——最近の——記憶はいまもない。

この店をマネジャーとして切り盛りして地下でコーヒー豆をローストしていたのは、わたしにとってはずっと昔のことなのに、実際はそうではないらしい。やはりニュージャージーの郊外に戻らなくては、と思ってしまう。シングルマザーとして幼い娘ジョイを育て、地元紙にコラムを書いていた場所に。

「帰宅したとマダムに電話で知らせますか？」ミスター・ダンテだ。

「ええ。でもくれぐれも用心して」わたしはこたえた。

「心配いりません。名前は出しません。用心深さに関しては負けませんよ。あなたの彼氏に」

彼氏？　それは誰かと聞こうとして、呑み込んだ。マイク・クィン刑事のことを指しているのだ。周囲の人々にとって、いまもわたしたちは何年も交際していたカップル。わたしにとって彼は出会ったばかりの人なのに。

ミスター・ダンテが電話をかける間にエスターといっしょに奥の階段をのぼり、メゾネットの住まいのカギを彼女が開けてくれた。

コーヒーハウスの上階は、記憶にあるままだった。マダムがゲスト用にしつらえた空間はエレガントで趣味がいい。ただ、ここで暮らしていたことはまったく憶えていない。マテオといっしょにジョイを育てていた時には、すぐそばの小さなアパートで暮らしていた。

それはずっと昔のこと（だと皆はいう）。いまはここがわたしの自宅なのだ。落ち着くまもなく、二匹のネコと対面し（エスターはわたしのネコ、ジャヴァとフロシーに紹介してくれた）、金髪のウィッグを外し、バスルームでシャワーを浴びてさっぱりした。その時、玄関のドアに誰かの気配がした。

マダムだった。さっそく飛んできてくれたのだ。両手をひろげて、わたしをしっかりと包み込んでくれた。

87

「お帰りなさい！」エスターのような力強い抱擁とはちがうけれど、マダムの強い愛情がひしひしと伝わってくる。

元姑には話したいことが山のようにある。が……この週末に起きたことは、ひとまず自分の胸におさめておこう。ロングアイランドで最後に遭遇した凶暴なできごとまで、うまく整理できていない。これから時間をかけてマダムに話せばいい。今夜、いそぐことはない。

いっぽうマダムは、警察に追われる状況を解決するのに一役買うといってくれた。マイク・クィン刑事が月曜日にトップクラスの法律事務所と打ち合わせをする予定であることも、マダムは知っている。

「こうして無事に戻ってきたことだし、評判のいい精神科医を受診する手はずを整えましょう。信頼する教授から何人か推薦していただいているのよ。クィン刑事が依頼している法律事務所は提携している医師の受診を勧めるでしょうね。その上で、あなたに同行して警察に行くという流れでしょうね」

質問攻めにされるのか、と思うと気が重い。それに、心身両方の検査を受けて診断されるのか。あんなふうに病院を抜け出したのだから、しかたない。耐えるしかない。

「ジョイにすぐに会えるかしら？　せめて電話で話せたら」

「いいえ。それはまだ無理よ。ジョイは警察に監視されている。わたしとジョイは連絡を取り合っているけれど、会話にはとても気をつかっている。あなたとジョイの接触はもう少し待ちましょう。いままでの苦労が水の泡になるのは嫌でしょう？　じきに、法律上きちんと筋を通せるわ」

「わかりました」そうはいったけれど、つらい。

「がっかりしないで。ジョイと会える日はちかいわ。今夜はリラックスしましょうね。なにか思い出せるかもしれない。記憶は別として、ネコたちとはすぐに打ち解けられるわね、きっと」

ジャヴァとフロシーはゴロゴロと喉を鳴らし、うれしそうにわたしの足にまとわりついている。すっかり興奮して、わたしがドアからなかに足を踏み入れて以来、ずっとくっついている。その小さな足を見て、ふと元夫の言葉が浮かんだ――イーグルスカウトときみは自制心の塊みたいだ。この先、マイク・クィンとわたしにはどんな展開が待っているのだろう。

「今夜、たぶんクィン刑事がここに立ち寄ると思います」わたしはいった。「ところで、今週ここの地下でコーヒーを少しローストしてもかまいませんか？」

「まあ、うれしいわ！　バリスタもお客さまも、きっとおおよろこびよ。あなたがいないあいだ、誰がピンチヒッターを務めたと思う？」

「わ・た・し」マダムが扇ぐように片手をパタパタさせる。

「マダムが？」

「ええ、そうですとも！　ダンテに手伝ってもらってね。若者の腕をボディーアートのためだけに活用するのは、もったいないわ。重いものを持ってもらったのよ。でもコーヒー豆のローストは、このわたしが。昔と同じように。それから、ロースターの見習いにするなら、ダンテがいいわ。よく憶えておいてね。彼は焙煎のプロセスにとても興味を持っているから」

「いいことを聞きました。ところで、彼のファーストネームは？」

「誰の？」

「ミスター・ダンテです」

「あら。そういえば、ちゃんと説明していなかったわね。彼のフルネームはダンテ・シルバ。ミスターはつけなくてもいいのよ。皆、ダンテと呼んでいるわ」

「いまのいままで、誰も訂正してくれなかったなんて!?　説明しても通じないと思われていたのね」

「それくらい心配していたのよ、あなたのことを。いまもそうよ」

わたしはやるせない思いでため息をつき、ソファに崩れ落ちるように腰掛けた。ふわふわのルームメイトたちが、さっそく膝の上に飛び乗った。

それからまもなくマダムは引き揚げた。わたしは住まいの各部屋をゆっくりと歩いてまわり、自分がここでどんな暮らしをしていたのかを確かめた。不思議な夜のひとときだった。見慣れない服をひととおり見て、いろいろな小物類をじっくり眺めた。ジュエリー類はセンスがいいものをそろえているようで、感心した。真っ白な箱を見つけた。指輪を入れる箱だ。どんな指輪が入っているのか、想像がついた。期待してふたをあけてみると――。

空っぽ。

どういうこと？　謎がひとつ増えた。

キッチンにはレシピをまとめたバインダーがあった。居間ではアルバムを見つけた。ひらいてみると、古い写真ばかりだ。自分の幼いころ、若い日々、マテオといっしょだったころ、結婚をした日、ハネムーン、ジョイが生まれた時のたくさんの写真。どれもよく憶えている。

緊張しているせいか目が冴えてしまっている。なにかつくってみよう。カウンターにレシピが置かれている。たぶん、わたしが置きっぱなしにしたのだろう。

「チョコレートチップ・コーヒーケーキ」声に出して読み上げた。「ブラウンシュガー、ホワイトシュガー、小麦粉、卵、油、バニラ、塩、ベーキングパウダー、チョコチップ……」

ケーキのレシピだ。かんたんで、おいしそうだ。ショッキングな光景を目撃した後だけに、自分の手でケーキを焼いて気持ちを鎮めたかった。材料を混ぜてシンプルな生地をつくり、型に流し入れた。それをオーブンに入れた時、キッチンの戸口に人影が見えた。広い肩幅の人物がもたれている。

マイクだった。

音も立てず、足音すら立てずに玄関から入っていたのだ。ちっとも気づかなかった。わたしは上階で見つけたやわらかなTシャツと暖かなレギンスに着替えていた。その姿を見て、きっと彼は懐かしく思ったのだろう。氷のように冴え冴えとした印象の青い目は、氷が解けたように温かい愛情に満ちている。

「やあ、クレア」

「こんばんは、マイク。コーヒーをいかが？」

88

コーヒーは身体を温めてくれて、飲めば元気になれる。でもそれだけではなかった。ハウスブレンドはまぎれもなく自分の味だと思えたし、カフェインのおかげで頭のなかのもやもやが晴れてきた。

自分がローストしたコーヒーがカギとなって、もっと記憶がよみがえる可能性があるかもしれない。

いっぽう、マイク・クィン刑事はそんなふうに楽観的ではなかった。

彼はEMTの救急バッグを持参していた。わたしがまたもや気絶したら、と心配していた。けれどもわたしはとても気分がよかった。気力も充実していた。記憶の問題はあるし、娘に会えない寂しさもあるけれど、ここにいるのはうれしい。

マイクをキッチンに招き入れると、彼はスーツの上着を脱いでショルダーホルスターを外し、椅子の背にかけた。テーブルに向かって腰掛け、長い足を伸ばした。

ジャヴァとフロシーはおおよろこびでマイクを迎え、ふわふわした茶色と白の毛のかたまりがスラックスに乗った。彼はまったく気にする様子もなく二匹の耳を掻いたり撫でたりしてやる。マイクもネコたちも、それが楽しくてたまらないらしい。

「聞かせて。あれから駐車場でなにが起きたのかを」

「地元署から制服警察官たちが駆けつけ、鑑識班のために犯罪現場を封鎖した。その後にクイーンズの刑事たちが到着した。わたしはきみに代わって説明した。銃撃があった時にスティーブンスがその場にいたと。彼らが令状を取って防犯カメラの映像を押収すれば、確認できるだろう」マイクが続ける。

「スティーンブスがアネット・ブルースターの事件に関係している人物であることも伝えた。被害者の車のダッシュボードに手袋があることも。きみの鋭い目は見逃さなかったんだな。われわれが先週、証拠として押収したきみの血痕がついていた手袋の片割れと思ってよさそうだ。自分の目で確認した」

「スティーブンスは見つかったの？」

クィンがうなずく。「自分の車でスタテンアイランドの自宅に向かっているところを。いまごろ事情聴取のまっさいちゅうだ。彼は無実だと主張している。明日の朝には、もっといろいろわかるだろう」

「いい結果を期待したいわ。アネットがまだ生きていて、スティーブンスが彼女の居場所を知っている。そして他に誰が関わっているのかが判明することを」

「どこまで解き明かせるか」マイクは顎のラインに沿って伸びてきた無精ひげを掻く。「ともかくグズグズしてはいられない」

同感だ。「疑問はまだたくさん残っているわね。マリンズとスティーブンスはテッサの協力者だったのか。それともスティーブンスはビクトリアの手下だったのか。あの手袋を使って、スティーブンスはマリンズに濡れ衣を着せようとしたのか」

マイクがカップのコーヒーを飲み干した。「いい問いかけだ、クレア刑事」

「それだけでは足りないわ。肝心なのは、納得のいく回答よ」

「そうだな」彼が微笑む。「それでも、きみのおかげですばらしい滑り出しとなった」

わたしからもお礼をいいたかった。そばにいてくれて、ありがとう、といおうとした時、キッチンタイマーが鳴った。チョコレートチップのケーキが焼き上がったのだ。わたしがそれをオーブンから取り出し、マイクがあたらしくポット一杯のコーヒーをいれた。話はさらに弾み、夜は更けていった。

89

その晩はマイクがゲストルームに泊まり、わたしは主寝室を使うことに決めた。彼は寝る支度をするために上の階に行き、わたしはキッチンを片付けた。

上の階のバスルームの前を通りかかると、彼がシャワーを浴びる音がした。夜の寒さを払いのけるのに熱いシャワーはちょうどいい。わたしもそうしよう。その前に寝室の暖炉に火を熾そう。そんなことを考えながら廊下を歩いていった。

薪をくべる昔ながらの暖炉は、なにかと手がかかる。元夫の豪邸にあったスイッチひとつで操作できるガス式の便利な暖炉にくらべたら、きれいに維持するには手間暇がかかるだろう。それでも本物のほうがいい。アウトドアを思わせる木の香り、時おり薪がはぜる音、不意にポンという音がするのもいい。本物の火は決して安全ではないし、扱いやすくもない。でも身体の芯から温めてくれる。そして五感を目ざめさせてくれる。

においし、そして音も強烈な感覚を呼びもどしてくれる。とてもロマンティックな気持ちがよみがえる。マイクはここで、わたしの隣にいたはず。コーヒーを飲み、リラックスして甘い言葉をささやき、わたしたちはベッドに入ったはず。

ふと、炉棚に目が留まった。なにかある。携帯電話？　たぶん、わたしのスマートフォン。置きっぱなしにして、そのまま誘拐されたのだと皆に聞かされた。

手に取って起動してみた。ディスプレイが明るくなるのを、こわごわ見つめた。マテオは携帯電話でジョイの写真を見せてくれた。わたしも写真を保存しているの？　自分がどんなふうに暮らしていたのか、そこに写っているのだろうか。それを見るべき？

そこで目に入ったのが、マイクのプロポーズというタイトルのサムネイル画像だった。緊張するあまり、息を詰めたまま画像をタップした。動画が始まった。記憶にない光景に自分が映っている。見知らぬ人のようにそれを見るのは、妙なものだ。凝りに凝った大芝居がくりひろげられるのを見て、微笑まずにはいられなかった。いんちきの逮捕、そして警察の同僚がネイビーブルーの制服姿で勢揃い。

青いカーテンが開くように警察官たちが左右に分かれ、マイクはわたしの前に片膝をついて……。

「クレア、きみを愛している」いきなりの告白。そして、「きみも同じ気持ちだと理解している」彼が白い箱をあけると、アイスブルーのみごとなダイヤモンドの指輪があらわれた。「まず、きみに頼みがある。よく考えてからこたえてほしい。これだけの警察官が証人として立ち会っているから、後で路線変更するのはむずかしいだろう」

画像のなかのわたしは、少し茫然とした表情でうなずく。

「クレア・コージー、わたしと結婚してくれないか」

マイクの表情から、深い愛情が伝わってくる。わたしの表情からも。取りもどしたい、この愛を。絶対に失いたくない。

それは同時に、すべてを思い出すということだ。暖炉にくべた薪が灰になるまで全部を引き受けるということ。パチパチと薪がはぜる心地よい音、不意にポンと弾ける音、喧嘩したりぶつかったりした後のくすぶった苦い思いまで、なにひとつ欠けることなくよみがえることになるだろう。

すべてを引き受ける強さが、いまのわたしにある？

耐えてみせる。いっしょに生きていくということは、いい時もそうではない時も共に乗り越えていくこと。困難に出会って消耗しながらも、それを切り抜けていく。そうでなくては、本物とはいえない。

携帯電話を置いた。さて、これから自分はなにをどう選択するのか。

記憶をよみがえらせるには、感覚的刺激はとても有効だ。元夫もそう確信し、ベッドを共にしようと提案してきた。記憶を回復させるためだといって。

あくまでも薬として試すという提案ね？

マテオにその問いをぶつけた。いま、わたしは自分自身に問いかけている――。

本気？

「マイク？」バスルームのドアの小さなすきまから声をかけた。

「具合が悪いのか？」彼がドアを大きくあけた。腰にタオルを巻きつけ、髪は濡れ、顔はシェービングクリームだらけだ。

「いえ、大丈夫です」とつぜん恥ずかしくてたまらなくなり、硬い口調になってしまった。「済んだら、わたしの寝室に来てくれます？　聞きたいことがあるので」

「わかった」

彼はいそいで長い脚にスウェットパンツを穿き、はだしのままやってきた。髪が濡れているのでTシャツの首の部分が湿っている。ひげは剃り立てだ。

魅力的なその姿を見たら、昨夜、話した時のことを思い出した。彼のベッドのふちに腰掛け、彼にキスしたいと思った。ふたりのこれまでの日々を思い出したからではない。純粋に、惹かれてしまったから——胸がはだけた姿を見たせいだけではない。彼の人柄に惹かれ、いっしょにいるのが楽しかった。なにより、信頼できる人だから。それはわたしにとって、なにより大事だ。

昨夜、マイクはわたしにいっさい触れようとしなかった。ただ手のひらにキスしただけ。それなのに、こちらからそれ以上のことを持ちかけたら、どう反応するだろう？

「よく考えてみたの。あなたとわたしがこれまで歩んできた日々を思い出すことができれば、少なくともふたりに関しては、ほぼ問題は解決じゃないかしら」

「そういうことになるな」

「それなら、ふたりで……ここで……？」わたしは思い切って、四柱式のベッドを指し示した。「記憶を取りもどせるかどうか、試す目的で」

マイクはまったく予想していなかったのだろう。部屋の中央で棒立ちのまま、ベッドの傍らのわたしを見ている。わたしは期待に満ちたまなざしで彼を見つめた。これなら、軽く押しただけでベッドに倒れ込んでしまうのではないか。それほど、彼は茫然としていた。

しかし、そんな状態は続かなかった。

マイクが一歩前に足を踏み出して、わたしの顔に手を伸ばした。そのまま、火照《ほて》ったわたしの頰を軽く撫でる。今回、わたしは後ずさりしない。

彼と目が合う。きれいにひげを剃った彼の顔をじっくりと見つめた。いかつい顔だ。力強く張った顎、ほうれい線、目尻のシワ。ひとつひとつ確認する。アフターシェーブローションの香りが脳を直撃して、クラクラしてきた。渦巻くようないきおいで、なにかが押し寄せてきた。この寝室でかわされた親密なささやき、愛撫、キス、そして——。

「クレア、ここから先に進む前に、ひとつだけはっきりさせておきたい」

「なに？」

「今夜、この部屋でなにが起きようと、朝になって後悔しないでほしい。わたしはどこにも行くつもりはない。きみの記憶がもどろうともどるまいと、これからもずっときみを愛し続ける。きみがわたしとの決別を決断しても、人生からわたしの存在を抹殺しても、愛し続ける。そうすることでしか、わたしは生きていけないからだ」

マイクがすべての希望を断ったその瞬間、わたしの内側に温かいものが花開いていくのを感じた。記憶のなかからよみがえったものではない。たったいま生まれたもの。それを彼に示すことに、なんのためらいも感じなかった。

彼にキスした。今回はついばむようなキスではなく、ゆっくりと、じっくりと。たまらなくほっとした。そして、なにもかもが新しい——彼の身体も、反応も。

でもそう感じているのは、わたしだけ。

マイクはわたしがなにを好むのかを、正確に知っている。わたしたちは夢中になり、立っていることがむずかしくなった。

その時、変化が起きた。空っぽの額縁のなかがふたたび満たされていた。頭のなかののっぺらぼうの壁に、何年分もの絵がもどってきた。

マイクはとても慎重で、懸命に自分を抑えようとしている。

「もう、大丈夫だから」荒い息づかいとともに告げた。

彼の青い目が大きく見開かれた。

「あなたのこと、思い出した」わたしは微笑んでみせた。

「どんなことを?」

「とてもたくさん。あなたのことだけじゃない。ふたりのことも。あなたとわたしが愛し合ったことを」

あっというまに彼は体勢を入れ替え、笑顔でわたしを見おろした。

「ほかになにを思い出すのか、確かめよう……」

90

目が覚めたら、大好きなメゾネットのいつもの寝室にいた。手を伸ばして、愛しい男性にふれようとした。

なぜかベッドは空っぽだ。ジャヴァとフロシーもいない。が、いれたてのコーヒーの刺激的な香りがする。ああ、マイクはキッチンにいるのだ。ふわふわのボールみたいな二匹にごはんを食べさせ、情熱的な一夜の後でわたしを復活させるにはカフェインが必要だと心得ている。

ブランケットをいきおいよくはだけて、あっと思った。その一枚だけで秋の朝の寒さをしのいでいたのだ。いそいでバスローブをはおって下の階に降りていった。

力強い抱擁と熱いキスが待っているものと期待していたら、みごとに当てがはずれた。わたしの婚約者はキッチンのテーブルに向かって腰掛けていた。ひとりではない。フラノのシャツ、着古したジーンズ、ワークブーツという無骨な雰囲気の若い男性といっしょだ。がっちりとたくましい体格で、頭を剃り上げている。言葉にはマンハッタンではないアクセントがある。

「やあ、コーヒーレディ」彼がわたしに呼びかけた。温かな微笑みを浮かべている。

「前に会ったわね。病室で。そうでしょう?」

気さくに話しかけたつもりだったけれど、若者は暗い表情になった。マイクに視線を移すと、さらに絶望的な表情。

「フランコを憶えていないのか」硬い声だ。

「ええ、ごめんなさい。あなたの同僚のエマヌエル・フランコ巡査部長、でしょう? どうぞよろしく」

フランコがとまどっている。マイクを見て、それからわたしに視線をもどす。

「初対面の挨拶か。すっかり忘れられてしまったか」

どうしよう。救いを求めてマイクを見た。

マイクは怯えたような目でわたしを見ている。「クレア、わたしを憶えているか?」

「ええ! もちろんよ! なにもかも——出会って、友だちになって、わたしへのプロポーズも。ぜんぶ憶えている。それなのにフランコ巡査部長に関しては、なにも思い出せない。どうして!?」

「娘のジョイは? どんなことを憶えている?」すぐにフランコがたずねた。

椅子に腰掛けてテーブルに向かい、目を閉じた。「まだ小さな女の子。わかっているわ、あれから何年もたっているんだということは。かんたんにいってしまうと、まるで……玄関のカギをなくしたみたい。ちゃんと持っていたはずなのに、どこかに置き忘れて、思い出せない！」

「落ち着こう、クレア。焦ることはない」

マイクが立ち上がり、いれたてのコーヒーをマグに少しそそいでくれた。それを受け取って、一息に飲んだ。病人が魔法の特効薬を必死で飲むみたいに。それでようやく気づいた。まだバスローブ一枚の姿だった。

「お話し中だったのね。上にもどるわ」

「いや、聞いてほしいんだ」マイクが引き留めた。「フランコがロルカ医師について徹底的に調べ上げた。どんな収穫があったのか、いっしょに聞くべきだ。彼女に話してやってくれ」

フランコがうなずいた。「手始めに、ロルカが扱った記憶喪失のケースについて調べてみた。とくにダナ・タナーの件を。ロルカはある血液検査をおこない、その結果を彼女のカルテから削除していた。それだけなら、まあたいしたことではないのかもしれない。だが――」

フランコは首筋をごしごしとこすり、少し決まり悪そうに続けた。「トニー・デマルコ刑事が別の病院の記録部の看護師をナンパして、デートにこぎつけた。で、昨夜、彼は首尾よくいくつかカルテをのぞくのに成功した。ロルカが担当した記憶喪失のケースを。同じ検査がおこなわれ、結果はやはり削除されていた」

「その血液検査について、もっとくわしく話してくれ」

「血中セロトニン値を調べる検査で、腫瘍または臨床的うつ病を見つけるのに使われるらしい。記憶喪失の治療には使われない」

バスローブの下で鳥肌が立った。「わたしもその検査を？」

「いま申請している令状が出たらカルテを押収するから、それでわかる。同様の女性たちのカルテも。われわれＯＤ班といっしょに仕事をしている法医学の専門家にそれを見てもらう。ロルカがなにかを隠匿していたのなら、きっとあきらかになる。トニーといっしょに仮説は立てたが、いまのところ証拠がない」

「もったいぶってないで、ぜひ聞かせて。その仮説を」

フランコとマイクは顔を見合わせ、マイクがうなずいた。

「ロルカはある種の薬物の存在を隠しているのではないか、そしてクレアにもそれが使用されたのではないか。トニーとはそういう仮説を立てた」

「薬物？　わたしに!?」

「おそらく。そんなに動揺するなんて、コーヒーレディらしくないな。この仮説が正しければ、よろこぶべきだ。頭の病気を疑う必要はなくなる」

91

フランコが明かした仮説を呑み込むのに、コーヒー二杯が必要だった。マイクとフランコはさらに話を続けている。それを茫然と聞いていた。

マイクはフランコに、わたしが街にもどっていることは誰にもいうなと口止めし、今日は法律事務所と打ち合わせの予定であると伝えた。「法律上のクレアの立場を明確にできたら、次の展開に取りかかることができる。それには少し時間が必要だ」

「ぴったり口を閉ざしていますよ。どちらにしても街を離れることになるし。ロルカは今日、アップステートにいるので、トニーとドライブして彼のクリニックまで行くつもりです」

「どう攻めるつもりだ？」

フランコ巡査部長は大きな肩をすくめた。「まずは、背景事情から聴き取りを」

「記録を忘れずにな。回答に矛盾があったり虚偽があったりすれば、追及できる。鑑識の証拠と矛盾していれば、なおさらだ」

「わかりました」

「しっかり頼んだぞ。トニーに礼をいってくれ」

「はい」フランコが立ち上がった。「今日の弁護士との話し合いがうまくいくといいですね。また連絡します」

「電話はダメだ。もどったら知らせてくれ、直接だ」

マイクはフランコを戸口まで見送った。こちらにもどるとちゅうで携帯電話が振動したので受信し、通話に集中したままキッチンにもどってきた。電話を切って、わたしをじっと見つめた。

「よくない知らせだ。残念ながらスティーブンスは釈放される」

「まさか！　どうして自由の身に？」

「つかまえておくだけの証拠がない。スティーブンスの衣服にも肌にも銃発射残渣《GSR》が見られなかった」

「GSR？　拳銃の発砲と関係があるのね？」

「ああ。発砲した際に飛散する成分を調べる。スティーブンスからはまったく検出されなかった。逮捕された時には武器は所持していなかった。鑑識班はホテルの駐車場とその周辺を捜索したが、まだ発見できていない」

「隠したのかもしれない。車の窓から放り投げたのかも！」

「そもそも銃を持っていなかった。駐車場の防犯カメラの映像で確かめられる……」マイクはカメラの映像について説明した。黒いレインポンチョを着てフードをかぶった人物が、被害者の車へとちかづいていく映像だった。マリンズは窓をあけて、その人物と話し、その後、二度撃たれた。そして犯人は車のなかに手を伸ばした。

その直後、犯人は現場を去った。

「スティーブンスがあらわれるまでに、三十秒はたっている。そして、すぐに金髪の女性が来た。大きなメガネをかけて緑色のレインポンチョを着た人物だ。彼女は車のなかをのぞき込み、すぐそばにスティーブンスがいるのに気づいて、追いかけた」

「その金髪がわたしだと、警察は気づいていないのね？」

「まだ気づいていない。スティーブンスもだ。〝おかしな女〟に追いかけられたと話している」

「なるほど」わたしは腕組みをした。「彼は嘘をついていると思う？　ほんとうにわたしのことを憶えていないとしたら、彼はわたしをつけ狙っていなかったことになる。では、なんのためにあのホテルにいたのかしら。彼はなんといっているの？」

「死んだトビー・マリンズを追っていたそうだ。マリンズは実はプロの私立探偵だった。スティーブンスもビクトリア・ホルブルックも、そのことを知らなかった。マリンズがパークビューパレスの周辺をうろついてスタッフにあれこれ聞き込みをしていた。それでふたりは怪しむようになった。ビクトリアは、マリンズがアネットの失踪に関わっているにちがいないと思った。雇っているのはテッサではないかと考え、スティーブンスにそれを確かめるように命じた。テッサがアネットをさらい、殺害にまで手を染めたのではないかと疑った。アネットがいなくなれば、遺言どおりテッサが相続することになるからだ」

「殺されたトビー・マリンズについては、なにかわかった？」

「彼を雇ったのはテッサだ。叔母を見つけるために」

「だから彼はわたしの病室を見張っていたのね」

「そうだ。テッサはきみの記憶喪失が本当かどうか、強く疑っていた。だからマリンズにそれを確かめさせようとした。テッサはアネットの失踪の黒幕はビクトリアだと信じていた。それでマリンズはパークビューパレスであれこれ情報収集していた」

「ちょっと待って。ビクトリアはテッサがやったと思い、テッサはビクトリアがやったと思っているなら、どちらもアネットを誘拐した犯人ではないということになってしまう」

「そうだな」

「では、あの革の手袋は？　あなたはどう考える？　マリンズの車のダッシュボードにあった、あの手袋がわたしのものなら、彼の関与を示す、まぎれもない証拠よ」

「きみの手袋かどうか、まだわからない。鑑識はDNA検査をしているが、時間がかかる。きみの手袋だったと判明しても、証拠にはならない」

「なぜ？」

「さっきいった通り、マリンズを撃った犯人は車の窓から手を入れた。警察の調べでは、マリンズの携帯電話は持ち去られている。いっぽう、犯人がきみの手袋をダッシュボードに置いた可能性もある。マリンズに濡れ衣を着せるために」

「なるほどね。マリンズがアネットの誘拐に関与していると見せかけるために。そしてマリンズの背後にはテッサ・シモンズがいる。犯人の意図が透けて見えるわね。警察はそうとらえているの？　マリンズを撃った人物が、じつはアネットの誘拐に関わっていると？」

　マイクが首を横に振る。「担当の捜査官は、マリンズはスマートフォン強盗に遭って過って殺されたとみなしている」

「そんなバカな！　テッサとビクトリアは警察に事情聴取されないの？　どちらかはなにかを知っているはず！」

「警察はふたりから事情を聞いている。どちらも、相手が犯人だと疑っている。そして裏付けとなる証拠はない。この状態でごり押しはできない。丸い穴に四角い杭《くい》を押し込むようなものだ」

　丸い穴に四角い杭。

　その言葉がなぜかひっかかった。頭のなかに、その情景まで浮かんでくる。とつぜん、記憶のなかからなにかが蘇った。ひどく忌まわしく、衝撃的なことが。四角い杭は、丸い穴にはまらない。丸い穴には、押し込めない！

「クレア？」

　思わず、手に持っていたコーヒーカップを落とした。カップは粉々に割れて、驚いたジャヴァとフロシーがあわてて逃げていく。気を失ってしまいそう。わたしは椅子に体重をかけ、そのままずるずると滑り落ちた。

　床に激突する前に、マイクに抱きとめられた。

「クレア、どうした!?」マイクはわたしをぎゅっと抱きしめる。ただごとではないと気づいてくれたのだ。彼のTシャツを通して心臓の鼓動が伝わってきた。懸命にくちびるを動かしても、言葉が出てこない。

気がついたら、居間のソファに寝かされていた。早く伝えなくては。いわなくては。言葉を見つけなくては。

「部屋」ざらついた声になった。「丸い窓があった。舷窓のような小さな窓。小さ過ぎて、そこからは出られない」

「どこの部屋だ?」

「わたしが閉じ込められた部屋。何日間も」

「閉じ込められていたんだな。誰に?」

「ブーブー族」

92

「人数はふたり」十分後、わたしはマイクに話していた。

身を起こして、いれたてのコーヒーが入ったマグを両手で持っている。マイクは傍らにいる。彼の脇にはEMTの救急バッグが置かれている。

「ブーブー族、というのはわたしが勝手につけた名前。なにかいうかわりに、彼らはブーブーと唸るような声しか出さなかった。ほんとうの声やアクセントを知られないためだったのか……」

「彼らの特徴は？」

「顔は一度も見ていない。捕まえられた時には目出し帽をかぶって手袋をしていた。部屋に閉じ込められた後は、ふたりともバンダナで鼻と口を覆っていた」

「どんな扱いを受けたんだ？　暴行を受けたり、ひどい目に遭ったりしなかったか？」

「いいえ。指一本ふれなかった」

マイクはほっとした様子でうなずいた。「きみがもどった後に受けた検査結果と合致する」

「ふたりとも身体が大きくて屈強だった。一度、逃げようとしてドアから出て駆け出したら、片腕でつかまえられてベッドに放り投げられた。彼はもう一方の手にスープボウルを持っていたのよ。それを一滴もこぼさなかった」

「ベッドがあったのか？　部屋の様子をもっとくわしく説明できるか？」

「狭かった。調度類はちゃんとしていた。壁紙は青。小さなバスルームがついていた。あれはたぶん、ゲストルームね。ドレッサーの引き出しは空っぽだったから。廊下に通じるドアがひとつ。ブーブー族の男たちはいつもカギをガチャガチャいわせて、手こずっていた。部屋のたったひとつの窓は小さな舷窓みたいだった」

「窓の外になにが見えた？」

「なにも。ステンドグラスが嵌まっていた。分厚くて、昼と夜を見分けるくらいしかできなかった」

「アネットは？」

わたしは肩をすくめた。「わたしはひとりだった。ブーブー族以外は、誰の姿も見なかった」

震える手で、さらにコーヒーを飲んだ。この記憶をすべて出してしまおう。コーヒーはその勇気を与えてくれた。

「脱出したのは夜。それはおぼえている。ふらついていたわ。薬物を投与され続けていたみたいな状態に感じた。ある時点では自分の名前すら思い出せなかったと思う。でも脱出しようと心に決めていた。ドアが開かないかと、一日に十回も二十回も確かめた。彼らが手を焼いていたカギが、ある晩とうとう壊れて、ドアが開いた」

わたしは目を閉じて、押し寄せる記憶をつぎつぎに言葉にしていった。

「こっそり階段を下りた。一階分下りたら、地上階だった。どこもかしこも暗かった。小さな居間でブーブー族の片割れがいびきをかいていた。正面の玄関に行くには彼の前を通らなければならない。それはこわかったから、裏口から出た」

「外の様子をおぼえているか？」

「森だと思った。木がたくさんあったから。そうではないと、すぐに気づいた。中庭だった。歩きまわって、門を見つけて、出た。足元がよろめいていた。出たら歩道で、そこは知っている場所——そうよ！」

わたしはいきおいよく立ち上がり、またもやマグを落としてしまった。さいわい、磁器製のマグはラグの上に落ちたので割れなかった。けれどもネコたちはまたもやあわてて、抗議の声をあげながら逃げていった。ミューーッと大きな声が耳に残る。

「それよ。ミューズハウス。厩舎を改造した住宅！」

「なんだって？」

「場所を思い出したのよ！　あれはワシントン・ミューズ。グリニッチビレッジのタウンハウスよ！」マイクと向き合った。「行けばわかると思う。通りに面したゲートはひとつだけだし、あの丸いステンドグラスの窓はとても特徴がある。警察に通報すべきかしら？」

「いや、必要ない」マイクの反応は、少し速すぎる。「われわれでなにを突き止められるのかを、まず確かめよう」

彼のけわしい表情を、わたしはさぐるように見つめた。なにかを隠している。それを問いただそうとした時、彼に先を越された。「確実な証拠を見つける必要がある。きみの話が真実であると証明してくれるものを。だから――」

わたしは彼の腕にふれた。「だから、アネットを見つける必要があるのね」

93

ワシントン・ミューズ。それは石畳の通りを仕切ってゲートから出入りするタウンハウスだ。そこにわたしは閉じ込められていた。記憶喪失になってベンチで目ざめた公園から、ほんの一ブロックのところだ。

一世紀前の馬車の時代には、二階建ての厩舎が無数にあった。裕福なニューヨーカーたちが、大きな自宅とは別に建てたのだ。たいていは一階に馬や馬車、二階は使用人用のスペースになっていた。いまでは大半が取り壊されてしまったが、一部は生き延びて歴史的建造物となり、シックなタウンハウスとして利用されている。

ワシントン・ミューズの大部分はニューヨーク大学が言語と文化の講座に使っている。が、個人が所有している部分も残っている。

ニューヨーク大学でロマンス語を教える教授が血迷って誘拐事件を起こした、という可能性はゼロではないが、まずは個人所有の建物を当たってみる。

午後一時をまわり、マイクとわたしは歴史を刻んだ石畳をゆっくりと歩いていた。つきあたりまで来ると、足を止めた。身体がぶるぶる震え出した。強い秋風で冷えきったからではない。見おぼえのあるステンドグラスの丸い窓があったから。数軒先のタウンハウスを、わたしは指さした。

「あれよ」小声で告げた。

マイクが片方の眉をあげた。「まちがいないな。誰が住んでいるのか確かめよう」

「待って！」が、遅かった。彼はすでに呼び鈴を押している。マイクはさらに三度押す。反応はない。そこで、通りに面した窓からなかをのぞいた。カーテンには隙間がある。室内は暗かった。

「裏にまわってみよう」マイクがいった。

鉄のゲートの向こうは、木が生い茂る中庭だ。カギはかかっていなかった。わたしが先頭に立ち、歴史あるタウンハウスの専用庭に入った。枯れ葉が風に揺れている。めざす家のところまで来ると、窓のない裏口のドアにマイクがちかづいた。大きな音でノックした。ノブを軽く揺らし、肩でドアを押してみた。しまいに彼は上着のポケットからなにかを取り出した。

「周囲を見張っていてくれ」彼がささやく。「警報音が鳴ったら全力で逃げるんだ」

「あなたは？」

「警察官バッジを見せる」

「ほんとうに侵入するの？　証拠をさがすだけではなかったの？　令状なしに押し入ったら、まずいことになるんじゃない？」

「アネットをさがすつもりで、ここまで来た。そうじゃなかったか？」

マイクはカギをなにやらいじっている。彼の口から、悪態が洩れた。きっとあかないのだろう。がっかりしていいのか、ほっとしていいのか、よくわからない。が、カチリという音がした。マイクがニヤリとしている。

彼がドアを少しあける。一瞬、わたしもマイクも息を詰めた。警報音が鳴らないかと。マイクはあきれたような表情だ。「世の中から強盗が減らないわけだ」

わたしは彼をうながしてなかに入った。カーペットを敷いた狭い廊下を進んでいく。タウンハウスのなかはきれいに整頓されて掃除も行き届いている。だが、空気はよどんでいる、無人のまま何日も閉め切っていたみたいに。

キッチンと狭いバスルームをのぞいた。どちらも人の気配はない。居間にはカウチがある。わたしが逃げ出した夜、ブーブー族の片割れが眠っていた、あのカウチにちがいない。

「待っていてくれ、二階を見てくる」

それはわたしへの心遣いだった。あの部屋にもどるのは、耐えられない。

マイクは用心深い足取りで階段をあがっていった。わたしは居間をじっくりと観察した。すぐに目に入ったのは、壁にいくつも掛かった家族のポートレートだ。

ロッド・スチュワートの懐かしい歌を思い出した。「どんな写真にもストーリーが宿っている」。そう、驚きのストーリーがそこに宿っていたのだ。

一見、なんの変哲もない家族の歴史が写真でつづられている。そこに写っているのはすべて、知っている人物だ。なんてこと。彼らが家族だったとは！

94

マイクが階段をおりてきた時には、わたしはすべてを読み解いていた。

「きみが閉じ込められていた部屋を見たよ。説明通りだった。ほかの寝室も全部見たが、アネットの姿はなかった」また振り出しにもどってしまった」

「いいえ、もどっていない。決定的な手がかりがあった。この、ありふれた記念写真に」

彼がわたしの肩越しに壁を見る。

「この写真にどんなストーリーが宿っているのか、説明するわね。このうつくしい女性から始めましょう。あきらかに妊娠しているこの女性はビクトリア・ホルブルック。シェーンブルン宮殿の前に立っている」さらに続けた。

「ビクトリアとマダムの話を盗み聞きした時、ビクトリアがウィーンにいた話が出た。彼女がウィーンに移った理由は妊娠だと、ノラ・アラニーはほのめかしていた。ほんとうだったのね」

二枚目の写真をわたしは指さした。「ビクトリアと並んで立っているのは、彼女の子どもね。この男の子の年齢はたぶん四歳か五歳。テッサ・シモンズが、自分にはオーストリア人の養子になったいとこがいるのではないかといっていた。そのこたえが、この写真。ビクトリアは自分の息子を手放さなかった。自分の手で育てたのよ」

さらにつぎの写真の前に進む。「これはウィーンの写真の数年後。ビクトリアはウィーンからベニスに移った。カリフォルニアのベニスに。ベニスのボードウォークで息子といっしょに写っている。息子は九歳か十歳」

マイクが身を乗り出してじっくりと見る。「男がいっしょだな。向こうを向いているから顔がわからない」

「大丈夫。つぎの写真でなにもかもわかるから」

わたしは写真がおさめられているガラスを指で叩いた。「ビクトリア、彼女の息子、そして息子の父親。息子がカリフォルニア大学バークレー校ロースクールを卒業した時のものね。息子はこの時は、縁なしの丸いメガネをかけている。べっこう縁のメガネではない。それに髪も伸ばしている。でもあきらかに、この若者はオーエン・ウィマー」

「そして彼の傍らにいる男は？」

「ハーラン・ブルースター。どうやらオーエンは彼のひとつぶだねのようね。この非嫡出の息子はパークビューパレス・ホテルと一族の資産を自分が受け継ぐものと思っていた。しかし邪魔が入った」

「先走らずに、順を追って説明してくれ」

「アネットは二年前に乳がんを患い、それを克服した。オーエンは、おそらく彼女が死ぬだろうと、そしてすべてをハーランが相続するだろうと期待した。いずれはハーランから自分が受け継ぐものと。ところが死んだのはハーランだった。そしてパークビューパレスはアネットが一手に握り、資産もろとも姪のテッサに受け継がせるつもりだった」

マイクがうなずく。「それでオーエンがアネットを誘拐した、きみはそう考えているんだな。目的は？」

「ゴッサムスウィートからアネットの最新の遺言書の写しが持ち去られていた。その遺言書には、受益者としてテッサの名前があったにちがいない。オーエンはビクトリア・ホルブルックを受益者とする新しい遺言書に署名するようアネットに強要するつもりだった。わたしはそう思うわ」

マイク・クィンが微笑んだ。真犯人と確信した時の、彼の独特の表情だ。

わたしは卒業式のポートレートを壁からはずした。「オーエンは父親によく似ている。アネットはオーエンが何者であるのか、察しがついたのではないかしら。ハーランとは不仲だったから、夫の非嫡出の息子にびた一文遺すはずがない。たとえそれが彼女の妹の子どもであっても」

「ねじれた関係だ」

「オーエンはパークビューパレスの顧問弁護士として、遺言書の中身を知る立場にあった。アネットがホテルを彼の母親に譲るつもりがないことも。かつての恋人の画家とフランスで暮らすのに先だって彼女がホテルを売却すると決めたことも」

「誘拐には実の妹のビクトリアが関わっていたのだろうか」

「その可能性はありそう。だとしたら、なぜスティーブンスにテッサを調べろなどと依頼したのかしら。それも計画の一部なら、ずいぶん綿密ね」

「きみの説明は筋が通っている。証拠さえあればいいんだが。仮にいますぐ警察がビクトリアあるいはオーエンを捕らえたとしても、彼らがいっさい否定すれば、ニューヨーク市警は二十四時間以内に釈放しなくてはならない」

「二階にはなにも証拠がなかったのね。ハーランとビクトリアはこの家を〝愛の巣〟として使っていたはず。ジプシー・ホテルでアネットの友だちが酔っ払っていっていたわ。そういう場所があるのだと。それがどこにあるのかは、知らないといっていたけど、まちがいなくここよ。わたしをここに閉じ込めて、あの男たちに見張らせていたのがオーエンなら、きっとアネットのことも閉じ込めたはず」

「そうだな。しかしきみに逃げられて、よそに移したんだろう。いったいどこに」

「ねえマイク、オーエンはこうしてハーランの家を使った。だとしたら、つぎもハーランの家じゃない？　木を隠すなら森の中よ。ハンプトンのブルースター家の地所にアネットは閉じ込められているわ、きっと。具体的な場所も見当がつく。だから警察に知らせて、令状を取った上で家宅捜査を」

　マイクが顔を曇らせた。「じつは、話していないことがある。この際だからしかたない」

　思わず、身構えた。

「昨夜ジプシー・ホテルで、ロリ・ソールズ刑事からの電話を受けた時、きみの捜索をFBIが引き継ぐと聞かされた。いまこの瞬間も、おそらく重要事件捜査班とともに、きみの行方を追っているだろう。重要な容疑者として。きみがアネットを嵌めて誘拐した、あるいは口止め料と引き換えに解放されたという線で捜査は進んでいるはずだ」

わたしは頭を抱えた。「ようやく自分の人生を取りもどしたのに、今度はFBIのお尋ね者になって強制入院？　それよりもっとひどいことになるの？」

「決断の時だ、クレア。法律事務所とのアポイントを守り、きみは当局に出頭していまと同じ説明をし、彼らを説得してアネットの捜索をうながす。その前に彼女がよそに移されるか、あるいは殺されてしまえば、手遅れになる。それとも、わたしときみでハンプトンに行ってオーエンが真犯人であるかどうかを突き止めるか」

マイクはそこで黙った。鋭い青い目がわたしの目を見据える。

「これはきみの人生だ。きみがどちらを選んでも、わたしはきみとともに行動する。が、決断をくだすのは、あくまでもきみだ」

95

数時間後、マイクとわたしはふたたび、あの暗く危険な道路上にいた。祖母が教えてくれた言葉を噛み締めた。光のなかをひとりで歩むよりも、闇のなかを友と歩くほうがいい。マイケル・ライアン・クィンは友だち以上の存在なのだから、なにもこわいことはない。ロングアイランドまでは予想よりも時間がかかった。ハイウェイで複数の事故があり、二時間半で到着するはずが四時間がかりの行程となり、マイクの存在が心強かった。ブルースター家のサンドキャッスルに続く田舎道に入ったころには、すでに秋の日はとっぷり暮れていた。

渋滞にはまっている時間を利用して、わたしはマイクにプランを説明した。ワシントン・ミューズと同じように、ここにも突入するという捨て身のプランだ。ただし裏口からではなく、キッチンの窓から。前に暗い敷地をこっそり歩きまわった時に、キッチンの窓が少しあいていた。まさか、ふたたび訪れることになるとは思わなかった。

「気を引き締めよう。つぎのカーブを過ぎれば、もうサンドキャッスルだ」

「マイク！　見て、あそこ！」

路肩にピックアップトラックが停車している。その脇を通過する際、マイクはスピードを落としたので、わたしはトラックのドアのロゴをしっかりと確認した。アーネスト造園のトラックだ。

「夜に植栽の手入れ？」

「人の姿は？」

「なかった」

「トラックが故障してアーネストは牽引して移動するつもりなのかもしれない。ただ、彼がオーエンのブーブー族のひとりなら、屋敷のなかにいるな」

「その可能性はあるわね。でも、あなたといっしょにアーネスト・ベリングと話したとき、頭がクラクラしたり記憶が蘇ったりはしなかった。それにもしもオーエンの手下なら、ゲートをあけると思う。道路にあのトラックを停めたままでは人目につくわ」

「確かにそうだな。しかし、きみの読みがはずれている可能性もある。注意を怠らないようにしよう。テーザー銃を渡しておくから、もしもアーネスト・ベリングがいて、動きを見せたら使うんだ」

その直後、わたしたちは錬鉄製の高いゲートの前に着いた。

「木立を通して灯りが見えるわ。オーエン・ウィマー弁護士は在宅しているようね」

計画通りわたしはダッシュボードの下に隠れ、マイクはインターホンを押した。一分後、オーエンの甲高い声が応答した。

「はい」

「クイン刑事です。先日こちらで見せてもらった文書について、追加の質問がいくつかありまして」

「必要と思われる文書はすべてそちらの部署に渡しています」

「それはわかっています。が、新しい情報を入手したもので」

「そうですか。どうぞお入りください」

サンドキャッスルのゲートが開いた。

「きみのプランだ、クレア。納得いくまでがんばれ。彼はセキュリティシステムを解除してわたしをなかに入れるはずだ。もっともらしいことをいって彼の注意をそらす。もう一度書斎に入るかもしれない。きみは裏手にまわってキッチンの窓からよじのぼって侵入する——」

「まだ開いていれば」

「めざす場所にアネットが閉じ込められていると、確信しているんだな？」

「命を懸けてもいい。絶対よ」

マイクがエンジンを切り、ささやいた。「幸運を祈る。決して油断するな。オーエンは必死だ。捨て身の覚悟だろう。狂気をはらんでいるといってもいい」

96

すべては順調に、計画通りに運ぶかと思われた。

オーエンはクィンと握手して迎え、なかに招き入れた。セキュリティシステムは解除されている。キッチンの窓は少しあいていたので、それをもう少しあけてなかに忍び込んだ。

窓の下に吊られているアルミ製のパスタストレーナーにぶつかった時は心臓が止まりそうになった——が、タイルの床に落ちて大音響をたてる前になんとかキャッチした。

それを慎重に吊り下げて、さらに進んだ。

家のなかを移動していくと、クィンとオーエンの話し声がした。話の中身は聞き取れない。散らかっていたあの書斎にいるようだ。わたしはそれとは逆の方に向かっている。

大邸宅のなかで迷うのではと思ったが、ほんの数分でめざす場所にたどり着いた。白くてのっぺらぼうみたいな部屋。暗く生い茂る木立に面して巨大な窓が並んでいる。

埋め込み式の照明の光は薄暗いけれど、壁の五つのパネルははっきり見える。それぞれにガーゴイルがついている。マダムがゴッサムスウィートでやったのを真似て、グロテスクなガーゴイルの頭をひとつずつ押してみた。

三つ目の、ちょうど中央のパネルが内側にひらいた。慎重になかをのぞく。暗くてはっきり見えない。鼻をつくひどいにおいだ。異様な状況だと察しがついた。よどんだ空気、人間の汗のむっとするにおい、異臭としかいいようのないにおいが、黒い空間から漂ってきた。

ポケットからマイクの懐中電灯を取り出した。光が照らし出したのは、わたしが閉じ込められた部屋と同じような広さの空間だった。ここには窓やバスルームといった設備はない。

ベッドがある。そこに衰弱しきった人の姿が横たわっているのを見て、息を呑んだ。アネットはケーキの試食会の時の黒いワンピースのままだ。シミがついて破れてボロボロ。金髪は脂でべとべとで、絡まってもつれている。

「アネット、起きて」ささやきながらそっと揺すってみた。「わたしよ……クレア・コージー……助けに来たわ」

意識がない。脈をとった。やっとのことで感じとれる。

こんなことになっているとは。考えてもいなかった。精神状態が不安定になっているとしても、意識はあると思っていた。わたしひとりで意識のないアネットを運び出すのは無理だ！

なぜこんなにも衰弱しているのか、ベッドサイドのテーブルを見て納得した。法律文書がきれいに重ねて置かれ、その脇にペンが一本。手書きのメモもある。

遺言書に署名をすれば食べ物をやるぞ。

誰が書いたものか、署名などなくてもわかる。オーエン・ウィマーという名の極悪のモンスター。

法律文書にアネットの署名はない。彼女は徹底的に抵抗していたのだ。それでオーエンは彼女を生かし続けるしかなかった。おかげでこうして彼女を見つけることができた。

書類を置いたとたん、キッチンで騒々しい音がした。あれはパスタストレーナーが床に落ちた音。わたしは凍りついた。どうしてもっときちんと吊っておかなかったのか。自分を責めた。

マイクと弁護士の会話も止んだ。つぎに聞こえたのは、激しく乱闘する物音、ドシンという音。それっきりしんと静かになった。

一分ほど待ってから隠し部屋を出た。誰もいないと思ったとたん、照明がついた。まぶしくて目がくらみ、ようやく見えるようになると、目の前にオーエン・ウィマーが立っていた。片手で拳銃を構え、もう一方の手には火かき棒を握っている。

わたしはマイクのテーザー銃を突き出したが、火かき棒で叩き落とされた。その火かき棒が真っ赤に染まっている。マイクの血にちがいない。

97

マイク、死なないで！

頭のなかで叫び続けた。オーエンはわたしに銃口を突きつけ、書斎へと移動させた。堅木の床に、最愛の男性が倒れている。意識はない。でも、呼吸はある！　オーエンが手にしている銃は、マイクから奪ったものだ。それをわたしに向けている。

恐怖は感じない。マイクのこと以外なにも考えられない。駆け寄って助けたい。けれどもオーエンはわたしたちふたりを撃つと脅している。いまの彼は狂気に突き動かされている。すでにわたしを殴り、メガネをはたき落としている。それからウィッグをむしりとった。ついでに地毛までひっぱったので、少し抜けてしまった。

「なるほど。とうとう薬が抜けたか」彼がニヤニヤしている。

「やはり、わたしになにかしたのね」

「なにか？　なにもしていない。直接はな。しかし、おまえは目ざわりな存在だった。あの日、ゴッサムスウィートでお粗末な変装は見破っていた。が、記憶喪失のままだとわかったから、心配などしていなかった。今日の午後まではな。ワシントン・ミューズにおまえがこの刑事といっしょに押し入った様子がセキュリティ・アプリに映っているのを見て、とうとう記憶がもどったのだとわかった。だが警察への通報はないだろう。やつらはおまえがアネットの誘拐に関わっていると信じている。そうなるように、わたしが誘導した。いまやおまえは警察に追われる容疑者だ。それにわたしの有罪を示す証拠など、なにひとつつかんでいない。だからこうしておまえたちがやってくるのを、待っていたわけだ」

とつぜん、マイクがうめき声を洩らした。オーエンは彼に銃を向け、狙いを定めた。わたしがわざと音を立てて体勢を変えると、ふたたび銃口はこちらを向いた。

「あの晩なぜアネットを連れ去ったのか、わかっているわ。どうしてあなたの手下はわたしまで誘拐したの？」

「アネットがおまえにハーランの死について、調査を依頼するとわかっていたからだ。そんなことをされては迷惑だ」

「なぜ？　まさかあなた、実の父親を？」

オーエンが不敵な表情を浮かべる。「パートタイムの父親など、父親の資格はない。わたしの母親はハーランに執着していた。どうしてなのか、さっぱりわからん。しかし、わたしにとっては小切手以上の重みはない。やつはロースクールの学費を出し、卒業後は自分のホテルでの仕事に就かせた。そんなものでごまかされてたまるか。やつのたったひとりの子どもとして、もっともらってていいはずだ。パークビューパレスと一族の資産を、すべて。当然の権利だ」

オーエンは火の気のない暖炉に火かき棒を立てかけた。

「正直、驚いた。おまえたちふたりが真相をつきとめるとはな。あのトビー・マリンズはサンドキャッスルに来るつもりだった。その前に殺してやった」

「マリンズを殺したのは、あなただったの？」

「やつの車におまえの手袋の片方を置いた。狙い通り、テッサが捜査線上に浮上した。すべて当初の計画通りだ。アネットの誘拐と殺害の罪をテッサに着せれば遺言に異議申し立てをする人物はいなくなる。わたしの母親が異議を唱えるはずがない。ああ、母親はいっさいなにも知らない。よけいなことをして計画を台無しにされては困るからな」

「わたしたちをどうするつもり？」

オーエンが不気味な笑みを浮かべてこちらを見る。

「ＦＢＩの指名手配者リストに入る女を愛した刑事。昼メロの王道だな。メロドラマならふたりは逃避行して姿を消し、永遠に消息が途絶える」

「殺すつもり？」

「すぐには殺さない。拷問を加えてからだ。その恐ろしい光景を見せれば、アネットは署名する気になるだろう」彼がため息をつく。「当初の計画は完璧だった。ところがアーネスト・ベリングのところで働いていたやつらが無能だったばっかりに、妥協を強いられた。もう少しマシなやつらかと思ったが。やつら、アネットには薬物を過剰に投与するわ、おまえには逃げられるわで、とんだ誤算だった。最初に取り決めた報酬額にはとうてい見合わない働きだった。当然ながら、支払いはなしだ」

彼は肩をすくめた。「やつらに命じてアネットをここに運ばせた後、敷地内に穴を掘らせた。彼女を埋めるためだといってな。まさかそこに自分が葬られるとは思わなかっただろう」

その瞬間、怒号が部屋に響き渡り、オーエン・ウィマーめがけて筋骨たくましい男が突進していった。頭に巻いたバンダナに見覚えがある。オーエンはすぐさま銃をアーネスト・ベリングに向けた。銃声が響く。その瞬間、わたしはオーエンに飛びかかった。

狂気にかられたオーエンから銃を取り上げようとして揉み合いになった。いっぽう、アーネスト・ベリングは茫然とした様子で膝から崩れ落ちた。オーエンが銃を持っていない方の手でわたしを平手打ちした。目の前を星が飛びかう。さらに殴られて、そのまま暖炉に倒れ込んだ。

腫れ上がった目をなんとか開いてみると、オーエンはベリングにとどめを刺そうとしている。

その時、マイクが動いた。倒れたままの状態でオーエンの両脚を抱え込んだ。弁護士はよろけたが、倒れはしない。手に持った銃をマイクに向けようとする。

わたしはぱっと立ち上がり、火かき棒をつかんだ。ありったけの力を込めてそれを振り降ろした。衝撃が両腕にじかに響いた。自分がなにをしたのか、よくわからない。が、オーエン・ウィマーは崩れ落ちて転がった。

すぐさま火かき棒をはなして婚約者の傍らに膝をついた。「マイク、マイク！　話せる？」

彼は身を起こそうとする。それを押し止めて傷を調べた。

「どんな状態だ？」

「縫うことになるわ。分厚い頭蓋骨は無事だったようね」

背後では、床に倒れたままのアーネスト・ベリングがうめいている。銃弾は彼の肩に命中していた。血を止めなくては。懸命に手当てをしている間、マイクが九一一番に通報した。

「やつは俺のいとこを殺した。トミー・コールを」ベリングは息をするのも苦しそうだ。

「あなたのいとこはアネットの誘拐に協力したの？」

ベリングがうなずく。

「副業で大金を稼いだと自慢していた。そうしたらミセス・ブルースターが行方不明になった。誘拐されたらしいと知った。トミーの姿が消えて、もしやと思った。オーエンからなにか仕事を請け負って、ここにいるのではないかと。それでずっと道路で見張っていた。何日も。今夜、あんたたちが来たとき、チャンスだと思った。フェンスを飛び越えてなかに入って、見つからないように隠れていた。だがトミーをどんな目に遭わせたのか、やつが自慢げに話すのを聞いたらじっとしていることはできなかった」

止血のためにきつく結ぶと、ベリングが顔をゆがめた。

「トミーはろくでなしだ。金のためならなんでもやる。それでもおれにとっちゃ大事な家族だ」

98

数週間後、ビレッジブレンドのわたしの〝家族〟が顔をそろえた。

わたしの身になにが起きたのか、自分たちはなにに巻き込まれたのか、みんなが知りたがっていた。だからビレッジブレンドに集まってもらい、疑問にこたえ、コーヒーを味わい、たまっていたストレスを解消することにしたのだ。

みんなにまっさきに伝えたかったのは、わたしの記憶喪失の原因だ。ヒステリー症状や情緒的な問題で起きたのではなかった。わたしの意思に反して実験薬を注射されたせいで、あんなことが起きたのだ。

「ネペンテスという薬よ。ホメロスの『オデュッセイア』に登場する、苦しみや悲しみを忘れさせるネペンテスという万能薬にちなんでロルカ医師が名づけた」

エスターは片手をあげた。「ボス、今回の件について三千年前にさかのぼって説明が始まるなら、もっと大量のコーヒーを用意しなくては」

「これも！」フランコ巡査部長は三つ目のグーバーズ・クッキー（ビレッジブレンドの最新のヒット作）に手を伸ばしている。

「では短いバージョンで」わたしは約束した。

「いくら長くても大歓迎だ、コーヒーレディ。この傑作のクッキーが追加される限り、よろこんで聞こう」

「食いしん坊のために、たっぷり用意してある。まさかペストリーケースの中身を全部を食べ尽くそうっていうんじゃないだろうな」タッカー・バートンだ。

わたしは咳払いをした。「どこまで話したかしら?」

「お、記憶喪失がぶり返したのかな。また、ミスター・ダンテに逆もどりか」

タトゥーのあるバリスタの隣で、マイク・クィンが笑いを噛み殺している。ぐっと睨みをきかせようとしたけれど、頭の傷を守るためにバンダナを巻いたマイクの姿を見たら、こちらが笑ってしまいそう。

「実験薬のところまで話していたわよ、クレア」マダムがエスプレッソを飲みながら助け舟を出す。

「そうでした。その薬はドミニク・ロルカ医師が心的外傷後ストレス障害に苦しむ被害者を治療するために開発したものだった。SF小説みたいだけれど、薬理的に記憶を消し去る物質の開発は研究者にとっては長年の夢なのよ。患者の心をかき乱す出来事の記憶を消去して、苦痛をやわらげることをめざして」

そこでコーヒーをひとくち飲んだ。わたしの万能薬を。「ところが、ロルカのネペンテスは失敗作だった。投与された患者に多種多様な症状を引き起こし、それは徐々に消えていった。が、なにかのきっかけでトラウマとなる記憶が蘇ってしまった。特にココナッツオイル、朝鮮人参茶、コーヒーなどに含まれる天然の刺激薬を摂取した時に」

「見よ、コーヒーの威力！」エスターがカップを掲げ、ダンテのカップとカチリと合わせた。

「その薬は、そこでお払い箱になるはずだった。でもその先があった。フランコ巡査部長があきらかにしてくれたわ。マニー、あなたから説明をお願い」

フランコはあわててフラノのシャツからクッキーのかけらを払い、話を始めた。低く、よく響く声だ。

「ロルカのアシスタントのうち、ある大学院生は夏をハンプトンで過ごしていた。彼はロルカがひそかに保管していたネペンテスを少々くすねて、金持ちのボンクラ息子やフラタナティの仲間に高く売りつけた。ルーフィーの逆バージョンとして——」

「ルーフ？　屋根？」マダムは困惑した表情だ。

「ルーフィー。デートレイプ・ドラッグです、フルニトラゼパムというベンゾジアゼピン系の睡眠導入剤。ドリンクにこっそり入れると、それを飲んだ被害者は気だるさに襲われて見当識障害に陥る。この場合、目が覚めた時に被害者は、自分が暴行を受けたことを憶えている。ネペンテスはそこがちがう。被害者の血流にこっそり注入すると、暴行を受けた事実そのものを忘れてしまう。それ以外のいろいろなことも。だから被害者は有効な証言ができない」

フランコはもうひとつクッキーをつまみ、それを食べずに持ったまま話を続けた。

「やがてその大学院生の行為にロルカ医師が気づいた。自分の薬が闇で売買されていると知り、彼はなんとしても自分の名声を守ろうとした。地域の病院のERで記憶喪失のケースを受け入れたら、すぐに知らせてくれと医療関係者に頼み、謝礼を支払った」フランコが続ける。

「疑いを抱く者はいなかった。セレブなドクターがつぎの本のためのテーマをさがしているのだろうと、誰もが思った。じっさいはすべて保身のため、雇っているスタッフの犯罪行為を隠蔽しようというもくろみだった。彼はそうやって紹介してもらった患者の治療で主導権を握り、カルテの管理を引き受けた。自分の薬の存在を他の医師たちに知られたくなかったからだ。とはいえ、アルコールや麻薬を検知するための標準的な検査では明らかにはならない。ロルカはセロトニンに関する検査を活用して、確認していた。だから必ずその検査を指示し、結果はカルテに残さないように気を配った」

エスターがストップをかけるように、両手をぱっとあげた。「そのロルカの薬がパークビューパレス・ホテルで使われたのは、なぜ？」

「ハーラン・ブルースターがその薬をハンプトンで手に入れた。闇のルートで」マイクが説明する。「ハーランはその薬でひともうけできると考えた。息子のオーエンと組んで、パークビューパレス・ホテルを使う客に売りつけることにした。狙ったのは、素行が悪くて金を持っている有名人の客だ。ハーランとオーエンはホテルの防犯カメラで客を観察していた。最高級のスウィートにも隠しカメラを仕込んでいた」

「のぞきじゃないか！」タッカーが首を横に振る。

エスターは身震いしている。「アネットがホテルのカメラを全部止めたのも、無理ないわね！」

「つまりハーランも、その薬を密売していたと？」ダンテだ。

「ああ、そうだ」フランコがこたえた。「彼はホテルの客に、悪事を〝消せる〟薬を天文学的な価格で売りつけていた。相手が買おうとしなければ、古典的な方法をとった。恐喝したんだ」

マイクがうなずく。「オーエンはそういういかがわしい取引が表沙汰にならないように、わざわざハンプトンに架空の法律事務所をでっちあげていた。オーエンはしだいに不満を募らせていった。この先もこんなリスクを負わされるのなら、ハーランはもっと代償を払うべきだと考えるようになった。自分はもっとたくさん得て当然だと。そしてある晩サンドキャッスルの邸宅で、そのことでハーランとオーエンは口論になった。オーエンは怒りにかられて実の父親を真鍮《しんちゅう》の火かき棒で殺害した」

フランコが笑いを噛み殺している。「その火かき棒は、ひょっとしたらその頭の傷の？」

「本筋に関係ないことはいわなくていい」

ふたりの刑事が軽口を叩いているあいだに、わたしが説明を続けた。ハーランを殺害したオーエンが、どのように隠蔽工作をしたのかを。彼は自動車事故に見せかけた。地元の警察はなんの疑いも抱かなかった。

「首尾よくハーランを事故死に見せかけて、オーエンは当然の分け前を手に入れることにした。彼が立てた計画は、アネット・ブルースターを誘拐し、記憶を消す薬で混乱させ、オーエンと彼の母親に資産を遺すという内容の、日付をごまかした遺言書に署名させる。その後アネットを殺し、テッサに濡れ衣を着せる、というものだった」

「ビクトリアはそのことを知っていたの？」マダムが質問した。

「いいえ」わたしがこたえた。「息子の策略と知って、彼女はたいへんな衝撃を受けました。誘拐の黒幕はテッサだと思い込もうとしていましたから」

「その造園業の男性はどうなったの？」ふたたびマダムがたずねる。

「アーネスト・ベリングは退院しました」わたしが報告した。「銃で撃たれて負傷したので、仕事には復帰できていません。アネットはアーネストの費用をすべて負担し、それに加えて彼とフローラに高額の小切手を渡しました。そのお金でアーネストはフローラのためにフルタイムの看護師を雇い、地元の温室を購入して店をひらく予定です。フローラは娘の自殺で苦しみ抜いた。アネットとしては彼女に高額の和解金を支払い、ハーランの惨めな末路をくわしく伝えることが正義であると考えたんでしょう」

「あー、エヘン」スー・エレン・バスが話をさえぎった。「その正義を、いまから実行して見せましょう。ここにいるクィン警部補がロリとわたしをどんな目に遭わせたのか、腹の虫がおさまらないのでお尻を蹴っ飛ばすしかない。わざわざニュージャージーまで行って空振りさせられて、肝心のクレアはずっと彼といっしょだったなんて！」

「聞いてくれ、スー・エレン、ほんとうに申し訳なかった」マイクが懸命に弁解する。

「え？　なあに？　なんにも聞こえない！」

「機嫌を直して仲直りしなさい」ロリが相棒にいい聞かせる。「これまでさんざんピンチを救ってもらったことに免じて、大目に見てあげて」

「はいはい、わかりました。ただし半年間は口をききませんから！」

「ここにいるアレグロのことは責めないのか？　すべての発端は彼だ」クィンはマテオの方を身振りで示す。

「いや、それは――」マテオが抵抗する。

「そうねえ、責めたいんだけど」スー・エレンはマテオを舐めまわすように見る。「お尻があまりにもセクシーで蹴りにくいのよね。だから、こうしない？　クレジットカードの記録によると、東海岸でさんざん贅沢なごちそうを食べていたそうじゃない。ロリとわたしにすてきなディナーを奢ってくれたら、大目に見てあげる」

「わたしはごめんよ。いっしょに食事なんかしたら、どんな噂が立つか知れない。わたしは既婚者ですからね」

「わかった、じゃあ――」スー・エレンがウィンクする。「ふたりっきりのディナーね」

女性にいい寄られて青くなっているマテオ・アレグロなんて、誰も見たことがないにちがいない。

「それで、あのいけすかないオーエン・ウィマーは？」

ダンテの問いかけにマイクがこたえた。「彼は複数の殺人の容疑で逮捕された。逃亡の危険性があるから保釈の見込みはない。弁護士として復帰する日は永遠に来ないだろう」

「そしてロルカ医師は？　隠蔽工作が功を奏して罪に問われない、なんていって欲しくない」エスターだ。

フランコがこたえる。「ロルカは複数の妨害罪に問われている。医師免許は剝奪されるだろう。それに、かつての患者から続々と訴えられるだろう。彼の薬がどう使われ、彼がそれをどう隠蔽したのかが明るみに出たからな」

「それでミセス・ブルースターは？」ダンテがたずねる。

マダムが微笑んだ。「アネットは明日、退院するわ。もうひとつ、いいことがあるわ。ジェームズ・マズールという画家が今週、この街にやってくるのよ。彼女を迎えにね。ふたりでパリに渡るそうよ」

「マズールか。聞いたことないな。どんな作品を描くんだろう」

「ちょっと待って」わたしはダンテにいい残して、午前中に届いた包みを取りに行った。

それは『サンセット・バスケット』の原画だった。テッサとアネットはマズールのすばらしい作品をビレッジブレンドに寄贈してくれたのだ。

包みをほどいて絵があらわれると、いっせいに感嘆の声があがった。新しくビレッジブレンドのコレクションに加わった絵——フランスの緑豊かな田舎の風景に置かれたピクニック・バスケットと、野の花を摘む銀髪の男性に向かって自転車を走らせる年配の女性を描いたロマンティックな絵——を見るたびに、わたしはアネットとジェームズのことを思うだろう。長い時を超えて、たがいへの愛を貫き通したふたりを。
彼らにとって夕暮れの時間は、平和と幸せに満たされたものとなるにちがいない。

その夜、マイクは署での業務を終えた後に、ビレッジブレンドの上階のわたしの住まいにやってきた。

彼が暖炉の火を熾すと秋の夜の寒さは退散した。パチパチと薪がはぜる炎の前にふたりで腰をおろし、熱々のコーヒーを味わった。豆は朝、わたしがローストしたもの。皿に盛ったメープルシュガー・クッキーは午後に焼いたばかり。

ジャヴァとフロシーはマイクの足とネクタイにじゃれついて、少しもじっとしていない。わたしたちはその日のできごと、おいしかったディナーの感想、そんな他愛のないことを話した。そのひとつひとつが愛おしかった。

いつしかわたしたちは、この数週間を振り返っていた。わたしの頭のなかに立ちこめていた霧についても話した。その霧はすっかり晴れた。なにもかも思い出したから安心して、とマイクにいった。ジョイがすっかり成長し、わたしはふたたびニューヨークでビレッジブレンドのマネジャーとして働いていることも、マイクと初めて出会った朝のことも思い出した。わたしたちの出会いは、ここの真下のビレッジブレンド。

「それを聞いて、ほんとうにほっとした」

「ひとつだけ問題があるの。どうしても思い出せないことがある。マダムとも話した結果、これはあなたに聞くしかないということになったの」

「なにかな、聞こう」彼が身を寄せた。

「わたしの婚約指輪は、どこにあるの？」

マイクが笑みを浮かべた。まるでこの瞬間をずっと待っていたみたいに。片手をポケットに差し入れて片膝をつき、彼はわたしにプロポーズをした。なにからなにまで、記憶にあるそのままだ。

Recipe 1

グレーズがけのストロベリー・クリームチーズ・スコーン

　このゴージャスなスコーンは、ロマンティックな朝食や午後のおやつにぴったりだ。マイクがこのスコーンのことを思い出して語るのを聞いただけで、クレアはうっとりしてしまった、口のなかでとろけるペストリーの秘密は、生地のなかのクリームチーズ。イチゴの果汁を加えたグレーズは風味豊かで、しかも美しいピンクの色合いとなる。できあがりの写真は、クレオ・コイルのオンライン・コーヒーハウス coffeehousemystery.com でご覧いただけます。イラストつきのレシピのダウンロードもぜひ。

全レシピ１カップは米国の１カップ(約240ml)として記載

【材料】スコーン8個分

イチゴ……2カップ
グラニュー糖(白)……大さじ1と⅓カップ
ヘビークリーム……大さじ3と少々(冷やしておく)
卵……大1(フォークで軽く混ぜる)
ピュアバニラエクストラクト……小さじ1
中力粉……2¼カップ
ベーキングパウダー……大さじ1
塩……小さじ½
無塩バター……½カップ(サイコロ状にしてよく冷やす)
クリームチーズ……110グラム
(サイコロ状にしてよく冷やす)
ストロベリーグレーズ(後述のレシピを参照のこと)

Recipe 1 グレーズがけのストロベリー・クリームチーズ・スコーン

【つくり方】

1 **イチゴの下ごしらえ**

へたを取り、よく洗い、軽くつぶす（果汁を多く含んだ状態）。冷凍のイチゴを使う場合は解凍せずに、ボウルのなかでイチゴをざっくりと刻む。全部でカップ2杯くらいになるように。グラニュー糖大さじ1を全体に振る。ボウルにラップをして60分間置いておく。よく浸かったイチゴを正確に1 ½カップ計り、冷蔵庫で冷やす。この時に残ったイチゴの果汁はスコーンのグレーズに使う。

2 **生地をつくる**

小さなボウルに冷しておいたヘビークリーム大さじ3、卵、バニラエクストラクトを入れて混ぜる。ボウルごと冷蔵庫に入れる（この工程では、すべてを冷たくしておくことがポイント）。大きなボウルに中力粉、ベーキングパウダー、塩を入れて混ぜる。手をきれいにして、よく冷やしておいたサイコロ状のバターとクリームチーズを加え、全体が粗い粒状になるまで混ぜる。バターやクリームチーズの大きな「ダマ」が残らないように。すべての粒がエンドウマメのサイズ以下になったら、グラニュー糖⅓カップを加えて、手でよく混ぜる。1の刻んだイチゴ1 ½カップをそっと加えて混ぜる。冷蔵庫で冷やしておいた小さなボウルの中身を加え、生地がまとまるまで手でそっと混ぜる。

← 【つくり方】につづく

3 成型して冷やす

平らな作業台にたっぷり粉をふり、そこに生地を置く。両手にも粉をまぶしてから、生地をそっとボール状にまるめる。そのボールを直径約18~20センチ、厚さ2センチの平らな円に伸ばす。よく切れるナイフで円を中心から8等分にする。形が少々いびつでも、やたらに生地にふれないようにする。切り分けたものを冷蔵庫でたっぷり30分冷やす。その間にオーブンを200度で予熱する(高温のオーブンに冷たい生地を入れることで、サクッとした食感のスコーンになる)。

4 一手間かけて焼く

天板にパーチメントペーパーを敷き、オーブンに入れて温めておく。冷蔵庫でよく冷やした生地を取り出し、表面に冷たいヘビークリームを軽く塗り、熱した天板に生地を置く。焼いている間に膨張するので、じゅうぶんに間隔をあける。200度で20分間焼いたら、天板の向きを変え、温度を190度に下げて5分間焼く。オーブンから取り出して冷まし、ストロベリーグレーズを塗る。

ストロベリーグレーズのつくり方

粉砂糖……1½カップ
ヘビークリーム……大さじ3
イチゴの果汁……大さじ1
(スコーンのレシピの手順1で出たもの)
水……小さじ1~3

【つくり方】

粉砂糖をふるいにかけながらボウルに入れる。そこにヘビークリームとイチゴ果汁を加えてよく混ぜる。グレーズの濃度が濃すぎれば、水を小さじ1ずつ入れて好みの濃度にまで薄める。皿に垂らして加減を確かめよう。濃過ぎたら水で薄め、もっと濃くしたいなら粉砂糖を足して混ぜる。完成したグレーズを、フォークを使ってスコーンに散らす。スコーンをすばやくワックスペーパーかパーチメントペーパーの上で立たせると、グレーズが固まってしまう前に流れ落ちていく。

Recipe 2

カチョ・エ・マテオ
(手間入らずの簡単パスタ)

イタリアはローマの名物料理カチョ・エ・ペペを、マテオ・アレグロが自由な発想でアレンジしたパスタ料理。オリジナルのカチョ・エ・ペペは油もハーブも使わず、材料はパスタとチーズとたっぷりの黒コショウのみ。コツは、材料を混ぜる際にパスタの茹で汁を少々加えること。これでベルベットのような滑らかな仕上がりとなる。クレアとマテオの結婚生活では、カチョ・エ・ペペをつくるのはもっぱらクレアで、その仕上がりは完璧だった。離婚後、マテオは彼女の味を再現しようと試してはみたものの、パスタ同士がベトベトにくっついてしまい、うまくいかなかった。けれど、そこであきらめないのがマテオ。コーヒー豆の調達で長年、途上国に出かけていただけあって、柔軟な発想で工夫するのはお手のものだ。ニンニクの旨味たっぷりのオリーブオイルとイタリアの定番のハーブを加え、独身生活にぴったりのかんたんで失敗知らずのパスタ料理を編み出した。無理にソースにしようとしないので、どろっとした塊もできない。こうしてカチョ・エ・マテオが生まれた。

【材料】たっぷり4人前の分量
ニンニク……6片
エクストラバージンオリーブオイル……½カップ
コーシャー・シーソルト……大さじ1
スパゲッティ……450グラム
ペコリーノロマーノチーズ……1カップ(すりおろしたもの)
粗挽き黒コショウ……小さじ1
イタリアンハーブ・シーズニングミックス……大さじ1*

*既製品のイタリアンシーズニングミックスを使えば簡単。または乾燥オレガノ、バジル、マジョラム、タイム、ローズマリーなど、お手持ちのハーブを混ぜてみても。

←【つくり方】につづく

【つくり方】

1 ニンニクの旨味をオリーブオイルに移す

ニンニクの皮をむき、つぶして細かく砕いて香りを出す。小ぶりの鍋につぶしたニンニク、オリーブオイルを入れて弱火にかける(高温にならないように)。油が温まったら鍋を火からおろしてぴったりの蓋をし、パスタが茹で上がるまでに冷めないようにする。

2 パスタを調理

4リットル程度の水に塩を入れて沸騰させ、パスタを表示時間通りに茹でる。茹で上がったらよく湯を切り、空にした鍋に戻す。

3 仕上げ

ニンニクの香りを移した1の熱いオリーブオイルをパスタにかけ(お好みでニンニク片を取り除いてもいいが、マテオはそんな手間はかけない)、よく混ぜる。チーズ、黒コショウ、ハーブを均等に散らしてよく混ぜ、パスタ全体に香りをからめる。熱々のうちに召し上がれ。マテオのように少々ピリッとした味わいが好きという方には、レッドペッパーのフレークをトッピングするのもお勧めだ。

Recipe 2 カチョ・エ・マテオ
(手間入らずの簡単パスタ)

Recipe 3

マテオのコーヒー・ビーフシチュー

マテオが元妻クレアのために、腕によりをかけてつくったビーフシチュー。ハンプトンにやってきたクィン刑事に対してマテオの心は穏やかではなかったけれど、完成したシチューはそんな気分を微塵も感じさせない極上の味わいだった。コーヒーは肉をやわらかく、しかもおいしくしてくれる。この作用はシェフの間でもよく知られているが、コーヒーハンターであるマテオのこのレシピではコーヒーの力が存分に発揮されている。まずは下ごしらえで、シチュー用の固い肉をコーヒーでやわらかくし、肉のうまみをじゅうぶんに引き出す。シチューをひとくち味わったクレアは、ある料理を思い出した。マテオはそれをアレンジしたに違いない、とピンときた。一緒に暮らしていた頃に、マテオはコーヒーの調達で訪れたエルサルバドルで出会った、マヤ文明の流れを汲む凝った料理をよくつくってくれた。

【材料】4人分
ブラックコーヒー……2カップ
コーシャーソルトまたは粗塩……小さじ2
シチュー用牛肉……700~900グラム(5センチ角にカット)
中力粉……½カップ
黒コショウ……小さじ1(挽きたてのもの)
植物油……大さじ2~4
リンゴ酢……小さじ2
ビーフブロス……4カップ(ブロス2カップに水2カップを加えてもよい)
ベイリーフ(ローリエ)……3枚
タマネギ……中2個(刻む)
ニンジン……小6本(¼インチ角にカット)
新ジャガイモ……小10~12個(半分にカット)
冷凍コーン粒……½カップ(お好みで)
バター……大さじ1

←【つくり方】につづく

【つくり方】

1 肉の下ごしらえ

浅い容器にコーヒー1½カップ、コーシャーソルト小さじ1を入れて混ぜる。そこにカットした牛肉を入れる。牛肉全体にコーヒー液をまぶし、室温で約1時間漬けておく。肉がよく漬かったら液から取り出して水気を取る。

2 肉に焼き色をつける

中力粉、挽いた黒コショウ、残りのコーシャーソルト小さじ1を混ぜる。そこに1の牛肉を加えてよくまぶす。深鍋またはダッチオーブンに油大さじ2を入れて熱する。牛肉を数回に分けてソテーする。それぞれ5分間、角切りの牛肉のすべての面に焼き色がつくように。新しい肉を焼く際、必要に応じて油を足す。

3 シチューをつくる

2の鍋から牛肉を取り出し、油はそのまま残す。その鍋に酢、コーヒー½カップを加える。1で肉が吸わなかったコーヒーも、鍋に入れてもいい。中火にかけて3分間熱してから、牛肉を戻す。さらにブロスとローリエを加え、沸騰したらすぐに弱火にする。

4 煮込んで完成させる

鍋に蓋をして、肉がやわらかくなるまで約90分間煮込む。タマネギ、ニンジンを加え、蓋をしてさらに15分煮込む。水分が減り過ぎたら、ブロスを少し足す。ジャガイモを加えて蓋をし、野菜類がやわらかくなるまで約20分煮込む。最後にコーン(お好みで)、バターを加え、10分煮込んで完成。パン（皮がパリッとしたタイプでもロールパンでも）やトルティーヤを添えてどうぞ召し上がれ。シチューは温め直すごとにおいしくなっていく、という法則通り、このビーフシチューも翌日、さらには翌々日も温め直すごとに味わいが深く、おいしくなっていく。

［保存方法］
シチューが完全に冷めてから密封容器に入れて冷蔵庫で最大3日間、保存が可能。

Recipe 4

コーヒークリーム・ケーキ

甘いコーヒーの風味をまとった軽い食感のシフォンケーキは、とてもおしゃれなデザートだ。結婚式のための試食用ケーキのなかで、これは一瞬でクレアを恍惚とさせてしまった。クレオ・コイルのオンライン・コーヒーハウス、coffeehousemystery.com でぜひ、写真をご覧ください。イラストつきの作り方もダウンロードできます。

【材料】直径8インチのレイヤーケーキ2個分
卵……大4個分
インスタントのエスプレッソパウダー……小さじ2
いれたてのコーヒー……⅓カップ
キャノーラ油または植物油……¼カップ
バニラエクストラクト……小さじ½
コーシャーソルト……小さじ½
(微粒塩を使う場合は、やや少なめに)
グラニュー糖(白)……⅓カップと大さじ6
ベーキングパウダー……小さじ1½
薄力粉……1¼カップ
クリームオブタータ……　小さじ¼

【つくり方】

1 **下準備**

オーブンを180度に予熱する。フッ素加工のケーキの焼き型を2つ用意し、それぞれの底にパーチメントペーパーを敷き、ノンスティック・クッキングスプレーを軽く吹き付ける。室温に戻しておいた卵を、黄身と白身に分ける。このレシピでは黄身と白身の両方を使う。

2 **ひとつのボウルで**

大きなボウルを用意し、インスタントのエスプレッソパウダーをホットコーヒーで溶かす(コーヒーがとても熱い場合は、ここでいったん冷ます)。4個分の卵黄、油、バニラ、グラニュー糖⅓カップ、ベーキングパウダーを加える。電動ミキサーで最低3分、よく混ぜる。ミキサーを止めてふるっておいた薄力粉を加える。ミキサーを低速にして、滑らかな生地になるまで混ぜる。混ぜ過ぎないように注意しよう。

3 **ホイップした卵白で生地をふわっとさせる**

プラスチック以外のきれいなボウルを用意する。ボウルに4個分の卵白とクリームオブタータを入れて電動ミキサーを高速にして撹拌し、ふわふわに泡立てる。グラニュー糖大さじ6を少しずつ加え、光沢のあるツノがしっかり立つまで撹拌する。2の生地に、この泡立てた甘い卵白をそっと混ぜ合わせる。1の焼き型2つに生地を入れる。

← 【つくり方】につづく

4 焼く

予熱したオーブンで25~30分焼く。表面に軽くふれて弾力を感じたら、焼き上がっているサイン。オーブンから焼き型を取り出し、そのままワイヤーラックに置いて冷ます。ケーキを焼き型からはずすのは、“完全に冷めてから”（最低1時間は冷ます）。型からはずす際には、まず2枚の皿にラップを敷いておく。それぞれの焼き型の側面から生地をはずすためにバターナイフを差し入れ、側面に沿って慎重に動かす。すべてはがしたら、ラップを敷いて用意しておいた皿を、それぞれの焼き型の上に置き、そのまま焼き型を反転させる。ケーキはかんたんに出てくるはず。もしうまくいかなければ、焼き型の底をそっと叩いてみる。焼き型をはずし、ケーキについたままのパーチメントペーパーをはがす。

5 レイヤーケーキに仕上げる

シフォンケーキのアイシングは、絶品のモカバタークリームで（作り方は次のレシピで）。皆から絶賛されるケーキにしたい、その時間もある、という方には、ぜひこの方法を試していただきたい。よく冷ましたケーキ2つを、それぞれ半分の厚みにスライスする。くれぐれも、慎重に。これで直径8インチのスライスが4枚できる。スライスとスライスの間に「クリーム」を挟んで4枚重ねにする。全体にモカバタークリームを塗れば、「コーヒークリーム・ケーキ」に。最後に、チョコレートでコーティングしたコーヒー豆や、飾り用のカールチョコをトッピングすれば出来上がり。

[ポイント]
エスプレッソパウダー（またはインスタントエスプレッソ）はエスプレッソの豆を挽いたものではなく、エスプレッソをフリーズドライさせたもので液体にすばやく溶ける。どのブランドのものを使ってもよいが、インスタントコーヒーでは代用できない。インスタントエスプレッソがコクがあり大地の香りが持ち味であるのに対し、インスタントコーヒーは苦みと酸味が強い。

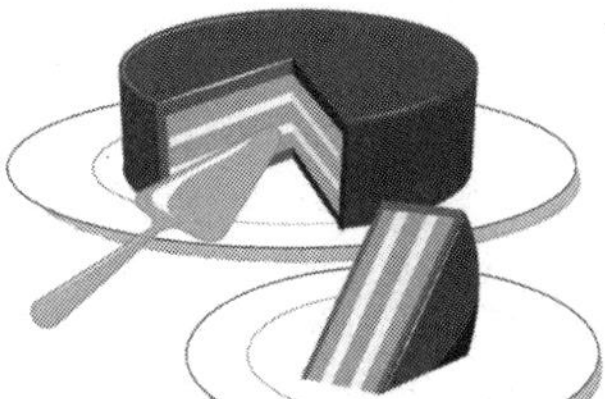

Recipe 5

モカバタークリーム

結婚式のケーキの試食会でクレアが選んだコーヒークリーム・ケーキに使われていたモカバタークリームはアイシングしやすくて、見た目も美しい。食感はふわりと軽く、マイルドなチョコレートの風味、もちろんコーヒーの味わいも楽しめる（スプーンですくって食べたい！という人もいるはず）。チョコレートケーキ、プレーンなスポンジケーキ、カップケーキなど、さまざまなケーキとの相性も抜群だ。

【材料】約2½カップ分
インスタントのエスプレッソパウダー……小さじ2½
いれたてのコーヒー……大さじ4
ピュアバニラエクストラクト……小さじ2
無糖ココアパウダー……⅓カップ(ふるっておく)
無塩バター……1カップ
粉砂糖……　3½カップ
塩……ひとつまみ(隠し味として)

【つくり方】

1 小さなボウルで、インスタントのエスプレッソパウダーを熱いコーヒーに溶かす。電動ミキサーではなく、泡立て器を使い、バニラエクストラクトを加え、ココアパウダーも加えて混ぜたら、そのまま冷ましておく。

2 大きなボウルに、室温でやわらかくしておいたバターを入れてふわふわになるまでミキサーで撹拌する。ミキサーの速度を抑え、粉砂糖を少しずつ加え、ボウルの側面についたものを、こまめにこそぎ落としながら、粉をすべて入れる。

3 2のボウルに1の冷ましておいたボウルの中身を混ぜ、ふわふわになるまで混ぜる。最後に隠し味として塩をひとつまみ加える。味見をして、好みの味になるように整える。ケーキやカップケーキにアイシングし、カールチョコやチョコレートをコーティングしたエスプレッソの豆をトッピングしてみよう。

コージーブックス

コクと深《ふか》みの名推理《めいすいり》⑱

コーヒー・ケーキに消《き》えた誓《ちか》い

著者　クレオ・コイル
訳者　小川敏子《おがわとしこ》

2020年　8月20日　初版第1刷発行

発行人　成瀬雅人
発行所　株式会社　原書房
〒160-0022 東京都新宿区新宿 1-25-13
電話・代表　03-3354-0685
振替・00150-6-151594
http://www.harashobo.co.jp
ブックデザイン　atmosphere ltd.
印刷所　中央精版印刷株式会社

落丁・乱丁本はお取り替えいたします。
定価は、カバーに表示してあります。
 ISBN978-4-562-06108-2 Printed in Japan